미야모토 유리코 2

宮本百合子

미야모토 유리코 2

宮本百合子

미야모토 유리코 지음

진명순 옮김

어문학사

미야모토 유리코(宮本百合子)

본 간행 사업은, 고려대학교 글로벌 일본연구원 〈일본 근현대 여성문학연구회〉가 2018년
일본만국박람회기념기금사업(日本万国博覧会記念基金事業)의 지원을 받아 기획한 것이다.

EXPO'70 FUND
（公財）関西・大阪21世紀協会

차례

마음의 강

1

정원에는 편백나무잎, 나한백, 식나무, 향나무, 상록수가 무성해서, 초여름의 강한 햇빛이 비치면 천장이 낮은 다다미 여덟 장의 방은 녹색의 반사로 어디를 봐도 초록 수초의 바닥에 가라앉은 것 같았다.

눈에 띄는, 그 버릇은 어딘지 모르게 음침한 그 방에 우두커니 홀로 앉아, 사요는 하나의 일에 대해 골똘히 생각하고 있었다. 생각은 오트밀에 대해서였다. 그녀는 대나무로 만든 조선의 작은 옻칠탁자 앞에서 혼자 재미없이 점심식사를 마쳤을 때부터 그 일을 고민하고 있다. 하녀가 열흘정도 고향으로 돌아갔다. 매일 아침 그녀는 남편과 자신의 앞에 빵, 홍차, 반숙 계란을 차렸다. 같은 식단만 계속 되어서 사요는 자신의 변화를 모색했다. 그때 오랫동안 잊고 있었던 맛을 이것저것 탐색해 가는 동안에, 그녀는 갑자기 오트밀이 먹고 싶어지게 되었던 거다.

하지만, 교외의 작은 가게 같은 곳에서 믿을 만한 물건은 살 수 없었다. 아무 말도 하지 않고 그녀는 생각했다.

"잠깐 집에 오는 길에 들러서 사 주시면 좋겠는데. — — 긴자 정도 까지는 금방인데......"

그러나 사요는 자기의 남편이 나이에 비해 얼마나 게으름뱅이인 지 잘 알고 있었다. 또 그가 자기만큼 먹고 싶어 하는 음식이 없는 것 도 알고 있었다. 그는 요즘같이 무섭게 붐비는 전철을 일부러 갈아 타고 시내까지 가서 한 관의 오트밀을 살 정도라면, 바로 곁에서 살 수 있는 빵 정도로 보름동안 참는 편이 훨씬 낫다, 라고 말하겠지.

사요가 정원을 바라보는 눈동자 속에는, 분명 발랄한 색깔과 활동, 동시에 먼지로 가득 차있을 5월의 긴자, 니혼바시 부근의 광 경이, 작고 분명하게 파노라마처럼 비쳤다. 언젠가 날씨가 활짝 갠 날, 니혼바시 위에 서서 바라본 강 수면의 잔물결, 강 양쪽 기슭에 빽빽이 들어선 집들의 전망, 하늘의 연한 파란색 등이 선명하게 되 살아났다. 인상적인 그림 속에 무라이은행 옆쪽을 경쾌한 프랑스 풍의 자동차가 달리고, 니시카와 이불점의 붉은 깃발이 조용히 나 부끼고, 살짝 불어오는 시원한 미풍이 도쿄의 대로를 뚫고 스쳐간 다. ——사요는 얇은 옷에 양산을 들고 목적도 없이 그 속을 돌아 다녀 보고 싶었다. 히라쓰카 안쪽에서 도시 한가운데로 나갈 용건 은, 어딘가에서 오트밀을 산다는 하나의 생각만으로 그녀에게는 충분했다. 그 정도의 용건만 있으면 그녀는 거의 반나절을 활기차 고 즐겁게 도쿄에서는 번화가라고 할 거리의 포장도로를 헤매고 다닐 수 있다. ——집이 비었다고 위험하다고 하는 이유로 그녀는 이 원정도 마음대로 못한다. 초라하고 답답한 기분이 봄의 흐린 날 씨처럼 자욱해졌다.

사요는 일어서서 뜨개질주머니를 꺼냈다.

뒷마루에 있는 등나무 의자에 앉아 그녀는 뜨개질주머니 속에서 은회색 명주실을 꺼냈다. 그리고 끝이 뾰족한 금속 바늘을 짙은 녹색에 녹아드는 햇빛에 반짝거리며 할머니의 숄을 짜기 시작했다.

남편은 그날 평소보다 조금 늦게 돌아왔다.

주위가 완전히 저물면, 혼자 있는 사요는 등불이 밝은 자신의 집만 단 하나, 넓은 전원의 어둠 속에, 청사초롱처럼 눈에 띄는 듯한 기분이 들었다. 그리고 심한 불안을 느꼈다. 아무리 문을 닫고 창문을 닫아도 깜깜한 문밖에서 비치는 자신을 누군가가 들여다보고 있는 것처럼 무서웠다. 그녀는 부엌에서 내는 자신의 소리가 묘하게 사방에 또렷이 울리는 것처럼 느껴졌다. 이따금 유리에 비치는 자신의 얼굴이 낯설고 의아한 존재같이 생각된다. 그녀는 신경을 곤두세우고 간단한 취사를 했다.

그런 불안감 때문에 남편의 목소리가 현관에서 나면 그녀는 겨우 위태로운 줄타기를 끝낸 것처럼 안심했다. 그녀는 급히 격자문의 자물쇠를 열었다. 그리고 남편을 환영했다.

"어서 오세요. ――오늘은 조금 늦었네요."

아침부터 거의 처음으로 인간과 대화를 나누는 것이어서, 사요는 아무리 수다를 떨어도 끝이 없는 따뜻한 조수가 가슴 가득히 흐르는 것을 느꼈다.

"어떠셨어요?"

"오늘은 말이야. 뜻밖의 일로 이토가게에 가는 바람에 늦어졌어. ――힘들어, 요즘은. 마치 전쟁 같아."

"긴자의?"

그녀는 구두를 벗고 있는 남편의 등을 내려다보며, 아쉽게 생각했다.

"긴자에 가셨다면 부탁할 일이 있었어요."

"허……뭐지? 또 가면 되는데……그러나"

그는 그때까지 사요에게 보이지 않았던 하나의 종이꾸러미를 검정 가죽손가방 안에서 꺼냈다.

"이런 게 있는데……"

그것에는 메이지가게 상표가 붙어 있다. 사요는 농담조로 말했다.

"나. 맞춰 볼까요? 무엇을 사 오셨는지요?"

야스오는 외투를 걸고 거실에 들어가면서 말했다.

"수상한 물건이야."

"좋아요, 꼭 맞춰 볼게요."

사요는 물론 틀림없을 것이라고 단언했다.

"오트밀 ――두 관? 아니면 하나는 뭔가 다른 것?"

야스오는 뒤돌아서 사요를 보았다.

"반칙이야, 만져봤지?"

"아니오. 그런 짓은 하지 않아요."

그녀는 반대로 의아한 듯이 남편에게 물었다.

"그런데 ――맞춘 거예요?"

"신기하게 직관력이 좋네, 오트밀이 맞아, 둘 다."

"어머나!……"

사요는 뜻밖에 놀랐다. 그녀는 "틀렸어"라고 남편이 한마디로 부정할 것을 예상하고 있었다. 그녀는 그것을 계기로,

"사실은 그걸 원했던 거예요."라고 말할 생각이었다. 그녀는 자신이 잘 맞췄다고 하는 생각보다 남편이 왜 이것을 특히 오늘, 사 올 마음이었을까, 하며 의외라고 생각했다.

"나 오늘 아침 뭐라고 말했나요? 오트밀에 대한 말?"

"아니, 말 안했어."

야스오는 사요가 눈을 동그랗게 뜬 얼굴에서 자신의 공적을 재빠르게 포착했다. 그는 자못 자신 있는 남편처럼 말했다.

"다 알고 있지, 이 정도의 것은. 얼굴에 씌어 있는 걸."

저녁 설거지가 모두 끝나자, 사요는 내일 아침 준비로 파란색 이중 냄비를 불 위에 올렸다. 냄비 안에는 조금 전에 사 온 오트밀이 들어 있다. 발판 위에 앉아 조리대에 양쪽 팔꿈치를 얹고 전등 밑에서 끓고 있는 냄비를 지켜보면서 그녀는 자신의 기분을 생각했다.

반년 전이었더라면 이런 일로 나는 얼마나 흥분했을까. 상황은 완전히 달랐지만 역시 작은 일에 남편과 자신의 기분이 딱 맞는 것을 알았을 때, 사요는 사랑은 이렇게 미묘한 것인가, 하고 감탄해 마지 않는 자신을 기억했다.

지금 그녀는 그렇게 금방 흥분하지는 않았다. 이런 우연의 일치가 자신들에게만 주어진 하늘의 혜택이라고도 생각하지 않았다. 가정의 사소한 일 중 하나이다. 몇 만이나 되는 지붕 아래에서

자주 일어나는 흔히 일상에서 있는 일이다. 게다가 그녀는 이 흔히 있는 사건에서 뭐라고 말할 수 없는 한 가닥의 상냥함, 따뜻함을 느끼지 않을 수 없었다. 인간과 인간이 높은 하늘 위에서 굽어본다면 필시 더 작게, 그러면서도 열심히 살아가는 동안에 길들여진 지혜로운 본능이 화목하게 서로 서로 호응한다. 그 서로의 호응을 사요는 흔쾌히 남편과 자신의 마음속에 인정했다.

펄펄 끓는 냄비에서는 힘차게 김이 나기 시작했다. 남편의 서재 쪽에서는 또렷한 타자기 소리가 그의 주위를 방불케 하는 일정한 상태로 울린다. ――

부엌에서 일하면서 사요는 문득 평소 좋아하는

하코네길을 넘어 오면 이즈의 바다
먼 바다 작은 섬에 파도 밀려오는 것이 보이네.

라는 노래를 떠올렸다. 자신들의 생활이 이 먼 바다의 작은 섬을 바라보듯이 한 점 아득하게 정을 채우고, 드넓고 밝은 전경 사이에 작게 떠오르는 듯 사요는 평온한 기쁨과 정다움을 느꼈다.

2

그리고 얼마 지나지 않은 어느 날이었다.

사요는 남편과 남편의 친구와 셋이서 만찬 식탁에 앉아 있었다. 그녀의 옆에 남편이 앉았다. 그녀의 정면에는 친구가. 그리고 젓가락을 집어 들고 잠시 지나자, 야스오는,

"어?……어? 어?"

라고 입 안에서 말이 아닌 소리를 내며 뭔가 물어보듯이 그녀에게로 얼굴을 돌렸다.

사요는 남편의 얼굴을 뒤돌아보다가 바로 대답했다.

"아아, 이제 괜찮아요, 바로 드셔요——"

그녀는 야스오의 젓가락 끝이 작은 사발에 담겨있는 음식에 닿아 있었기 때문에, 아무 생각 없이 원숭이의 신호 같은"어? 어? 어?"를,"여기에 간장 쳤나?"라고 번역해서 들었던 것이다.

친구는 금련화 꽃 너머로 두 사람을 비교했다.

"뭔데, 왜 그래?"

야스오의 설명으로 경위를 알게 되자 그는,

"흐음"

이라고 다소 호들갑스럽게 감복했다.

"역시 부부는 달라. 나는 아무리 생각하려 해도 아무 생각이 안 났어.…… 그렇구나, 서로 잘 통하는 거구나!"

사요는 아무 말도 하지 않고 미소 지었다. 친구는 독신자였다. 야유이기도 하고 정스러움과 부러움이라고도 할 수 있는 말에 어떻게 대답해야 할지 알 수 없었다."서로 잘 통하는 거구나."라고 하는 감탄사는 악의 없는 것은 분명했지만 그녀에게 자신의 마음이 마치 시험된 전열기라도 된 듯한 쓸쓸함을 주었다.

달이 밝은 무렵이어서 그들은 그 친구를 배웅하려고, 대여섯 블록 되는 정류장까지 갔다. 돌아오는 길에, 둘이 나란히 가는 정면에 달이 떠 있었다. 수증기 탓인지 청명한 달 주변에는 크고 큰 금회색의 달무리가 졸린 듯이 유유하게 걸려 있다. 달무리의 끝자락에 반짝반짝 빛나는 별 하나가 장식처럼 붙어 있었다. 초여름 밤의 정기에 녹아들어 엉킨 듯이 달과 별은 그들이 가는 곳마다 좋은 향기로 가득 찬 밤나무와 가냘픈 느티나무의 검은 가지 그림자에 앞서 간다. 사요는 자신의 발 움직임이 자석의 힘에 이끌려 달에게로 달에게로 향해 가고 있다는 느낌이 들었다. 모자도 쓰지 않고 가벼운 지팡이를 손에 든 채로 야스오는 천천히 성큼성큼 그녀 옆에 걸어온다. 그가 평화로운 행복을 느끼고 있다는 것, 마음의 어딘가에서 친구가 이야기한 것을 계속 음미하면서 되새기고 있는 것을 사요는 잘 알고 있었다. 친구는 와서 갈 때까지 대부분 결혼 생활에 대한 이야기만 하고 갔다. 자기 자신의 생활에 대한 희망과 예상에 관해서가 아니라, 지인의 결혼 생활에 대한 성공, 실패 등에 대해서, 그리고 일일이 문장의 구두점처럼, 그는 "너희들은 정말 좋아. 부족한 데가 없겠지." 라든가, "어쨌든 이심전심이니까 말이지." 라고 덧붙였다. 정류장에서 헤어질 때, 그는 개찰구에서 반쯤 플랫폼을 나오면서 몸을 돌려 그들 쪽을 돌아보며 소리쳤다.

"이 다음에 올 때까지 부탁하네. 찾아 놓아 주게."

떡갈나무와 밤나무로 되어 있는 울타리를 끼고 돌면, 길은 양 끝에 잡초가 무성한 시골길이 나왔다. 왼쪽에는 느릿느릿 달빛으로 흐르는 도랑이 있었다. 오른 쪽에는, 논두렁이 낮은 경작지가 여기 저기 삼나무 숲으로 가려져 온통 찬란하고 투명한 안개 같은 달빛으로 뒤덮여 있다. 성인聖人의 후광처럼 아득한 달무리를 머금고 있는 달은 드디어 그들에게 가까이 보였다. 별 하나가 점점 더 반짝 반짝 아름답게 빛난다. 야스오는 이렇게 밤이 생명으로 가득 차 있는데도 그 친구가 혼자 맥주에 취해 돌아가는 게 안쓰럽다는 듯이 중얼거렸다.

"정말로 누군가 없을까? ——당신 친구 많이 있을 텐데……농담처럼 말하긴 했지만 진심이야, 야마오카 말은——"

사요는 희미하게 답했다.

"글쎄요…"

야스오는 입을 다물었다. 휘파람을 불 생각도 할 수 없을 정도로 사방의 경치는 조용하고, 꿈만 같았다. 사요는 신발 발꿈치에 전혀 신경 쓰지 않고 빛 속을 헤엄치듯 걸으며 자꾸 한 가지 일을 생각했다. 그녀의 마음은, 야마오카가 재미있다는 듯이 몇 번이나 되풀이해서 말한 이심전심이라는 말의 주변을 찬찬히 정성스럽게 맴돌고 있었다.

정말이지 그런 말을 듣고 보니 자신들의 생활에는 그런 일이 적지 않다. 사요는 얼마 전에 있었던 오트밀 사건을 떠올렸다. 그 일 뿐만 아니라, 일상의 사소한 용건은 대개 두세 마디의 주고 받음으로 금방 처리된다. 그 두세 마디도 말로는 결코 완전한 것이 아니다. 아주 조금 마음을 내비치는 정도의 역할밖에 하지 않는데 어느 쪽이든 그야말로 "알맞게" 보충하고, 직관한 것은 큰 충돌 없이 일이 진척되는 것이다. ──사요는, 생각하다 보니 오늘과 내일이라고 하는 태양이 서로 엇갈리고 반향하며 어우러져 흘러가는 두 마음의 강 위에 떠오르기도 가라앉기도 하는 것처럼 여겨졌다. 자신들의 삶의 실체가 함께 식사를 하거나 산책하거나 잠들거나 하는 형상이 또 다른 깊은 곳에 있는 신비한 마음마저 든다. 그녀는 완전히 말이라는 것이 없어졌을 때의 자신들은 어떨까, 라고 생각했다. 자신의 직관은 어느 정도까지 진실인 걸까. 또 남편은 그 자기의 마음의 눈으로 자신의 마음 어디까지를 바라보면서 같은 감정과 의욕을 반사할까.

사요는 지금까지 갖지 못한 자각으로서, 더 깊이 자신과 남편과의 마음의 풍경을 두루 살펴보고 싶어지기 시작했다. 다시 말하면 지금까지 나도 모르게 어떤 기운에 실려 온 두 마음의 강의 강바닥까지 숨어들어 밀물과 썰물의 모습, 물웅덩이가 있는 장소, 소용돌이의 움직임을 눈앞에서 본다면, 라고 하는 생각이 났다.

달빛에 배어 있는 사요의 눈동자에는 돌아온 집의 전등 빛이 몹시도 붉고, 덥게, 그리고 힘없어 보였다.

야스오는,

"집에 들어오니 정말 무덥네."

라고 차가운 보리차를 달라고 했다. 사요는 보리차를 쟁반에 받쳐 와서 남편에게 권하고 그가 고개를 젖히고 컵을 비우는 모습을 지켜봤다. 그녀는 저절로 미소 지었다. 그녀는 남편이 모르는 마음의 망루望樓를 오늘 밤에 지었다. 그곳의 엿보기 구멍을 통해 보면 보리차를 마시면서 그의 마음이 뭐라고 중얼거리고 있는지 확실히 알 수 있을 것 같이 생각했기 때문이다. 그러나 야스오가,

"뭐야? 뭐 보고 웃고 있어?"

라고 묻자 그녀는 아이가 장난감을 숨기듯 새로운 계획을 마음 속에 그러모았다. 그리고 싱긋하고 기쁜 듯이 말없이 고개를 흔들고 눈가에 웃음을 지었다.

3

야스오의 측에서 보면, 사요는 요즘 유난히 깊은 정으로 세심한 배려를 하는 아내로 여겨졌다.

그녀는 하나라도, 아직 입 밖에 내지 않은 그의 희망이나 요구를 알아차리고, 자신이 그 일을 완수한 것을 남편이 발견하면 몹시 좋아했다. 보통 아내가 남편의 만족을 보고 자기도 기분이 좋아진다고 하는 더할 나위 없는 것이 사요에게는 있었다. 그녀에게 있어서 그러한 일이 가능한 것은――야스오가,

"호오, 있구나. 사실은 이제 슬슬 사 와야겠다고 생각하고 있었는데"라고 새 오드 콜로뉴 병을 손에 잡는 것을 보는 것은――즉 자신의 느낌이 틀리지 않았다는 증거였다. 사요는 그런 것에서 이중의 기쁨을 얻었다.

때로는 또, 그녀는 뭔가 말을 꺼내려는 야스오의 입언저리를,

"아, 잠깐 기다려요. 말하지 마세요, 말하지 마세요." 황급히 가로막는 일도 있다. 저녁 식사 후 그들은 정해진 8시경까지 잡담을 했다. 해질녘 기분 좋은 날에는 툇마루에 나란히 걸터앉거나 정원을 거닐면서. --그럴 때, 이야기가 계속되는 것을 중단시키고 사요는 열심히,

"아! 잠깐 기다려요."

라고 외치는 것이었다. 야스오는 허리 띠 뒤에 양손을 찔러 넣은 채, 의아한 듯 그녀를 돌아보았다.

"왜?"

"--그 다음은 제가 말할게요."

사요는 남편의 얼굴에서 눈을 떼지 않고 설명했다.

"제가 말이예요, 당신이 분명 이렇게 말씀하실 거라고 생각하는 것을 말할게요. 맞는지 맞지 않는지 정직하게 일러 주세요."

그러면 사요는 짐짓 젠 체하며, 경우에 따라서는,

"--성省 --과 서기관 다니 야스오는, 지금, 그의 사촌 동생의 취직에 대해서 운운" 이라고 농담을 섞어 남편의 생각과 마음을 말했다. 야스오는 장난스럽게,

"바보"

라며 쓴웃음을 지으면서도 사요에 의해 읽혀지는 그의 생각이라는 것에 귀를 빌려주었다. 사요는 묘하게 진지한 마음으로, 머리 속에서 실이라도 풀어내는 듯한 눈으로 말하면서 조금 애매한 부분에 이르면,

"그렇지 않다고요? 틀려요? 전혀 다르다는 거예요?"

라고 다짐한다. 완전히 짐작을 벗어났을 때 야스오는 자못 재미있다는 듯이 껄껄 웃었다. 그리고 거리낌 없이,

"바보"

를 연발하며 그녀를 놀렸다. 사요는 이마의 한 구석을 긁으며 패망을 나타내보였다. 예측이 빗나가도 결국 식후의 좌흥으로서 결코 부적절한 것은 아니다. 그러나 십중팔구까지 야스오는 그녀의 말을 정면으로 부인하지는 않았다. 그 대신 분명하게 인정도 하지 않았다. 그는 히죽거리며,

"뭐, 그렇게 생각한다면 그렇다고 해두지."

라고 했다.

이 알아맞히는 역할이 반대로 야스오에게 퇴짜당하면 두 사람의 대화는 사요가 그 역할을 맡았을 때만큼 쾌활하게, 열의를 가지고 진행 되지는 않았다.

그녀는 남편에게 주문한다.

"어제 요시무라 씨가 오셨을 때. 저, 그분에 대해서 느낀 게 있습니다. 뭐라고 생각하세요? 스즈키 씨와 비교해서――맞혀 주세요."

야스오는 마음이 내키지 않는 듯이 담배 연기를 뿜었다.

"뭐 배우기 시작하나? ――요시무라에 대해서 느꼈다니……너무 막연해서 문제가 되지 않잖아."

사요는 남편에게 흥미를 가지도록 열심히 말했다.

"요시무라 씨와 스즈키 씨와는 같은 사업가죠? 사업가라고 해도 두 사람은 사업에 관한 동기가 전혀 다르다고 생각했어요, 그런 거요——"

"성가시네."

야스오는 임시변통으로 대답을 했다.

"첫째, 남자가 본 남자와 여자가 본 남자와는 많이 달라."

"재미없는 사람!"

사요는 신랄한 웃음을 지었다.

"다르니까 맞혀주세요, 라고 말씀드린 거예요. 그 두 사람은 성격이 많이 다르지요, 그 차이를 내가 어떻게 느꼈느냐는 거예요."

"글쎄,——대체 뭘까? 스즈키는 신경질적이어서 생각하기 시작하면 잠들지 못한다는 쪽이지만, 요시무라는 훨씬 배짱이 크지. 큰 손해를 보고 하하하, 하고 웃는 것은, 요시무라가 아니면 할 수 없는 대담함이야."

사요는 재미없다는 듯이 남편을 보았다. 그녀는 포기할 수 없다는 표정으로 덧붙였다.

"내가 말한 요점과는 전혀 달라요, 그건"

"그러니까 그 녀석의 성격은 그래. 사실이니 하는 수 없어."

사요는 입을 다물었다. 그녀는 뭐라고 말할 수 없는 아쉬움과 쓸쓸함을 느꼈다. 모처럼 마음을 집중해서 화살을 쏘아도, 여차하는 순간에 과녁이 비스듬해져서 헛되이 빗나간 화살로 떨어져 버린다. 사요는 적어도 꼭, 요점만은 받아주기를 바랐다. 답은 틀려도 괜찮으니 "당신이 하는 말이니까 이렇게라도 생각한 거야." 라는 대화로 출발하지 않으면 초점이 맞지 않는다는 정도를 날카롭게 느껴주길 원했다.

"이 공허한 엇갈림을, 아무것도 느끼지 못하는 걸까!" 사요는 마음속으로 추위를 느끼며 놀란 표정으로 남편의 얼굴을 다시 보았다.

처음에는 상당히 애교를 가지고 시작된 알아맞히기, 사요가 말하는 마음의 발섭跋涉은 시간이 지남에 따라 점차 감정의 복잡성을 더해갔다. 동시에 조금 잔혹한 것으로도 되었다. 그녀는 지금까지, 좋은 사람이라는 희미한 하나의 틀에 끼워 안심하고 있던 남편의 성격을 자연스럽게 세세하게 살펴볼 기회를 부여받았다. 그리고 부모들이 배우자로서 첫째 조건처럼 말해준 좋은 사람이라는 것이 결코 성격으로 의지할만한 재미있는 것도 아니며, 더구나 자신이 그린 것처럼 발랄함과 열의가 있는 생활의 행복 따위는 도저히 기대할 수도 없을 것 같아 보이기 시작했다.

사요는 알아맞히기 속에 어둡고 대단한 무언가가 몰려오는 것을 느꼈다. 그녀는 아무렇지 않게 저녁 식사 후 석간신문을 보고 있는 남편에게 말을 걸었다.

"오늘 사와구치의 이모님이 오셨더랬어요."

"그래? 뭐라고 했어?"

"또 유키오 씨에 대한 일을 불평하셨어요. 그 사람한테도 곤란하다고요. 지난 번에 한 이야기는 자신이 가서 거절했다고요...."

사요는 주의 깊게 야스오의 대답을 기다렸다. 유키오는 사촌 동생으로, 그는 유키오의 친형같은 역할을 하고 있었다.

"분에 넘치는 소리. 이렇게 취업난일 때 스스로 좋은 취직자리를 거절하다니......."

야스오가 자신의 예상대로 태평스럽게 말하는 것을 보며, 사요는 초조함과 슬픔을 동시에 느꼈다. 그녀는 복잡하고 심술궂게 움직이는 자신의 마음을 비참하게 자각하면서 말했다.

"이모님께 말씀드렸어요. 다음에 유키오 씨가 오시면 꼭 야스오가 잘 말씀드릴 거라고. —그렇죠? 당신 유키오 씨에게 빨리 이모님을 안심시키라고 말씀하실 거죠?"

야스오는 기계적으로 대답했다.

"말하지 않으면 안 되겠지. —모처럼 이재과理財科:경제학과 까지 나와 놀고 있는 것도 아깝고."

사요는 "왜 그런 피상적인 안심을? 어째서, 겉치레로 유키오 씨의 마음을 밑바닥까지 절하하지 않고 안심하는지요!"라며 매우 답답한 마음을 가누고,

"유키오 씨는 좋은 사촌형이 있어서 행복하겠네요."

라고 비아냥거렸다.

하지만 야스오는 그의 옆에서 사요가 어떤 감정이 끓어오르고, 그것을 어떤 마음으로 제압하고 있는지는 전혀 느끼지 못하는 것처럼 보였다. 그는 괴로움도 불안도 없는 듯 윤기 나고 반듯한 청년 신사의 얼굴을 유유히 거실 등불 아래에 떠올리고 있었다. —

─그녀가 손가락 끝에 감아 짜고 있던 비단실처럼 얌전하게 빛나
고 순조로웠던 생활은, 적어도 사요의 마음속에서 변화하기 시작
했다. 그녀는 남편과 자신의 서로 조화로운 침묵적인 수긍은, 산책
하러 나갈까, 나가지 말까 하는 것, 둘 다 같이 꼭 같은 시간에 차를
마시고 싶다고 생각하는 것 등, 결혼 후 처음으로 이러한 일들이
과연 어디까지 깊이 연결되어 있을지 몹시 의문스러운 마음에 봉
착했다.

4

주위는 벌써 유월이었다.

사요는 혼자가 되면, 점점 짙은 푸른 잎이 아른거리는 툇마루
에 나와, 선명한 수국의 어린잎 색이라든가, 유리어항의 물을 주
홍색과 흰색으로 비추며 헤엄치고 돌아다니는 금붕어라든가 하는
것들을 바라보며 여러 가지 사색에 잠겼다.

이렇게 마음을 빼앗기는 것을 보더라도 사요는 자신이 얼마나
남편에게 집착하고 있는지 확실히 알았다. 하지만 왜 집착하는 걸
까? 사랑하니까. 그렇다면 그의 어디를 무엇을 사랑하고 있느냐고
자문자답해보면, 그녀의 심정은 괴로워진다. 남편과 뗄 수 없는 유
대감을 느끼는 마음과, 그에 대한 아쉬움, 재미없음, 자신이 원하
는 것이 결코 그의 마음 안에는 없다는 사실이 그녀의 마음속에서
확실히 대립했다. 사요에게 슬픈 것은 이 같은 기분을 모조리 남

편한테 털어놓지 못하는 것이었다. 잠자코 혼자 뭔가 해답을 찾아야 한다. 그것도 둘이서가 아니라 자신만이 어떻게든 변화해야 한다.――사요는, 야스오가 그 자신의 평범함을 전혀 눈치 채지 못한다는 것을 알고 있었다. 또 그녀가 뭐라고 했던 간에, 결코 그냥 17, 8세의 청년처럼 스스로를 돌아보고 눈물을 흘릴 것 같은 부류도 아니라는 것을 알고 있었다. 야스오는 사요 입장에서 보면, 설피를 발에 붙이고 태어난 사람처럼 느껴졌다. 설피는 어떤 깊은 눈 위를 걷더라도 결코 그를 빠뜨리거나 꼼짝 못하게 하지는 않는다. 그녀는 자신의 발에 그런 소중한 것이 붙어 있지 않다는 사실을 찾아냈다. 그래서 그가 가는 길을 따라 가려고 하면 발버둥 칠 수 없을 만큼, 깊이 파고 든다. 마지막 목표는 하나라고 해도 사요는 자신의 도구가 붙어있지 않은 발에 알맞는 길을 찾아내야 한다는 것을 느꼈다. 이것이 형태가 없는 마음의 문제인 만큼, 남편은 그녀가 어느 쪽도 가지 못하고 울며 서성거리고 있는 것을 몰랐다. 그녀가 그것을 호소했다고 해도 설피가 있는 그는 그녀가 그것을 갖고 있지 않다는 것을 생각 못하고 "그런 일이 있겠나. 올 마음만 있으면 올 수 있을 거야." 라고 말할 것이다.

　"그러니까 안 돼, 나한테는 안 되는 거야." 라고 말해도, 사요는 남편에게 꺼내 보여야 할 것은, 비근卑近한 시각視覺에 호소할 수 없는, 형상이 없는, 자신의 천성인 것을 쓸쓸하고, 막막하게 느꼈다.

　장마가 들기 전 탓인지 반투명한 하얀 불투명유리를 팽팽하게 간 듯 해맑은 하늘에서 빛나는 가느다란 비가, 희미한 소리로 푸른 잎을 씻으며 내렸다. 사요가 의자 가로대 위에 턱을 괴고 바라보니, 고풍스럽게 소나무 아래에 놓인 거대한 정원석의 주위에 짙은 차를 뿌린 듯한 푸른 이끼가 있었다. 하늘에서 가볍게 끊임없이 내리는 가느다란 빗발은 이끼의 표면에 닿는가 하면 쓱 사라진다. 그 뒤에 내린 빗발도, 쓱 사라진다. 얼마든지 얼마든지, 푸른 이끼는 가만히 움직이지 않고 내리는 만큼 유월 낮의 비를 들이마시고 있다. ——

지켜보는 사이에 사요의 눈동자가 점점 촉촉해진다. 눈물이 연꽃잎 위의 이슬처럼 연보랏빛 모직옷의 가슴위로 굴러 떨어졌다. 그녀는 자신들이 무엇 때문에 무엇을 목적으로 그날그날을 한 지붕 밑에서 살아가는 건가라고 생각했다. 야스오는 겉으로만 보면 의심할 바 없이 매일 출근해야 하는 관청과, 도장을 찍는 서류와, 피워야 할 웨스트민스터를 가지고 있었다. 하지만 진실로 살아갈 목적, 의미라고 하는 것은 어디에 초점을 두고 있는 걸까. 그것들 하나하나 세분하여 마음에 담고 있는 걸까? 아니면 솥이나 뭐 다른 것처럼 그런 외곽만은 참으로 확실하게 잘 만들어져 있지만 중심은 쏙 빠진 것은 아닐까. 자신은 그와의 생활 어디에서 안심하고 의지할 곳을 찾을 수 있을까.……

어떤 생각에 위협 받으며 사요는 의자에서 일어서려고 했다. 그녀는 안정되지 못한 눈을 움직이면서, 구원이라도 원하듯이 완전히 젖어있는 정원과 복도와, 어슴푸레한 정원을 둘러보았다. 바깥에는 자연도 인간도 압도할 것 같은 비가 부옇게 내리고 있다. 빗물이 떨어지는 소리가 단조롭게 들리기 시작했다. ――사요는 일어나 복도 끝까지 걸어갔다. 뭔가에 떠밀리다시피 기둥 아래까지 와서 그녀는 그곳에 멈춘 채 불빛이 정원의 웅덩이에 비쳐 작은 불빛이 깜박깜박하기 시작할 무렵까지 움직이지 않았다. 밤에, 그녀는 될 수 있는 대로 평화롭게 남편의 포옹을 거부했다. 혼자가 되자, 그녀는 어둠 속에서 목소리를 죽이고 극렬하게 울었다. 사요는, 자신이 이런 기분으로 대하는 남편의 아이를 임신하는 일을 생각하자, 공포와 수치심으로 손발이 얼음처럼 차가워졌다. 그녀는 어둠에 잠긴 눈꼬리에서 뚝뚝 눈물을 흘리면서 스스로 왜 그런지도 알 수 없는 긴장으로 남편의 온화한 숨소리에 주의를 기울였다.

5

만약 인간이라는 것이 천으로 만든 옷처럼 사람의 손으로 풀 수 있는 것이라면, 사요는 남편을 지금이야말로 열심히 해체하기 시작했을 것이다.

그리고 하나하나의 부분을 자신에게 납득이 갈 때까지 바라보고 만지고 당겨보고, 다시 원래의 형태로 정리해서 마음을 안정하려고 했을 게 틀림없다. 하지만 이것은 공상일 뿐 불가능한 일이다. 그녀의 앞이나 옆에는 그 점에서는 어떻게 손쓸 수도 없는 남편이, 겉보기에는 친근하고 가깝지만, 사요의 마음에서 보면 거리가 가까울수록 더욱 더 적막함이 바싹 달라붙어 있다.

그 외롭고 괴로운 마음은 한 달 정도 전, 그녀가 혼자 외톨이로 집에 있을 때와는 전혀 다른 것이었다. 어떤 때는 남편만 돌아오면 그녀는 금방 나아졌다. 하루 종일 압박받는 것 같은 음침함은 그의 얼굴을 본 순간에 사라졌다. 그러나 이번 일은 정반대라고 할 수 있다. 사요는 야스오가 자신의 바로 곁에 앉아, 천지간에 단 하나의 의문도 불안도 없다는 식으로 목욕탕에서 막 나온 검은 머리를 반들거리며 윤기내고 있는 것을 보면, 오히려 절망에 가까울 정도의 쓸쓸함, 야만적인 초조함을 부추기고 있는 것 같았다.

그녀는 날뛰는 짐승을 겨우 억누르고 있는 듯한 며칠을 보냈다. 마침내 더 참을 수가 없게 되었다. 그녀는 연민어린 표정으로 남편에게 시비를 걸었다.

여느 때와 마찬가지로, 그것은 저녁 식사 후의 일이었다. 사요가 제풀에 입을 다물고 식탁에 시선을 떨군 채 있었기 때문인지 야스오는 서둘러 서재로 가버렸다. 그녀는 잠시 뒤에 남아, 하녀에게 말을 걸었다가 곧 남편의 뒤를 쫓듯이 서재로 갔다. 다다미 여섯 장의 방은, 복도에서 별채처럼 정원으로 돌출되어 있다. 야스오는 정면에 있는 덧문 밖의 툇마루를 향해 책상을 두고 있었다. 밤의, 뭔가 짙은 액체 같은 어둠은 맑은 전등이 환하게 켜진 문지방에서 갑자기 멈추며 되돌아왔다. 그의 뒷모습은 빛을 받는 어깨 언저리가 새하얗게, 전방의 어둠에 부각되어 보였다. 사요는 조용히 책상 옆으로 갔다. 야스오는, 오른손에 청색 연필을 들고, 가제본한 얇은 책을 읽고 있다. ――작은 가로 글씨를 무의미하게 바라보며 사요는 말을 걸었다.

"――바쁘세요?"

야스오는 등을 펴고, 휙휙 페이지를 넘겼다.

"그런 건 아니지만........ 왜?"

"........"

사요는 밤기운이 몸에 엄습해오기라도 하듯 홑옷 소매를 감싸 안았다. 야스오는 그녀의 표정을 보고 미묘하게 표정을 바꿨다. 그녀는 갱지처럼 지극히 조잡한 팜플렛을 응시한 채 굳게 결심한 어조로 말을 꺼냈다.

"그렇죠, 당신――안심?"

"뭐가? ――당신처럼 느닷없는 질문에는 대답하기 곤란해."

야스오의 말투 속에는 충분한 준비와, 그것을 감싼 평정, 어린애 취급의 가벼움이 깃든 여운이 있었다.

"뭔데?……지진"(1923년 도쿄 쇼난지방에 대지진이 있었고, 이듬해가 되어서도 자주 여진이 있었다.)

"그런 건 아니예요, 지진 같은 건 ――우리의 일.――"

사요는 얼굴을 들고 남편을 똑바로 보았다.

"당신 조금도 그런 생각은 안 들어요? 진정한 안심?"

야스오는 담배 연기를 옆으로 피하는 것처럼 눈을 가느다랗게 떴다.

"뭔가 우리 생활에 불안이 있다는 거야?"

사요는 납득을 했다.

"저 요즘 견딜 수 없어요."

"……아무런 불안한 일 같은 건 없지 않나? 나는 이렇게 정절 있는 남편이고! 당신은 하루 종일 잠을 자든 일어나든 자유로운 신세다!——나는 불안하기는커녕 엄청 행복하다고 생각해. 특히 당신 같은 처지는 유토피아 이상의 생활이지!"

사요는 유쾌하지 않는 남편의 농담스러운 말머리를 잘랐다.

"농담은 나중에요. 저는 진지해요. ——당신 정말로 우리 생활이 충실하다고 생각하시는 거군요? 아무 일 없이, 완전한 것이라고 생각하세요? 저는 요즘 그렇게 태연하게 있을 수 없어졌어요.……몹시 불안해요."

"…… 마음대로 말하는 거 아냐?"

야스오는 사요의 웃음을 끌어내려고 과장된 표정까지 지었다. 사요는 진지하게 부인했다.

"그렇지 않아요. 결코 그렇지 않습니다. 둘이서 살아가는 이상 중요한 일이니까 진심으로 들어 주시는 편이 좋겠어요.

전 말이예요, 요즘 당신을 모르겠어요. 당신 마음의 중심이, 살아가는 목적이 저와 전혀 다른 먼 곳에 있는 것 같아서 괴로워요. 그것은 물론"

그녀는 마음을 쏟아 듣기 시작한 야스오에게 설명했다.

"같은 점도 있어요. 같이 사고하거나 생각하거나 하는 일도 있습니다. 하지만 그건 사소한 일이고, 결국 서로가 어느 쪽이라도 좋으니까, 무의식적으로 서로 양보하기 때문에 그래서 근본적인 문제에 봉착하면 둘이 슬그머니 사이를 두지 않으면 안 되는 것 같아요. 이해되세요? 제가 하는 말이……. 예를 들면, 지금, 내가 이런 말을 하기까지, 당신 조금도 그런 마음은 느끼지 않으셨죠? 당신 자신이 느끼지 않을 뿐만 아니라 제가 느끼는 것도 전혀 느끼지 못하셨죠? ──그것이 사이를 두고 있다고 제가 말하는 부분입니다."

"흠.……그러나 그것은 당신이 나의 기분을 잘 이해하지 못하기 때문이겠지. 아직──"

"그럴지도 모르죠. ──저는 반대처럼 느꼈어요. 당신은 우리가 세상에서 인정하는 대로 부부이고 밖에서 본 조건이 제대로 갖추어진 것만 알고 안심하고 계시는 건 아닌가요? 자신들의 마음 문제를 내팽개치고 남처럼 겉만 보고 우쭐해져 있는 건 싫어요. ──저는 근본적으로 안심하고 싶습니다. 당신하고 저하고 정말 이것저것 모두를 꼭 함께 가지고 가고 싶어요."

"── 아주 회의적이네."

야스오는 손질이 잘된 수염 주위에 어울리지 않은 애매하고 괴로운 듯한 표정을 짓고, 사요를 보았다.

"이렇게 생활하고 있다는 사실 이외에, 우리의 생활이 있어야 할 이유가 없지 않은가? 게다가……당신 말은 포착할 점이 전혀 없어. 멀다느니 외롭다느니 라고 말하지 말고 어딘가 나쁜 점이 있으면 명료하게 지적해야지. 그것을 당신이 하지 못한다면, 나는 당신이 하는 말에 뚜렷한 토대가 없다고 밖에 생각되지 않아."

"나쁘다는 것이 아닙니다. 개선한다는 것보다 더 마음 깊은 곳에 들어가는 거죠. 더 오픈해서 세심하게 느끼는 마음을 저는 원해요. 저에게 거리낌 없이 말하라고 하면, 저의 이런 마음을 논리 위에서 올바른 형식을 취해서 설명시키려고 하시는, 그것이 쓸쓸한 거랍니다. 알겠어요? 마음이예요. 마음으로 직접 느껴야 하는 거예요!"

"그럼 제자리 돌기로 결국, 나에게 말해도 안 된다는 것 아니야?"

야스오는 사요의 가슴을 답답하게 채우는 차가운 사무원적인 태도를 보였다. 그녀는 간신히 흘러내릴 것 같은 눈물을 참아냈다.

"나는 안 된다고 하고 모른 체 시침 떼고 있을 수 없어요! 둘이서 살아가는 거라면 살아가도록 해나가고 싶습니다. 그래서――"

"그래, 사요"

야스오는 담배를 재떨이 위에 비벼 끄며, 열을 내고 따지고 덤비는 사요를 막았다.

"삶의 행복이라는 것은 사랑과 마찬가지로 일종의 신앙이야. 신앙에 따라 어떻게든 되는 거야. ――당신은 아직 생활이 어떤 건지 모르는 것 같아.……당신도 내 사랑만큼은 믿을 수 있겠지? 그것이 서로의 생활 모든 것이 아닌가?"

그는 뭔가 말하려고 하는 사요의 손을 잡았다. 그리고

"자, 이론은 그만두고 귀여운 사요가 되세요."

라고 말하면서 그녀를 끌어당겨 애무하려 했다. 그녀는, 점점 힘들어져 결국 눈물을 흘렸다.

"그런 식으로 정리해서는 안 돼요. ——당신은, 교활해요!"

그녀는 손을 빼고 다시 똑바로 앉았다.

"저도 서로가 소중하다고 생각하니까 이런 말도 꺼내는 겁니다. 사랑해요, 사랑한다고, 백만 번 서로 다짐해도 마음의 문이 언제나 엇갈려서 갑갑해진다 해도 당신 괜찮겠어요? 태연하게 계실 수 있겠어요?"

사요는 적어도 여기서 "아니, 그런 일은 참을 수 없지. 그런 짓을 하고 내버려 둘 수 있겠나!"라고 말해주기를 원했다. 그녀는 그 한마디로 마음의 반은 위로가 되었을 것이다. 그녀는, 어디선가 딱, 솔직한, 완전히 오픈한 야스오의 마음에 부딪히고 싶었다. 그것을 바라는 만큼 많은 말도 사용했는데 그는 놀랄만큼 냉정하게 말했다.

"그것은 당신 상상이야. ——당신만이, 한가하게 이리저리 궁리한 것에 대한 증거로, 봐봐요."

그는 개선장군 같은 눈에 미소까지 띠고 말했다.

"지금 이렇게 한집에 생활하고 있는 내가 조금도 느끼고 있지 않고 있잖아?"

사요는 무의식적으로,

"독단가独断家!"

라고 소리쳤다.

"당신, 잘도 그런 말을! 자신이 아는 만큼 밖에 인생은, 인간의 마음은 없다고 생각하고 계세요"

"흥분하지 않는 게 좋아. ――게다가 난 당신에게 결코 생판 모르는 남이라고 생각하지 않아. 적어도 남편이야. 남편인 나에게, 당신……아내인 당신의 소중한 마음을 모를 리가 없지 않잖아? 그런데, 저능아도 아닌 나에게 느낄 수 없다고 하면 안타깝지만 당신 쪽이 근거가 박약해."

사요는 마음속으로 이를 악물었다. 그녀는 할 수만 있다면 마구 때려서, 남편을 독선적인, 신사적인, 냉혈한 고집에서 밀어내고 싶었다. 그는 사요가 얼마나 심적으로 힘들어 하는지 헤아리려고도 하지 않고 비속卑俗한 자기 머리의 정확성에 오히려 유쾌함마저 느끼고 있지 않은가? 사요는 짐승처럼 신음했다. 호텐토트[1] 의 여자처럼 남편에게 물어뜯고 서로 치고받고 싸워서 마음속까지 개운해진다면 얼마나 속이 시원할까. 뇌수腦髓의 주름이 아주 조금 많을 뿐으로, 사요는, 자신의 손가락 하나 움직일 수 없었다. 그녀는 이 괴로움이, 싸움으로 끝나지 않을 것임을 알고 있었다. 또 야스오는 맞고 다시 때리는 남자가 아니라 마음에 얼음 같은 모멸감을 담고 눈썹 하나 까딱하지 않으리라는 것을 알고 있었다. 그녀는 타오르는 격정을 그저 뜨거운 몇 방울의 눈물로만 녹여, 정숙하고

---

1 Hottentot : 서남아프리카에 사는 유목민(지금은 코이족(Khoi 族)이라고 하며, 여자의 튀어나온 궁둥이가 특징임).

교양 있는 일본 여성의 전형처럼, 두 손을 무릎에 포개고 있어야 한다. —그녀는 여러 가지로 혼란스러웠다. "부부란 어디서나 이렇게 시시한 것일까. 어떻게든 몸도 마음도 안심하고 하나가 되고 싶은, 그 뻔한 바람마저 침묵하며 버티고 가야 하는 걸까?"

사요는 흐느껴 울면서, 부모 자식보다 친한 부부 사이라는 말을 절망적으로 상기시켰다.

6

오랫동안 긴장된 침묵이 숲과 밝은 작은 방에 가득 찼다.

사요가 가끔 희미하게 몸을 약간 움직이는 소리를 짧게 낸다. ——앞뒤의 적막寂寞은 문밖의 어둠과 함께 점점 압력 있는 깊이를 더하는 것처럼 여겨진다.……

얼마 안 있어, 야스오가 몸을 움직였다. 그리고 젖어 있는 사요의 얼굴을 다시 보았다.

"——얼굴이라도 씻고 와."

사요는 야스오가 정말 이제 고비는 지났다는 식으로 말한 어조에 불쾌감을 느꼈다. 그녀는 움직이지 않았다.

"……가서 제대로 얼굴이라도 씻고 와. 엉망이지 않아?——"

그래도 그녀가 대답도 하지 않으며 일어서려고도 하지 않는 것을 보자, 야스오는 사요의 급소를 찌르듯이 신랄한 어조로 혼잣말을 했다.

"매우, 오늘밤은 상태가 이상하네.……"

그는 담배 연기를 고의로 길게 두 모금정도 전등을 향해 내뿜었다. 그리고 사정이 있는 듯이 사요를 빤히 보며, 질문했다.

"그게, 언제지?"

사요는 옆을 향한 채 낮은 울음소리로 되물었다.

"뭐요?"

"당신 그거 말이야——알고 있잖아?"

사요는 고개를 돌려 야스오를 보았다. 그의 시선은 잘 안다는 듯이 그녀를 향해 쏠려 있다. 사요는 본능적으로 의미를 깨달았다. 그와 동시에 그녀는 온몸의 피가 일시에 역류하는 것 같은 분노스러운 충동을 느꼈다. "뭐라는 거야! 그는 내가 하는 모든 말을 히스테릭한 발작이라고 단정 짓고 있는 건가? 마음에 안 드는 일은 모두 병적으로 여기는 남성의 포학暴虐을 이 남편도 지니고 있다는 말인가!" 사요는 입술에 선명한 혈색을 잃었다. 그녀는 애써서 목소리에 힘을 주어, 안구眼球가 솟구칠 정도로 치밀어 오르는 격정을 간신히 띄엄띄엄 말로 표현했다.

"그런 어설픈 피지올러지physiology 따위…… 버려버리세요. 그런 하찮은 지식으로, 당신, 내 마음 전부, 판단할 수 있다고 생각하세요?……왜 진심으로 갑자기, 진심으로 부딪히지 않으신가요! 비겁해요. ——비겁하다는 것은……그런"

사요는 말문이 막혀서 열병에 걸린 것처럼 온몸으로 전율했다.

"당신은……내가——자존심이 상해서 입을 다문다고……생

각하시는군요. 나의 가련한 허세와 자만심을ーー……이용하려고……생각하고"

　그녀는 심한 오한과 열이 함께 몸과 머리 속을 관통하여 격류하는 듯이 느꼈다. 그녀는 두 손으로 얼굴을 꾹 눌렀다. 그리고 야스오의 책상머리에 팔꿈치를 괴었다. 몸은, 다다미에서 부상하여 기분 나쁘게 높은 정원으로 딸려 올라간 것처럼 생각 들더니, 현기증이 나면서 낮고 낮은, 바닥없는 어둠에 가라앉는 것 같았다.ーー

　그녀는 조용히 울기 시작했다. 미지근한 눈물은 손바닥을 새어 나와 손등을 타고, 뚝 뚝 책상 위에 번져 커다란 눈물 자국을 만든다. 그녀는 그 눈물 속에 몇 년인가 잊고 있었던 하나의 광경을 떠올렸다.

　그것은 그녀가 태어나서 이십년 자란 집의 욕실이었다.

　다다미 넉장 반 정도의 마루방에 골풀 돗자리를 둔 탈의실 한 쪽은 대나무 격자 창문으로 되어 있었다. 아래에 어머니의 경대가 놓여 있었다. 거울에는 회색 바탕에 비와 낙화와 제비의 고풍스러운 모양이 새겨진 경대보가 걸려 있었다. 그 앞에서 밤 두 시경, 심상치 않은 기세로 맨발 채로 일어나서 온 사요에게 그녀의 어머니가,

　"사요야, 아버지와 나와 어느 쪽이 틀렸는지 잘 들어 줘. 내가 어떤 도리를 말해도, 아버지는 또 히스테리라고 상대하시지 않아.……왜, 여자로 태어났을까, 어차피 한 번밖에 살지 못하는 세상인데."

　라고 울며 호소하는 상황이었다.

어머니는 그 무렵 서른다섯이었다. 사요는 겨우 열 두 세살이었다. 그녀는 어찌할 바를 몰라 흐느껴 우는 어머니의 어깨를 자신의 가슴에 끌어안고,

"울지 말아요. 어머니. 울지 말아요. 제발! 아버지께 잘 말씀드릴 테니까…… 울음을 멈춰요. 네!"

라고, 물결처럼 굽이치는 머리카락에 입을 대고 속삭인 자신의 어린 모습을 똑똑히 기억하고 있다. ––

아버지에게 무엇을 말하려고 생각했던 걸까? 지금 와서 사요는 어머니의 간절한 눈물을 자신이 흘리고 있다는 것을 알았다. 그리고 만약 자신이 어린 아이의 어머니였다면, 그 딸이나 아들은 분명 자신이 느낀 것과 똑 같은 당혹감, 슬픔, 쓸데없는 의협심에 섬세한 손가락을 떨며, "말해 줄 테니까! 알겠지요, 울지 말아요." 라고 말하겠지. 그러나 그들도, 또 나 자신처럼 그 눈물을 눈에서 흘릴 때가 오기까지 아버지를 향해서 무슨 말을 해야 하는지는 조금도 이해하지 못할 거다.……

그녀의 정신은 점점 진정되고, 어머니와 자신 사이에 지난 십수 년이 여성의 일생에 어떤 의미를 가지는지, 다시 생각할 여유를 가졌다.

결혼하기까지 여러 차례, 사요는 모양만 다른, 같은 호소를 어머니로부터 들었다. 그 때마다, 그녀가 어머니에게 해준 위안의 말도, 생각해 보면, 약간 어휘가 나이와 함께 어느 정도 풍부해졌을 따름이고, 내용은 열 두 세살 때와 마찬가지로 "울지 말아요!" 라는

것뿐이었다. 그녀는 자신이 실제 어머니의 고통을 가볍게 하는 데는 아무런 도움도 안 된 것을 회상했다. 다만 어머니에겐 무의미에 가까운 말을 되풀이한 그녀가, 자신의 딸이라고 하는 말뿐, 확실히 마음으로부터 비롯되는 당혹함과 불쌍함을 느끼고 있다는 것만, 그녀가 하는 말의 가치는 있었다.

어머니는 거의 평생 늙어서 정열이 없어질 때까지 해결되지 않은 고통을 지고 살았다.

그녀가 채우지 못한 젊은 열정, 이상적인 생존을 갈망하는, 애절한 사람으로서의 소원은 모두 소극적인 슬픔, 번민에 정력이 소모되고 진압되었다. 그런데——사요는 새롭게 놀라운 생각을 했다. ——그녀의 어머니는 그토록 분발해서 여성의 천국으로 야스오가 안내라도 하듯 화려하게 우리 두 사람을 결혼시킨 게 아닌가!

사요는 거의 어리석음에 가까운 모순을 그 점에서 인정했다. 하지만 다시 생각하는 동안에 그녀는, 어머니에 대한 그리움을 뼈저리게 느꼈다. 어머니는 자신의 삶에서 실현되지 못했던 더 많은 꿈, 인간으로서의 꿈, 여자로서의 꿈을 나에게 이루어지게 하여 이 세상에서 누리게 하려고, 결혼도 시키고, 세상에 내보내기도 한 게 아닐까. 어머니의 어머니가 메이지 시대 초기에 긴 비단 술이 늘어진 비녀 장식을 한 자신의 딸에게 원했던 대로.

숙제는 대대로 풀리지 못하고 그녀에게까지 전해졌다.

사요는 자신이 받은 그대로의 백지에, 혹은 어설픈 몇 줄로 부족한 힘을 나타내보인 채로, 다음 딸에게 물려주고 싶지 않았다.

뭔가 답을 찾아 할머니나 어머니의 감상 없이,

"나는 이것을 이렇게 풀었다. ——너는 뭐라고 생각하니? 어떻게 풀겠니?"

라고 말하고 싶었다.

그녀는 자신의 일생까지 조상의 여성들과 마찬가지로, 한 방울의 눈물, 같은 고충, 살고 싶은 만큼 살 수 없는 마음으로 세월을 보내버릴 걸 생각하면, 안심하고 남편과 논쟁만 하고 있을 수 없는 기분이 들었다.

사요는 얼굴을 누르고 있던 손을 뗐다. 그리고 깊은 한숨을 쉬고, 이마에 흐트러진 머리카락을 쓸어 올렸다.

야스오는 책상 한쪽 끝에 턱을 괴고, 집게손가락과 가운데손가락 사이에 낀 담배에서, 향기도 없는 연기를 하염없이 뿜어 올린 채, 목표도 없이 앞쪽 정원의 땅거미를 응시하고 있었다. 하지만 사요는, 한 눈에 남편의 주의는 겉보기와는 달리, 방심 하지 않고 자신을 향해 쏠려 있는 것을 직관했다. 그는 이전 상태로 "아, 아주 불쾌하게 굴었어. 아무 일도 할 수 없었어. 당신 탓이야." 라고 말했다. 게다가, 그 뒤에서, 그녀가 그것을 느끼고 미안하다는 듯이 "잘못했어요. ——용서하세요." 라고 애교만 부리면 금방 용서하고 더 상냥한 몇 마디를 곁들여 이마에 한 번 키스를 해줄 마음이 있다는 것을 생생히 나타내고 있다.

사요는 일단 진정된 감정이 다시 흔들리는 것을 느꼈다. 그녀는, 야스오가 정말 잘 보이고 싶어 하는 것이, 진실이기를 바랐다.

하지만 그 욕심에, 그만 실망했고, 그가 은근히 바라는 대로, 지금까지 말한 모든 것을 "죄송해요" 라는 말로 인정해야 하는 것은 그녀로서는 견딜 수 없었다. 그녀는 자신에게 당연히 이 싸움이 일어날 것을 알면서도, 그 사람에 의해 막 깨어난 신선하고 기분 좋은 본능을 먼저 이끌어내려는 야스오의 무자비함에 증오마저 느꼈다.

그녀의 마음속에서 다시 야만인이 날뛰기 시작했다. 사요는 마음속으로 신음했다. "죽어 버려! 죽어 버려라! 심술쟁이. 당신은 어디까지 나를 괴롭힐 거야"...

어두운 눈동자를 불태우며 남편의 옆모습을 응시하던 사요는 문득 그가 뭐라고 말할 수 없이 음울한 그늘을 뺨에 드리운 것을 보았다. 그녀의 신경에 번쩍하고 무언가가 번뜩였다. 사요는 입가에 감도는 경련인지 비웃음인지도 잘 모를 일그러진 표정을 하며, 느릿느릿 낮은 목소리로 야스오에게 물었다.

"무슨 생각을 하고 계세요?— — 같은 것? 나와 같은 것?"

아연실색한 듯이, 야스오가 눈을 부릅뜨고 사요의 얼굴을 보았다.

"— — 바보!"

그는 주위의 고요한 빛을 어지럽히고 격렬하게 방석 위에 다시 앉았다. 사요는 손바닥 가득 식은땀을 흘렸다. 그녀는 심장박동이 괴롭고 심하게 빨라져서, 입을 다물고 있을 수가 없게 됐다. "그도 같은 것을 생각하고 있었다는 건가. — —그렇지 않으면 왜 그 의미심장한 바보! 라는 말이 나올까……우리 두 사람이 일시에, 함께 생각할 수 있는 것은……서로— —"

사요는 그 자리에 더 있을 수 없게 됐다. 그녀는 서서 툇마루로 나왔다. 바깥도 어둡다. 마음속처럼 어둡다. 그녀 앞에는 횡행하리만치 끈끈하고 어스름한 어둠 속에 울창하게 첩첩이 우거진 상록수의 수립과, 한 쪽으로 가느다란 전봇대가 하나 있었다. 툇마루 옆에 있는 팔손이나무의 부드러운 잎사귀 끝이, 방에서 흘러나오는 불그스름한 광선따라 음침하게 일부분을 비추고 있다. 그 위로 전봇대가 비스듬히 공간을 가로지르고, 이것도 빛의 형상으로 보여 한쪽만 이상하게 하얀 기분 나쁜 생물처럼 두드러져 있었다.

사요는 싸늘해진 손가락 끝으로 몇 번이나 무의식적으로 자신의 이마를 긁었다. "이 밤에만 벌써 백 년이나 산 것 같다." 그녀는 생각했다. "이 길고 긴, 무겁고, 괴로운 밤은 정말 내일 밝아질까……"

사요는, 맑고 밝은 아침이 견딜 수 없이 그리워졌다. 여명에 불어오는 미풍의 상쾌함, 가볍게 살랑거리는 나무와 풀의 그 좋은 향기. 점점 밝아지면서, 숲이랑 집이랑 길가의 돌멩이까지 찬란하게 빛을 내며 떠오르는 태양의 상쾌하고 시원한 따사로움. ──그러나 사요는 그것들의 밝고 환한, 기쁨에 찬 마음의 새벽을, 어딘가 두 번 다시 찾을 수 없는 곳으로 떨어뜨리고 온 듯한 어둡고 어두운 공포에 사로잡혔다.

해 류

1

마침내 응접실의 문이 열리는 소리가 나더니 에이코가 이쪽 방으로 나왔다. 붉게 상기된 뺨으로, 테이블 있는 곳에 꼿꼿하게 선 채 준지로와 히로코 옆을 말없이 지나쳐서, 입을 다문 채로 상석에 정해진 자리에 앉았다.

그런 어머니에게 히로코도 준지로도 아무 말도 할 수 없었다. 각각 앉아서, 어색한 저녁식사가 시작되었다. 에이코는 젓가락을 집어 들자, 정식으로 밥그릇 뚜껑을 열기도 하고, 야채를 입으로 가져가기도 했다. 그렇지만 그 모습은 그저 그렇게 해서 먹고 있다는 것뿐이고, 마음은 전혀 딸과 아들이 있는 곳에 와 있지 않은 것이 느껴진다. 히로코는 가슴이 벅차서 맛도 알 수 없었다.

다자와는 돌아가지 않아서, 또 다른 밥상 하나가 그만을 위해 응접실 쪽으로 옮겨졌다. 그렇게까지 해서, 한 집안의 공기 속에 그의 존재가 부각되는 부자연스럽고 고통스러운 긴장이, 묘하게 어수선한 전후의 복잡한 사정 속에 있었다.

한마디도 말하는 사람도 없이 이러한 식사가, 차분하지 못한 분위기 속에서 아무튼 끝났다. 그러자 에이코는 바로 일어서면서,

"응접실에 차가 준비되어 있어요."

라고 하는 가정부의 말을 듣고, 아들과 딸에게 말도 걸지 않고 기모노의 옷깃언저리를 가다듬으면서, 화장을 고치기 위해 화장실 쪽으로 가버렸다.

하얀 천장에서 머리 위로 번쩍번쩍 하얀 등불의 빛이 빛나고 있다. 한 송이 꽃, 은으로 만든 이쑤시개 상자, 가위, 장식용 온도계 등이 놓여 있는 장식용 쟁반을 사이에 두고, 다시 쥰지로와 히로코는 테이블 있는 곳에 남겨졌다. 방안 가득 비치는 빛을 받고 있는 쥰지로의 볼록하고 온화한 얼굴은 약간 창백해졌고, 코 밑 솜털의 희미한 음영은 티끌 같이 지친 듯한 느낌으로 보였다. 그는 아까부터 한마디도 하지 않고, 평소보다 더 눈을 깜빡이는 표정으로 누나를 보고 있었다. 잠시 후,

"쥰아, 이제 어떻게 하지?"

라고 히로코가 겨우 꺼낸 듯이 여느 때와 같은 목소리 톤으로 물었다.

"나?"

고압적인 무릎을 살짝 흔들듯이 쥰지로는, 그 독특한 볼륨으로 얼굴에 표정을 형성하고 있는 눈두덩 아래로 순진하게 누나를 봤다

"나는 독일어 문법책을 할게."

"ーー 쥰아. 1엔 정도 갖고 있니?"

"응, 있을 거야."

"빌려줘. 나중에 어머니께 말해서 돌려줄게. ーー괜찮지?"

"아. 지금 당장?"

"응"

남동생으로부터 돈을 받자, 히로코는 현관으로 나가 신발을 신었다. "아주 돌아가는 거야?"

뒤에 서서 누나가 신발을 신는 것을 보고 있던 준지로가 물었다.

"응. ――그렇게 해도……. 괜찮겠지?"

"나는 괜찮아."

히로코는 오차노미즈 역을 향해서 중심가 거리의 야시장이 개장되지 않은 쪽을 따라 걸어갔다. 토요일 밤답게, 건너편에 있는 불빛이 밝은 서점에 흰색 선이 박힌 모자를 쓴 학생 몇 명의 모습이 보이기고 하고, 노점의 꽃집 앞에서 노골적으로 밝히고 있는 전등에 얼굴을 바싹 비치면서 나란히 서서 뭔가 말하고 있는 부부 동반의 모습도 보인다. 히로코는 외투 주머니에 손을 넣고, 자신과 관계없는 먼 곳에 있는 풍경이라도 바라보는 듯한 눈빛으로, 이따금씩 떠들썩한 쪽을 보면서 걸어가고 있었다. 괴로운 마음은 복잡한 추억으로 과거로까지 확대되었다. 괴롭고 말로 다 설명할 수 없는 서로 얽힌 마음을, 히로코는 어머니와의 사이에 처음 경험하는 것은 아니었다.

히로코가 여학교 2학년 쯤 되었을 때였다. 아버지인 다이조가, 좀처럼 없는 일인데 집에서 뭔가 특별한 보고서를 작성해야 하는 일이 생겼다. 그 일 때문에 도미오카라는 서른 안팎의 기술자가 집에 다니게 됐다. 히로코가 학교에서 돌아올 무렵에는 마침 도미오카도 쉬는 시간이라서 그에게 홍차와 토스트를 갖다 주었다. 그리고 처음에는 히로코가 하얀 블라우스에 받쳐 입은 감색 모직물 스커트를 펼치고, 버릇없이 앉아 자신의 찻잔을 휘젓고 있는 앞에서, 가정부가 그것들을 쟁반에 얹어서 작업장이 된 응접실로 가지고 갔는데, 언젠가부터, 도미오카도 식당으로 불러서 함께 휴식시간을 가지게 됐다. 아이는 절대로 들어와서는 안 되게 되어 있었던 작업장에, 히로코도 가끔 가서 보게 되었고, 몇 달 지나, 그 일이 끝났을 때는 토요일 밤이 되면 가가야마 집에 도미오카가 나타나는 관례가 됐다.

　다이조는 항상 바빠서, 귀가가 열두시 넘는 일은 그때나 지금이나 마찬가지였다. 준지로는 어렸기 때문에, 아홉시 넘도록 응접실에서 수다 떨고 있는 것은 도미오카와 에이코와 밤늦도록 자지 않는 히로코 뿐이었다. 짙은 갈색 페브릭소파에 앉아 에이코는 그때도 상기되어, 고운 피부 결이 더욱 빛나 듯 아름다운 모습으로 수다 떨고 있었다. 가끔 흥분한 듯이 흰 양말을 신은 발끝을 조급하게 조금씩 움직이기도 하고, 당신이 말씀하시는 것에는 절대 찬성하지 않습니다, 라고 말하는 것 같은 격식 차린 어조로 말참견을 하기도 한다. ──

　그 당시의 히로코는, 엄마와 도미오카가 어떤 때는 몹시 추상적인 표현으로, 예의에 벗어나지 않고 나누고 있는 이야기의 내용에는 끼어들지 못했지만, 거실 안에 분위기가 서서히 조성되어 밤이 깊어 갈수록 점점 짙어져서 따뜻한 듯, 빛이 나는 듯한. 뭔가가 숨겨져 있기라도 한 듯한 분위기에는 히로코는 조숙하고 민감하게 온몸으로 끌려들어 갔다. 아무것도 아니다. 그러나 뭔가 다르다. 15세의 히로코의 마음을 끌어당겨 두근두근거리게 하는 그 무엇이 있다. 아버지와 이야기할 때의 엄마와는 다른 분위기, 아버지와 엄마와 도미오카 셋이서 수다 떨고 있을 때에도 없는 뭔가가, 아버지가 없는 토요일 밤의 도미오카와 어머니와의 대화 사이에 감돌았다. 히로코의 감각은 그 분위기에 자극되었다.

그런 어느날 밤, 그때 깨어 있었던 막내인 네 번째 남동생이 울기 시작했다. 우는 소리가 응접실까지 들려오자 히로코는 항상 절망적으로 실망했다. 에이코는,

"어머나, 케이敬가 울고 있네, 히로코야, 좀 가봐!"라고 말했다. 언제나 그러했다. 히로코는 응접실을 나와 이층의 부모님 침실로 가서 꼬마전등이 켜진 어두컴컴한 방안에서 잠귀가 밝은 어린 남동생을 달래고, 잠들기까지 자장가를 부르며 있어 줘야 한다. 히로코는 응접실로 뛰어 가고 싶은 자신의 마음을 가까스로 누르면서, 앙~하고 거침없이 울어대는 동생을 달래면서 그렇게 울면 늑대가 올 거야, 라고 위협했다. 늑대 싫어! 하고 동생은 운다. 동생이 잠들기까지, 어머니의 이불 위에 같이 누워 있는 히로코의 귀에, 희미하게 응접실에서 어머니와 도미오카의 웃음소리가 울려온다. 그 웃음소리는 즐거운 것 같았다. 너무나 활기가 넘쳐서 히로코는 두근거리는 심장이 입으로 튀어나올 듯이 괴로웠다. 눈물

도 나지 않는다. 타는 듯이 온 몸이 힘들었다.

케이가 울지 않는 밤은 또 다른 잊을 수 없는 기억이 있다. 열한 시 지나서, 이제 곧 다이조가 돌아오는 시간, 그건 언제나처럼 응접실의 공기가 그 매력의 절정을 이루는 무렵이었는데, 에이코는 자주 그 때를 기다리고 있었던 것처럼,

"차라도 한 잔 끓일까요?"라고 말했다.

"차가 식어 버렸네. 히로코야 좀 따끈하게 데워 오렴."

응접실 뒤의 마루방에 차 시중을 위한 가스난로가 있었다. 히로코는 그곳 마루방에 앉아서 물 끓이는 주전자를 가스난로에 올렸다. 그곳은 전등이 켜지지 않아 어두웠다. 어둠 속에서 히로코의 부드러운 턱으로부터 뺨까지 가스의 불꽃색이 비치고, 좁은 주위가 희미하게 드러나 있다. 응접실에서 나는 이야기소리를 들으면서 물이 겨우 끓기 시작하고 점점 끓어오르는 소리가 잦아들어 막 끓어 넘치려고 하는 순간 가스를 끄기까지, 자신도 모르게 숨을 죽이고 있는 동안의 마음. ––

그다지 복잡하지 않은 전철에 앉아 교외郊外의 밤을 질주하는 차체의 동요에 따라, 손잡이가 나란히 규칙적으로 하얀 고리가 이쪽저쪽으로 흔들리고 있는 것을 바라보고 있던 히로코의 젊고 성실하고 청결한 얼굴 위에, 마음 깊은 곳에서 솟구쳐서, 소리가 되어 밖에는 안 들리는 신음 같은 반항의 표정이 스쳐 지나갔다.

그 방에는 예쁜 버찌를 담은 유리그릇이 있었다. 정원에 커다란 벚꽃 나무가 있어서, 그 푸른 잎이 햇살에 비치고 있는 것을 창

문에서 바라볼 수 있었다. 어머니가 부탁한 심부름으로 히로코는 도미오카의 집에 와 있었다. 도미오카는 가부좌를 하고 앉은 무릎 사이에 히로코를 안고, 짧은 단발머리와 뺨 쪽으로 순간 수염을 깎은 자기의 얼굴을 갖다 댔다. 그리고 귀 속으로,

"히로야, 나를 좋아해? 나를 사랑해?"라고 속삭였다. 히로코는 고개를 끄덕거리며 답했다. "그럼 그 증거를 보여 줄래?" 히로코는 가볍게 승낙했다.

그리고 한참 지난 어느 날 오후, 히로코가 학교에서의 돌아오는 길에, 집으로 돌아가는 메밀 국숫집의 모퉁이를 들어서자, 건너편에서 도미오카가 같은 길 저편에서 이쪽으로 향해 오고 있었다. 히로코는 멀리서 그를 알았지만, 땅바닥을 향해 이상하게 급한 걸음으로 오는 도미오카는 거의 부딪칠 듯 가까워질 때까지, 히로코를 알아보지 못했다. 책가방 아래에 모슬린[2] 보자기의 바느질 보따리를 안고 있는 히로코는, 멈춰서면서 아이같은 어조로,

"뭐가 그리 급해? 우리 집에 왔었어?"

라고 말했다. 땅바닥을 보고 걸어 온 도미오카의 안색은 히로코가 봐도 병처럼 창백하고, 눈에 핏발 선 모습을 하고 있다. 도미오카는 히로코도 마음 놓고 볼 수 없다는 모습으로, 애매하고 뜻이 분명치 않은 말을 중얼거리면서, 분명 히로코를 피하듯이 하며 다

---

2 얇고 부드럽게 짠 모직물

시 종종 걸음으로 가버렸다. 무슨 일이 있었다. 그렇게 느껴졌다.

집에 들어가 보니, 응접실의 문이 열린 채로 있었다. 그리고 에이코가 소파 앞에서 이쪽 방향으로 서 있다. 양손을 뒤로 잡고, 하얀 얼굴을 반듯하게 이쪽으로 향해, 화를 낸 홍분이 그대로 나타나 있는 눈을 깜빡이고, 들어가는 히로코를 보았다. 히로코는,

"왜 그래?"

라고 말했다.

"도미오카라는 남자는ーー 정말 못났다!"

에이코는 어엿한 어른 앞에서 말하는 것처럼 솔직하고 대담한 말로 딸에게 말했다

"지금 막 돌아간 참인데ーー돈이 2백엔인가 필요하다고 말이야. 부인, 어떻게든 주신다면 평생 무엇이든지 당신이 말하는 대로 하겠습니다. 라고, 무릎을 꿇고, 남의 손에 키스를 하기도 하면서, 어이가 없어서!"

빠르게 그렇게 말하면서 에이코는 뒤로 잡고 있는 자신의 손을 더욱 뒤로 잡아당기듯이 어깨를 움직였다.

"무슨 남자가 그래? 돈을 주면 평생 노예가 되겠다니. 당신이 나에게 특별한 호의를 베풀어 주신다는 건 잘 알고 있다, 라고 하더라! 나는 단호하게 딱 잘라 그렇게 말했어. 당신이 하는 말을 들으니까, 설령 돈이 있다 하더라도 주고 싶지 않게 되네요, 라고. ーー사람을 바보 취급하고 있어!"

히로코는 막연하지만 도미오카가 어머니에게는 여자라는 태

도로 대하고 있던 것을 알았다. 아까 길에서 만났을 때 핏발 세우고 있던 도미오카의 눈초리와 히로코로부터 한 발 물러나서 걷기 시작했을 때의 몸놀림 등이, 뭐라고 말할 수 없이 혐오스러운 기분으로 떠올랐다. 히로코는 당당하게 화내는 풍채 좋은 어머니 앞에 서서, 눈도 깜빡하지 않고 도미오카에 대한 욕설을 다 듣고 나서, 입술을 꾹 다문 표정으로 단발머리를 흔들며, 응접실을 나와 자신의 방으로 들어갔다.

그리고 난 후, 토요일 밤도 다시 냉랭하고 평범한 밤들로 돌아갔다.

가을 들어 어느 날 저녁이었다. 그 무렵부터 더욱 많은 책을 읽게 된 히로코가 늦게까지 도서관에 있다가 가로등이 켜지기 시작한 시간에 돌아왔다. 연못가를 향해 비탈로 된 걷기 힘든 거리 끝을 서두르지도 않고 천천히 걷고 있자, 뒤에서 조용히 온 한대의 자동차가 히로코를 조금 앞질러서, 천천히 왼쪽으로 다가와 멈췄다. 차는 히로코의 코앞에 멈추었기 때문에 무심코 고개를 들자, 차 뒤 창문에서 히로코 쪽을 보고 있는 것은 다이조였다. 다이조는 자신을 알아 본 히로코를 보고 집게손가락을 조금 올리는 신호와 함께, 늘 하는 짧은 휘파람 소리를 냈다. 곧 모자를 쓰지 않은 채 허리를 구부리고 차에서 나오면서, 운전기사에게, 슬슬 걸어 갈 테니까 가도 좋아, 라고 말했다.

"어떻게 된 거에요?"

"오늘은 아버지 평소답지 않네요."

"아~"

다이조는 히로코의 한쪽 팔을 잡고 길 바깥쪽을 잠시 말없이 걷고 있다가, 이윽고,

"때마침 좋은 데서 만났으니까 이야기하겠는데,"

온화하고, 압도적이지 않은, 오히려 배려 깊고 걱정스러운 듯한 어조마저 감도는 목소리로 말했다.

"실은 어제. 어떤 사람을 보내서 도미오카가 너에게 결혼을 신청했다. 도미오카는 너한테도 그런 마음이 있다는 사실을 알고 있다고 말했다는데——"

세라복 차림의 히로코는, 말없이 고집스럽게 자신의 앞을 바라보며 걸었다. 다이조는, 가벼운 기침 같은 것을 하고는 계속 말을 이었다.

"나는 거절했어. ——그것은 안 돼. 나는 말을 전하러 온 남자에게, 확실히 거절했다. 잘했지?"

히로코는 머리 밑에서 땀이 스며 나오는 것 같은 심정으로,

"예"

라고 말했다.

"어머니에게는 말하지 말자, 또 흥분하면 안 되니까, 그치?"

다이조는 한 손으로 잡고 있는 히로코의 팔 부분을, 또 하나의 자신의 손바닥으로 가볍게 두드렸다.

"걱정하지 않아도 돼. 너는 착한 딸이다. 나는 너를 믿어. 너는 아직 잘 모르겠지만, 인간은 자신의 가치라는 것을 알아야 한단다.

그리고 그것을 소중히 하는 법을 모르면 안 되는 거야. 알겠지?

그리고는 입을 다문 채 아버지와 딸이 저녁 안개가 끼기 시작한 거리를 집 쪽으로 향해 천천히 걸었다. 집 대문이 보이는 곳까지 왔을 때, 다이조가 만약 담배를 피우기라도 하고 있었다면 , 그 담배꽁초를 세게 땅바닥에 내팽개칠 때의 자세로,

"그 녀석은 일부러 제삼자를 넣어 그런 말을 했어. ㅡㅡ"

라고 말했다.

그로부터 6년이 지났다. 히로코는 지금 이러한 상황을 복잡한 감정으로 생각했다.

학교 앞 버스 정류장까지는, 한쪽이 무사시노 같은 잡목림으로, 참나무에 섞여 세워져 있는 기둥에서 희미한 가로등 빛이, 하얀 먼지를 뒤집어쓴 길가의 조릿대를 비추고 있다. 두껍게 깔린 지 얼마 되지 않아서, 아직 밟기에는 굳어지지 않은 문 안의 자갈이, 히로코의 신발 아래 흐트러지며 한 걸음마다 짤그락짤그락 큰 소리를 냈다. 문지기가, 안경 너머로 눈을 치켜뜨고, 밝은 빛 속을 순간 가로질러 간 히로코의 모습을 확인했다

같은 방에 있는 미와는 외박이었다. 히로코는 모자를 침대 위에서 내던지듯이 벗고, 먼저 신발을 갈아 신었다. 그리고 잠옷 차림으로, 세면대에서 깨끗하게 얼굴과 손을 씻었다. 책상 앞의 의자를 비켜놓고 앉았다. 교과서 배표지가 청동 피터팬 책꽂이에 끼어 있어서 앞쪽으로 돌려서 책상 위에 진열했다. 시선을 그 빨강이랑 갈색 책들의 배표지에 멈추고 있으면서, 히로코는 교과서에 대한

흥미는 전혀 없고 준지로는 지금쯤 무엇을 하고 있을까, 하고 자꾸 준지로 생각을 했다. 준지로의, 아무리 밝은 등불이 비쳐도 흐릿한 듯한, 오늘 밤에 본 소년 같은 얼굴. 어머니의 아름다울 정도로 이상한 집중, 어머니이면서, 어머니가 아닌 것 같은 마음이 비어있는 그 모습. ─ ─딸인 히로코의 감정은 고통 없이 있을 수 없는 그 무엇이 넘쳐흐르고 있는데, 그 소요 속에는 경멸을 불러일으킬 만한 흐트러짐은 느낄 수 없었다. 젊은 히로코와 공통된 삶의 한 가닥이 에이코의 혼란스러운 감정을 꿰뚫고 있었기에, 오히려 히로코의 괴로움이나 동요는 절실한 것이었다.

히로코는 잠시 그대로 있다가, 조금 뒤에 일어나서 침대 쪽으로 가서, 벽 쪽에 있는 족자와 요이불을 젖히고, 아래쪽에서 한 권의 작고 많이 두껍지 않은, 하도롱지 책표지로 되어 있는 사회과학 사상의 발전 역사에 대해 쓴 책을 꺼냈다.

겨우 독서에 몸을 맡기고 열중했을 때, 콘크리트 복도에 쓱 쓱 하고 샌들을 끌고 오는 발소리가 들렸다. 히로코는 손을 뻗어 책상 위의 스탠드를 껐다. 자물쇠로 잠그지 못하는 문이 노크 없이 약간 밖에서 열리는 기척이 느껴졌다.

"어머 가가야마 씨, 안 주무시고 계셨던 건 아닙니까?"

라는 기숙사의 간호사인 오키의 잡아 늘린 듯한 목소리가 들렸다.

"자고 있었어요. ─ ─볼일이라도?"

"미와 씨 외박이죠?. 쓸쓸하시지 않을까라고 생각해서……"

히로코는 꾹 입을 다물고, 소리를 내지 않고 오키가 나가기를 기다리고 있었다. 쓸쓸하시지 않을까라고 생각해서! 기숙사에서 일단 학생의 감정을 꺼려해서 사감 자신부터 학생의 방을 보며 돌아다니는 일은 하지 않았다. 실제적으로 그 대신을 간호사인 오키가 맡았다. 그녀는 어정쩡한 자신의 입장을 좋은 기회로 삼아, 누구의 방에라도 때를 가리지 않고, 구실이 되지 않는 구실로 들어갔다. 모두에게 완전 빈축을 사고 있으면서, 둔감한지 철면피인지 판단되지 않는 미소로 금과 백금의 이빨을 번득이며, 오키는 여전히 이방 저방을 다니고 있었다.

2

구내에 있는 예배당에서 일요일 아침 조례를 알리는 종소리가 울려 왔다. 바람이 세차다고 여겨지고 종소리는 여운 없이 멀리 들린다. 히로코는 베개 밑에 손을 넣어 시계를 보았다. 아침식사에는 나가지 않기로 하고 담요 밑에서 아직 잠이 부족해서 뜨거운 몸을 폈을 때, 누군가가 히로코의 방 문 바로 밖에 달라붙어서,

"네, 그렇게 말하지 말고――혼자 가 줘. 내가 맘대로 하는 게 아니야, 간다든가 안 간다든가 하는 건."

처음에는 애원하듯이, 결국에는 화난 것처럼 마구 대놓고 뾰루퉁한 어조로 말했다. 아키타 사투리가 있는 스기토 타카코 목소리였다.

"그렇습니다만. 어제 이·에스·에스 때 미스 소야가 당신에

대한 것을 일부러 물으시던 걸요. 왜 요즘 예배에 오지 않게 됐는가 하고――나는 어쩔 수 없이, 잘 모르겠어요 라고 말했어요. 그랬더니 미스 소야는 그녀는 멋진 여자에요 라고 말씀하셨는 걸요…… 갑시다!"

곤란한 듯이 스기는 잠자코 있다가,

"나, 조금도 멋진 여자 따윈 아니에요."

내성적이면서 양보하지 않는 어조로, 역시 아키타 사투리로 소리내며 버티고 있다. 히로코는, 베개 위에 한쪽 팔꿈치를 괴고 반쯤 일어나면서, 이 서투르면서, 게다가 이런 학교생활에서는 상당한 의미를 갖고 있는 문답에 귀를 바싹 세웠다. 스기가 거절을 하는 건지, 아무튼 걱정인 것 같다. 스기는 지방의 미션 스쿨에서 익힌 습관으로 계속 예배에 참석하고 있었지만, 3주 정도 전부터 그 일을 그만두었다. 『전기戰旗』[3] 의 독자가 되었기 때문이다.

예배하러 가자고 권하는 것은 히로코 반에서 간사를 맡고 있는 영어회화 회원ESS인 이이다 미쓰코의 음성이었다.

"여기에 있는 이상 미스 소야의 눈 밖에 나면 손해야. 단 사십 분 아닙니까?"

"……그러니까, 당신 빨리 가시라고 말하는데――"

"나에게 다시 물으면 뭐라고 대답하면 좋을까요? 당신이 가지

---

3 『戰旗』는 1928년 5월부터 1931년 12월에 걸쳐서 간행된 일본의 문예잡지이다. 전41호 프롤레타리아문학작품의 중요한 발표무대였다.

않는 이유만 들려주면 나 혼자서 갈게요."

짧은 침묵 후, 문 이쪽에서 듣고 느낄 수 있는, 그 순간 스기의 조용하던 얼굴이 갑자기 환해지는 것을 알 수 있을 것 같은 어투로 말했다.

"나, 그런 예배, 조금도 영감靈感이 없어서 싫증났어요. 알겠죠? 알았다면 가세요."

"――곤란한 사람이네."

영감이라고 하는, 설교 중에 자주 반복되는 막연한 한마디가 역효과를 냈다. 이이다는 맥이 빠진 듯한 혼잣말을 남기고 가버렸다. 베개 위로 머리를 떨어뜨리고 천장을 바라보며 듣고 있던 히로코의 입가가 이상하게 느슨해졌다.

형식적인 노크와 함께, 문이 힘차게 열렸다.

"들었어?"

스기는 이목구비가 아담하고 선량한 얼굴에, 자신의 생각이 성공한 것조차 싫다,라는 표정을 지으며 히로코의 침대 옆으로 왔다.

"정말 귀찮지, 남의 일까지."

"너무 잘 됐잖아?"

"그럴까?"

웃지도 않고 스기는,

"하지만, 내심 틀림없이 애가 탈거야. 요즘 꽤 교회에 안 나오는 사람이 늘어났는걸. 정면에서 나오라고 말할 수 없는 거니까――정말 싫다, 이이다 씨 같은 사람을 이용해서"

젊은 여자애들이 어떤 시대의 기분으로 성경과 예배에 자신도 모르게 감상적이 되어 끌렸던 학생 중에도, 좌익사상이 침투되어 눈에 보이지 않게 급속한 분열을 일으키고 있었다.

"그렇게 말하면"

크지는 않지만 또렷한 쌍꺼풀 눈으로 살피듯이 스기가,

"너 어딘가 컨디션이 좋지 않니?"

라고 물었다.

"왜?"

"식당에서 오키가 가키에게 뭔가 말했으니까——"

히로코는, 침묵한 채 어깨를 움찔했다.

"사실은 어제 자고 올 작정으로 집에 갔었는데, 갑자기 돌아 와 버려서"

"흐—음"

하룻밤 자고 일어난 지금도, 히로코의 마음속에는 집에서 있었던 일에 대한 인상이 가득히 무겁고 복잡하게 남아 있다. 스기는 진솔하고 억척스러운 곳도 있는 귀여운 여자이지만, 그 천성은, 이렇게 상대하고 있는 히로코가 그런 것까지 털어놓고 싶어 할 만큼의 어떤 힘을 가지고 있지는 않았다.

일어나서 히로코는 침대를 정리하기 시작했다. 그것을 피해서 창문을 등지고 기대며 스기는,

"나, 오늘 오빠 집에 갈까 생각했는데, 그만둬야지"

힘 빠진 듯이 말했다.

"왜?"

"재미없는 걸――, 빨래만 하고 돌아온다니까.――그래도 조금은 기뻐해 주면 좋을 텐데, 마치 당연한 듯한 얼굴을 하고 있는 걸."

스기의 집은 고향에서 대대로 의사였다. 그 뒤를 이어받은 오빠는 아파트에 살고 있고 자비로 다니고 있었다. "왜 그런 요쿄쿠謠曲 같은 걸 좋아할까. 젊은 주제에, 그렇지? 완전 울적해지네, 나……"

스기와 히로코는 함께 방을 나왔다. 반쯤 열린 채로 있는 문틈에서, 밝은 실내 공기가 비치는 것처럼 화려한 유젠友禪[4] 하오리의 뒷모습이 보이기도 하며, 계단 중간에서 한 사람은 위에 한 사람은 아래에 멈춰 서서 얼굴을 마주보며 뭔가 이야기하고 있다, 둘 다 넓은 오비를 가슴 부위에 바싹 매고 있다. 평소 주로 양복을 입고 지내고 있는 이곳의 학생들은 일요일에는 절반 이상 기모노를 입고 새 버선이나 옷소매가 어색하지 않게 기쁜 듯이, 떠들며 웅성대고 있다.

세면대에서 예과豫科 학생이, 평소 접어놓고만 있었던 탓에 접은 선이 뚜렷한 비단기모노의 긴 두 소매를 어깨 위로 걷어 올리고,

"어머, 싫어요, 저, 정말 괜찮을까, 맹장염 같은 거 걸리지 않을까.――정말 싫어."

---

4 友禪 ; 비단 등에 화려 한 채색으로 인물·꽃·새·산수 따위 무늬를 선명 하게 염색한 것

라고 자꾸 물을 마시고 있다. 잘못해서 과일 씨를 삼킨 것이다.

사교실에서는, 기온祇園[5] 가요 같은 레코드가 울리고 있고, 그 가요에 맞추어 여자끼리 여섯 쌍정도가 춤을 추고 있다

한 걸음 밖으로 나오면, 늦가을의 밭과 잡목림이 지평선까지 광활하게 널려 있고, 주위에는 집들도 없어서, 일요일 오후 여학생들의 이런 걷잡을 수 없는 색채가 넘쳐흐르는 웅성거림은, 주위와 배제되어, 무형의 울타리 안에 둘러싸인 한 집단 같은 느낌을 주었다.

뒤뜰의 히말라야 삼나무 그늘에 있는 양지바른 벤치에서 연극반 학생들이 크리스마스에 공연할 영어 연극의 대사를 암송하고 있었다.

"오! 마리아! 보았느냐? 너는 분명히 보았지?"

한 목소리가 영어로 그렇게 다그치듯이 물었다. 그러자, 그 답을 해야 할 마리아가 갑자기 일본어로 소리를 낮추면서도 충분히 알아들을 수 있게 특별히 억양을 붙여서,

"네, 봤고말고요."

라고 대답했다.

"상하이에 도착하면 말이에요, 중국인만 있습니다만."

쉿! 막고 억눌러도 진정될 수 없는 생기 넘치는 웃음이 이어졌다. 가키, 즉 가키우치 나미라는 학생 사감이 지난번 상하이에 시

---

5 京都八坂 신사(神社)의 구칭 ; 또, 그 부근의 유곽

찰 갔다가 돌아왔을 때 강당에 학생들을 모아 보고를 했다. 그 첫 마디가 요즈음 걸작인 상하이에 도착하면 말이야, 라는 말이었다.

간식 시간에 일요일답게 팥죽이 나왔다. 식당을 나와, 오늘은 가게를 지키고 있는 사람이 없는 구매조합 가게가 있는 곳에 다다랐을 때,

"잠깐! 잠깐만요!"

하루코가 뒤에서 종종걸음으로 걸어 와서, 히로코의 어깨를 잡았다.

"알고 있니? 미타 선생님 그만두게 될 것 같다던데"

"정말?"

때마침 그 식당 쪽의 큰 복도를 쪼르르 지나가고 있던 학생들이,

"미타 선생님이 어쨌다고?"

"뭐지?"

"어디서 들었니?"

우루루 모여 와서 하루코의 주위를 에워쌌다.

3

미타 아쓰코가 교장 사택으로 불려가서 사직을 권고 받았다는 것, 그 이유는, 미국에서 귀국한 지 얼마 되지 않는 미타가 교실에

서 학생들에게 벤·비·린제이의 우애友愛결혼[6]에 대해 이야기 한 것이 이사회에서 안건으로 거론됐다고 하는 소문은, 처음에는 설마 하는 기분으로 받아들였다.

그러나 월요일 아침, 넌지시 기다리고 있던 미타당의 학생 눈에, 미타 아쓰코의 대학생스러운 하얀 칼라의 모습이 눈에 띄지 않았던 것은, 사건의 진척에 관심을 갖고 있던 학생들의 감정에 진지한 우려가 발생했다. 10시부터 미타의 역독譯讀 시간으로 되어 있는 히로코 반 학생들이 B교실에 들어갔을 때, 그 의구심과 분노가 뒤섞인 여학생들의 긴장은 정점에 달했다.

미타를 존경하는 학생이 많은 이 반은, 모두 빠짐없이 제 시간에 자리에 앉았다. 그리고 조용히, 대부분의 학생들이 시시각각 시간을 기다리면서, 어떤 학생은 미처 찾지 못한 두 세 개의 단어를 사전에서 찾기도 하고, 만년필 잉크 상태를 고치기도 하고 있다. 히로코도 그 정도로 미타에게 심취하고 있는 것은 아니었지만, 역시 그 아침은 특별히 기다리는 마음으로 맨스필드의 단편집을 읽다가 멍하니 페이지만 넘기고 있었다.

쥐 죽은 듯이 고요한 가운데 마침내 누군가가,

"무슨 일이죠? 벌써 10분 지났어."라고 말했다.

---

6 미국의 린제이(Lindsay) 판사에 의하여 주창된 새로운 결혼 양식. 곧, 두 사람의 이성이 서로의 우애를 기초로 하여, 결혼생활에 들어가기 전에 피임과 이혼의 자유를 인정하면서 시험적으로 동거하는 결혼

그렇게 큰 소리로 말한 것도 아니었을 텐데, 그 목소리는 아침의 밝고 불안한 예상으로 충만해 있는 교실의 공기를 뚫고 또렷하게 울려 퍼졌다.

"――이제 정말 안 계시게 된 걸까?"

호소하는 듯한 목소리로 말하면서 도쿠야마 스가코가 자기 자리에서 미타가 차고 있는 것과 같은 목각의 둥근 버클을 찬 몸통을 비틀어, 주위를 빙 둘러보았다.

뒤쪽 자리에 있는 하루코가 그 때,

"이이다, 교무실에 가서 물어보고 와."

평온하고 확신에 차 있는 어조로 말했다.

"그런데――"

이이다는 자신이 미타당이 아니니까 라고 하는 것뿐만 아니라, 그날 아침은 뭔가 가득 차 있는 것 같은 반 전체의 공기를 느껴서인지 막연히 꽁무니를 뺐다.

"간사라는 사람은, 이런 때야말로 필요한 사람인 거야"

비꼬듯이 그렇게 말한 사람은 미와다.

"어서, 물어보고 와, 마냥 못 기다리겠어."

목소리들에 등 떠밀리듯 하여 문밖으로 사라진 이이다는 바로 돌아와서,

"결석이라고 해" 교실 전체를 두리번거리며, 통지 받은 것을 그냥 전한다는 얼굴로 말했다.

"자습으로 해 주세요 라고"

"그럼 결국 정말이란 거네. 아! 어쩌지!"

"어쩜 이렇게 부당할까!"

"이제 와서 그런 일을 빌미로 삼다니, 비겁하다. 학생들에게 인기 있는 게 안 된다면, 도다선생님은 어떻게 할 거야! 린제이 사건이 아니지 않습니까. 너무 바보 취급하는 것 같아!

미타가 해고당하게 된 진짜 원인이 교사 간의 세력 다툼인 것은 학생들에게도 짐작되는 일이다. 초대 교장의 사후死後는 교사를 하고 있는 고참 졸업생 중에서 교장에 취임하는 관례로, 현 교장인 누마타 요시코 파와 다음 교장을 노리는 이시카와 타미코 파는 심하게 대립하고 있었다. 이시카와가 밧사여자대학의 학위밖에 갖고 있지 않는 데, 새로 귀국한 미타가 발티모어대학의 학사를 갖고 있다. 그런 미타는 누마타의 후배이다. 그것만으로도 미타의 입장이 어렵고 위태로운 것은 예상되는 일이다.

학생들은 그런 갈등이 평소 불합리하고 불쾌하게 생각되었는데, 그만두게 하는 이유로 미타가 학생에게 린제이의 설을 설명한 일이 거론되었다는 것이 격앙된 감정을 솟구치게 했다. 교실에는 자습을 시작하는 기분 따위 없었다. 대부분의 학생이 자리에 앉은 채 몸을 비틀어 둥글게 앉아서 그 사건에 대해서 이야기하기 시작했다. 도쿠야마처럼 여학생다운 숭배로부터 미타의 부당한 해고를 화내고 슬퍼하는 학생. 학교 정치의 내부마찰에 그런 사상적인 것 같은 구실을 갖다 붙이려고 하는 학교의 처사를 분개하는 학생, 여러 가지이지만, 학교가 학생들과 교사를 이런 일에까지 제압하려고 하는 것에 대한 반발은, 그것들에 대한 모든 감정을 포괄하는 학생 생활이라는 것에 대한 하나의 공식 불만인 것이었다.

"저 분해서 이시카와 타미코의 시간 따위, 와서 수업하지 않을 테니까 좋아!"

토쿠야마가 눈물을 손가락 끝으로 닦으며 그렇게 말했다."

그렇게 한다면, 타미코 싱글벙글할 거야. 기뻐하며 당신을 떨어뜨릴 뿐이야."

이즈쓰가 화난 듯이 대답했다.

"그런데, 그래도 어떻게든 안 될까? 왜 미타선생님은 얌전하게 물러서 있는 걸까? 그치?, 왜 그런 일은 싫다고 노력하지 않는 걸까. 그러지 않아? 미타선생님도 우리들이 이렇게 생각하는 것을 알면 분명 뭔가 하실 거야."

"오늘 방과 후에라도, 미타선생님에게로 가보면 좋겠어, 그러면 좀 상황을 알게 될 테니까."

클래스의 의지意志를 대표하는 것이니까 라고 해서 이 유지有志 어린 방문에 간사인 이이다도 참여시켰다

예과에서는 미타가 나와야 했을 시간에, 가키가 와서, 미타선생님은 일신상의 사정으로 지방으로 전근하는 거니까, 여러 가지 소문을 믿지 말라고 하고 자습을 잠시 감독하고 갔다. 이 미봉책은 다음날이 되어 예과 전체를 완전히 화나게 하는 결과가 되었다. 가키가 공공연하게 예과를 속인 것, 어린애 취급한 것이 예과의 모두를 화나게 했다.

3학년은 그 날 식당 등에서도 일반적으로 이상하게 차분히 있으면서, 서먹서먹한 태도를 보였다.

히로코는 미타의 집을 방문 하는 그룹에는 들지 않았다. 그것은 상담을 통해서였다. 스기도 남은 반 학생 쪽으로 갔다. 하루코는 그룹을 그런 식으로 나눴다. 전날 밤에 타협된 일이다.

통금 시간 직전에 시부야에 있는 미타의 집에 간 사람들이 돌아왔다. 히로코는 긴장한 기대감으로 도쿠야마의 방에 가 봤다. 침대 위에 네 다섯 명, 책상 앞 의자 쪽에 도쿠야마와 하루코, 스기 등이 있다. 어느 얼굴에도 낮과는 다른 분개와 당혹감이 감돌고 있다.

"어땠어? 만났어?"

라고 히로코는 조심조심 물었다.

"만났어. 미타 선생님도 그만두고 싶은 마음. 조금도 없어."

도쿠야마가 의기소침하게 한 손을 들어 자신의 이마를 문질렀다.

"하지만――"

"그건 미타선생님으로서는 자신의 입장에서 모두 얌전하게 공부해 줘, 라고 밖에 말할 수 없게 되어 있어."

하루코가 강한 어조로 말했다.

"종교 문제가 얽혀 있는 거야. 미타선생님, 미국에 있을 때 교회를 탈퇴했대. 그게 문제가 되어서, 미스 소야 따위가 이사회에서 불평을 한 것 같아. 물론 다미코가 부추긴 거야."

"여기는 신학교가 아니야!"

격하게 한 사람이 말했다.

"미타선생님을 아쉬워하는 게 안 된다면, 더 계속해서 다른 신선한 선생님을 넣어 주면 되잖아. 기도해도 서로 으르렁거리고 있으니 그야말로 모순된 짓이야."

모두 쓴웃음을 지었다. 가키는 항상 모순을 모신이라고 말한다.

다음 날은 예과가 미타를 방문했다. 히로코의 반에서는 그날의 첫째시간이 도다였기 때문에 15분간 양보 받아서, 미타를 방문한 경과를 교실에서 보고했다. 그리고 이 반에서 미타의 유임을 요구하는 의견을 모았다.

수요일 점심시간에 교장인 누마타가 특별히 학생들을 강당에 집합시켜서 학생의 본분에 대한 훈시 같은 말을 했다. 누마타는 수수하게 머리를 묶고 셀룰로이드 빗을 꽂은 평소와 같은 모습으로, 대강당 앞에 서서, 목소리에 힘을 주려고 할 때마다, 피부가 얇게 쭈그러지고 기력이 부족한 아래턱을 떨었다. 사방팔방 오로지 아무 일 없기만을 신경 쓰고 있다. 그 신경씀씀이가 몸에 가득했다. 그 해는 남자 학교뿐만 아니라, 여자전문학교에도 분쟁이 있었던 해이다. 삼삼오오 강당에서 떠날 때 대부분의 학생의 얼굴에는 어떤 초조함과 말할 수 없는 경멸의 빛이 있었다.

히로코가 아래를 내려다보고 구두 끝으로 자갈을 걷어차면서 안마당에 들어서자, 뒤따라오면서,

"가가야마"

말을 걸었던 것은 평소 그다지 친밀하지도 않는 쓰카모토였다. 쓰카모토는 아주 낮은 목소리로

"이봐, 어떻게 될까? 나 걱정이야."

라고 주위를 꺼리듯이 말했다.

"뭔가 시작되지 않을까?"

"ーー왜 그런 걸 나에게 물어?

히로코는 의아스러운 듯이 관찰적인 눈을 했다.

"너가 알고 있는 것 정도밖에 몰라."

"나. 곤란해. ーー나, 실은 모두와 다른 처지야. 나의 학비는 큰아버지가 내고 있어. 아래 동생들을 내가 돌봐줘야 하니까. 비겁할지 모르지만, 만약 내가 어떻게 되거나 하면 정말 곤란해." 히로코는 답하려고 하지 않았다.

"ーー괜찮을까요?"

"나에게 물어본들, 무리야, 그렇지?"

쓰카모토의 말은 뭔가 끈적끈적하고 불쾌한 느낌을 히로코에게 주었다. 그런 일이 있고나서 5일정도 후, 히로코는 다시 뜻밖에 상급생인 가와하라에게 타이프라이터 연습실 밖에서 붙들렸다. 가와하라는,

"잠깐, 가가야마 『느티나무欅』에 대한 일로 용건이 있는데."라고 히로코를, 레코드에 맞추어 몇 대의 타이프라이터가 울리고 있는 벽 바깥쪽에 사용하지 않는 테이블 등이 쌓여 있는 한 구석으로 데리고 들어갔다.

"저, 이상한 걸 묻는 것 같지만, 그저게, 항상, 그랬지? 하루코가 왠지 이번에는 나에게 알려주지 않았지만..."

당혹감을 느끼면서 히로코는 흔들림 없이 주의를 집중한 시선으로 가와하라의 거무스름한 얼굴을 지켜봤다.

"하루코, 왜 알려 주지 않았을까?"

거짓이 아닌 어딘가 괴로운 듯한 표정이 광대뼈가 높은 못생긴 가와하라 얼굴에 나타났다.

"나 왠지……괴로워! 나, 뭔가 잘 못했을까? 넌 알지 않을까? 안다면 가르쳐 주지 않겠어? 응?"

괴로움을 느끼면서 히로코는,

"그저께의 일은 저도 모르는데 ――뭔가 사정이 있었던 게 아닐까요?라고 사실과는 다소 다른 대답을 했다.

이와 같은 세심하면서 제각기의 원인이나 내용을 가진 사건은, 학교 안이 동요하고 있는 분위기와 함께 히로코의 마음에 깊이 새겨지고, 축적되어 갔다. 하루코는 눈에 띄지 않도록 고심하면서 자주 외출했다. 그리고 히로코는 그동안 하루코를 위해 작문을 대작代作해서 교과서에 써넣기로 했다. 이 시기를 통해서 히로코는 자신의 성질과 하루코의 성격 차이, 상이相異하면서 또 얼마나 비슷한가를 지금까지보다 더 확실히 자각했다. 같은 경험에 부딪혀도, 하루코는 그 일에 직접 자신의 감정이 흔들리는 일이 없는 것처럼, 완전히 순서가 정해져 있는 사고방식에 따라서 그 일의 성질, 줄거리 가닥 같은 것을 추출하고, 그 대책에 서슴없이 머리가 돌아간다. 학교의 공기흐름이 움직이기 시작한 이후, 하루코의 이러한 특징은 긴장 속에서 눈에 띄었다. 히로코는 그렇지 않았다. 하나하나

의 인상이, 그 정경, 표정, 음향 그대로 선명하게 가슴에 남았다. 그
것들이 서로 겹치면서 얽히고 풀리는 동안에 히로코의 마음속에
는 저절로 포괄적인 결론이 생기고, 점차 복잡한 생활의 추진력 같
은 것으로 형성되어, 하루코가 이론으로 제시하는 방향에 마음으
로부터 일치시켜 가는 것이다. 그리고 일치하게 되면, 히로코의 천
성은 다소 어린아이 같이 자신이 인정한 것에 대해 성의를 갖는 것
이었다.

4

한 밤중 세시에 후루카와 다리로 향하는 큰길을, 한대의 자동
차가 차분한 속도로 다가왔다. 룸 램프에 비친 한쪽 구석에 도드
라진 무늬의 레이스 숄을 한 에이코가, 등에 쿠션을 대고 눈을 감
고 있다. 부피가 크지 않는 작은 비단 보자기 꾸러미를 사이에 두
고 한쪽 구석에, 다이조가 왼손을 팔꿈치 밑으로 하고 이따금 오른
손 엄지손가락과 집게손가락으로 입술의 양끝을 누르는 듯이 잡
는 듯이 하는 모습으로 양 다리를 예의 바르게 앞으로 나란히 하고
있다. 그 다이조의 얼굴에도 피로가 나타나 있었다.

후루카와 다리 네거리에 가까워졌을 때, 통행이 두절된 어둡고
낮보다 넓어 보이는 궤도에 서너 개 뒤섞여 있는 둥근 제등의 붉은
불빛 그림자가 보였다. 자동차는 더욱 속도를 떨어뜨려서 조용히
접근해 가자, 앞 방향 길 위에서 제등 하나가 크게 좌우로 흔들리

고 앞차도 그곳에서 멈춰 있다. 비상 경계였다. 턱 끈을 두르고 각 반脚絆을 한 경관 한명은 운전기사의 창 쪽에서 내부를 들여다보며 뭔가 말했다. 운전기사가 '예 그렇습니다' 라고 답했다. 같은 복장을 한 또 다른 경관이 차 문을 밖에서 열었다.

"실례합니다."

다이조는 원래의 자세 그대로 인사하듯 가볍게 집게손가락을 움직였다. 에이코는, 하얀 분이 묻어있는 눈꺼풀을 살짝 올려 떴지만, 다시 눈을 감았다.

쾅하고 문이 닫히고, 아까 좌우로 흔들린 제등이, 세로로 크게 움직이자 앞차도 움직이기 시작하고, 다이조 부부의 자동차도 다시 평온하고 아무 탈 없이 조용한 속력으로 나아가기 시작했다.

도쿄도 이 시간에는 짧은 잠에 들어 있다. 시장에 채소를 운반하는 트럭 등이 난폭하게 전차 궤도 위를 질주하는 것을 봤다.

에이코가 등을 비틀어 쿠션의 상태를 바로잡으면서, "오사와 씨도 정말 곤란하네요,"

눈을 감고 있던 동안 내내 그 일을 계속 생각하고 있었던 것 같은 목소리로 말했다.

"이 한밤중에, 이렇게 부르다니, ㅡㅡ도대체 당신, 유조 씨에게 더 분명한 태도를 보이지 않으시면 안 됩니다. 사와코도 시원시원한 성질이 아닌 것은 인정한다니 ㅡㅡ유조 씨는 그런 기민한 남자니까, 오빠도 그렇게 생각해서, 이제 와서, 오사와 씨를 돌려보내면 당신 어떻게 하시겠습니까?ㅡㅡ나는 싫어요."

그날 밤 열두시가 되어서 시로가네의 이노우에로부터 전화가 걸려왔다. 부부가 서로 싸워서 부인인 사와코가 어떻게든 오빠들에게 이야기를 들어 달라고 해서 어찌할 도리가 없었기에, 유조 자신이 전화기 앞에 서서, 당혹스러움을 음성으로 표현했다.

어쨌든 아이들까지 모두 재우지 않고 있는 상태라고 하니까, 참으로 자신의 사회적인 지위에 대해서도 딱하다고 말했다. 유조는 일본에서 유수한 생명보험회사에서 상무를 역임하고 있다

에이코는 지쳐서 일을 끝내고 오는 길에, 말쑥한 오시마의 차림은 조금도 눈에 띄지 않았고, 옷깃언저리 등이 꾀죄죄한 옷을 입고, 얼굴을 붉히고, 부은 것처럼 보였던 사와코의 꼴사나운 모습을 상기시켰다. 어디를 봐도 세련되고 멋진 몸매로, 머리를 한가운데 깔끔하게 가르마를 한 세상에서 미남이라고 하는 유조의 능력자다운 풍모와, 얼마나 심한 대조인가.

이 부부의 분쟁은 요즘 시작된 것은 아니었다. 유조의 용모와 직업과 지위는, 사와코와 결혼하고 나서 지금까지 이십년 동안이나 종종 아내의 질투를 자극했다. 이번 싸움은 지금까지보다 훨씬 심각하고 성격도 중대했다. 자택에서는 사와코가 조금 눈치 빠른 가정부는 모두 내쫓아 버려서, 찾아오는 손님에게조차 남들처럼 접대를 할 수 없어서, 손님은 모두 밖에서 대접하기로 했다고 전해 들었다. 그것이 작년쯤의 일이다. 다카나와 바다가 보이는 잔디가 있는 집은 네 명의 아이들과, 그 이후 점점 감정을 얽어매게 하는 사와코와의 생활 장소가 되었고, 남편인 유조는 밤부터 아침까지

여기서 살고 있었다. 엊그제 오후 다카시마야에서 오모리, 이노우에 님이라고 적힌 여성 용품이 도착했다. 그것은 사와코가 주문한 것도 아니었고, 장녀가 한 것도 아니었다. 얼핏 보기에 화류계 취향의 물건이었다. 그것이 오늘밤 가가야마 부부를 밤샘하게 한 원인이 됐다.

사와코는, 울 눈물은 이미 다 흘려서 더 나올 게 없는 상태처럼 반쯤 경직된 듯한 눈을 유조에게 고정시키고, 치열한 애착이 몸이 떨릴 정도의 증오로 변한 목소리로,

"자, 형과 동서가 왔으니까 놓치지 않겠습니다. 어디에 그 여자를 숨겼습니까?"라고 정면으로 다그쳤다.

"정말 이러니까 곤란해요."

유조는, 민감한 표정 위에 당혹감을 띠고 있을 뿐, 지극히 평온하게 여유를 가지고 가가야마 부부를 돌아다보았다."

그러니까 다 말한 대로야, 도쿄에 이노우에라는 성씨의 집은 수백 채 있다. 전화번호부를 봐봐. 썩을 만큼 있다. 그것이 우연히 잘못 온 걸 거라고, 내가 알 바가 아니지 않나? 첫째 그런 사람이 있다면 매일 밤 아무리 늦어도 집에 돌아 와서 자는 놈이 어디 있겠나?"

"이봐요, 동서, 이렇게 뻔뻔스런 말을 해요. 그동안 몇 백 번 다카시마야에서 물건을 받았는지 모르겠지만, 한 번도 다카나와의 이노우에 님이라고 적힌 건 오지 않았어요. 당신이, 이것은 오모리 쪽이야, 라고 말했으니까, 그렇게 적혀 있는 게 아닙니까?"

"장부에서 조사해 봐. 그러면 마음이 놓이겠지."

"장부 같은 소리! ――자기가 굳게 입막음 해놓고……아아, 아아"

사와코는 퉁퉁한 살집으로 무거운 몸을 비틀 듯이 하며 또 눈물을 흘리기 시작했다.

"유조는요, 보세요, 이렇게 나를 어느 쪽으로도 손도 발도 내밀지 못하게 해놓고, 죽기를 기다리는 겁니다."

이노우에는, 여송연의 끝을 자르면서 가가야마를 향해,

"너에게 말해서는 정말 미안하지만, 나는 아내에는 실패했다. 가가야마에게도 이런 머리 나쁜 놈이 나오네. ――사실 나는 아이들도 어머니가 어머니이니까 크게 기대하지 않기로 했어."

유조의 말이 아이에 대해 언급되었을 때, 다이조는 매우 진지하게 고통스러운 표정을 지었다. 그리고 돌아오는 길에 아내로부터 그녀의 심리적으로 미묘한 이유에 의해 일전에 공박을 받았던 말,

"그러면, 사와카가 시원시원하지 않으니까 당신 같은 활동가에게 부적당한 데가 있는 것은 나도 알겠지만――"

한 손으로 그 입술 끝부분을 만지면서 다이조는 진정으로,

"하지만, 아이들에게는 엄마가 필요해. 아버지보다 엄마가 필요해, 좀 생각해 주게."

라고 말했던 것이다.

에이코는 사와코에 대한 동정과 경멸, 유조에 대한 불신용, 어

느 쪽도 숨김없이 표현하면서,

"당신이 그렇게 수상하다고 생각한다면, 사립 탐정이든지 뭐든지 유조 씨에게 붙이면 되지 않겠어요?" 라고 했다. "그리고 당신의 마음이 놓이도록, 사회적 지위를 훼손하든지, 법률상의 수단을 취하든지 하면 되지 않습니까. 나라면 그렇게 하겠어요!"

그 말을 하는 에이코의 말투 속에는 사와코를 향해 말하고는 있어도 두 남자를 향한 위협이 뚜렷하게 전해졌다. 다이조는 조끼에 있는 가느다란 백금 고리를 만지작거리며 아내의 목소리와 눈 속에 불타고 있는 위협의 의미를 명료하게 느끼고 듣고 있었다.

에이코는 정말 여차하면 그런 일도 할 여자이다. 그것을 다이조는 여러 가지 일을 통해 알고 있다. 유조는, 아침에 면도한 뺨 주위가 밤중이 된 지금 조금 푸르스름해진 턱이 잘 발달된 얼굴에 쓴 웃음으로 말했다.

"형수님을 만나면 못 당해요. 그러나 일본의 법률은 방편인 걸요. 예를 들면 재산에 대한 고소를 했다고 하면 남편 쪽에서는 가능한데 아내 쪽에서는 불가능해요. ——바둥거리면 결국 손해를 보는 것은 여자니까 얌전하게 엄마로서 만족하면 되는 거죠."

"그런 남자뿐이니까, 나는 화가 나요. 손해를 본다고 해도 인간은 당신처럼 득실만으로 사는 건 아니니까. 내가 오사와 씨이고, 당신이 이상한 짓을 하는 사람이라면, 투덜투덜 우는 일 따위 절대하지 않을 테니까."

에이코는 살결이 아름다운 뺨에 혈색을 띠며 말했다.

이노우에는, 에이코가 화장실에 가려고 일어섰을 때 뒤따라가서, 화려하게 나비와 조개가 새겨진 조선의 장롱 등이 장식되어 있는 복도까지 나왔다. 그리고 에이코의 상식에 호소하듯이 말했다.

"어쨌든 저런 상태니까, 만약 아이들을 줄줄이 데리고, 저 나이에 이상한 짓이라도 하면 곤란해요. 아무쪼록 잘 부탁드립니다."

"그것도 당신의 체면 때문이겠지요?. ——"

에이코는 이노우에의 용모가 수려한 중년의 푸근한 얼굴에서 가슴으로 시선을 흘리며, 목소리를 낮추고 신랄하게 속삭이며 꼬치꼬치 캐물었다.

"당신도 좀 적당히 하지요. 어머니가 어머니이니까, 라고 말하다니 ——아이가 갓난아기 시절, 귀 뒤가 헐어서 아물지 못 했던 것은 누구의 탓인지 알고 계실 게 아닙니까?"

이노우에가 스스로 잔을 정리해서 들고 식당에서 가져와서 포도주 등을 꺼냈다. 마지막에는, 만약 이 다음 뭔가가 있으면 가가야마도 어쨌든 가만히 있지 않겠다고 하는, 이른바 일시적인 위안으로 부부는 귀가 길에 올랐다.

그 새벽은, 밤샘이라도 하고 돌아왔을 때 같았다. 밖은 깜깜하고 방은 추웠다. 눈부신 전등을 반사시키는 거울 면에 와이셔츠를 새하얗게 비추면서 다이조가 옷을 갈아입었다. 이 쪽 작은 방에서 깔아놓은 꽃대자리 위로, 신경질적인 듯한 느린 동작으로, 에이코가 오비 띠를 풀어 던지고, 오비를 풀어서, 오비를 접어 놓았다.

다이조는 재빨리 이를 닦고 와서, 작은 방 쪽으로,

"먼저 잘게."

말을 걸었을 뿐, 생동적인 발소리를 울리며 이층으로 올라가버렸다

그 날 다이조는 어느 큰 은행의 경영에 대한 일로 그 은행 이사회와 충돌했다. 새로 들어온 이사가 자신의 연고자를 추천해서, 다이조에게 고문 격이 되어 달라고 했기 때문이다. 다이조는 그것은 불가능하다고 거절했다. 새로 추천된 사람에게, 이사회의 의견이 일치한다면 전부 위임하면 좋을 거라고 말하고 물러났지만, 그 일로 그는 내일아침 일찍 그 은행을 움직이고 있는 어느 재벌을 방문해야 한다. 작은 일 같아도 이 사건은, 최근 2년간 일본의 재벌 간에 생긴 어떤 미묘한 세력의 이동을 말하고 있다는 것을, 다이조는 오랜 경험에서 알아차리고 있었다.

에이코는 다이조의 마음속의 계획에 대해서는 아무것도 몰랐다. 남편의 발소리를 들으면서 지쳐있는 에이코의 하얀 얼굴에, 지금은 누구도 거리낄 것 없는 권태와 혐오의 빛이 넘쳤다. 에이코에게는, 다카나와에 있는 부부의 분쟁 그 자체도 불쾌했고, 이에 대한 다이조의 태도도 마음에 들지 않았다. 다이조에게는 심각한 것이 없다. 사색적인 곳이 없다. 팔방미인이다. 평소 에이코는 남편을 그런 식으로 보고 만족스럽지 못했지만, 오늘밤은 다이조가 이노우에에 대해서 전혀 압도하는 태도를 보이지 않은 것이 이중으로 더 싫다는 생각이 들었다. 그것에는 이노우에와 다이조의 남자로서의 솜씨를 자연스럽게 비교하면서 바라본 여자의 허영심 같

은 것과 섞여서, 에이코답게, 제멋대로 하는 남자의 행동에서, 남자들의 동병상련 같은 것으로 적당히 정리하려고 하는 다이조가 답답하게 여겨졌다.

이런 일로 밤중에 돌아왔는데, 다이조는 저렇게 아무 생각도 하지 않고 바로 자버릴 수 있다. 아내와 조용히 이야기하려고 하는 아무런 문제도 느끼지 않는다. 다이조에게는 그러한 깊은 맛이 없다고 생각했다. 에이코로서는 특히 이노우에가 가가야마에게도 이런 머리 나쁜 놈이 나오네요, 라고 사와코를 평가해서 한 말이 잊혀지지 않았다. 젊은 며느리였던 자신을 괴롭힌 완고한 시어머니인 이세코의 얼굴이 생생하게 되살아났다. 그 피가 어떨 때의 다이조에게도 역시 흐르고 있다. 그리고, 아이들 중에도 아마 불가항력적으로 들어와 흐르고 있을 것이다. 그것을 괴로워하는 것은 자신뿐이다. 그리고 그런 남편을 갖고 싶다고, 그런 아이를 낳고 싶다고, 여자로서의 자신이 언제 원했던 적이 있었나!

생활에 대한 에이코의 원망은 언제나 여기까지 거슬러 올라왔다. 요동치는 분위기에 감싸여 있었다고 말할 수 있는 신혼 생활도, 에이코의 현실에서는 전혀 다른 것이었다. 사랑 없이 어머니가 된 한 여자의 열정과 육감이 성숙된 정점, 바야흐로 노년이 임박해지려고 하는 은밀한 일생의 계절, 마지막 청춘의 만조 때인 지금, 맹렬하게 에이코를 고통스럽게 하고 있다.

잘 타오르는 화로의 불을 저어, 자신의 전용인 구타니 이시카와石川현 구타니九谷[7] 의 찻잔에 따른 차를 마시며, 꼼짝 않고 테이블의 한 점에 주시하고 있는 에이코의 속눈썹 짙은 눈에서, 한 방울씩 눈물이 넘쳐 조용히 뺨을 타고 턱 쪽으로 흘렀다. 그것은 짜고 차가운 두 줄기 눈물이었다.

유조 부부의 속임수 투성이인 부부의 삶도, 그들의 사회적 지위와 상관없이 에이코의 마음에 경멸을 불러일으켰다. 자신들 부부의 생활, 이 또한 무엇일까? 그리고 여자에게는 법률상의 권리조차 제대로 부여되어 있지 않다. 그 굴레에 얽매여서, 끝내 여자로서의 자신의 일생은 허비되어야 하는 건가? 자신은 그것을 바라고 있을까? 결코 바라고 있지 않아! 바라고 있지 않는다! 에이코의 마음속에는 발버둥질 같은 절규가 있다. 그 절규의 끝에, 스무 아홉 살인 다자와의 모습이 떠올랐다. 그는 다혈성인 다이조과는 전혀 반대인 골격과 피부를 가지고 있다. 마른 형으로 굳이 말하자면 푸른 다자와 청년의 얼굴이, 에이코의 큰 체구, 이미 쇠퇴를 드러내면서 더욱 풍만하고 향기로운 전 존재를 끌어당기듯이 손짓하는 것이다.

에이코는 언제부턴가 자신의 생각 속에 사로잡혀서, 한참 동안 한없이 많은 눈물을 손수건으로 훔치며 울었다.

---

7 지방 에서 만들어지는 사기그릇 (잔 무늬와 황금빛의 채색이 특색).

5

학교 안의 분위기는 불안을 담고 동요하면서, 하루코가 그것을 예상하고 있던 것처럼 급속한 일반적인 변화는 일어나지 않았다. 2학기 시험이 다가온 탓도 있다. 게다가 학교 측이, 미타 선생의 송별회를 오는 토요일 방과 후 학생 식당에서 개최, 회비 15전이라는 예고를 했다.

각 간사는 회의가 있으니까 급히 서무실로 와 주세요.

게시판 앞에서 하루코 눈에 띄지 않을 정도로 강하게 곁에 있던 히로코를 쿡 찔렀다. 히로코에게는 하루코의 마음이 통했다. 게시판의 알림을 읽고 떠나는 학생 중에서,

"그런데 뭐 조금은 양심이 있네, 송별회만큼은 하게 하니⋯⋯"

약간 울적함이 풀리는 듯이 말하는 사람도 있다.

첫 시간째 마치는 벨이 울리고, 히로코의 반 학생들이 일어서려고 할 때 간사인 이이다가,

"저, 잠깐!"

이라며, 오늘은 스스로 교단 옆에 서서,

"저, 토요일 방과 후, 미타 선생님의 송별회가 있는 것은 알고 계시겠지만, 미타 선생님의 마음에, 따로 반별 송별회는 사절하실 것 같기 때문에, 아무쪼록 여러분 출석해 주시기 바랍니다."

라고 상쾌하게 말했다.

앞줄에 있던 한 사람이 생각 없이 입에서 나온 말투로,

"누가 그렇게 말했어?"

라고 물었다.

"가키 씨야."

이이다는, 상대 급우의 얼굴을 바라보고 자신도 기운을 잃은 평소 목소리로 돌아가서 말했다. 반 전체에 불만과 비아냥이 희미하게 느껴졌다.

"저 그리고, 송별회에서는 각반의 간사가 인사한다고 해요. 반 학생들의 마음을 모아서 하고 싶은데, 어떤 이야기를 하면 좋을까요?"

"알잖아. 그런 송별회 같은 건 재미없다고 생각하고 있다고, 분명히 말해."

미와가 옅은 붉은 립스틱을 바른 입술을 뾰족이 내밀며 말했다.

"완전, 형식적이 아니야?. 그냥 표면적인 것 뿐이네. 각반에서 간사만이라니 ——그런 게 어딨어?"

시끌시끌하기 시작한 가운데 히로코가 자신의 손뼉을 쳐서 주의를 모았다. 시선이 모이자 조금은 찌푸린 표정으로, 히로코는 열심히,

"반에서 말해 줄 것을 정해 둡시다." 라고 했다. "나는, 이이다 씨에게 꼭 이 사실만 말하고 싶습니다. 그것은, 미타 선생님이 교과서 이외의 것에 대해서 말해 준 것이 얼마나 본질적으로 우리들의 학문이 되었는가, 라고 하는 것. 그리고 미타 선생님이 앞으로

어디에서 가르쳐도 학생은 살아 있는 지식을 얻을 수 있다는 것을 결코 잊지 말아 주기를. 학생은 선생님이 생각하는 것보다 판단력을 가지고 있으니 린제이의 설이라고 우리는 그대로 수용하지는 않아요. 그러니까 안심하도록. 이라고요. 그러니까 학생은 그런 것을 이유로 선생님이 해고당한다고 하면 그것은 진심으로 반대입니다, 라고요, 제발 그것만은 말해 주세요.”

“정말 그래, 이이다, 확실히 말해 알겠지.”

도쿠야마가 고개를 숙이는 것처럼 해서 힘을 불어넣었다.

“우리 반에서는 미타 선생님이 유임하도록 하는 요구를 냈으니까 그 일도 말하는 편이 좋겠어.”

토요일 회의에는 전체 학생의 3분의 2정도가 참석했다. 학교 측에서는 가키 우치가 나왔다. 3학년 간사가 사회를 담당했다. 창가에서 세 번째 줄의 테이블에 스기와 나란히 앉아 있는 히로코의 눈 속에는, 회의의 진행에 따라서 꺼졌다가 다시 타오르는 작은 불 같은 것이 번뜩였다. 회의장 전체에는, 존경하는 미타선생님을 공공연히 테이블 중앙에 바라보고 있는 단순한 안도의 기분과, 약간의 의식 같은 야유와 냉정함이 교류하고, 자신의 마음에 있는 울분, 학생의 가슴에 있는 여러 가지 기분이, 조금도 그대로 바로 나타나지 않았다. 히로코는 그것이 안타까웠다.

저학년 반부터 차례로 인사를 하고, 이이다의 차례가 됐다. 이이다는 대개 부탁 받은 대로 의미를 말했지만, 단어 사용은 그녀 스타일로 모난 것은 깎았다. “진심으로 반대야” 라고 말해야 하는 부분이 "참으로 유감입니다"라고 말해버렸다. 사회를 하던 3학년이 인사 뒤를 이어서, 이 밖에 각 반에는 한마디씩이라도 직접 미타 선생님께 감사와 이별의 말을 하고 싶은 사람이 있다고 생각하는데, 만약 미타 선생님에게 폐가 아니라면 허락해 주시지 않을까요, 라고 덧붙여 말했을 때에는, 모두가 기뻐하는 동요와 박수로 울려 퍼졌다. 스기는 상기되어서,

"별일이네, 3학년 저 사람!"

이라고 히로코에게 속삭였다. 히로코와 학생들은 먼 자리에서 눈을 떼지 않고 긴장한 기대감으로 미타 선생님의 행동거지에 주목했다. 미타는 조금 의외의 태도로 어느 쪽이라고 대답하지 않는다. 재차 촉구하듯이 더 기다릴 수가 없다는 듯한 박수가 터져 나왔다. 그러자 미타 선생님은 교탁 앞에 섰다. 그리고 학생의 호의를 정중하게 사양했다. 그리고 다시 한 번 정식으로,

"방금 3학년 학생이 말씀해주신 것은, 저로서는 참으로 기쁜 일이지만, 인원도 많으시니, 간사 분들이 그 마음을 충분히 대표해주신 것으로서 받아들이는 편이 좋다고 생각합니다."

끝을 외국식으로 "감사합니다"라고 맺고 자리로 돌아갔다.

처음의 활기는 잃었다. 박수가 터졌다. 히로코는 박수를 칠 생각이 들지 않았다. 미타 선생님은 언행으로, 역시 자기 학생들이 그런 강한 표현을 구하고 있는 기분을 피하고 있었다.

회의가 끝나고 방에 돌아오자, 미와가 신발 신은 채로 침대 위에 털썩하고 천장을 보면서 누워,

"아—아, 미타 선생님, 인가!"

라고 뭔가를 자신의 마음에서 내던지는 듯한 목소리 표정으로 중얼거렸다.

"요컨대 선생님이구나!"

"저 선생님은, 그런 곳이 있어. 자신의 이해력이 좋은 점을 스스로 좋아한다는 것을"

히로코도, 언짢게 빠른 말투로 말했다.

"우애결혼 이야기했을 때, 우리 질문을 그 선생님은 알지 못했어. 린제이는 모처럼 기독교 도덕의 위선에 반대하면서, 왜 아이를 낳지도 못하는 미국의 사회 사정까지 연구하지 않는 겁니까, 라고 우리가 물었었지? 그 선생님은 린제이가 앵글로색슨이니까 그런 기질이겠지요. 라고 말했지? 그 부분이야!"

도코야마와 같은 학생들은 한숨을 쉬고,

"나, 눈물 나올 뻔 했어."

라고 말했다.

"미타 선생님, 사실은 그런 말 하고 싶지 않았던 거야.……가키가 열심히 하는 거라서……그러니 억울한 거야, 그치? 그렇게 생각하지 않니?"

히로코는 그런 느낌은 들지 않았다.

저녁식사 후에, 하루코가 방에 왔다. 위 눈두덩이가 푹 들어가서 마치 분을 바르지 않는 얼굴로, 버릇처럼 약간 오른쪽 어깨를 흔드는 듯 하면서,

"――아쉬웠다, 겨우 3학년이 거기까지 끌고나갔는데,"
라고 말했다.

"........"

지금의 경우에도, 하루코는 일 전체를 처음부터 끝까지 통틀어 그렇게 말하는 것이라서, 히로코도 물론 그 점에서는 동감이지만, 미타의 태도에 대한 불만스러운 마음은, 그렇다 치고 있었다. 팔짱을 끼고, 무뚝뚝하게 있던 히로코의 얼굴을 하루코는 잠시 쳐다보다가, 이윽고 말없이 히로코의 어깨를 인정스럽게 두드리고 나갔다. 당장이라도 시작될 것 같으면서 결국 시작되지 않고 끝난 학생들의 감정과 행동의 흐름. 게다가 그 흥정에는 학생들이 따돌림을 당했다는 기분이, 그날 밤은 기숙사 전체에 희미하게 감돌고 있었다.

히로코가 화장실에서 방으로 돌아가려고 하자,

"아, 잠깐! 잠깐, 가가야마, 전화야!"

사감실 옆에서 학생 한 명이 손짓했다. 전화는 집에서였다. 에이코가 전화로,

"어떻게 지내고 있니?"

라고 말했다.

"오늘은 저녁때라도 올까 생각하고 기다리고 있었어."

그럼, 오늘 밤은 다자와는 안 왔는지도 모른다. 히로코는 그 순간 가벼워지는 자신의 마음을 느끼고, 기쁨과 슬픔이 교차하는 마음이 되었다. 일전의 그 밤 이후 억지로라도 집의 일에서 마음 떠나려고 하면서 살고 있었다.

"안 올거니?"

시계를 들여다 보았다. 일곱 시가 막 지났을 뿐이다.

"갈까?"

"오너라. 그리고 말이야, 만약 친구가 슈타인 부인에게 보낸 편지라는 책을 가진 사람이 있으면 좀 빌려 와 줘."

히로코는, 큰 소리로 복도를 울리면서 되물었다..

"뭐? 슈타인 이라는 게? ――괴테의 뭔가?"

"그럴 거야. ――그럼 기다릴게! 안녕!"

에이코는 여러 가지 문학 책을 읽는다. 히로코는 슈타인 부인에게 보낸 편지와 같은 책은 어디서에도 본 기억이 없었고, 친구가 갖고 있다고도 생각하지 못했다. 히로코는 그 길로 가키 우치의 방으로 외박 허가를 받으려고 들어갔다.

6

준지로에게 돈을 빌리고, 히로코가 말없이 기숙사로 돌아 가버린 밤부터 두 주가 지났다.

술렁거렸던 학교에 대한 기분이 일단락 지어진 것과, 아까 어머니의 목소리에 배어있던 상냥한 어조로, 오랜만에 마당에 깔린 돌을 밟고 우리집 문을 들어가는 히로코의 마음에는, 자신의 구두 소리도 뭔가 새롭게 들리는 듯한 느낌이 들었다.

무거운 방문을 열자, 에이코가,

"아, 드디어 왔구나!"

멀리서 들리는 목소리에 따뜻한 미소로, 언제나처럼 정면에서 딸을 맞이했다.

"꽤 걸리는구나."

"바로 출발했어, 전화 받고 나서,"

쥰지로가 옆 의자에 앉아 있었다. 히로코는 얼마 전 어느 날 밤, 자기들 남매가 경험한 기분을 기억하며, 쥰지로를 향해 고개를 끄덕이면서 잠깐 표정을 지었다. 쥰지로는 불룩한 눈꺼풀에 차분한 표정으로 눈에 띄지 않을 정도로 답하면서, 자연스럽게,

"지금 밖에 바람 불어?"

이라고 물었다.

"조금 불고 있어. 왜 — ?"

"나 온실 창문을 좀 너무 열어 놓았는지도 모르겠어."

방에는 오늘 밤 에이코의 주위에 있는 것과 같은 편안한 기분이 가득 차 있다. 히로코는 어머니의 옆에 앉아, 테이블 위에 양팔을 포개어 자신의 턱을 받치고 있다.

"뭘까, 이 사람도 참. 멍멍이처럼——"

에이코는 아주 큰 딸을 이야기상대로 하고 있는 투로 다카나와의 이노우에의 분쟁 이야기도 했다.

"가 보면, 다카야마가 있다는 것 뿐, 레이코 씨가 부엌을 담당하고 있는 형상인 걸. 얘기가 안 되지, 완전"

전 장관을 하던 사람의 아내가 천리교에 빠져, 동급생이었던

에이코에게 권유하러 왔다고 한다.

"그런 미신이 그런 계급에 들어가 있으니까. ——라스푸틴[8] 이야."

진지하게 개탄하면서 그렇게 말했기 때문에, 히로코도 준지로도 웃음을 터뜨렸다. 에이코는 아버지가 전공은 문학이었지만 이노우에 엔료의 심령술에 반대하는 입회 연설을 했다는 이야기를 했다.

"나는 종교 따윈 믿지 않아."

에이코는 단언하듯이 말했지만, 그 말투에는 원래 냉정한 성격이라서 그것을 믿지 않는다는 말에는 너무 열을 올려, 오히려 히로코에게는 일종의 불안이 느껴졌다.

그런 이야기를 하는 동안에, 히로코는 전화로 아까 들었던 책 이야기를 떠올렸다.

"아아, 그 슈타인 부인에게 보낸 편지, 라는 게 뭐야? 그런 책이 있어?"

"없었니?"

라고 반대로 에이코가 되물었다.

"나, 모르겠어. 괴테의 전기나 뭐 다른 책에 있을까? ——준아,

---

8 라스푸틴 (Rasputin, Grigorii Efimovich) : 러시아 제정 말기에 정계를 뒤흔들었던 괴짜 수도사. 궁정에 출입하면서 황태자의 병을 낫게 한 것이 계기가 되어 왕비의 신용을 얻었으며, 황제 니콜라이 2세가 제1차 대전 총사령관으로 수도를 비운 틈을 타 정치적 실권을 장악하고 각료를 임명하는 등 국정을 마음대로 하다가 정적에게 암살당함.

알고 있어?"

"난 몰라."

"그건 그렇겠네, 프랑스어니까."

그렇게 말함과 동시에 히로코는 어머니에게 그런 독일 책에 대한 것을 알려 준 인물이 누구인지 알 것 같았다. 다자와라는 이름과 연결되자 괴테의 유명한 애인이었던 슈타인 부인에게 보낸 연애편지를 모은 것임에 틀림없는 책 그 자체가, 왠지 모르게 불미스러운 빛에 비쳐져서, 히로코는 화가 날 듯한 기분이었다.

"그 책 속에, 괴테가 자신은 칼빈파의 성찬으로 만족해야 한다고 말했단다. ――칼빈파라는 건……어떤 걸까?"

"어차피 기독교야. 어머니는 지금도 종교 따위 안 믿는다고 말씀하시니까, 그런 성찬 같은 건 어떻든 상관없잖아요?"

목 안에 덩어리가 치밀어 오는 것 같은 감정으로 히로코는 의식한 심술로 말했던 것이었는데, 에이코는 평소답지 않은 딸의 그 태도를 눈치 채지 못할 정도로 자신의 화제에 정신이 팔려 있었다.

"아버지는, 이런 이야기를 전혀 모르시니까, 다자와 씨와 이야기하는 것이 마음에 안 드는 거야."

라고 부드러운 어조로 천천히 말했다. 히로코는 왠지 모르게 입술을 가볍게 깨물었다.

"화법이라는 게 여러 가지 있다고 생각해."

"젊은 사람이란 솔직하니까……아버지가 모르는 이야기든 뭐든 상관없이 그 자리에서 시작하는 거니까."

히로코는

"그 사람, 솔직한 사람입니까!"

무의식중에 그만 아버지를 옹호하며, 다자와의 얼굴을 손으로 밀어젖히듯이 가로막았다.

"그 사람은, 아버지가 전공이 달라서 그런 이야기에는 함께하지 않는 것을 알고 있으면서, 일부러 그러는 거야."

"치즈코 씨도, 문학적인 이야기 상대가 될 수 없다고 말이야. ――어딘가에 사진이 있었지."

에이코는 일용품을 넣어 둔 상자를 끄집어내어서, 봉투와 엽서 사이에서 노출된 상태로 들어 있는 작은 사진을 꺼냈다. 어머니는 잠깐 바라본 후, 입술 위에 희미한 경멸 비슷한 표정을 드러내면서 히로코 앞으로 내밀었다. 손으로 집어 들지 않고 테이블 위로 비스듬히 놓여진 채로 있는 사진에 히로코는 어두운 시선을 떨어뜨렸다.

여름 풀 속에 서 있는 다자와와 그의 아내가 찍혀 있었다. 양복을 입고 모자를 쓰고 있는 다자와의 안경 모서리가 반짝하고 햇볕에 반사되어 있는 부분이, 히로코를 좋아할 수 없는 그 인물의 성격을 표현한 듯해서 불쾌했다. 아사 같은 약간 가벼운듯한 홑옷을 입은 작은 체구인, 막 스무 살을 조금 넘겼을 정도의 여위어 보이는 아내가, 중심을 한쪽 다리에 두고 나란히 서 있었다. 입가와 이마는 외로운 사람 같지만 가득 찬 정열이 어깨가 처진 몸매 전체에 넘쳐나 있었다. 에이코가 곁에서 보면서,

"빈약한 사람이네."

라고 말했다. 히로코는 그 말에서 잔인함을 느꼈다. 히로코는 역시 사진을 손에 들지 않고,

"이거――누가 찍었어?"

"내가 다자와 씨와 이 뒤에서 찍어 줬어."

"그럼 자기 집에 두면 되잖아?"

화를 내는 듯한 누나의 목소리에 준지로는 잠자코 있다.

"――다자와 씨는. 치즈코 씨에게, 당신과 결혼만 하지 않았다면 부인과 결혼했을 텐데, 라고 말했으니까, 요즘은 다자와 씨가 외출하려고 하면 울며 격자문에 자물쇠를 채우거나 한다네. ―― 왜 그런 집착을 하게 되었을까? 나는 도저히 그런 기분은 안 되는데……"

그렇게 말하고 있는 에이코의 눈과 목소리의 아름다움은 그것들의 말을 완전히 저버리고 열띤 관심과 흥분으로, 히로코가 알고 있던 독특한 성숙함으로 에너지 넘치는 광채를 발하고 있었다. 그것들의 말과 표정 사이에는 에이코가 자각하지 못한 탐욕스러운 것이 숨겨져 있어서 히로코는 무심코 어머니의 손위에 자신의 손을 얹고,

"그래요, 어머님, 어머님도 조금은 소설을 읽는 분이니까요."

라고 낮은 신음 같은 소리로 말했다.

"그런 식으로 말하는 것 그만 둬요, 아니――왜 거짓말 하는 거예요!"

에이코는 뜻밖인 듯 표정을 바꾸어 큰 목소리로 말했다"언제

내가 거짓말을 했어? －－거짓말은 정말 싫은데"

"그런데 그렇지 않아요? 그런 기분이 될 수 없다니 －－어머니께서……"

히로코는, 남동생이 있어서 의미심장하고 날카로운 고민을 힐끗 어머니에게 표현했다.

"나로는 말할 수 없지만 －－실제로 그렇지 않아요?, 스스로 알고 계시면서. 나도 어머니의 여러 가지 기분, 알지 못하는 건 아니에요. 그렇게 남처럼 봐도 싫지 않아요. 그런데 왜 그렇게 거짓말을 말씀하세요? 왜 냉정한 척 하는 거예요?. 그런 건 위선이에요 －－그러니까….

히로코는 자신을 억누르며 침묵했다. 히로코는 다자와 어머니의 이른바 문학 이야기 자체도, 상상하면 분명 똑같이 만들어낸 위선적인 것으로밖에 생각되지 않는 것이었다.

"이런 생활을 하고 있고"

히로코는 실내를 시선으로 빙 둘러 보았다.

"사회적으로는 체면도 만족시키는 남편을 가지고 있으면서, 자신의 기분에 대해서까지 위선적이거나 하면, 너무 통속소설 같아."

젊은이 같은 양심의 자각과 그것을 양보하지 않으려는 난폭함으로 히로코는, 흘러내릴 듯한 눈물을 억지로 삼켰던 격렬함으로 달려들 듯이 말했다.

"만약 어머니가 그런 거라면, 나, 이제 정말로, 정말로, 동정 따위 하지는 않을 테니까!"

히로코는 여자의 역사적인 고통의 하나로서 어머니가 이 일로 고통 받는다면 딸인 자신도 참고, 모두 참게하려고 마음 정하고 보고 있을 작정이었다. 어떻게 될지, 어떤 파국이 일어날지? 거기에는 공포가 있다. 그래도 어머니는 본심에 따라 말하면 된다. 히로코는 열심히 기력을 모아 그 생각에 도달했다. 그런데 에이코 자신이, 묘하게 비뚤게 살아 온 듯한 태도로 태연하게 말하는 것을 보고, 히로코는 참을 수가 없다는 생각이 들었다. 에이코는 에이코로서, 자신의 본심을 솔직하게 파악하는 것도 모르고, 동시에 거친 형태로 표현하는 딸의 건전한 모습도 알지 못하고, 단지 자존심이 상했다는 분노를 위선이라는 말 위에 집중시켰다.

"너도 요즘 유행하는 물질론자구나"

도처에서 이목으로 접하게 되는 유물적唯物的이라는 말을 에이코는 잘못된 내용으로 받아들여 말했다.

"아마 내가 불편 없이 먹고 있을 수 있다는 게 안 되는 거라고 말하는 거지? 아버지에게 모두 받고 있는 주제에, 라고 말하는 거지? 이 집을 오늘날까지 유지한 것이 아버지 혼자의 힘인 줄 생각하고 있다면, 만일을 위해서 말해 두겠는데, 큰 착각이야."

배려와 통찰로 이런 식으로 초점이 어긋나는 걸 저지하고 어머니를 납득시킬 만큼 히로코는 모든 면에서 성장하지 않았다. 어느새 지반이 움직이고 있다는 것을 알고 있어도 기세에 눌려 모녀는, 점점 광범위하고 근본적인 문제를 언급하면서 다투었다.

그 사이에 한두 번 온실을 보러 나간 채 준지로는 계속 곁에서, 자신은 한마디도 하지 않고 어머니와 누나의 험난한 문답을 듣고 있었다. 히로코가 이윽고 갑자기 깨달은 듯이,

"자, 자, 준아, 이제 자라."

라고 탁상시계 쪽을 보면서 말했다.

"내일은 또 독일어지?"

에이코는

"괜찮아, 괜찮아. 어쩌다 있는 일인 걸, 그냥 있어."

애정과 고집으로 옷자락을 강제로 끌어 앉히듯이 말렸다.

"준지로도 이제 어린애가 아니니까, 어느 쪽이 옳은지 잘 듣고 있어."

의자 쪽은 등불의 그림자가 되어 있다. 준지로는 불룩한 눈꺼풀 위를 누구에게도 비난하지 못하고 희미하게 붉혔다.

7

온실은 바닥이 벽돌이고 좌우에는, 그 안에서 조그만 싹을 내밀고 있는 배양토 선반이 있다. 준지로는 낡은 삼각대를 그 벽돌의 통로 쪽으로 가지고 들어와서 쉬고 있었다. 이 삼각대에 걸터앉아, 작년 가을 히로코 누나가, 고등학교에 입학한 축하로 온실 하나를 받다니라고 비난 섞인 말을 했었다. 그 삼각대이며, 그 온실이다.

어제부터, 2월이라는 계절에는 보기 드문 심한 남풍이 불었다.

정원에 깔려있는 돌멩이들이 흠뻑 젖어, 험악한 하늘에는 어두운 구름이 떼를 지어 북쪽으로 북쪽으로 흘러가고 있다. 안테나를 친 선들이 어두컴컴해서 너무 아름다운 그 하늘 색깔과 대조되어 유화 도구의 흰색을 거칠게 칠해서 그린 듯이 이상하게 두드러졌다.

아까부터 온실 앞에 선 준지로가 고개를 젖히고 바라보고 있는 것은, 이 악천후에. 바람을 거슬러, 흘러가면서 날고 있는 한 마리의 소리개이다. 회색의 구름이 달리는 공중에서 소리개는 어떤 때는 한 장의 얇은 판자 조각처럼 보였다. 그것이 어떤 각도로 바뀌면 까맣게 날개 모양이나 몸통의 모양이 더 돋보인다. 훨씬 남쪽 하늘에 또 한 마리가 날고 있었다. 그 녀석은 더욱 강하게 정면으로 바람을 거슬러서 잠시 하늘과 같은 점이 되어 겨우 떠 있다고 생각하자, 그대로 수직으로 하늘의 높은 곳까지 날아올랐다. 그리고 보이지 않았다. 그 쪽 하늘에 쥐엄나무의 벌거벗은 나뭇가지 끝이 흔들리고 있고, 바람은 점점 빠르게 구름을 날리고 있다. 거친 이른 봄의 자연 풍경 속에는 준지로의 마음에 형용할 수 없는 희열과 고뇌가 혼합된 감동을 주는 힘이 넘쳐흐르고 있었다. 소리개가 홀연히 날아 올라가버렸다. 그 후 구름만 달리고 있는 하늘의 외로움에게조차 그의 감정을 끌어당기고 도취시키는 것 같은 것이 있다.

빗살무늬 통소매로 된 무명옷에 검은 모슬린의 허리띠를 칭칭 감고 있는 준지로는, 온실 바닥에 둔 삼각대에 걸터앉아 폭풍 소리에 귀를 기울였다. 바람 소리는 준지로의 마음속에도 있다. 자연의 폭풍은 위엄을 갖추고 압도적으로 정정당당하게, 준지로의 내부의 회오리 바람은 약간 소심하게, 망설이며, 게다가 피하기 힘든 힘에 밀려서 서로 울리며, 서로 끌어당기고 있는 것 같다. 그 해 준지로와 히로코의 짧은 설 휴가는 기묘한 상황으로 끝났다. 어느 날 밤, 온실용 석탄에 대한 이야기가 나왔다. 부엌 옆에 있는 석탄막사로부터 일일이 옮기는 것은 귀찮아서, 온실 옆에 함석 덮개를 만들려고 준지로가 말을 꺼냈던 것이다.

"그럼 오카와에게 전화를 걸어 인부라도 부르지 않으면 안 되겠네?" 에이코가 말했다.

"아니. 내가 할게. 아무것도 아닌 걸. ――게다가 ――나는 온실에 대한 일에는 되도록 돈 쓰지 않기로 했어."

준지로의 절약은 온 집안에서 유명했다. 식물의 씨를 식목회사로부터 가져오는 것도 두세 가지 카탈로그를 대조해서 발췌한 표를 만들어서, 에이코에게 적은 것을 보이고, 이것이 제일 좋으니까 얼마 얼마라고 하며 2엔 3엔의 돈이라도 달라고 한다. 준지로가 하는 행동은 인색한 것이 아니고, 기질에서 오는 주도면밀한 방법이었다. 그때도 에이코는 애정과 만족을 얼굴에 나타내면서 아들을 바라보았다.

"그건 괜찮지만――"

문득 의문을 느낀 것 같이,

"그런데 왜 ――뭐 특별히 그렇게 생각하는 이유가 있는 거니?"

그리고 농담으로,

"무슨 야심이 있는 게 아냐? 무서워, 무서워"

라고 말했다.

"괜찮아요 어머니. 난, 아무것도 갖고 싶어 하지 않으니까 ─
─온실도 내 생각 없이 만들어 줬는데, 사실은 만들지 않는 편이
옳았는지도 모르겠고요."

준지로가 너무 진지하게 말해서, 에이코의 경계심이 무너졌다.

"누가 그런 말 했어?"

"누나가 언젠가 말했어요. 그리고 나, 누나가 말한 것이 정말
이라고 생각했어요. ─ ─그러나, 모처럼 만들게 주셨으니까, 나도
되도록 낭비하지 않도록 하면서 사용하는 거예요."

에이코는 자신도 모르게 방석 위에 다시 앉아서, 웃옷 소매통
에서 소매통으로 팔을 교차해서 넣고 잠시 말없이 생각에 잠겼다
가, 이윽고 초인종을 눌렀다.

"히로코를 불러 와!"

막 목욕을 끝낸 참인 히로코가 드물게 길이가 짧고 동그란 소
매가 달린 비백무늬 옷을 입고 끈을 매면서,

"무슨 일?"

이라며 들어왔다.

"잠깐 앉아."

에이코는, 히로코를 잔인하다고 공격하고는, 결국에는 눈물을
흘리고 화를 냈다.

"이 준지로라는 사람이, 달리 뭔가 낭비한 일이라도 했다면 몰

라도, 꽃을 만드는 것 밖에 낙이 없는 사람이잖아. 그런데 너는 누나로서 단 하나 뿐인 남동생의 기쁨에 독을 끼얹었어! 나는 쥰지로를 지킬 거야! 어디까지나 이 순진한 사람을 어머니로서 지켜 보일 거야!"

히로코는 매우 당황했다. 단둘이 되었을 때, 히로코는 진심으로 남동생을 지켜보는 눈으로 걱정하며 말했다.

"쥰아, 너 확실히 하지 않으면 안 돼. 순수하다 순수하다,라고 ──정말로 왠지 걱정 된다."

쥰지로는, 융모로 희미하게 검은 윗입술과 아랫입술을 꾹 결합시켜, 히로코가 하는 말을 듣고 있지만,

"나, 모두가 하는 말을 나도 생각하며 듣고 있으니까 걱정하지 마."

라고 말했다.

"그건 그래, 쥰은 경박하지 않아. 하지만……"

이번 방학 동안에, 히로코는 동생과 자신을 위해 학과 이외의 공부 계획을 세웠다. 그리고 둘이서 평소 쥰지로의 책상 주위에는 없는 잡지랑 책을 조금씩 읽거나, 그것에 대해서 이야기하기도 했었다. 그런데 계몽을 목적으로 편집된 한 잡지의 표지를 물끄러미 바라보고 있던 쥰지로가,

"나, 이런 그림, 모르겠어."

라고 말했다. 그것은 빨갛고 큰 도타 구두가, 맥주 통 같은 모양을 한 실크 모자에 쇠사슬을 찬 수염남자를 밟으려고 하고 있는 그

림이었다.

히로코는 조금 수줍은 표정으로 잠자코 있었다. 예술품으로서의 의미에서 준지로가 말한 건지 생각했다. 그렇다고 하면 그림 소재는 소박하게 취급됐다는 것을 히로코도 인정할 수밖에 없었으니까. 그러나 준지로가 말한 의미는 다른 곳에 있었다.

"나, 이런 기분을 몰라. 왜 잔인한 짓을 이 그림에서도 하지 않으면 안 되는지, 그 점이 이해되지 않아. 왜냐하면 이론은 인간 사회에 옳은 것을 가져 오려고 하는데, 왜 그 때문에 오래 된 나쁜 일을 또 다시 해야 하는 걸까? 나는 참으로 의문이야."

동생이 말한 의미가 분명해짐에 따라, 히로코는 곤란한 듯 놀란 듯한 눈을 차츰 크게 뜨고,

"그런데 준아."

라고 신음했다.

"그런데 말이야, 오른쪽 뺨을 맞으면 왼쪽도, 예, 하고 내민다고 생각할 수 있겠니?"

"아니. 나도 반드시 때려 줄 거라고 생각해. 하지만 나는 내가 그렇게 해도 괜찮을지 어떨지를 모르겠어. 때린다는 게 나쁘다면 어느 쪽이 먼저든 뒤든, 나쁘다는 건 틀림없는데"

준지로는 괴롭다는 듯이 말했다.

"인간의 도리라고 하는 것은, 고안考案된 것 같은 부분이 있어. 절대적인 게 아닌 걸."

"――이상하네, 준의 사고방식, 이상해. 목적이든 의미든 다르

면 다른 거잖아."

히로코는, 그녀가 힘닿는 한 현실적인 예로, 쥰지로의 그런 실제 생활 관계에서 사물을 추상해서 생각해버리는 경향으로부터 끌어내리려고 했다. 쥰지로는 온순하지만 히로코를 깜짝 놀라게 하는 집요함을 가지고 있다. 지금 그가 자신이 생각하고 운운하는 것을 들으면 다시 그 위험이 히로코에게 뼈저리게 느껴지는 것이었다."

쥰아, 너, 누군가 똑똑한 친구 없니? 뭐든지 이야기할 수 있는 친구 없어? 그런 사람이 있다고 생각하는데"

히로코가 그렇게 말했을 때, 가정부가 와서 쥰지로를 아래로 불렀다. 생각보다 시간이 걸려서 서재로 돌아왔다.

"무슨 일이었어?"

어머니가, 누나랑 무슨 이야기했다는데"

"........"

히로코는 불쾌한 얼굴을 했다.

"누나와 얘기 한 것, 모두 말해 달라니까..."

"그래서 넌 뭐라고 말했어?"

"우리들, 옳은 일 말했으니까, 누구에게 숨길 필요도 없다고 생각해."

히로코는 잠시 말없이 있었다.

"어쨌든 쥰은 어딘가 남다른 데가 있어."

쥰지로가 진짜 친구라는 사람을 갖고 있지 않은 것 같아 보여. 그 원인도 이런 점과 관계가 있는 것 같기도 생각됐다.

히로코는, 다음 날부터 시간을 정해서 책 읽던 것을 그만두고, 여름휴가가 끝나기 전 날, 기숙사로 돌아와 버렸다.

온실 속에서, 삼각대에 앉아 바람 소리를 듣고 있는 쥰지로의 마음에, 화난 것처럼 자신을 바라보던 누나의 얼굴이 떠올랐다. 그리고 겹치듯이, 오다小田라든가, 야마세, 가쓰라 라고 하는 동급생들의 조롱적인 목소리나 눈이나 어깨형태가 떠올랐다. 윗입술에 엷은 융모의 그림자가 있는 쥰지로의 둥근 얼굴은 더 파랗게 되었다. 나흘정도 전, 점심시간 정각 전에 학생 집회소에 뿌려졌다. 쥰지로도 주웠다. 읽기 시작하자마자,

"주운 것은 이쪽으로 내라! 가져서는 안 돼. 내라! 내라!"

안페라는 별명을 갖고 있는 체조교사가 소리치며 달려왔다.

"야! 내라!"

쥰지로는 순순히 손에 들고 있던 것을 안페에게 건넸다. 곁에서 그것을 보던 오다가 허리에 차고 있는 수건을 거칠게 쑥 빼면서,

"야! 가가야마, 너의 공명정대론도 적당히 해라."

아주 경멸하는 것처럼 말했다. 반듯하게 교복에 구두를 신고, 수건을 허리에 차는 취미도 갖고 있지 않은 쥰지로는, 태도는 무너뜨리지 않으면서 얼굴을 붉혔다. 주위에 있던 학생들도 갖고 있었을 터였는데, 안페에게 넘긴 것은 쥰지로 한 사람이었다.

쥰지로는, 학교에서는 요즘 점점 일종의 별난 사람으로 보이기 시작되고, 어느 정도 그것을 자각하고도 있었다. 야마세는, "나는 가가야마가 있는 곳에서 논의하는 것은 싫어."

라고 쥰지로를 향해 솔직하게 비난했다.

"너는 적당한 부분에 이르면, 늘 대답을 흐리게 하는 절충론만 내잖아, 발전이 없단 말이야."

시클라멘의 미세한 발아發芽 위에 머무르고 있는 쥰지로의 움직이지 않는 시선 속에는 고독한, 생각에 잠긴 표정이 있었다. 쥰지로 쪽에서 보면 주위 사람들은 모두 어머니도 누나도 친구들도, 뭔가 시소의 양쪽 끝에 타고 올라가거나 내려가거나 하는 것만 같았다. 결국은 반반인데, 찬성하거나 언쟁하거나 하는 것처럼 생각되었다. 그렇게 와자지껄하고, 그리고 불확정하게 생각되는 파도 물결이 어딘가의 바닥으로, 인간 전체를 끌어당겨 가는 절대적인 진리라고 하는 것은 없을까? 정의를 사랑하고, 평화를 사랑하는 것이 인간의 본성이라고 한다면, 어째서 그것을 순수하게 사랑과 정의에 의해서만 이 세상에 가져오는 진리와 수단이 없는 것일까? 어딘가에 있을 법한데, 인간의 탐구심이 거기까지 진지하게 규명하지 못하고 있는 것은 아닐까? 쥰지로의 회의懷疑는 사회의 모순과 대립 관계에 대한 이해가 깊어짐에 따라서, 반동적으로 이 점에서 깊어지는 것이었다. 이해利害의 대립으로 사회가 고통스러워하고 있다면, 더욱 그것을 강조해본다면, 왜 마음의 해결이 있는 것일까? 라고 쥰지로는 역사를 뒤집어서 추상의 세계로 빠져들었다. 이 모호하고 광명이 없는 경지에 들어가 버리면 친구는 물론 그에게 친밀한 누나인 히로코마저도, 쥰지로에 있어서는 다른 세계에서 자신의 길을 걸어가는 사람이라고 밖에 생각할 수 없었다.

순수한 우리 아들의, 볼록한 젊은 용모 위에, 이런 굉장한 색깔이 넘치는 것을, 단 한 번도 에이코 생각에 미치지 않았을 것이다. 암울한 내부 압력이 고도로 발달한 용모로, 준지로는 잠시 계절을 벗어난 남풍에 심각한 피해를 입은 정원의 대밭을 바라보고 있었다.

방으로 돌아가서, 준지로는 반듯하게 교복을 입었다.

"어머니, 저 잠깐 다자와 씨한테 가서 이야기하고 올게요. 괜찮죠?"

히로코는 그에게, 준아, 너 다자와 씨의 흉내 따위 내면 큰일 난다,라고 기숙사에 돌아가기 전날 밤 말했다. 다자와 씨의 피는 아주 차갑다. 준의 피는 무겁고 뜨겁기 때문에, 흉내 내면 불행해 질 뿐이야,라고 말했다. 누나가 진심으로 그렇게 말한 얼굴도 준지로는 지금 확실히 기억이 되는 것이었지만 그의 시각은 또 달랐다. 다자와가 어떤 성격이든 자신보다 학식 부분에는 풍부하니까, 그 학식 면에서 교류하는 것은 옳다고, 여기서 또 추상적으로 준지로는 자신에게 공평하다고 믿을 수 있는 행동의 이론을 세우고 있다.

준지로는 제국대학 옆문으로 들어가서, 다자와의 연구실 쪽으로 바람과 모래먼지와 싸우며 걸어갔다.

8

도서관 쪽을 준지로가 지나가고 있을 때, 그 곳에서 두 명의 학생이 나왔다.

"심하다 ~"

한 학생이 얼굴을 돌리고 바람을 맞으면서 모자의 차양을 눌렀다. 다른 한 학생은, 시게요시였다. 그는 갑자기 정면에서 몰아치는 모래먼지에 얼굴이 엉망이었지만 그대로 말없이 약간 상체를 앞으로 굽히고 성큼성큼 큰길 쪽으로 걸어갔다.

전철 정류장까지 갔을 때 친구 야마구치가,

"오늘밤 나올 거니?"

라고 말했다.

"아아. 여섯시 반부터였지?"

"창작 방법에 대해 한다고 했어."

"그래?"

"미쓰이도 온대. 꼭 와. 오늘 밤은 한 번 풍부한 지식을 보여줘야겠어."

한 주에 한번, 서점의 이층에서 개최하고 있는 문학연구회가 오늘 저녁이었다.

"그럼"

"응"

시게요시는 도쿄에서도 유명한 사찰이 있는 동네 어귀에서 전철을 내렸다. 그리고 두세 블럭 앞에 있는, 언제 봐도 손님이 있었던 적이 없는 도장 가게 골목을 들어서서 낡고 작은 이층집의 문을 열었다.

목수의 후손인 아래층 할머니가 문 안에서 정중히 시게요시의

인사에 답하면서,

"편지가 와 있어요, 책상 위에 얹어 두었습니다."

시게요시는 버릇처럼 어깨를 좌우로 흔드는 듯한 몸짓으로 무거운 발소리를 내며 방으로 올라갔다. 야마구치가 백목白木으로 제작한 큰 책장이 다다미 여섯 장 방 벽쪽에 놓여 있다. 책상 오른쪽에는 삼단으로 된 장식이 없고 차분한 느낌이 나는 낮은 책장이 있다. 시게요시는 흰색 캘리코의 방석커버를 씌운 방석 위에 교복 채로 가부좌를 하고 앉았다. 그리고 왼쪽 손바닥으로 먼지투성이 얼굴을 한 번 쓰다듬은 뒤, 책상 위에 있는 편지를 집어 들었다. 한 통은 시게요시의 눈에 익은 하도롱지에 마루킨 간장 주식회사 우쓰지점이라고 인쇄한 옆에, 사토 케이라고 서툴게 만년필로 쓴 편지. 어머니가 보낸 편지였다. 다른 한통은, 하늘색 서양 봉투로 드물지만 남동생 테이지의 글씨이다. 봉투를 당장 뜯지 않고, 시게요시는 두통의 편지에 응시한 채 어깨를 흔들면서 가부좌를 고쳐서 앉는 듯한 동작을 취했다.

시게요시는 세면대로 내려가서, 첨벙첨벙 세수를 하고 오자마자 교복의 칼라 단추를 푼 채, 이번에는 단숨에 두 통의 편지를 읽었다. 상업학교에 다니던 테이지의 기차 정기권이 지난 학기에 끝났다. 새로 구입할 형편이 되지 않아서, 매일 1일 티켓으로 다니기로 하고 잠시 참고 있었는데, 테이지가 그러한 사정을 괴로워하며 학교에 가기를 꺼리드니 일전에는 학교를 그만두겠다고 말을 꺼냈다. 미래에 옆에서 오른 팔이 되어 가운만회家運挽回에 힘쓴다 하더라도 지금의 세상에 초등학교 졸업만으로는 곤란하다고 생각해서, 나는 울며 다니라고 말했지만, 테이지는 형님은 자신의 생각을 꼭 알아 줄 거라고 말하고는 받아들이지 않는단다. 일단 같이 의논한 다음에 생각하자고 운운. 아버지인 겐타로가 그런 것도 말할 기개가 없는 녀석은 학문 따위 하지 않아도 돼! 마차나 끌어라! 라고 격분하는 모습도, 어머니의 편지 문장에 생생하게 나타나 있다.

테이지의 편지는, 정말 오래 걸려서 초안 한 것을, 다시 다음 날 밤 전등 밑에서 오랜 시간 걸려서 정서한 것 같다. 지운 곳이 하나도 없는 편지에 있는 그대로의 경위와 자신의 생각을 피력했다.

아버님이 기개 없는 놈이라고 욕하는 것도 무리는 아니라고 생각합니다. 하지만, 나는 솔직히 집이 어려운 가운데에서도 그런 생각을 하면서까지 학교를 다녀야 할 정도로 내 머리로는 자신이 없습니다. 다행히 나도 체력만큼은 형님에게 지지 않을 거니까, 나는 형님의 수족이 되어 집안을 위해 일할 생각입니다. 나 같은 대수롭지 않은 사람이, 현재의 가정형편에 얼마만이라도 학자금을 사용하기보다는 그 만큼 형님이 사용하는 편이 의미 있다고 믿습니다만, 어떠한지요? 형님이 장래에 이룰 눈부신 성공은 고향에 있는 여러 사람도 기대하고 있음에 의심치 않습니다. 중앙의 최고 학부의 생활은 돈도 필요하실 테니, 나는 형님이 적은 돈이라도 유익하게 사용해 주실 거라고 생각하면 기쁩니다.

시게요시의 다부진 얼굴 위에서 친절함과 고통스러운 듯한 표정이 엇갈렸다. 가운만회와 결부되어 소년 시절부터 시게요시에게 걸고 있는 이 기대 때문에, 시게요시는 결코 단순한 학생 기질로 살수 없었다. 시게요시의 기억이 시작된 정경에는, 어느 오후 쿵쿵거리며 토방으로 밟고 들어온 집달리, 가재도구와 집의 상인방까지 붙인 압류딱지, 집 앞길에서 대낮에 거행된 경매와 그 주변의 사람들의 무리가 뇌리에 새겨져 있었다.

고등학교 시절, 시게요시는 이미 빈곤한 사회적 이유를 이해하고 있었고, 그것을 딛고 서 있었지만, 불규칙한 식사 때문에 왕성한 육체는 부조화를 일으켜서, 기묘한 신경통에 시달리곤 했다.

부모님이 옛날 히로쿠니야라고 칭한 훌륭한 군주의 가문에 애착하고 있는 마음과 가운家運을 만회하려고 밤낮 초조하게 애태우며, 시게요시를 유일한 희망의 문으로 하고 있는 것도, 경매를 목격하고, 그때 어렸지만 부모님의 감정을 함께 나눈 그에게는 그렇게 기대하고 있는 부모님의 생각이 무리가 아니라고 여겼다. 시게요시가 경제학부에 학적을 두고 있으며, 한편 문학에 대해 마음을 쏟아, 더 진보적인 청년다운 사회 활동에 동참하고 있는 이면에는, 이러한 사정을 모두 신중하게 생각한 결의가 내재되어 있다. 당장이라도 시게요시가 이자와군에서 국회의원으로 출마하면, 최고점을 찍을 게 틀림없다, 라고 말하는 주위 사람들의 학수고대하는 기대를 받으면서, 시게요시는 과묵하고, 쾌활하게 따뜻한 완강함으로, 자신이 그 사람들이 희망하는 대로 훌륭한 사람은 결코 되지 않을 것을 자각하고 살고 있었다.

시게요시는 고향 집의 모습을 생각하면서, 백색 옥양목의 차양이 걸린 창 너머로 밖을 내다보았다. 큰길가에 있는 종이가게와 두부가게 뒤쪽이 시게요시 집의 창문이다. 두부가게 뒤 이층 벽에 붙인 판자는 무슨 까닭인지 칙칙한 황록색 페인트로 칠해져 있다. 몇년 동안 비바람에 노출되어, 드디어 벗겨지기 시작한 그 색이 오늘의 거친 회색 하늘 아래에서는, 사에키 유조[9] 의 그림에 있는 것 같은 도시 뒷골목의 정취를 보이고 있다. 같은 도시의 어느 정원에는 대숲을 시끄럽도록 불어대는 계절 지난 남풍이, 시게요시의 방이 있는 마을 근처에서는 때때로 어디선가 끼익끼익거리며 함석이 바람에 부딪치는 소리를 내고 있다. 큰길에서 미세한 모래먼지가 유리에 불어 닥친다. 시게요시의 고향 집도, 생각하면 이런 악천후로 난항을 겪고 있는 작은 배와 비슷했다. 아버지 겐타로가 중앙에 버티고 서서 질타하고 있으나, 그 아버지 자신이 절망에서 희망으로, 희망에서 절망으로 끊임없이 반복해 왔다. 그리고 우선 아내되는 사람이 자신의 명령에 복종하지 않으면 어떻게 다른 사람이 따를 수가 있겠나, 라고 하는 열렬한 육친의 정과 초조함에서, 겐타로는 가족과 고용인에게 폭력을 휘둘렀다. 그 전에 먼저 술에 취해서ーー.

그것은 대개 밤이었으니까, 겐타로의 어두운 가게 앞에 읍내라고도 시골이라고도 할 수 없는 그 근처 사람들이 몰려와서, 재미있

---

9 佐伯 祐三(1898年－1928年)는 大正시대와 昭和시대 초기의 서양화가. 오사카 출신.

다는 듯이 와당탕거리는 소동을 구경했다. 시계요시는 그럴 때 자신의 뺨을 흘러내리는 눈물의 맛을 마음에 새기고 있다. 선량하고, 외골수인 아버지에게 광태狂態를 연출시키는 힘을 증오했다

시계요시는, 생각에 잠겼을 때의 버릇으로 머리를 약간 오른쪽으로 숙이고, 천천히 가부좌를 하고 앉은 무릎을 부들부들 떨고 있다가, 잠시 후 마침 놓여 있는 말굽 모양의 문진에 눌려 있던 원고지를 끌어당겨서 만년필을 손에 잡고 어머니와 테이지에게 답장을 쓰기 시작했다.

시계요시는 자기보다 마음이 약한 테이지가, 친구들에게 기가 죽을 기분도 생각되었다. 그러나 테이지도, 비굴하지 않게 살아 나가기 위해서는, 가난이 치욕이 아님을 알아야 한다. 시계요시는 배려를 담은 형다움으로 테이지의 생각에 힘을 부여하며, 학교를 반드시 무리하게 계속할 필요는 없다고 생각하는 자신의 의견을 썼다. 하지만, '물론 그렇게 했다고 해서 나는 그 돈을 돌려 받는 일 따위는 생각도 하지 않아. 나는 지금도 마음 아프게 생각하고 있으니까. 나도 자신의 만족만을 위한다면 어쩌면 학교를 벌써 그만뒀을지도 모를 정도다.' 3분의 2정도 썼을 때,

"어이, 있나?"

이층으로 향해 부르는 소리가 났다. 시계요시는 만년필을 든 채 일어나서 툇마루에서 아래의 길을 봤다.

"왜 그래?"

"괜찮아?"

"응"

오늘은, 입안까지 모래 씹는 기분이네, 라고 말하면서 계단을 올라 온 것은 미쓰이다. 미쓰이는 고등학교가 시게요시와 같고 지금은 영문학을 공부하고 있다.

"오늘 밤 만날 수 있을 거라고 생각하고 있었어."

시게요시가 책상 위의 원고지를 치우면서 말했다.

"야마구치가 말했지? 어제 만났어. 여느 때와 마찬가지로 별로 달라진 것이 없어, 미래의 프라우다[10] 주필이라고 하니까 의기는 장하다고 여겨야겠지"

담배에 불을 붙이고, 미쓰이는 배 밑에 방석을 넣고 다다미에 엎드렸다.

"그러고 보니, 사거리에서 가가야마의 딸을 만났어. 상대 쪽은 알아차리지 못한 것 같지만ーー"

"그래?"

어머니 쪽의 먼 친척으로, 시게요시는 잠시 그 집에 있었다. 전기 회사 중역인 그 집에서는 시게요시에게 학업을 시키는 것을 당연한 일이라고 생각하고 있었다.

미쓰이는 약간의 호기심이 발동된 표정으로,

"이쪽으로 올 일 같은 게 있을까?"

---

10 Pravda, 구 소련 공산당이 발행했던 일간신문 (1912년에 창간하였으며 '진리'라는 뜻의 제호였지만, 1991년 공산당의 해체에 따라 일반신문으로 재출발하였음).

라고 물었다.

"음악 교사인데, 어딘가, 절 뒤쪽에 있는 것 같아."

"흐――음. 들르지 않을까? 여기에 있는 건 알고 있지?"

"안 올 거야!

시게요시는 건강한 하얀 이를 드러내고 구애받지도 않는다는 듯이 웃음을 터뜨렸다.

"나이가 되면 아무래도 좋지 않은 경향이 있어."

그 말에 미쓰이도 웃음을 터뜨렸다. 동급생 중에, 역시 연구회에 나오는 학생 중에는 미술학교의 여학생과 동거하고 있는 사람도 있다. 미쓰이 자신은 여학교에 다니게 된 여동생과 집 한 채 사서 살고 있었다. 미쓰이는 배 밑에 넣고 있던 방석을 이번에는 머리 뒤에 베고, 천장을 보고 나뒹굴며,

"여자가 영향을 미치구나."

진지하게 감정을 중얼거렸다.

"시오다의 생활이, 어딘지 어두운 데가 있어. 그 녀석이 연구회에 가끔 나오기도 하는 것이. 그런 어두운 무언가로부터 반발이 작용하고 있다고 생각해."

하숙하고 있는 집 아주머니의 막내아이가, 뒤에서 보면 시오다와 꼭 닮은 걸음걸이로 걷는다. 그것을 미쓰이는 스트린드베리[11]

---

11 스트린드베리(Strindberg, August) : 스웨덴의 작가 (1849-1912). 사생아로 태어나, 발광 · 자살의 유혹의 두려움 속에서도 강렬한 개성 으로 모순에 찬 인간을 추구하였으며, 작품

의 소설처럼 말했다.

"나는 그 꼬마가 나오면 왠지 오싹해져."

시게요시 자신은, 소년다운 담담한 첫사랑의 추억과, 지방의 중학생답게 기차 승강장의 낭만적인 사랑과, 고교 시절의 망토 자락 밑에 여학생의 어깨를 소중하게 감싸고 눈 덮인 밤길을 걸어 다니는 것 같은, 책임감과 소년스러운 깊은 사랑이 얽힌 감상도 지니고 있었다. 선배 문예 비평가가, 새로운 시대의 여명과 청춘의 애석함과 시게요시의 재능에 대한 경향을, 연애적인 열정으로 표현해서 시게요시를 심각하게 생각하도록 만든 적도 있었다. 시게요시는 그 다운 솔직함과 성의와 열정으로 어떤 여자와 성적인 경험을 했는데, 현재는 그의 내부에서 그것이 우선 자리 잡고 있다. 현재 시게요시의 그런 방면은 단순화되어 있고, 그가 자신의 연애나 결혼에 대해서, 확실히 인정하게 된 새로운 사회적 의의와 함께, 서두르지 않고, 주의하면서도 청년다운 발랄하고 자연스러운 관심에서 이성을 바라보는 상태에 있었다.

미쓰이는,

"잇폰마쓰의 야마모토 말이야, 그 녀석의 여동생이 역시 도쿄에 와 있는 것 같은데――모르나?"

라고 말했다. 시게요시는 두세 번 눈을 깜빡거렸지만 아무렇지

___

으로 '치인(痴人)의 고백' '지옥' 등이 있음.

도 않은 듯이 대답했다.

"어느 전문학교에 다니는 것 같아."

특별한 관심을 하루코에게 갖고 있다는 것이 아니라, 시게요시는 하루코의 활동 편의와 안전을 보호한 것이었다.

두 사람은, 문학 이야기를 한창 하다가, 이윽고 미쓰이가,

"어제, 이것도 주필에게 들었는데 히가시고등학교에 누군가가 뿌렸다고 하던데. 강당까지 들어갔다더라. 어쩔 도리가 없어서, 모두 멍하니 있었을 뿐이었다고 하더라."

시게요시는 입술을 다물고 침묵한 채 가부좌를 하고 있던 무릎을 조금 떨었다. 그리고는 시계를 보고,

"어때? 밥 먹고 가지 않을래?"

미쓰이는 두 다리를 모으고 고개를 흔들고 일어서면서,

"벌써 시간이 그렇게 됐나?"

라고 머리카락을 다듬었다.

"어차피 지난번처럼, 대합찌게?"

"너무 바보 취급하는 거 아니야?, 얼마 전 요미우리에 칼로리 요리라는 게 나왔어."

"뭐, 뭐든지 좋아. 밥은 있어?"

"있을 거야. 없으면 아래층에서 얻어 올게."

흙풍로를 밥상 옆에 가져와서 식사가 끝나자, 시게요시는 벽장을 열고, 시골 방식으로 만든 푸른 매듭실이 겉으로 드러난 두터운 솜잠옷을 둘둘 접어 신문지로 감쌌다. 그 아래에 하도롱지로 표지

가 되어 있는 책을 겹쳐 안고, 아래층으로 내려왔다. 구두를 신으면서, 시게요시는 무릎을 꿇고 배웅하는 할머니에게

"오늘은 숙직입니까?"

라고 물었다.

"네, 그렇습니다. 친구 분에게 부탁 받았다고 하셔서."

"그럼, 늦어도 돌아올 테니까요."

"그렇습니까, 감사합니다."

한발 먼저 격자문 밖으로 나와 있던 미쓰이가,

"숙직이라니 ――다른 사람 누가 있나?"

라고 물었다.

"이 집 딸이야. ――얼마라도 되니까, 남의 몫도 해주는 것 같아."

두 사람은 약간 바람이 잦아든 대신에 오다 말다 하는 비를 맞으며 밤거리로 나와, 커다란 은행나무가 길 한가운데에 있는 가파른 비탈길을, 혼고다이를 향해 가는 인파 속으로 묻혀 들었다.

동 행

1

야마카타에 삼≡이라는 글자를 뚜렷하게 염색한 감색 포렴이 좁고 기다란 시멘트 바닥의 양쪽으로 드리워져 있어서, 이쪽으로 들어온 손님은 반대쪽의 인적이 드문 거리로 빠져나갈 수 있게 되어 있다.

시게요시는 한쪽 길가에 큰 도랑이 있는 비탈길에서 와서 그 전당포의 포렴이 보이는 골목에 들어서자 동행인 미쓰이에게,

"이봐, 잠깐 들어가자."

라고 말하고, 겨드랑이에 끼고 있던 신문 꾸러미를 다시 껴안았다.

"아아"

시게요시는 당당한 어깨로 포렴을 헤치고 들어갔다. 시멘트 바닥 부분에는 아무도 없고 안면이 있는 지배인이 정중한 듯 얕보는 듯한 표정으로,

"어서 오세요."

라고 모직 앞치마를 걸치고 무릎걸음으로 자신의 옷깃 언저리를 여미었다. 시게요시가 신문 꾸러미 채로 던지듯이 내놓은 낡은

여성용 명주천 보따리에서 솜을 넣어 바느질한 누비잠옷을 꺼내 뒤집어 보고, 지배인은,

"음, 60전입니다."

라고 했다.

"이미 많이 입었고, 어차피 이런 것이니까요"

미쓰이만 가게 앞의 다다미방에 앉아서, 누비잠옷을 보면서,

"너무 푸른 실이 붙어 있지 않나?"라고 했다.

"ㅡㅡ이건, 봉합실인데요."

어머니가 고향 풍습으로 촘촘하게 파란 실을 표면에 드러내어 이불처럼 누비잠옷을 바느질해서 보냈던 것이다. 시게요시는

"80전에 안 될까요?"

라고 말했다.

"무리입니다."

"인색하게 말하지 말고 잘해 줘요, 잘해 줘요."

비교적 예의 있게 아버지의 유품이라는 금시계 등을 꺼냈다가 넣었다가 하고 있던 미쓰이가 끼어들었다.

"너희들, 돈 너무 많이 벌어서 처치 곤란하지 않나?"

"무슨 그런 농담을요."

70전의 은화를 바지 주머니에 아무렇게나 넣고 두 사람은 들어올 때와는 반대 출입구로 통해 밖으로 나갔다.

생선 장수가 폐점하면서 고무로 만든 큰 앞치마에 빗살무늬 가죽을 댄 것을 걸친 젊은이들이 쉿, 쉿,하는 구호로 호스의 물을 뿌

리면서 마루를 문지르고 있었다. 좁은 보도에 사정없이 흘러나가고 있는 그 더러운 물을 피해 가면서 미쓰이는,

"커피 값 정도라면 나에게 있어."라고 말했다.

"응. ――뭐 좋아."

밤으로 접어들자 인적이 적어진 큰길을 편하게 가던 시게요시 일행은 다시 방화문을 밖에 내리고 있는 작은 은행이 있는 길목으로 들어갔다. 그 옆 거리도 가게의 연속이었다. 음침한 건어물상과 바느질하는 가게라는 간판을 달아 놓은 격자문 만드는 집 사이를 들어가면 길은 더욱 좁아져 그 부근에는 여염집이 나란히 있다. 그 집 가운데 한 집의 문을 열어 시게요시가 앞장서고, 미쓰이는 그 뒤를 따랐다. 겨우 몸이 지나갈 정도인 집과 집 사이를 빠져나가자 거기에 또한 채의 집 뒷문에 희미하게 마을회라는 이름을 쓴 표지판이 가로등 빛을 받으며 나란히 있다. 여명책방에서는 단행본 출판을 하고 잡지를 내게 되면서 큰길의 가게와 같이 붙은 뒤쪽에 있는 세 칸 정도 크기의 집을 공동으로 사용하기 시작했다. 뒤에는 가족이 주로 거주하고 있다.

신발을 벗고 있자,

"야"

감색과 흰색의 줄무늬 옷깃에 가게 이름을 노란실로 바느질한 작업복 상의를 입은 젊은이들이 카운터 안에서 일어서서 다가왔다.

"아직 오시지 않은 것 같습니다."

시게요시는 가게에서는 그늘진 계단을 오를 때 언제나처럼, 서

두르지 않고 어깨를 흔드는 몸짓을 하며 올라갔다. 도중에서 시게요시는 뒤따라 온 미쓰이에게,

"오, 좀 기다려"

라고 말했다.

"이 슬리퍼, 이상해, 망가졌어"

시게요시는 계단 중간에서 갑갑한 듯한 모습을 하고 있다가 한 쪽이 떨어진 슬리퍼를 벗어서 손에 들자, 그 다음은 재빨리 다 올라가서 무도장에 탁,하고 바닥에 떨어뜨린 슬리퍼에 다시 발을 넣었다. 그곳은 서양식 방을 모방하여 꾸민 방이었다. 바깥 복도에도, 문을 열고 들어간 벽 쪽에도, 거칠게 묶은 스톡 책이 어수선하게 놓여 있다. 꽤 낡은 긴 등나무의자, 둥글게 만든 나무의자 몇 개 등이 크게 갈라진 타원형 테이블을 둘러싸고, 놓여 있다. 바닥에도 테이블 위에도 낮 동안에 도쿄를 남쪽에서 북쪽으로 불던 심한 바람 때문에 엄청나게 흙먼지가 쌓여 있었다. 어떤 이유인지 매우 고풍스럽고 가장자리가 불그스름하게 구불구불한 전등갓이 회반죽 천장에서 내려와 있어서 조명이 어둡지는 않은데 그 어지러운 실내의 광경은 들어온 두 사람을 입을 다물게 했다.

시게요시는 코 안에서 킁킁 같은 소릴 내면서 눈을 깜빡이면서 긴 의자에 앉았다. 미쓰이는 등나무의자 하나를 끌고 가서 시게요시와 맞은 편에 앉아 값싼 담배에 불을 붙였다. 그리고 여유롭게 자연스러운 마음으로 아무 생각 없이 테이블에 팔꿈치를 올리려고 하다가 미쓰이는 먼지투성이 테이블을 보고 깜짝 놀란 얼굴

로 달리 악의도 없이 혀를 끌끌 찼다. 담배 연기가 눈에 들어가는 것을 피해서 누구나 하듯이 이상하게 눈살을 찌푸린 모습으로 미쓰이는 그 근방에 있던 신문을 뭉쳐서 테이블 위를 닦았다. 전면에 있던 회뿌연 흙먼지가 없어진 대신에 이번에는 거칠거칠한 무늬가 생겼다.

시게요시는 평소 담배는 피우지 않는다. 옆얼굴로 보니 그의 속눈썹이 짙고 길다는 것을 알았다. 그 눈을 깜빡이면서 말없이 아까부터 미쓰이가 하는 행동을 바라보고 있었다. 시게요시가 깊숙히 등을 기대고 긴 의자에 푹 빠져있는 뒤의 벽에는, 고, 스톱이라고 붉은 바탕에 검게 가타카나로 플래시 같은 도안으로 쓴 오래된 광고 전단지가 붙여져 있었다.

잠시 뒤 계단 입구에 여러 명의 발소리가 났다. 단지 예의뿐만이 아니라 기분상, 당시의 학생 생활의 소양이라고도 말할 수 있는 것으로 문 밖에서 조용한 실내를 향해,

"괜찮은가?"

일단 말을 걸면서 천천히 열고, 이 문학 연구회의 중심이 되고 있는 『신시대』 편집 동인인 도야마, 요코이, 요시다 등이 계속 들어왔다. 마지막으로 마침 이들의 다양한 풍모를 가지고, 같은 대학에 속해 있으나 학과는 각각 다른 젊은 사람들의 감독이라는 입장에 있는 약간 나이가 위지만 몸은 누구보다도 작은 이마나카가 가장 나중에 나타났다. 이마나카는,

"야아!"

하고 꾀죄죄한 사냥 모자를 벗어서 목까지 오는 갈색 털 자켓 위에 입은 상의 주머니에 집어넣었다. 그리고 창백하고 여윈 모습을 한 얼굴을 가린 머리를 치우듯이 고개를 흔들고 바로 가까이에 있는 의자에 앉았다.

오늘밤 당번이 된 도야마가 얌전히 옷깃을 여미며 타원형 테이블 다리 하나가 불안한 것을 걱정하고 있다가 잠시 후 손목시계를 들여다보고 말했다.

"어떻게 할까요? 슬슬 시작할까요?"

양복을 입은 요코이가,

"아직 네 다섯 명은 오지 않을까요? 이제 십분 기다렸어요."

이마나카는 이런 주변의 일에 개의치 않는 성인다운 태도로 하도롱지로 표지를 한 팜플렛 같은 것을 읽고 있었다.

"실례, 실례. 늦었어요."

무거워 보이는 서류가방을 내려놓고, 야마하라가 들어왔다.

"어떻게 된 거요?"

조금 낮은 목소리에 친절한 분위기로 말하고 야마하라는 시게요시의 얼굴을 보며 그 옆에 털썩 아무렇게나 앉았다.

그 뒤에 두 사람 정도 오고 나서 드디어 모임이 시작되었다. 발행된 지 얼마 안 된 잡지『신시대』에 대한 의견을 강구했다. 문과의 전통을 잇고 있는『신사조』와는 다른 것으로 더 급진적이기도 하고 열정도 갖고 있었다. 따라서 여기에는 문학을 전공과목으로 하지는 않았지만 각자의 인생적이고 시대적인 요구에서 새로

운 예술의 가치를 넘치도록 뿜어내는 문학운동 방향에 따르고 있
는 동료들이 모였다. 문과 사람은 독문과 도야마, 영문과 요코이,
미쓰이 정도였다. 농과에 학적을 두고 있는 사람도 있었다. 프라우
다 주필 야마하라는 법과이다. 확실하게 프롤레타리아 문학만 내
세우지 않은 잡지의 성격에서 시나 소설은 가끔 같은 잡지에 게재
한 논문들과 비교하면 완전히 방향도 취미도 반대되는 작품이 게
재될 때도 있었다.

야마하라가

"의장"

이라고 말을 걸더니, 계속해서 가차 없는 말투로

"『도시의 얼굴과 기계』라는 시는, 저건 어떤 건지요? 좌익적
큐비즘이라고도 하겠지만, 묘해요."

라고 말했다. 모두가 웃었다. 편집을 한 도야마가 가장 거북스
러운 표정을 하면서,

"이견이 있었지만, 괜찮은 일도 합니다."

라고 말했다. 요코이가,

"지난달에 나온 『문학의 길』이라는 평론 읽었나?"

라고 말했다.

"같은 인간이야 ——묘하지?"

야마하라는 의외라는 표정으로,

"그래?"

라고 목청을 길게 뺐다.

"그런 일이 있을 수 있나? 그 걸로는 잘 기억나진 않지만 문학의 방향을 지식인 방향과 함께 분명히 말한 게 아니었나?"

"문학 취미라는 게 분열되어 옛 내용 그대로 남아 있는 거군"

그렇게 말한 사람은 요시다였다. 같은 호에 소설에 대한 비평도 게재했다. 대충 얘기를 하고 이마나카가 창백한 얼굴에 언뜻 하얗게 일어나는 파도가 빛나는 듯한 웃음을 입언저리에 띠운 표정으로 잠깐 한 손을 들어 사회자에게 신호를 보내고,

"세부적인 것에 대한 의견은 지금까지 토론에서 대부분 다 말했다고 생각합니다. 내 생각으로는 『신시대』는 점점 더 계획적으로 나프의 논설이나 오하라의 제안을 해설할 임무가 있다고 생각합니다. 전체를 그 방향으로 끌고 가면, 투고도 정리될 거라고 생각해요"

배후에 무슨 힘을 가지고 있는 외부의 선배로서 결론을 내려준다는 것처럼 말을 마친 이마나카는, 검고 작은 특별한 빛을 지닌 눈을 움직여서 모두를 둘러보았다.

문학에 있어서 대중화의 문제가 전반적으로 거론되고 있는 시대였다. 넓지도 않은 창문이 닫힌 서양식 방안에는 담배 연기가 자욱하다. 짙은 연기는 사람들의 머리 위에서 소용돌이 치고, 천장에 눌려 시대에 뒤떨어진 전등갓의 불그스레한 가장자리에 희미하게 떠있는 모습이다. 작품의 대중화와 재미라는 것이 문제가 되면서 도야마가 성실하게, 그러나 어느 강단에서 말하는 식으로,

"새로운 의미에서의 재미란 문학의 예술적 가치와 일치해야

한다고 말하는 오하라 군의 견해는 정말 옳다고 생각합니다."

라고 말했다. 그러자 야마하라가 두 무릎을 넓게 벌리고 낮은 장의자에서 상체를 앞으로 쑥 내밀면서,

"문제는 소위 예술적 가치에 있다고 생각하네. 우리는 여러 가지 가장 뛰어난 것을 듣고 과연 그런 걸까, 라고 생각하지만, 이와미 시게타로를 꽤 재미있게 읽을 수는 있지. ――아무래도 난 잘 모르겠어."

과장된 표현으로 야마하라는 짧게 깎은 머리카락을 쓱쓱 긁으며, "이봐, 어때? 사토."

옆에 있던 시게요시를 돌아보았다.

미쓰이가 시게요시 쪽을 바라보자 시게요시는 팔짱을 끼고 역시 깊숙하게 의자에 파묻히듯 앉은 채 또릿또릿한 얼굴을 지적으로 빛내고 있지만 유독 야마하라 쪽은 보려고도 하지 않는다. 그래도 좋아, 라는 기색이 미쓰이의 눈 속에 있었다. 이마나카가 얼굴을 살짝 옆으로 비키듯이 하고 천천히 담배 연기를 내뿜고는 넌지시 야마하라에 대한 경멸을 입가에 나타내면서,

"아무튼 적어도 여기에 있는 사람은 데일리 워커스에 대한 투서에 대해 내린 프라우다의 비평을 이해하고 있다는 것은 자명한 것 같아. 그러면 어떻게 대중화되느냐 라고 하는 것보다 먼저, 무엇이 대중화되고 있느냐가 검토되어야 하지 않겠습니까?"

일반적인 사정은 1953년 3월 15일의 뒤를 이어받아 소위 위에서부터 하는 확대 통일의 시대였다. 그것은 자연히 문학론에도 그

립자를 드리우고 있었다.

"그래. 그래서 무엇을,이라고 하는 부분에서 평가와 형식의 문제도 당연히 나오는 거지."

루나차르스키[12] 도 분명히 말했잖아요, 그런 말투로 이마나카는 빈번하게 값싼 담배 재를 테이블 위에 펼쳐놓은 상자 밖으로 닦아 내리며 검고 작은 눈을 움직이면서 몸을 흔들 듯이 논했다. 기름기가 있는 이마나카의 극히 가느다란 손가락이나 몸 전체가 신경적인 끈기를 가지고 입과 함께 오므렸다가 폈다가 하는 것처럼 보였다. 어딘가 슈우, 슈우 라고 하는 울림을 동반한 그의 목소리는 한 번 꾹 누른 채, 그 힘을 늦추지 않고 위턱 쪽에서 한없이 상대를 향해 뻗어 나오는 것 같아서, 옆에서 말할 계기를 잡지 못하게 하는 면이 있었다.

시게요시는 계속해서 끈기 있게 듣고 있었다. 그리고 매우 많이 여러 가지 조합시켜 말했지만, 자세히 들어보면 여러 형태로 오늘 인쇄된 범위에 머물러 있는 것을 느꼈다. 시게요시의 천성 속에 있는 예술적인 어떤 감각은 더 몸에 배어 있는 사실로서, 예를 들면 작자의 사상과 작품이 감성적으로 나타나야 할 형상화와 상호관계, 평가의 문제가 내포되어 있고, 게다가 충분히 파악되지 않은

---

12 루나차르스키 (Lunacharskii, Anatolii Vasilievich) : 구소련의 극작가 · 평론가(1875-1933). 학생 시절부터 혁명에 가담, 10월 혁명 후에는 교육인민위원 . 저서 '실증미학의 기초' '종교와 사회주의' 등.

자연현상과 인간의 실천과의 혼동 등에 극히 미묘하게 발전되지 못한 부분이 포함되어 있음을 알리고 있는 것이다.

시게요시는 오키 하쓰노스케가 그 달에 어느 문학잡지에 발표한 논문을 집어 들었다. 시게요시의 태도에는 딱히 자신이라는 것을 모두 앞에 내세우려 하지 않은 청년다운 자신 있는 담백함과 동시에 논의 자체에 대해서는 어디까지나 규명하려고 하는 뼈대가 있었다.

오키의 논문을 읽지 않는 사람이 있기도 해서, 시게요시가 제출한 문제는 그 자리에서는 두 세 가지 보충적인 의견이 도출된 것만으로 끝났다.

먼저 이마나카가 일어서서 사냥 모자를 쓰고, 갈색 털 자켓의 깃을 세우고 나갔다. 편집 관계자만 남아서,

"갈까?"

"아아"

서류 가방을 움켜 안은 야마하라를 합해서 시게요시, 미쓰이가 한 무리가 되어 다시 좁은 뒷골목에서 큰길로 나왔다.

저녁에는 비가 올 것만 같았던 하늘이 밤이 되고나서 맑아져서 낮의 열풍으로 완전히 먼지를 어딘가로 날려버린 대학 앞 큰길은 평소보다 한층 넓고 텅 빈 듯이 전망이 좋았다. 별이 떠 있다.

잠시 번잡한 쪽으로 걸어갔을 때, 야마하라가,

"이봐, 사토, 좀 심하네."

라고 말했다.

"현재의 자신이 뒤지고 있는 부분만큼 수준을 끌어내리고 오늘의 역사 도달점을 운운하는 것은 잘못이다, 라고 하다니, 당당하게 모두 앉아 있는 가운데 갑자기 당하면 빠져나올 수가 없어. ——나의 이와미 시게타로 역시 하나의 전술이야. 어쩌면 사토 시게요시에게 영광을 돌릴 생각이었을지도 모르잖아?"

시게요시는 쓰고 있는 중절모자의 챙을 표정이 있는 손목의 움직임으로 말없이 바짝 아래로 당겼다가,

"그러나 그런 장소에서 듣는 말은 그것으로 역시 객관적인 영향을 갖는 것이니까"라고 말한 목소리에는 온화하고 설득력 있는 따뜻함마저 서려 있었다.

"게다가 문제가 문제겠지? 상당히 중요한 것이라고 생각해. 좀처럼 하루 아침저녁으로는 해결하지 못하는 것이겠지? 어떤 의미에서 인간 감정의 본질적인 진보에 관련되어 있는 거지."

야마하라는,

"흐음"

이라고 말했지만 화제를 바꿔서

"아무래도 나는 그 사람들은 싫다."

성큼성큼 걸으면서, 퉷, 하고 땅바닥에 침을 뱉었다.

"결국 어중간하고 실행능력이 없는 놈들을 버린다고 하는 것 아닌가."

계속 입 다물고 시게요시와 야마하라 사이에 끼어서 걷고 있던 미쓰이가

"그런 것은 잘못이다."

불쑥 단도직입적으로 말하고 다시 입을 닫아 버렸다. 한마디로 말할 수 없는 감정이 아까부터 미쓰이의 가슴에 점점 높이 차 올랐다. 그것은 시게요시에 대한 생각이었다. 오늘밤도 미쓰이가 주의 깊게 본즉, 시게요시를 수영에 비유하자면 두 어깨만 앞질렀다고 생각되는 부분이 있었다. 시게요시는 스스로 그것을 의식하고 있는지 하지 않고 있는지, 뭐라고 말할 수 없는 자연적인 힘이 들어 있는 상태로, 지금까지 때때로 미쓰이에게 그런 마음을 매료시키는 것 같은 순간을 보였다. 미쓰이는 그런 시게요시에게서 요즈음 자신의 눈을 뗄 수 없는 마음상태로, 둘이서 술을 배우며 마시기도 했던 고등학교시절부터의 우정이 실로 대단한 신뢰로서 자리할 것 같은 예감을 갖고 있었다. 그리고 이 예감은 개인적인 길을 통하고는 있지만, 뜨거운 것에 닿을 듯하여, 미쓰이에게 치열한 예상과 공포 비슷한 감정을 맛보게 하고 있다.

시게요시는 또 다른 소감을 가지고 말없이 걷고 있다가,

"좀 먹고 갈까?"

어린애 같이 웃음어린 눈빛으로 중국 소바 가게인 포장마차 앞에 멈췄다.

세 사람은 아주 왕성한 식욕으로 먹기 시작했다.

"휴우, 완전히 흐려졌네."

안경을 벗어 손수건으로 닦으며, 야마하라가 약간 충혈된 근시의 눈을 모우고,

"이봐, 내일 어떻게 할 거야?"

두 사람 중 어느 쪽으로도 눈을 두지 않고 말했다.

"나는 전에 말했던 큰아버지와 교섭이 성립되어서 가 봐야 해. 먼저 중요한 정무에 참여할 필요가 있어서."

야마하라에게는 상공 회의소에서 상당한 위치에 있는 큰아버지가 있어서 장래의 취업에 대한 일도 겸해서 원대한 계획이 있는 것처럼 평소부터 얘기했다.

미쓰이가 그 일과 별개로,

"계속 집에 있을 거야?"

라고 시게요시에게 물었다.

"저녁까지 볼일로 나갈 거지만 그 뒤는 있어."

대답하면서 시게요시는 아까 호주머니에 넣은 은화 중에서 동전을 집어내어, 빨강이랑 초록으로 꽃 같은 무늬를 그린 허술한 중국그릇 옆에 놓았다

2

육교 밑으로 내려가자, 전철 소리도 자동차 경적 소리도 갑자기 확하고 통행인의 몸을 사방에서 밀어붙이는 것처럼 시끄러워진다. 말없이 그곳을 빠져나와 곧장 직진해서 걷고 있는 히로코의 고지식한 얼굴 위에는 이따금 어디로 갈까 하는 의문의 빛이 눈에 띄지 않을 정도로 나타났다가는 사라졌다. 히로코는 그 의문을 일

종의 근심 같은 마음에서 입밖에 내지 않고, 하루코가 오는 대로 말없이 옆을 걷고 있다.

기숙사를 따로따로 나가서, 전철의 어느 환승역 홈에서 만날 때까지, 하루코가 자세한 설명을 히로코에게 해주지 않았던 것은 선배답게 규율을 지킨 당연한 마음에서였다. 점점 오는 동안에 하루코는 걸으면서 생각 없이 키득키득 웃기 시작했다.

"뭐야!"

히로코는 화난 듯한 어조로 자신은 웃지도 않고 하루코를 나무라지만, 하루코가 무엇 때문에 웃고 있는지는 잘 알았다. 하루코가 이런 상태로 함께 외출한 것은 히로코로서는 완전히 처음 겪는 경험이다. 열심히 노력하는 것이 베레모를 쓴 둥근 얼굴에 숨길 수 없이 빛나고 있다.

공원의 넓은 문으로 들어와서 도서관 옆에 다다르자 오른쪽 오솔길에서 선데이 매일을 한쪽 손에 든 청년이 나왔다. 편안하고 힘찬 느린 발걸음으로 걸어와 스쳐 지나 가는가 했더니.

"야아"

그다지 높지 않은 목소리로 그렇게 말하고 잠깐 중절모자의 가장자리에 손을 얹었다.

"오랜만"

하루코도 성실한 표정으로 인사했다. 그대로, 자갈이 깔린 오솔길로 돌아서 잠시 가다가 하루코가,

"이쪽은 ― ― 히로코 씨"

라고 소개했다.

"오타 씨라고 해"

이런 사람을 만나는 것을 예상하지 않았던 히로코는, 묵묵히 하루코의 곁을 걸으며 가볍게 고개를 숙였다.

"조금 천천히 해도 되겠니?"

"좋습니다."

오솔길 폭이 세 사람 걷기에 갑갑하다는 이유가 아니고, 두 사람은 히로코보다 조금 앞서서 사무적으로 뭔가 이야기하면서 걸었다.

따뜻한 색의 짚으로 서리방지를 해둔 파초밖에 없는 아직 쓸쓸한 화단에 놓인 양지쪽의 한 벤치에서, 중년 남자가 인버네스의 소매를 어깨에 치켜들고 몸을 굽혀 특별히 재가 쌓여 있는 것도 아닌데, 자꾸 기계적으로 집게손가락을 움직여서 권련초의 재를 털고 있다. 옆에는 목에 연한 하늘색의 비단을 두르고 7 대 3 가르마로 머리를 크게 묶은 여자가 양손을 품속에 넣고 있었다. 여자는 그 앞을 지나가던 세 사람을 대놓고 바라보며 소리를 내어 충치를 문질렀다. 늦게 핀 흰 매화꽃이 보이는 정자에 그들은 앉았다. 작은 광장이 완만한 경사 건너편에 있고 정자 쪽에서 멀리 떨어진 곳에 서너 명이 상호가 새겨진 작업복 상의를 입고 어제 바람 때문에 쓰러진 나무를 일으키는 작업을 하고 있다.

오타라고 소개된 청년은 모자를 벗고, 하루코에게 친한 듯이 꾸밈없는 말투로

"오늘은 따뜻하네요."

라고 말하고 그대로 극히 자연스러운 어조로

"지난번 보도 내용은 상당히 잘 썼더군요."

히로코를 향해서 말했다.

"그런 것, 처음 쓴 건가요?"

교사인 미타가 사직 당했다는 데 대해 학교가 동요했지만 결국 유야무야로 끝났다. 그 경위를 히로코는 짧게 썼다. 그것이 잡지"전기戰旗"의 한 구석에 게재되었다. 히로코는 오타에게 그런 말을 듣고, 기쁜 듯한 얼굴로 하루코를 보며,

"많이 고쳤지, 그치."

라고 웃었다. 하루코가 정말 언니다운 말투로,

"그런데 이 사람은 소설이나 논문이라도 쓰는 것처럼 열중한 걸요."

오타로 불리는 시게요시는 웃음을 터뜨리고,

"소설을 쓰려면 소설도 좋아요."

라고 말했다. 시게요시는 하루코가 선배인 체 하는 모습에 흥미를 느끼고 바라보았다. 또 히로코가 상대의 경험 축적이 자신보다는 풍부한 것을 인정하고 있었고, 솔직하고 쾌활한 태도도 기분좋게 느껴졌다. 외투도 옷도 하나같이 감색 빛이 나는 모직이고 목언저리 부분만이 새하얀 장식을 한 옷을 입은 히로코의 전신은 이제부터 피려고 하는 어떤 나무의 꽃과 같은 잠재적이고 한결같은 면이 있는 것도 느껴졌다.

하루코는 아까부터 자연목 의자에서 손을 뻗어 서리로 붉게 물들어 있는 진달래의 딱딱한 잎을 뽑고 있다가 곧 앉음새를 고치고,

"나, 한 가지 의문 사항이 있는데요……"

그렇게 말하고 시게요시를 빤히 보았다.

"나, 지금 이대로의 생활을 계속하는 게 옳을까요?..."

히로코의 얼굴에 긴장한 조심스러움이 나타났다. 미타에 대한 분란의 결과가 저렇게 활기 없이 끝나자, 하루코는 학생생활에 의심을 품기 시작했다. 그것은 히로코도 털어놓았다.

"나, 일전의 경험을 통해 여러 가지 생각하고 있습니다. ── 조합에 가입하는 건 안 될까요?"

오타라는 사람은 뭐라고 대답할까? 히로코는 하루코 스스로에게 지지 않을 거라는 기대로 대비하고 기다렸지만, 시게요시는 아무 말도 하지 않는다. 입을 전보다 더 굳게 다물고 짙은 눈썹을 움직이며 꿈쩍거릴 뿐이다.

"어차피 학교도 끝까지 있을 수 있을지 어떨지 알 수도 없는 것이고……"

열심히 호소를 담은 목소리로 하루코는,

"나, 뭔가 더 기본적으로 성장하고 싶습니다."

라고 빠른 말투로 말했다. 얼굴조차 약간 붉어졌다.

시게요시는 하루코가 처해진 마음 상태를 잘 알았다. 이런 괴로운 호소가, 한 번도 시게요시의 가슴에 일어난 적이 없었다고 말할 수 있을까? 양심적으로 학생의 마음을 조금이라도 사로잡은 적

이 없다고 말할 수 있을까? 당시 사상적인 물결은 더 넓게 그 영향을 미치고 있었다. 예를 들면 전위활동 등에 대해서는, 둔갑술 무용담이 상상으로 그려졌던 시기가 아직 남아 있었다. 적극적인 학생은 이를테면 각자가 열심히 한 가닥 두 가닥의 줄을 끌어당겨 붙잡고 나아가고 있었다. 학생에 관한 전체적인 방안에 대해서는 그 자체가 한발씩 발끝으로 더듬어 방향을 찾아내고 있었다. 한편으로는 소박한 형태로 노동자가 아니면 인간이 아니라는 듯이 말하는 풍조도 있었고, 많은 젊은이들은 미련 없이 학교를 버리고, 다른 활동으로 들어가고 있었다.

시게요시는 복잡한 역사의 물결을 중후하게 견디려는 듯이 넓은 어깨를 움직이며.

"당신의 마음은 이해한다고 생각해."

밝은 빛 속에서 미세한 속눈썹을 또렷하게 볼 수 있는 눈을 가진 정직한 하루코의 시선을 향해서 말했다.

"그 생각도 나쁘지는 않을지도 모르겠지만 좀 더 기다려 보지 않겠나? 여러 가지 생각할 수 있으니까 말이야. 학교도 분명 달라질 거야."

"그럴까요?"

"이제 한 두 달이잖아?"

"그래요?"

옆에서 잠자코 듣고 있던 히로코로서는, 물론 뭐가 어떻게 바뀌는지 짐작도 할 수 없는 일이었다. 하루코도 더 이상 설명을 요구하려고도 하지 않았다. 시게요시가 자연목 의자에서 일어나서 기지개를 켜면서 거기에 나란히 앉아 있던 히로코와 하루코의 어느 쪽도 보지 않고,

"그냥 느긋하게 하는 거야."

그렇게 말하고 믿는 구석이 있는 듯이 눈 속에서 빛나는 웃음을 지었다.

"평생의 일이죠? 서두르지 않아도 괜찮아. 필요하다면 무슨 일이든 한다는 확신으로, 지금의 자리에서 최선을 다하고 있으면 된다. 그렇지?"

말하면서 시게요시는 자신의 가슴에 밀려오는 감동을 느꼈다. 그 자신에 대한 미래는 과연 어떻게 전개될까? 그가 고등학교 시절부터 자신의 재능에 대해서도 활동에 대해서도 기약하는 바 있어서 자중하고 있다. 그 정화는 언제 어떠한 형태로, 새로운 역사 속에 살아날까? 그것은 그의 앞에도 아직 나타나지 않았다.

"조금 걸을까?"

세 사람은 각각의 감동으로 잠시 말없이, 딱딱한 싹이 나온 나무 사이로 푸른 하늘이 보이는 오솔길을 걸어갔다. 조금씩 이야기를 꺼내며, 시게요시가,

"요즘, 모두 어떤 책 읽고 있나?"

라고 물었다.

"타키지의 책 같은 거 읽는 거니?"

"읽고 있지만, 감상을 물으면, 대개 훌륭하다고 말할 정도입니다."

"『어머니』같은 것도 읽으면 좋겠네. 샤포아로프의 자서전 속에 노동자가 고리키의 그 소설을 어떤 마음으로 애독했느냐 하는 것이 매우 잘 나타나 있어"

지식인 출신 동지들은 대개 감옥으로 찾아오기도 했고 나중에는 시베리아까지 따라가려고 하는 약혼자도 있었다. 하지만 노동자를 면회 온 사람은 그 어머니뿐이었다. 그들은 고독했다. 면회를 와 주는 어머니는 아들과 같은 감격을 품지 않았으니까. 『어머니』에 묘사되어 있는 것 같은 어머니와 아들의 본질적인 결합이, 대중의 현실생활에 나타나기 전에, 그것은 그러한 젊은 노동자가 얼마나 기다리고 희망하고 있었는가 하는 것을 샤포아로프가 함축해서 쓴 것이었다.

그 내용에서 시게요시가 토로한 진정眞情한 감정이 깊이 가로놓여 있는 어떠한 것에 닿았다. 잊기 어려운 공감과 한없이 측은한 정이 있다. 하지만 이러한 내용이 젊은 여성들에게 과연 어디까지 그 감정의 진실함이 이해될까. 시게요시의 눈 속에 그림자가 비쳤다. 그리고 바로 그 그림자가 사라졌다. 세 사람은 들어간 곳과는 반대편에 있는 공원 쪽 문에서 도랑 옆으로 향했다.

3

큰 유리문은 닫혀 있었고 가게 안으로 들어가려는 사람들의 그림자가 비치자, 문안에서 신발 관리를 하는 사람으로 여겨지는 남자가 그 유리문을 열었다. 문 앞에 멈춘 한대의 차에서 서류가방을 든 젊은 남자가 먼저 길에 내리고, 반쯤 뒤를 뒤돌아보듯이 하며 망보는 사람이 유리문으로 들어갔다. 모피목도리를 어깨에 걸치고 반들반들한 올리브색 코트를 입은 나이가 많은 여자가 다이아몬드가 눈에 띄는 한 손을 모피 목도리 끝을 잡고, 조금 늦게 같은 가게로 들어갔다.

중앙에 완만하게 무도장으로 연결된 큰 계단이 있었다. 그 오른쪽에 쇠못이 잔뜩 박힌 양복트렁크 등이 있고, 계속 그 앞을 가면 남성용품의 잡화 매장이 있다.

이 가게의 내부는 항상 비교적 한산하다. 별로 서두르지 않는 발걸음으로 새로 온 두 명의 손님은 넥타이 매장에 멈췄다. 유리 케이스 속을 한차례 바라보며 여자가,

"어때요? 마음에 드는 것이 있습니까?"

얼굴을 케이스에 향한 채 물었다. 남자도 여자 쪽을 보지 않고,

"글쎄……"

마음에 드는 게 눈에 들어오지 않는다고 하는 것보다는, 어느 것이 마음에 드는지 스스로도 알 수 없다는 모습이다. 남자는 서류 가방을 케이스 위에 얹고 그것에 한쪽 팔꿈치를 걸치듯이 하면서,

"사모님, 보세요."

라고 말했다.

"어떤 것이 좋을까요?"

케이스 위에 빙빙 돌려서 선택할 수 있도록 한 것을 오비 장식

품이라도 돌려 보는 것처럼 봤지만, 이거야, 라고 눈을 끄는 것이 없는 것 같다.

"당신은 수수한 것이 잘 어울리겠네요."

다시 케이스 쪽으로 멍하니 시선을 옮겼다. 그 사람은 에이코였다. 평소 누구를 위해서 넥타이 같은 것을 골라 산 적이 없어서 이렇게 다자와에게 어울릴 거라고 생각해도 어쩐지 알 수가 없었다. 나이에 비해서 화장이 짙은 특유의 강함과 천함과 아름다움이 혼합된 에이코의 화려한 얼굴은 약간 상기되어서 낯선 물건을 사려는 여자 누구나가 나타내는 흥분과는 또 다른 수줍음을 띠고 있다.

얌전하고 날씬한 몸매의 젊은 여점원이 유리 케이스의 맞은편에 서 있었다. 움푹 들어간 손가락 마디를 부드럽게 움직이면서 자연스러운 표정으로 손님을 당황하지 않게끔 하는 배려로 그 주변을 조용히 정리하고 있었다. 에이코는,

"잠깐요."

라고 그 여자 점원을 불렀다.

"그 두 번 째 줄의 오른쪽에서 세 번째 것을 보여 주세요."

"이것 말입니까?"

"네, 그래요."

그것은 캐나다 배우인 트위드 풍의 갈색과 녹색과 노랑이 혼합된 직물로 나쁜 취향은 아니었지만 다자와가 칼라 쪽에 대고 이쪽을 돌아보자, 창백한 안색과 안경과 그 넥타이가 어울리지 않는다는 걸 느꼈다.

여점원도 그것을 느낀 모양으로,

"이런, 색깔도 있습니다만."

훨씬 감색 빛이 나는 것을 내밀었다.

"좋은데요?"

두 사람은 그것을 포장해서 받아들고 큰 계단을 매우 느리게 나란히 이층의 도서부로 올라간다. 넥타이 매장에서 그 뒷모습이 바로 보였다. 여점원 다카하마 미호코는 눈꺼풀에 당찬 아름다움이 어려 있는 눈을 치켜뜨고 잠깐 그 쪽을 쳐다봤다. 남자가 감색 빛이 나는 넥타이를 보고 좋은데요, 라고 말했을 때, 동행한 여자가 당신이 좋다면 그것으로 정하세요, 라고 말했다, 그 목소리의 울림에는 저절로 지금 이층 난간의 뒤를 돌고 있는 두 사람의 뒷모습을 배웅하게 만드는 그 무엇이 흐르고 있었다.

아래층보다 오히려 위층 쪽이 붐볐다. 파이프를 문 불그스름한 얼굴에 백발인 남편과 동행해서 호화로운 모피코트에 비취 귀걸이를 한 노부인이 품위 있는 영어로 점원에게 무슨 그래픽을 운반시키고 있다. 신간서 진열대 주변에는 대여섯 명이 조용히 있고, 맞은편 선반과 이쪽 선반에 특히 유행하는 패션 책이랑, 영화, 통속적인 부인 잡지를 진열해 놓은 곳에는 둥글게 그 진열대를 둘러싸고 외국 잡지의 선명한 인쇄 냄새와 양질의 종이 감촉을 즐기고 있는 주로 젊은 무리가 있다.

에이코는 다자와와 함께 신간 서적의 주위를 잠깐 어슬렁거렸지만, 곧 높은 창가에 놓인 작은 의자를 발견하고 자기만 거기에 가서 앉았다.

다자와는 에이코가 거기에 앉았을 때 지켜보고 있었을 뿐, 그 다음은 에이코를 충분히 의식하면서 그쪽은 보지 않고, 때때로 서류 가방을 진열대 끝에 두고 상체를 앞으로 해서 가방에 기대듯이 자세를 취하고는 책을 손에 들고 여기저기 페이지를 건너뛰고 훑어보기도 한다. 인원에 비해서 이 가게답게 차분했다. 아카데믹한 조용함 같은 것이 넓은 그 장소를 차지하고 있다. 에이코는 잠시 거울을 들여다보았다. 그리고 큰 유리창 넘어 건너편에 보이는 빌딩이 잔뜩 늘어선 창문들과 훨씬 더 먼 쪽에서 무엇을 하고 있는지 그녀는 알 수 없는 그녀의 딸과, 그들 두 사람의 동행에 드리워져 있는 옅은 푸른 하늘. 그 하늘 가운데에 떠 있는 애드벌룬 등을 잠시 바라보고 있었다. 그것에 싫증나서 조금 상체 위치를 바꾸면, 시야 속에 항상 다자와의 비스듬히 서 있는 옆모습이 자신을 감싸는 듯이 얼굴을 돌렸다.

흰 버선의 발끝을 두툼한 신발과 같이 가끔씩 움직이고 있지만 그것은 에이코가 자신도 모르게 하는 버릇으로, 몸집이 큰 그녀의 몸 전체와 얼굴에는 뭐라고도 말할 수 없이 여유 있는 상쾌함이 시시각각 반사되는 기운이 있었다. 윤기 나는 그녀의 눈과 립스틱이 약간 말라 있는 입술에, 부르면 곧 대답할 것 같은 부드러움이 넘쳐나고 있었다.

에이코가 의자에 앉아 있는 창가는 큰 계단을 올라온 모든 사람이 먼저 시선을 주는 그 정면에 있었다. 그런데 에이코는 거기서 누가, 언제 나타나서 와도 곤란할 게 없다는 식으로 완전히 공공연하게 남의 눈에 띄는 자신을 그 곳에 두고 있다.

다자와가 고른 독일어로 되어 있는 심리학 책 대금을 에이코가 지불했다. 한 쪽 구석에 아담하게 차를 마시는 자리가 마련되어 있다. 두 사람은 종려나무 잎의 그림자가 드리워져 있는 작은 테이블을 사이에 두고 앉았다.

다자와는 담배에 불을 붙이고, 자못 맛있는 듯이 들이마시고 천천히 연기를 내뿜었다.

"피곤했지?"

"그렇지도 않아요."

한 쪽 손가락에 담배를 끼운 채 커피를 한 입 후루룩 마시고 다자와는,

"— —생각하면 이상하네."

라고, 조금 딱딱한 듯한 웃음을 지었다.

"히로코 씨가 여기 들어오면 어떨까?"

에이코는 휙 얼굴을 쳐다보며 딱딱한 목소리로,

"그 애가 올 리는 없습니다."

싫은 내색을 드러낸 눈짓을 다자와의 얼굴 위로 보냈다. 히로코가 여기서 책을 살 수 있는 돈을 주지 않았다. 에이코는 그 일을 순간적으로 어머니다운 센 고집을 머리에 번뜩이면서,

"왜 그런 말씀하세요?"

역시 싫다는 듯이 말했다.

"왜랄 것도 없는데."

에이코는 테이블 아래에서 초조한 듯이 버선의 발끝을 움직이면서 힘든 말투로 말했다.

"쥰지로의 책을 보러 당신과 왔는데 뭐 잘못됐어요?"

두 사람은 그대로 입을 다물어 버렸다. 어떤 의미에서는 공통된 혐오감을 느끼고 있는 사람의 이름이 나왔기 때문에 말없이 있는 동안에도 두 사람의 마음은 더욱 보이지 않는 힘으로 다가갈 수 있는 것 같았다. 다자와가 잠시 뒤에 물었다.

"오늘은, 돌아갑니까?"

"글쎄요……"

"이렇게만 하고 돌아가기는 재미없네요."

담배를 들고 있지 않은 한쪽 팔을 돌려서 자신의 가슴을 껴안을 것 같은 자세를 하며 다자와가 압도적인 목소리로 말했다.

"어딘가로 갑시다."

에이코의 뺨에, 혈색이 살짝 올랐다.

"………"

"그러죠?"

"………"

사방의 정적. 건조된 서적의 종이와 인쇄 잉크에서 스며나와 공기를 채우고 있는 가벼운 자극성 냄새. 질 좋은 석탄에 불꽃이 타는 듯한 찬란함이 에이코의 눈 속에 나타났다. 그 눈을 그녀는 완강히 다자와의 얼굴에서 피하고 있다. 통통한 뺨에서부터 턱까지 격렬한 내심의 동요로 성난 듯한 표정을 지었다. 그것은 진하고, 격렬하고, 향기롭게 긴장되는 기대와 그에 대한 저항이다. 에이코는 갑자기 몸을 조금 움직여, 특징적인 기침을 하더니 성실하고 역시 뭔가 화난 듯한 목소리로,

"계산을——"

이라고 말했다.

다시 사람이 모여 있는 잡지의 진열대 옆을 빠져나가 계단으로 접어들었다. 에이코는 한 계단 한 계단 자신의 무게에 이끌리는 듯이 내려간다. 그의 어깨에 자신의 어깨를 서로 스치며 천천히, 천천히 내려오면서 정면을 향한 채 다자와가,

"아아, 이 그대로 어디론가 가버리고 싶다."

라고 속삭였다.

"——갑시다."

".........."

"갑시다."

".........."

아래층의 통로를 똑바로 빠져나가, 그들은 가게 밖으로 나갔다.

4

요즈음은 그다지 볼 수 없는 트레머리로 머리를 올린 그 여자 손님일뿐만 아니라, 뭔가 인상에 남는 여운을 띠고 있던 두 일행이

떠난 뒤 미호코는 잠시 유리 케이스 뒤에 서서 멍하니 밖을 바라보고 있었다.

맞은편에 속옷류 매장에서 같은 하늘색 모슬린의 사무복을 입은 도키에가 그 모습을 보고 이쪽으로 왔다.

"저기요, 사치코 씨, 어떻게 할까요?"

"네?"

미호코는 멍하니 있었던 것처럼 눈썹을 올리며 상대를 보고, 다시 말해달라고 말하려 했지만,

"아, 정말로."

약간 거무스름한 얼굴에 뚜렷한 표정을 되찾았다.

"당신만 괜찮다면, 차라리 오늘 들를까요?"

"그렇죠. ──일부러 그 일 때문에 나오는 것도 귀찮고……그럼 나, 도모 씨에게도 그렇게 말할게요."

"죄송합니다."

함께 쓰키지의 연극에 한 두 번 가기도 한 적이 있는 동료인 사치코가, 몸이 아파서 한 달 남짓 쉬고 있었다. 폐가 나쁜 것 같다. 그만 둘지도 모른다. 그런 소문이 나돌고 있다. 미호코에게 온 편지 내용에서도, 그 소문이 전혀 근거 없는 것이라고도 생각되지 않았다. 같은 가게에서 근무하는 평소 친한 세 명이 문병하러 가자. 그렇게 말을 꺼낸 것은 벌써 4, 5일 전의 일이었다.

다섯 시의 벨이 울리고 여기저기에서 케이스에 덮개를 덮기 시작했다. 아직 약간 남아 있는 손님에 대한 예의로 분주하게 하지는

않았지만, 그래도 점원들은 벨이 울렸기 때문에 자리를 떠날 마음
으로 서두르고 있는 실내의 공기가 아래 위로 바뀌면서 갑자기 흘
러나온 듯한 분주함이 감돌기 시작했다.

도모코가,

"오늘 들를 거라고요?"

라고 통로 쪽에 서서 커버를 펼치고 있는 미호코에게 말했다.

"당신 어떻게 할 거예요? 집 괜찮습니까?"

"네. 괜찮아요."

가게 입구가 닫히자 세면장에서 퇴근 몸단장을 하면서, 가장
어린 도모코가

"어머, 어쩌죠, 나, 사치코 씨의 집 주소도 가지고 오지 않았어
요."라고 콧소리로 말했다.

"나, 알고 있으니까 괜찮아요. 가나스기 1번가의 19인가, 그렇
죠?"

"알아요."

물로 씻은 얼굴에 콤팩트를 두드리면서 도키에가 가볍게 흥분
한 듯한 목소리로 말했다. 퇴근길에 어딘가에 들르는 일이 드물었
고, 하물며 동료 집에 가거나 하는 것은 이제껏 없었던 일이다. 세
사람은 평소보다 신경 써서 단단하게 오비를 매고 옷매무새를 정
리한 가슴에 도시락통을 싼 보자기 꾸러미를 꼭 안고, 따각따각 신
발 굽소리를 내며 옆문으로 나왔다.

전철은 여느 때처럼 북적거려서, 세 사람이 나란히 손잡이를

잡고 앉아 있는 남자들의 무릎을 피해 서있는 것이 힘들었다.

"아주 조금이라도 좋으니까 뭔가 사 주고 싶어요."

높이 손잡이를 잡고 있는 쪽 소맷자락을 보자기 꾸러미를 들고 있는 쪽 손으로 누르고 옆에 있는 도키에에게 미호코가 말했다.

"과일이든지 뭐든지 ――틀림없이 기뻐할 거야."

더 이상 얘기하지 않고 세 사람은 가나스기에서 내렸다. 정류장 바로 옆에 있는 과일 가게에서, 오렌지와 사과를 샀다. 나올 때는 '쉽게 알 수 있어요'라고 말했던 도키에가 두 세 모퉁이를 돌아도 생각처럼 찾지 못하자, 이 동네 지리에는 도모코도 마찬가지로 알 수가 없었기에, 미호코가 부지런하게 걸어서 술집 가게에 들어가서 정중히 물었다. 원래 당차기도 했지만, 미호코의 인품에는 선량함과 소녀 시절부터 일할 때 게으름을 피우지 못하는 기질이 자연스럽게 어우러져서 나선다는 것이 아니라 어떤 일로 주위사람이 난처하게 되면 미호코가 의지가 된다는 식이었다.

한 두 블럭 앞으로 가서, 어떤 사진관 옆 골목을 기웃거리던 미호코가 갑자기 큰 소리로 부르고 싶은 것을 억제한 목소리로,

"잠깐, 좀!"

뒤늦게 오고 있는 사람들을 불렀다.

"이 옆이야, 이봐요, 그렇죠?"

사진관의 옆 쪽에 에나멜로 쓴 번지 표찰이 박혀 있다. 채소가게, 전기기구점, 이발소 모두 큰길에는 열기 힘든 가게를 이 골목에 열고 있다는 상점거리였다. 당구장의 빨강과 흰색의 공이 그려

진 광고가 나와 있는 앞에, 먼지로 흐려진 듯한 나막신 가게의 쇼윈도가 눈에 들어왔다.

"저기 같아요."

"정말 그렇네요."

세 사람은 저절로 발걸음을 늦추어서, 그쪽을 보면서 갔지만 미호코는 무언가 괴로운 듯한 표정으로 옷소매에서 꺼낸 손수건으로 땀을 흘린 것도 아닌데 콧망울 주위를 닦았다.

15전, 30전이라는 나막신이 진열된 진열대가 두 개 나란히 있는 가게에 어두컴컴한 전등이 뻐끔 켜진 안쪽에서 아버지 같은 나이든 사람이 나막신 끈 교체를 위해 쇠 장식을 박고 있었다.

"어떡하죠?"

기가 죽은 듯이 작은 목소리로 도모코가 말했다.

"모처럼 왔지만요. ――들어가지 않으면 좋겠어.

"도키에가 가게에 들어가서,

"실례합니다."

라고 말했다.

"어서 오세요."

손님을 향해 오랫동안 익숙해진 말투로 맞이하는 소상인의 응대로 대답한 아버지는 도키에가,

"저, 사치코 씨 계시는지요?"

라고 말하자 화들짝 놀란 듯이,

"사치코는 있습니다만……"

무릎 자세를 바로 하는 기색으로,

"아이구, 어서 오세요ーー"

쇼윈도 옆으로 절반 몸을 기대어 서 있던 미호코와 도모코 쪽을 슬쩍 보았다. 미호코는 인사를 했다.

"저, 잠깐 병문안하러 왔습니다만ーー"

"아이구, 정말 감사합니다."

아버지는,

"어이! 어이!"

둔탁한 전등불에 빛나고 있는 나막신 선반 사이로 보이는 거실을 향해 소리 질렀다.

"어이, 사치코에게 그렇게 말해...."

작은 남자애와 그리고 서 너 살 위인 사치코의 남동생과 여동생같은 아이가 고개를 겹쳐서 가게 앞을 들여다보았다.

"오, 언니에게 손님이라고 말해."

아버지는,

"정말 좁고 누추한 곳이라서……어서, 들어오세요...."

가게의 토방에는 의자가 두개 있었다.

"자, 앉으세요.ーー어이, 뭐해!"

가게의 안쪽은 방이 한 칸밖에 없는 것 같다. 안에서 어머니 같이 억누른 목소리로,

"뭐하는 거니! 잠깐 이걸 걸치고, 아무도 너……"

자꾸 뭔가 말하는 것이 들렸다. 미호코는 안쓰럽다는 얼굴을

감추지 못해,

"저, 정말 잠깐 들린 것이니까요……"

라고 혀가 말려들어가는 것 같은 연약한 어조로 말했다.

"찾아뵌 것으로, 이제 됐으니까요……"

"아니요, 뭐……어이, 어이!"

우리 쪽에 대한 변명 같이 어머니는 조금 큰소리로

"정말로……,참, 어쩌라는 건지."

바로 가게 뒤쪽에 서 있는 사치코는 울고 있는 것 같았다. 몸이 장롱의 고리에 부딪친 소리가 나더니,

"아니! 싫다니까요!"

봇물이 터진 것처럼 사치코의 높은 목소리가 눈물에 젖어 가게 까지 울렸다.

"이런 집 보여서……"

심하게 흑흑 흐느끼는 소리가 들리고 더 뭔가 말하면서 뒷문으로 다짜고짜 뛰어 나가는 소리이다.

"뭐하고 있지……"

아버지가 일어서서 가서 이번에는 함께,

"아이구, 모처럼 오셨는데, 저 얘는 참……"

당황한 표정으로 머리를 긁적이면서 어머니까지 나왔다. 도모코는 어리둥절한 표정을 짓고 있었고, 미호코는 씁쓸한 눈물이 코 속을 찌르는 것 같아 견딜 수 없는 기분이었다.

세 사람은 과일 꾸러미를 신발장이 넘어져 있던 옆에 살짝 두

고 여러 차례 절을 하고 그곳을 나왔다.

화창하게 가로등이 밝은 큰길로 나와서 도키에가,

"어찌 된 걸까, 사치코 씨는……"

이라고 작은 소리로 중얼거렸다.

"뭔가 착각한 걸까……"

"그러니까――설마, 병 때문에 히스테리가 되었을까요? 왠지, 무서웠죠?"

미호코는 말없이 일행들이 하는 말을 들으며 안짱다리의 발걸음이 더 느려진 듯이 정거장으로 향해 걸었다.

5

미호코의 집은 거기서 야마시타까지 되돌아와서 다시 전철을 갈아타야 하는 곳에 있었다. 전철의 수가 적어서 매우 혼잡했다. 게다가 커브의 연속으로 연못 주변을 돌아갈 때는 승객들이 한쪽으로 중심을 두어서 흔들리면 출입구의 철봉에 붙어있는 미호코의 가슴 언저리가 아플 정도로 압도되었다. 미호코 옆에 철봉에 의지하고 있는 사십 세가량의 직장인 분위기의 남자가 있었다. 철봉 위에 서류가방을 치켜세우고 있었다. 그 가방에서 도시락 국 냄새가 배어나와 미호코의 얼굴 앞에 서리어 있다. 난폭하게 전철이 커브를 꺾을 때마다 일제히 이쪽으로 쏠리고, 또 저쪽으로 다시 쏠리면서, 귀가하고 있는 이 사람들은 각각 어떤 집으로 돌아가는 걸까, 하고 생각했다. 미호코는 자꾸 노래에서 말하는 "즐거운 귀로"라는 문구가 슬프고 아이러니컬하게 떠올랐다.

여름은 짙은 밤과 큰 별이 있는 하늘 아래에 작은 집들마다 벌레집에 등불이라도 켠 것처럼 연이어서 안까지 보이는 것을 보며 미호코는 그 집안에 있는 인간의 생활이라는 것을 생각하면서 일종의 이상한 외로움을 곧잘 느끼곤 했다.

사치코가 그런 모습으로 울고 나온 것은 이상하지만, 그렇다면 가게의 누가 집을 알려줘서 서로 왕래하고 있었던 걸까. 자신의 집을 뭔가 남에게 드러내고 싶은 마음이 없지 않은 건 아닐까. 미호코는 자신에게도 있는 그 비하한 심정이 괴롭고 유감스럽게 있다고 생각하자 겨드랑이가 땀에 젖었다.

차고 앞에서 내려서, 완만한 경사길 왼쪽으로 올라갔다. 장식 가게 뒤의 생나무울타리기 이어져 있는 문을 열고,

"다녀왔어요."

복도 끝에 다다미 세장의 방에 전등을 발돋움해서 비틀어 켜며,

"아이구, 왔니? 늦었구나!"

할머니인 오무라가, 토방에 들어간 미호코 쪽을 슬쩍 보았다.

"어떻게 왔는지 정신이 없었어요,"

"친구 병문안 갔었어요……"

미호코는 다다미 여섯 장 방에 있는 긴 화로 앞에 다리를 옆으로 모아 앉자마자 버선을 벗었다. 그리고 오비를 풀고, 무심결에,

"아아――"

주먹을 쥐고 비단기모노 위에서 종아리를 탕탕 두드렸다. 가게 안에서는 거의 계속 서 있었고, 그 시간의 전철에서 앉기는 생각지도 못하는 일이었다.

"배 고프지? 미호코가 좋아하는 보리새우를 삶아 뒀어."

"그래요? 감사합니다."

오무라는 낯선 사람이 보면 깜짝 놀랄 만큼 나이에 어울리지 않는 젊은 모습으로, 갈색 버선을 신은 발을 부지런히 움직이며 미호코가 벗은 옷을 장대옷걸이에 걸어 오비를 접어두고 다리가 낮은 밥상을 긴 화로 옆에 놓았다.

"아아, 맛있어요."

"더 먹을 수 있죠? 십전이에요."

다다미 여섯 장 방에 있는 전등을 문지방까지 끌고 와서 미호코가 빨래를 했다.

"그럼, 목욕 다녀오세요."

미호코는 보자기 꾸러미에서 꺼낸 잡지를 넘기며,

"할머니, 다녀오세요."

라고 말했다.

"난 오늘 안 갈래요. 왠지 이젠 귀찮아졌는걸요."

"젊은 여자가 그런――미호는 살결이 곱기 때문에 목욕만 자주하면, 항상 정말 예쁠 텐데. 머리도 그렇게 멋지고..."

미호코가 상대해주지 않자, 오무라는 꼼꼼하게 몸 닦을 때 쓸 쌀겨 주머니까지 모두 준비해서, 윗옷을 갈아입고 목욕탕에 갔다.

미호코의 아버지가 1918년 과 1819년의 불경기로 대실패를 하고, 집안이 뿔뿔이 흩어져서, 아내의 고향인 시골 마을의 보험회사에 근무하러 갈 때까지, 오무라는 죽은 남편의 옛 동료이며 현재는 실업계에서 기세당당한 그 남자의 집에, 가문을 넣은 하오리를 입고 우란분재와 연말에 출입하는 것을 낙이라고 자랑하고 있었다. 고등 초등학교를 우등으로 나오고 인물도 좋은 미호코, 직장에서의 평판도 좋은 미호코를 바라보는 오무라의 눈에는, 그 시절 자주 신문 등에 떠들었던 백화점의 미인 여점원이 어디 어디의 차남과 선봤다, 라고 하는 그런 상상조차 하고 있었다.

혼자가 되자 미호코는 다 내팽개치고 장롱에 머리를 기대고, 눈꺼풀에 특징적인 예리한 표정을 띠며, 생각에 잠겼다.

미호코가 가게에서 모범 점원인 것도, 그녀가 가게를 최상의 곳이라고 생각해서 자신의 처지에 만족한 결과로 그 가게 안에서 좋은 사람이 된 것은 아니었다. 미호코의 마음속에는 끊임없이 생활이란 이런 것일까? 이것뿐인 걸까? 이것만으로 좋은 걸까? 라는 본능적인 의문이 있었다. 그녀는 이 답을 찾지 못하고 마음에 달라붙어 떠나지 않는 의문에 사로잡혀 있지만 답을 구하고, 자신에게 맞는 일에는 진심으로 대했다. 가게에서는 같은 일이라도 여자학교 출신이 1 엔 10전, 초등학교 출신은 80전으로 정해져 있다. 여기 근무 방식이 어떻든 그것은 작용하지 않는 걸까. 그런 마음도 있었다.

그 목적으로 모범 점원이 된 것도 아닌 미호코는, 역시 매일이 재미가 없어서, 귀중한 휴일에 하루 종일 이불속에 들어가, 오무라에게 말 한마디 하지 않고 책만 읽고 있었다.

다다미 여섯 장 크기의 툇마루는 덧문이 닫혔고 아버지가 남기고 간 난초 화분이 두 개 정도 놓여 있다. 바깥 쪽에서 장식 가게의 장인이, 무슨 금속을 가볍고 빠르게 두드리고 있는 맑은 음향보다 더 먼 쪽에서 라디오의 샤미센 소리가 들려왔다. 안마사가 부는 피리소리가 언덕 쪽을 흘러 간다. 아침은 시끄러운 동네이지만, 저녁은 빠르고 동정어린 뒷골목 밤의 고요함이 있다.

미호코의 마음에 오늘 마지막 고객이었던 앞머리를 내린 여자의 얼굴이 떠올랐다. 그리고 여러 가지 상상과 연상으로부터 "오사카의 숙소"라는 소설을 떠올렸다. 그 소설을 쓴 사람의 친가가 유명한데 가게의 어떤 고객이 꽤 오래 된 그 책을 가져왔다. 그 소설의 작자는, 미타라는 인물에 대한 감상으로서, 영애令愛라고 불리는 계급의 젊은 여자들이 철저하게 부모에게 보호받아 자기 자신에게는 아무런 힘도 없는 주제에, 너무 새침해서 싫다, 내면이 없는 자부심이 싫다, 라고 역설했다. 그리고 조상 대대로 누려온 호의호식에 질린 듯한 얼굴을 하고 있는 기생도 어디가 세련된 건지 깔끔한 건지 모르겠다는 문장도 있었다. 주인공인 미타라는 남자가, 출근하는 길에서 항상 만나는 한 사람에 국한하지 않고, 검소한 직업여성들에 대해서 깊은 호의를 가지고 그들에 관한 것을 묘사한 것이었다.

미호코는 가게의 성질상, 귀부인, 영애라고 불리는 부류의 사람들을 많이 보았다. 그런데 그 부류를 직접 대하게 된 것이었다. 한층 사회의 넓은 범위가 자신들의 삶을 정당하게 평가하기 시작한 듯한 희미한 기대감이 있었다.

그 뒤 그 소설의 작가가 결혼하는데 상대의 여성이 결혼준비에 오비만 수십 개 가지고 왔다고 하는 등의 소문이 났다. 아무튼 소나기가 내리는 어느 날 그 영애가 머리를 비 맞히며 딱히 몸단장을 단정하게 하지도 않고 걸어가는 모습을 보고, 그 모습에 마음이 끌렸다는 것이었다.

남자로서 그런 여자를 흥미롭게 생각했다는 점도 미호코는 알 것 같은 기분이 들었다. 그러나 그렇다고 해도, 오비만 수십 개나 가지고 오는 사람에게 차도 타지 않고 다닐 정도의 기모노가 얼마나 될까. 흠뻑 젖어 보는 것도 한 때의 젊은 기분이었을 것이다. 작은 허영심이나 자부심 따위에 신경 쓰지 않을 정도로 대단한 보호를 받는 여성의 당당함에 끌려서 아내로 맞이하는 마음, 얌전하게 일하는 여성에게 끌리는 마음. 어느 쪽도 이 사람 입장에서 보면 여자에 대해서 자유 선택이라는 자신의 취향이다. 되풀이되는 형태로 나타난 상류층 사람다운 오만함을 느끼면서, 미호코는 자기 안에 반발심이 있기에, 가게의 다른 사람들과 함께 흥미 위주로 그 이야기를 하지 않았다.

미호코는 낡은 찻장에서 카린당을 꺼내어 씹으면서 하도롱지의 커버를 씌운 잡지를 넘기고 있었다. 그곳에 나오는 에스페란토 강습회의 광고를 보는 동안 꼭 다문 그녀의 입가가 참으로 이상하게 느슨해졌다.

2년 정도 전에 미호코는 가게에서 화장품코너에 배속되었다. 화장품코너에서 취급하는 것은 거의 수입품뿐이었다. 특히 프랑스어가 많아서, 백분과 향수의 이름을 외우느라, 미호코는 가타카나로 쓴 카드를 만들어 오가는 전철 안에서 외워야 했다. 그 고생스러운 매일의 삶이 너무나 단순해서 차라리 프랑스어를 공부해볼까하는 생각이 들었다. 미호코는 간다神田에 있는 이름이 알려진 어떤 교습소에 갔다. 접수처에서 초급반으로 접수했다. 검은 사무용 커프스를 한 약간 거드름 피우는 젊은 남자가 작은 보자기꾸러미를 창구에 두고 상기되어 있는 낯선 미호코를 향해,

"성함은?"

이라고 물었다.

"저, 다카하마 미호코라고 합니다만……"

"마담입니까? 아니면 마드모아젤입니까?"

"……"

미호코는 무슨 말인지 잘 몰라서 주저했으나 허리를 굽히듯이 하고 진지하게 답했다.

"저, 어느 쪽이든 좋습니다만……"

그때 자신의 답을 생각하면 미호코는 혼자서 아하하 웃었다.

담당 남자는 처음 깜짝 놀란 듯한 표정을 짓다가 히죽 웃으며,

"그럼 마드모아젤로 해 둡시다."

혀와 입을 여러 가지 모양으로 움직여서 발음 연습을 해야 하

는 게 미호코는 거북했고 쑥스러웠다. 게다가 마드모아젤·다카하마라고 말끝을 올려서 하는 발음으로 불리면서 프랑스어 책을 땀이 나도록 바라보는 자신의 모습과 책상 속에 감춰놓은 도시락보자기가 점점 뭔가 어울리지 않는 생활이라는 느낌이 들어서 미호코는 3개월 정도 다니고 그만둬버렸다.

지금 미호코는 마담과 마드모아젤의 사용 방법의 구별은 알지만 지난번처럼 질문 받으면, 역시 웃으며, 어느 쪽이라도 좋습니다, 라고 말할 것 같은 마음, 일하고 있는 여자의 마음으로 있다.

미호코는 에스페란토 강습의 광고문을 또 잠시 호의적인 눈빛으로 보고 있다가 바로 한층 더 주의를 집중한 표정으로 뒤 쪽 몇 페이지에 게재되어 있는 직장 통신을 읽기 시작했다.

한 송이 꽃

1

현관의 접수처에는 인적이 없었다.

아사코는 신발장에 자신의 나막신을 넣고 복도를 똑바로 걷기 시작했다. 그 복도는 단 한 통로로 되어 있어서, 막다른 곳에 바깥 경치가 보였다. 푸른 풀이 무성한 이쪽 둑에 있는 두 그루의 굵은 벚나무 사이에, 물을 사이에 두고 낡은 돌담과 그 위에 돋아난 소나무가 앞으로 걸어감에 따라 아사코의 앞에 또렷해진다. 풀과 돌담 위에 9월 말 가까운 햇빛이 비치고 있는 것이 매우 가을다운 느낌이었다. 거기서 복도를 스쳐 지나가는 바람이 너무나 상쾌해서, 한결 더 햇빛 속에 가을을 느끼는 그런 기분이다. 아사코는 오른쪽 창문에 아직 발이 처져 있는 방으로 들어갔다.

여기도 복도와 똑같이 하얀 바닥 위에 크고 긴 테이블이 있었다. 수신자 이름을 쓰다가 둔 봉띠가 쌓여 있는 장소에 사람은 없고, 텅 빈 집에서 단 한사람 야자키가 사무를 보고 있었다. 둥근 얼굴에 작은 체구인 야자키는, 들어온 아사코를 보자 달리 고개를 숙이지도 않고,

"오늘은――빠르군요."

라고 했다.

"예——"

빨간 잉크병과 고무풀, 벼룻집, 그런 것이 놓여 있는 책상 위에 작은 비단보자기 꾸러미를 두고 아사코는 선 채로,

교정 아직 보내오지 않았습니까?"

라고 야자키에게 물었다.

"글쎄…… 어떻습니까?, 이타 군이 받았을지도 모르겠어요."

아사코는 여기에서 기관 잡지의 편집을 하고 있었다.

아사코는 차분한 가운데 어딘가 화려한 느낌을 주는 줄무늬 소매 끝을 핀으로 집고, 신문 여백을 메꿀 짧은 기사에 사용할 신문 스크랩 작업을 하기 시작했다.

복도 멀리서 구두 소리를 울리며 이타가 돌아왔다. 아사코가 와 있는 것을 보고 그는 청년다운 얼굴을 살짝 붉히며,

"오늘은"

이라고 말했다.

"교정 아직입니까?"

"오지 않았어요."

"심부름도?"

"네"

아사코는, 구석에 있는 전화 앞에 서서 인쇄소에 재촉했다.

다시 책상으로 되돌아 와서 아사코는 스크랩을 계속했다, 이타는 두껍게 쌓은 봉띠 종이에 수신자 이름을 쓰기 시작했다.

이것은 오후 네 시까지 하는 일이고, 그 후 이타는 N대학 사회과의 학생이다.

검은 털의 공단 토시를 소맷부리에 끼우고, 필기라도 하듯이 목을 구부리고 만년필을 움직이고 있던 이타는 마침내,

"아아"

얼굴을 들고, 야자키를 향해 물었다.

"얼마 전 거절하고 온 분량만큼 이 중에서 발췌하고 있는 겁니까?"

통통한 한 쪽 손으로 주판 끝을 누르고 부풀어 오른 사무복의 가슴을 턱으로 누르듯 하고, 뭔가 계산하고 있는 야자키는 들리지 않는지 대답을 하지 않았다. 이타는 잠시 기다리다가 어깨를 으쓱하고, 또 쓰기 시작했다.

아사코는 신문에 서양제 가위로 가위질을 하면서, 목소리를 내지 않고 쓸쓸히 웃었다. 아사코의 웃음에 이타는 귀 뒤를 긁었다. 이틀 정도 전, 어느 학교 대항 야구 시합이 외원外苑 그라운드였다. 이타는 오후부터 봉띠 쓰기를 내던지고 나갔다. 자신에게 그런 흥미도 활기도 없이 매일 아홉 시부터 네 시까지 여기에 앉아 하루를 보내는 것 이외에, 다른 삶이 없는 야자키는 그래도 다른 사람이 그런 일을 하면 매우 불쾌해졌다. 그는 그것을 꽁하고 하루라도 이틀이라도 말을 하지 않았다.

"어느 정도 거절하고 왔습니까?"

아사코가 이타에게 물었다.

"이번에는 그렇게 많지 않습니다. 오십원 정도죠."

"작년부터는 그래도 천 정도 줄었어요.……시골 사람들도, 요즘은 여성잡지를 점점 받으니까, 거절하는 것이 자연스럽습니다. 비교해 보니 누구라도 다른 잡지가 싸고 재미있다고 생각하는 걸요."

1엔책[13] 에 대한 이야기가 나오고, 그것에 야자키도 가세했다.

"딸이 귀찮도록 말해서 초등학생전집을 샀습니다만, 도대체 그런 것은 어느 정도 벌까요?……"

"회사에서도 뭔가 하나 사주지 않나? 그러면 우리들 도움이 될 텐데"

"야자키 씨, 어때요? 그 정도의 일 할 수 없습니까?"

"글쎄"

이타가

"돈이 없나?"

라고 중얼거린다.

갑자기 아사코가

"아아, 야자키 씨, 이사, 어떻게 됐습니까?"

라고 물었다.

"드디어 시부야입니까?"

---

13 (昭和 초기에 유행한) 정가가 한 권에 1엔 균일인 전집·총서 본; 전하여, 싸구려 책.

"네, 이달 말까지 시끄러우니까 이사해버리려고 생각했는데……다음 달 중에는 이사합니다."

"스다 씨, 그 후 어떻게 하고 계십니까?"

야자키는, 싫다는 표정으로,

"요즘 가지 않으니까."

라고 낮게 대답했다.

"여기 그만두는 것은 이제 결정된 건가요?"

"결정 되었겠죠."

말없이 있었지만 아사코의 마음에는 분노스러운 감정이 있었다.

스다 신키치는 편집부의 광고 담당을 하고 있던 남자로, 어딘가 색다른 인물이었다. 머리 일부가 결여되어 있는 건지 과잉인 건지, 대단한 데가 있어서, 어느 때는 사진에, 어느 때는 축음기에, 최근은 라디오에 열중하고 있다. 라디오를 위해서는 돈을 아까워 할 줄 몰랐다. 여러 가지 도구를 모아서 라우드·스피커에 좋지 않은 취미로 얇은 명주 덮개를 덮기도 하고, 그것을 비즈 세공과 바꾸어 보기도 하며, 아사코를 만나면,

"한번 꼭 들으러 오세요, 완전히 그 주변의 꿱꿱거리는 잡음이 들어가는 것과는 비교할 수 없는 겁니다――이제 이삼 일 지나면, 경성京城도 들어가도록 하겠습니다, 조선어라는 것은 좀 좋네요."

기쁜 듯이 이야기했다. 실제는, 그러나 결코 조립에 성공할 수 있는 스다는 아니었다. 성공하지 않으면 재료 탓으로 하고, 그것이 일본제라면 외래품으로 대신한다. 외래품이라면 일본제를 사고,

그런 일이 거듭되는 동안에, 그가 대표로 보관하고 있던 마을 자치회 돈을 유용하고 말았다. 천 엔 가까운 돈이었다. 그는 이 밖에 잡지의 광고비도 사용한 적이 있었다. 죽을 각오로, 스다는 가출을 했다. 그러나 추격자에게 잡혀 별일 없이 돌아왔다. 스다와 인척으로, 스다의 소개로 잡지부의 회계를 맡게 된 야자키는 뒷날의 폐를 두려워하여 일이 공개적으로 되기 전에, 서무부장인 모로토에게 급히 보고했다. 스다를 위해 변호하는 수고를 하기 보다는 차라리 자신을 비호하여, 모두 말하고 당사자 간의 합의라도 해서 스다를 면직시키는 쪽으로 작업을 한 것이었다. 스다가 좋은 사람이라고 알고 있던 동료는, 야자키의 태도를 비난했다. 그 비난은 친척 사이에서도 있는 것 같다. 야자키는 요즘, '친척이라는 존재는 시끄러워서 안 된다'라고 말했다. 갑자기, 아내의 친정 근처로 집을 구한 이야기를 아사코도 바로 들었다.

호치報知신문은 한자를 제한했다. 군데군데 스크랩한 것 중에도 건포마찰乾布摩擦, 기능항진機能亢進, 승강昇降 등과 같이 읽기 어려운 글자가 있다. 아사코는 빨간 잉크로 그것을 고치면서,

"몇시?"라고 물었다.

"한시 반입니다."

"이소다는, 뭐 하고 있을까?"

아사코는 전화 있는 곳으로 가서,

"가조 씨에게 전화 좀"

이라고 인쇄소의 젊은 주인을 불러냈다. 그녀의 퉁명스럽고 당

차고 활기 넘치는 목소리가 문에 드리워진 발 너머로 가을바람이
지나는 살풍경한 방에 울렸다.

"여보세요, 11시 반 약속인데 아직 한대도 오지 않았는데 어찌
된 거예요, 네? 아아 그래요. 하지만 벌써 23일이예요. 삼십분 정도
가면 그 쪽으로 가니까, 그럼 곧 출발하도록 해 주세요, 부탁해요."

2

쓰루마키쵸에서 전철을 내려서 생선 가게 모퉁이를 돌면 이소
다 인쇄소까지는 50미터 정도였다. 생선 가게 간판에 색이 벗겨진
큰 도미 한 마리와 똑같이 낡은 작은 대나무가 같이 그려져 있다.
그렇게 가난하고 너저분하게 늘어선 집들 중에 그곳만 큰 유리문
이 끼워진, 이소다 인쇄소가 있다. 지진으로, 간다에서 여기로 옮
겨 온 것이다.

"정말 이번은 실례했습니다. 두 대만 올라갔으니까요……그
럼"

금고를 뒤로 하고 정면에 놓여 있는 책상 앞에서, 요시조가 들
어오는 아사코에게 인사했다. 아사코와 같은 나이지만, 장사 면에
서는, 스무 일곱이라고는 생각할 수 없을 정도로 수완이 있었다.

"이봐요, 공장에 가 계세요."

"——이층 ——괜찮으십니까?"

짙은 머리카락이 이마 언저리에 일직선으로 난 특징 있는 머리

를 한 요시조는

"자, 어서"

라고 말하는 대신 묵묵히 고개 숙였다.

자신의 수완에 자신이 있어서, 전혀 정에 끌리는 일 없이 고용인을 쓰고, 주판을 튕기고, 방심하지 않는 천성으로 장사를 시작한 아버지보다 강한 듯한 요시조를 보면, 아사코는 언제나 일종의 흥미와 반감을 동시에 느꼈다. 아사코는 부리부리한 눈을 하고 있는 열 두세 살 된 사환이 준비해 준 샌들로 바꿔 신고. 오른쪽 벽을 따라 계단을 올라갔다.

계단은, 허술한 양옥답게 가파르고 계단 사이 칸이 좁다. 아사코의 긴 무릎이 위의 계단에 부딪쳐 오르기가 힘들기 그지없다. 한 손에 비단 보자기 꾸러미를 끌어안고, 왼손을 벽을 당기듯이 하여 아사코는 주의 깊게 한 칸 한 칸 올라갔다. 3분의 2정도 오르자 사장실의 갈대발을 친 문이 보였다. 갈대발을 투과하여 바깥 빛이 계단에도 비쳐 들어와 발밑이 꽤 밝아졌다.

아무런 생각 없이 아사코는 따각따각거리며 샌들 소리를 울리는 젊은 여자답게 두 세 계단 건너뛰며 올라갔다.

그 순간에, 획 하고 갈대발이 걷히고, 실내에서 열일 곱 살 정도의 여자 사환이 튀어 나왔다 라고 밖에 말할 수 없는 급격한 동작으로 층계참 위에 나왔다. 그 아가씨는 재빨리 아사코에게 인사하고 투닥 투닥 투닥 아래층으로 뛰어 내려갔다.

아사코가 무심코 아무도 보이지 않는 어두운 계단의 아래쪽을 바라보고 있자, 불그레한 얼굴을 한 사장은, 갈대발과 평행으로, 책장이라도 끼워 넣을 작정인지 벽에 여섯 자에 두자 정도 틈이 나 있는, 그 틈이 있는 곳에서, 천천히

아무렇지도 않은 듯이 방 중앙을 향해 걸어 나왔다.

아사코는 왠지 모르게 싫다는 생각이 들었다.

이층에서 아버지가 젊은 여자 사환을 그 방에서 뛰어나가게 한 것을 요시조는 알고 있을까? 아사코는 이중으로 불쾌한 기분이 되어 사장실의 리놀륨을 밟았다.

건물의 구조상, 교정실은 사장실을 지나지 않으면 가지 못했다. 아사코는 묵묵히 가볍게 머리를 숙이고 지나갔다. 이소다는 책상 이쪽에 서서 담배에 불을 붙이고 있었다. 그는, 아래 눈꺼풀에 커다란 점이 있는 불룩한 눈을 가늘게 뜨고, 성냥을 받쳐 들고 쓱쓱 불을 켜면서,

"야"

라고 애매하게 말을 걸었다.

교정실에는 구비된 붓이 완전히 망가져 있다.

아사코는 벨을 울려서 새 것을 받아서, 공장에서 막 가져와서 아직 잉크가 채 마르지 않은 교정을 검토하기 시작했다.

서투른 웅모 하이쿠를 읽어 가면서 대조하고 있는데, 갑자기 이소다가 들어왔다.

"――많이 좋아졌군요, 오랫동안 안 오신 것 같습니다만, 해변 에라도 가셨더랬습니까?"

"계속 동경에 있었습니다.……당신은? 어떻습니까, 그 후"

"아, 감사합니다."

흰색 조끼를 입은 배를 내밀고, 이소다는 약간의 머리카락이 남아있는 머리 뒤통수 쪽에 담배를 든 손을 갖다 댔다.

"나이로군요, 하나는……일진일퇴입니다. 그러나 장마철에 비하면 다시 태어난 것 같아요. 습기는 사실 거슬리지요."

이소다는 최근 심한 신경통에 시달려, 스루가다이의 뇌신경 전문가에게 끊임없이 전기 치료를 받고 있었다. 아사코에게는 만성 신경통이라고 말했다. 실제의 병은 결코 그렇게 단순한 것이 아니라는 것을 모르는 사람이 없는데, 이 남자의 가정생활이 힘들다는 것을 추측할 수 있었다.

조금 전 어린 여자아이에 대해 빈정거리던 걸 생각해서, 아사코는

"이제 아사노 씨는 그만두십니까?"

라고 물었다. 아사노라고 하는 사람이 스루가다이의 의사였다. 문득 노인 같은 시선으로 창밖의 경치를 바라보고 있던 이소다는,

"아, 아니 아직입니다."

라고 힘 있는 목소리와 함께 눈을 아사코에게로 옮겼다.

"실은 오늘도 지금부터 외출해야 합니다.……아사노 알고 계십니까?……엔도 백작이 그 사람을 꽤 신임하는 것 같습니다만."

그리고, 반쯤 혼잣말처럼,

"그 연고로, 죽은 쓰무라 지로 같은 사람에게 돈을 주었다고 하

는 이야기도 있지만……"

아사코가 일을 하고 있는 유리 잉크스탠드 옆에 마졸리카 모조품인 싸구려 재떨이가 있었다. 그 재떨이에 이소다는 이야기하면서 담배 재를 털었다.

"얼마 전 상하이에서 돌아온 아사노 마코토라는 사람이 남동생인데요…… 귀찮죠, 상당히……"

이야기가 중단되고, 이소다는 잠시 아사코의 손을 내려다 보고 있었지만,

"어디,그럼,정말 실례했습니다."

이라며 일어났다

"그래요?……실례했어요."

발걸음을 옮기기 시작한 이소다는,

"햇살이 강하게 비치네"

한 두 발걸음 조금 물러나서, 아사코의 머리에 내리쬐는 석양이 비치는 창문 커텐을 내렸다.

공장에서 인쇄를 마치는 동안, 3,40분 정도 여유가 있다. 아사코는 그동안 혼자만 있는 이층 창가를 여기저기로 어슬렁어슬렁 걸었다.

한 창문과 멀리 마주 하는 위치에 공장의 작은 창이 열려 있었다. 보통 집인 변두리의 이층집을 그대로 공장으로 사용하고 있었다. 누추하게 판자가 붙어 있는 벽 높은 곳에 석자 정도 되는 한 칸의 창문, 거기에는 격자도 유리도 없어서 바로 내부가 보였다. 창

문이라고 하기 보다 음침한 창구 같았다. 양쪽에 있는 긴 활자 선반, 그 안으로 활자를 돌리고 있는 남자아이와 젊은 여공의 모습도 보였다.

밖에서 보면 이미 엉망으로, 활자의 무게와 인간의 노동 때문이 비뚤어진 건물 안은 어두웠다. 여공이, 그, 이쪽으로 향해 열린 좁은 창가를 무슨 일로 지나칠 때만, 연노랑색 속옷의 옷깃 같은 것이 아사코의 눈에 들어왔다. 아사코는 이미 훨씬 전에

"언젠가 공장 보여 주세요."

라고 요시조에게 말했었다.

"모든 분에게 거절한답니다——아무래도…… 더러워서 어쩔 수 없어요. 보신다고 해도"

그는 그렇게 말하고, 책상 위에 펼친 신문 위에 양손을 집고나서 한 손을 들어 빙둘러 머리 뒤를 긁었다.

아사코가 있는 방을 판자문으로 가로지른 옆방에서, 두 직공이 이런 말을 하고 있는 소리가 들렸다.

"——음침하지만, 버드나무 같은 게, 그게, 양기라고 했어요."

"그럴까요?"

"옛날 어떤 유명한 화가가 귀신 그림을 부탁 받았었대요. 눈뜬 장님도 그리기도 하고, 여러 가지 그렸지만 대단한 힘이 부족했대요. 그래서 생각한 게, 사물은 뭐든지 음양의 조화가 중요하다. 귀신은 음이니까 양의 물건을 하나 배합해 보려고 버드나무를 그렸더니, 용케도 물러 갔대요."

"흐음"

"――죽으면 변하는군요. 남자와 여자도 살아 있을 때는 남자가 양이고 여자가 음이지만, 익사자는요, 봐봐요, 남자가 하향이고 여자는 상향이지요. ――음양이 바뀌어서, 그렇게 되는 거라고 해요."

"……그럼 인사할 때 절은 왜 음의 형태로 하는 걸까요……"

공장다운 이야기거리라서, 아사코는 흥미를 가지고, 답을 기다렸다. 하지만 왜 절을 음의 형태로 하는지, 직공은 적당한 설명을 찾지 못한 듯이, 조금 후에 조용히,

"그건 나도 모르겠네요."

라는 목소리가 들렸다.

3

다섯시 지나서 아사코는 집으로 돌아갔다.

해가 짧아진 것이 확실히 느껴졌다. 인쇄소를 나왔을 때, 아직 밝았는데, 전통원에서 전철을 기다릴 때에는 완전히 저물었다. 모퉁이의 그림엽서 가게 앞에, 역시 전철을 기다리고 있는 한 무리의 사람들이 역광으로 시커멓게 보인다. 그 사람들도 추운 것 같았다.

아사코는 석양 분위기에 물들어, 필요 이상의 급한 걸음으로 고도칸의 언덕을 올라갔다. 반대쪽에서 자동차가 두 대 왔다. 그것을 피해 전봇대 옆에 선 아사코의 어깨 끝을 손가락으로 두드린 사

람이 있었다.

아사코는 돌아보았다. 민첩하게 돌린 얼굴을 그대로, 서 있는 남자를 확인하고는 그녀는 흰 앞니로 아랫입술을 깨물듯이, 활기 넘치는 미소를 보였다.

"――꽤 발이 빠르구나. 전철에서 내려서 보니까, 뒷모습이 아무래도 그런 것 같아서 앞질러 가려고 생각했지만, 결국 허사였어."

"전철 하나 차이에 따라잡기는 무리야."

아사코는 오히라와 나란히 걸으며 아까보다 약간 천천히 걸어서 언덕을 끝까지 올라왔다.

"어디입니까? 오늘은――가와다쵸?"

가와다쵸에 오빠가 집안을 물려받아서 살고 있는, 아사코의 생가가 있었다.

"아니……인쇄소"

"그렇구나, 23일이구나, 벌써, 끝났어요?"

"좀 더 남았어, 빨리 해주지 않아서 좀 난처해. 그래도, 끝난 거나 마찬가지야."

"한 달씩 이월해서 사는 것 같아요, 당신 같은 사람은……"

그들은 큰길에서 오른쪽으로 좁은 길 한 모퉁이에서 누가 먼저랄 것 없이 멈췄다.

"어떻게 하실 거예요?"

오히라는 그 거리를 쭉 가서 묘지를 빠져나간 곳에, 늙은 가정부 여자와 살고 있었다.

"사치코 여사는 어떻습니까?, 집에 계십니까?"

"집에 있겠지, 틀림없이"

"잠깐 인사하러 갈까?"

맞은편은 복숭아밭으로 가로등 빛이 선반의 대나무랑, 아래쪽 흙을 조용히 비추고 있다. 생나무 울타리로 아담하게 둘러쳐진 문이 두개 나란히 있는 오른쪽을, 아사코는 열었다. 방울 소리가 크게 났다. 불투명한 유리로 된 격자문 안에서 그 방울소리와 동시에 갑자기 전등이 켜졌다.

"돌아오신 온 것 같아요."

하녀에게 말하는 사치코의 목소리가 들렸다.

계단 어귀로 나온 사치코는 오히라를 보고,

"어머나, 함께?"

라고 말했다. 오히라는 모자 테두리에 가볍게 손을 올렸다.

"여전히 건강해 보이군요."

"기가 죽을 이유도 없는 걸요."

"핫하하"

오히라는 신경질적인 듯한 표정과는 어울리지 않게 발랄하게 웃었다.

"아주 이론적이네요."

아사코는, 빨간 잉크로 더럽혀진 손이 기분 나빠서, 먼저 안으로 들어갔다.

"들어가지 않을래요?"

"잠깐 얼굴만 뵙고 갈 생각이었는데……"

"들어오세요.ーー어차피 지금 시간 저녁식사 해야 하잖아
요?"

문답이 아사코가 손을 씻고 있는 작은 대나무 발이 있는 곳까
지 들리더니, 마침내 오히라가 신발을 벗고 들어왔다. 타올로 손을
닦고 아사코는 툇마루에 서서,

"너무 폐를 끼치네요." 라며 웃었다.

"정말은요. 옛날부터 가지고 있는 버릇이라 평생 못 고칠 것
같아요."

오히라는 사치코와 마주보고 직사각형 목제 화로가 있는 곳에
가서 앉으면서,

"뭐, 서로 어찌할 수 없는 사촌 형제가 있다고 체념하는 거죠."
라고 말했다.

"ーー그러나, 사실은, 앞으로 집에 돌아와서, 할머니와 마주보
고 밥을 먹는 건가 하고 생각하면 다리도 무지근해져요."

일부러 아무렇게나, 그러나 따뜻하게 꾸짖듯이 사치코가 말했
다.

"그러니까, 빨리 부인을 찾으라고 말한 건데"

오히라는 그 말에 대답하지 않고, 사치코가 심리학을 가르치고
있는 여자대학에 대한 소문 등을 말하기 시작했다. 이년 정도 전,
그의 아내는 그의 곁을 떠났다. 그녀는 지금 첫 번째 애인과 살고
있는 모양이다. 오히라는 서른 여섯이었다.

식사 후, 세 사람은 게임을 하며 놀았다. 처음, 오히라는 그 놀이를 모르고, 두 장 째의 판 위의 글자를,

"뭐지? 삐용? 삐용?"

이라고 읽었다.

"뿅, 뿅!"

이라고 아사코가 말했다.

사치코가 간단하게 룰을 설명하자,

"그렇다면 다이아몬드 아닌가요?"라고 말을 했다.

"그렇다면 한 적이 있어요. 상대 경계선 위까지 가도 되는 거다."

"이것은 다른 거예요, 하나 바로 앞까지 밖에 못 가요."

"가장 안쪽에 있는 것이 다 나갈 때까지 진입하면 안 된다고 하는 거죠? 그러니까 꼭 갈 수 있어."

"고집불통이네요"

사치코가 답답하다는 듯이 힘 주어 알려주었다.

"이건 다르다니까요!"

승부를 가리는 동안 그들은 아사코가 두 사람에게 무슨 짓을 해도 끄떡없다는 듯이, 오히라가 사치코의 말을 멀리 날리거나, 사치코가 그의 계획을 무너뜨리거나 하면,

"이놈"

"건방 떨지 마라, 자, 어때?"

"이봐, 아사코! 잘 한다, 잘해."

라고 하는 그들의 대화는 진심으로도 농담으로도 들렸다.

"정말 지는 건 싫어하는 거야? 둘 다?"

"아아, 여자의 집념이니까요."

오히라가 앞으로 나아가지 못하고 말로 판위를 두드리며 말했다.

"상대에게 불만은 없지만,……아무래도 막히고 말았어. 아사코 씨, 어찌 안 될까요?"

"상부상조를 잊은 결과이니, 자 그리고 당분간 중얼중얼하고 계세요."

이 복숭아밭의 집을 찾아낸 건 오히라였다. 사치코는 그때까지 고비나타 쪽에 있었다. 아사코는 1년 반 정도 전에 남편을 잃고, 가와다쵸에 있는 생가에 살고 있었다. 사치코와 둘이서 집을 가지기로 결정했을 때, 오히라는,

"좋아……집 찾기는 내가 맡아 드리지요. 어차피 학교 주변이겠죠? 그렇다면 내 특기지요."

라고 말했다.

"옆집이 비었다고 해도 가지 않아요, 시끄러워서 견딜 수가 없을 거요."

그러자, 아직 서너 번 밖에 만나지 못한 아사코를 돌아보고, 오히라는 민감한 안면 근육 사이에서 짙은 윤기가 나는, 오른쪽과 왼쪽이 약간 균형이 맞지 않는 듯한, 인상적인 눈으로 보고 웃어 보였다.

"거듭 말하지만 그래도 사랑을 해야 하지요. '여자 셋이 모이면 접시도 뒤집어 놓는다'에 한명 모자라지만, 그냥 이쪽에서 거절이에요."

어느 2월의 오후, 사치코에게서 전화가 걸려 와서, 아사코도 같이 나가서 이 집을 보았다. 눈 내린 끝이라서 햇빛에 길은 진흙 투성이지만 벽돌담 아래 도랑 같은 곳에는 아직 긁어모은 눈이 있었다. 그런 길을 나막신으로 어렵게 갔더니, 모퉁이의 토관가게의 자갈더미 위에서 검고 두터운 외투를 입고 암갈색 벨벳 모자를 쓴 오히라가 서서 기다리고 있었다.

"이 골목 서릿발이 심한 것 같아서 성가시지만 나쁘진 않겠죠? 이쪽이 과수원이라는 게 운치가 있어요."

아직 다 녹지 않은 눈이 옅게 과수원 한 면에 남아 있어서, 햇빛으로 미세하게 반짝반짝 빛나고 있다. 푸른 하늘에서 쾌청한 눈 녹은 날에 따라다니는 바람이 지나가며, 삼나무의 생나무 울타리에 불어 아사코의 숄 끝자락을 휘날렸다——.

이 일은 1년 남짓 전의 일이다.

4

계속해서 이틀 동안, 가을비가 내렸다.

밤은, 비 속에서 벌레가 울었다. 풀뿌리를 잠기게 한 물의 차가움이, 자고 있는 아사코의 마음에도 느껴졌다.

비가 개이자, 가을이 한층 더 맑고 깨끗하다. 그렇게 하루, 아사코는 오쿠보에 살고 있는 후지도를 방문했다. 잡지에 게재할 수필 원고를 부탁하기 위해서였다.

넓은 정원에는 잔디가 돋아나고, 울타리 쪽에 탱알, 맨드라미, 백일초, 싸리, 참억새들을 잔뜩 심어 놓았다. 백일초와 맨드라미가 너무 많아, 아사코는 눈앞에 짙은 융단을 깔아놓은 것 같이 느껴졌다.

마흔 네 다섯 살의 혈색이 좋지 않은 후지도는 아내에게 "더 진하게"라고 찻물을 갈게 하면서.

"――가을이 되었는데도, 정말 컨디션이 나빠서 애먹고 있어요."

라고 말했다.

"몇 년째 불면증이라서요, 이렇게 가족과 차단한 곳에서 자도 잠들 수가 없어요. 화가 치밀어 새벽녘에 수면제를 두알 정도 먹고 잡니다. 그런데 아침에 나가야 할 때는 약 기운이 남아 있는 것 같아서요, 얼마 전에도 전철에서 이 다음은 메지로다, 라고 정신 바짝 차리고 있었는데도 깜빡하고 지나치고 말았어요. 아차, 하고 다시 되돌아갔지만 이번에는 너무 가버려서, 한 곳을 두세 번 왔다 갔다 했습니다."

아내가

"――정말 엉망진창으로 지내고 있으니까요."

그리고 후지도의 얼굴에 시선을 두고 말했다.

"꼭 조만간에 어떤 일이 벌어질 테니, 두고 보세요."

후지도는 잠시 잠자코 있더니, 뚱하게,

"이 사람도 히스테리입니다."

라고 말했다.

돌아가려 하자, 아내가

"아아 시라스기 씨, 댁에 개를 키웁니까?"

라고 물었다.

"아니요, 기르려고 하기는 했지만요."

"당신, 그럼 마침 잘 됐어요!"

후지도의 대답도 기다리지 않고,

"우리 강아지 새끼가 두 마리나 있어서, 처치 곤란이랍니다. 그럼 한 마리 댁에서 기르시겠습니까? 마침 좋으니, 오늘 데려가 주세요."

막 일어서려는 것을 후지도가 말렸다.

"그렇게 갑자기 말하면——실례야."

"——안 될까요?⋯⋯"

아내는 높은 의자 위에서 상체를 비틀 듯이 하고 떨떠름히 아사코를 보았다.

봄이 되면 정원에, 히야신스와 향기 나는 수선화가 끊임없이 가득 핀다고 말했다. 그 꽃들에 둘러싸여, 점점 병적으로 될 부부 생활을 상상하니, 아사코는 퇴폐적인 그림을 바라보는 듯한 기분을 느꼈다. 그들 집에도 부부 생활의 타성이 강하게 지배하고 있다. 그것이 어떤 늪인지, 아사코는 죽은 남편과 함께한 짧은 부부 생활에서 알고 있다.

아사코는 막연하게 생각에 잠기면서 회사 문을 빠져나왔다.

사환실에 이타가 있었다. 이타가 낮은 의자에 앉아 있는 뒤에, 접수 담당 시게루 미야코가 서서 힘차게 이타의 목덜미를 누르고 있었다. 이타는 아사코를 보고 목을 움츠린 채로 눈을 치뜨며 인사했다.

"——심하게 괴롭힘을 당하고 있네!"

"네, 네"

시게루 미야코가 물러나며 아사코에게 답하고, 잔주름이 있는 불룩한 윗눈꺼풀을 풀고,

"정말로, 이 아이는 완전히 남자가 돼 버려서.... 그렇게 아이 아이 했었는데."

또 내리누르려 했다. 이타가 진심으로,

"바보같이! 그만 해요."

라고 손을 뿌리치고 일어섰다.

두 시간가량 지나서, 아사코가 화장실에 간 김에, 그 해자를 둘러보며, 그곳이 약간 세잔의 그림 같은 풍경이어서 바라보고 서 있으니까, 이타가 왔다. 그는 아까 들킨 것이 상당히 기분 좋지 않은 것 같았지만, 그것은 말하지 않고,

"오늘, 바쁘십니까?"

라고 아사코에게 물었다.

"아니 ──무슨 일?"

"별일 아닌데요……밤에 들러도 괜찮겠습니까?"

"오세요."

"가와시마 군도 갈지도 모르겠습니다만"

"그렇게 해요."

"가와시마 녀석…혼쭐날 거야."

이타는 재미있어 하는 듯한, 두렵지 않은 것도 아닌 듯한, 선량하게 웃는 표정을 지었다."

"……그럼"

아사코에게 물어볼 시간을 주지 않고, 그는 말했다.

5

러일 전쟁 당시 어느 독지가 부인이 전국의 유지를 규합해서 하나의 부인 단체를 조직했다. 전쟁 중, 그 단체는 상당히 활동하고 실적을 올렸다. 주선자였던 부인이 죽은 뒤에도, 단체는 해산하지 않고 메이지 시대 본영정치에서 이름 있는 여류인사를 회장으로 하게 하면서, 점차 사회사업 등을 꾀하여 왔다.

그러나 정신은 옛날의 주선자와 함께 죽었다. 이사理事, 그 외 임원이 상류부인 뿐이어서, 실권은 사무주관자인 주사, 또는 서무과장인 모로토 요시히코에게 있었다. 여자는 여자대로, 남자는 남자로서 이 단체의 내부를 야심의 둥지로 삼았다.

잡지부 일의 성질과 자신의 기질상 아사코는 그러한 외교나 정치에 관계할 수 없었지만 눈에 띄는 것은 많았다.

사회사업의 하나로서, 부업으로 바느질을 하고 있었지만, 공임은 시가보다 쌌다. 좀 잘못된 곳은 몇 번이나 다시 꿰맸다.

"그럼, 즉, 얼마든지 지불할 수 있는 사람에게, 싼 바느질 자리를 마련해드린다는 셈이네요. 재봉학교가 아니고 부업이니까 좀 더 어떻게든 싸게 하는 것이 본심이군요."

아사코는 처음에 그런 말도 했지만, 오랫동안 그곳에서 일하고 있는 소노코는 여학교의 교장처럼 웃으면서,

"그런 말 하면 아무것도 할 수 없어요. 이것도 없는 것보다 나은 거니까요."

라고 상대하지 않았다. 사회사업의 전반에서 없는 것보다 낫다는 표준에서 하고 있는 것 같았다.

가와시마가 혼났다는 것, 그것도 이 활동회 쪽과 관계되어 있었다.

W대학에 다니면서, 서무로 일하고 있는 가와시마가 숙직 때 관리실에서 활동회의 고타니라는 여자와 떠들고 있었다. 거기에 모로토가 밖에서 돌아와서, 다음날 가와시마를 불러 심하게 다그쳤다.

가와시마는 소심하게 눈썹 위 잔주름을 모우고,

"깜짝 놀랐어, ──매우 분개해서 해고시킬 것 같이 말했는 걸."

라고 쓴웃음 지었다.

"도대체 몇 시쯤이었어?"

"여덟시 경입니다."

이타가 아사코에게,

"고타니 씨란 사람, 모릅니까?"

라고 물었다.

"글쎄……가와이 씨라면 알고 있겠지만,"

"후,후,후,"

이타도 가와시마도 웃었다.

"ㅡㅡ피부가 흰 사람으로……몇 살 정도야? 이제 꽤 나이 들었지?"

"삼십 정도겠죠."

무기력하게 가와시마가 대답했다.

"아무것도 아니네, 알고 있겠지만……그 나이 때는 말이야. 이야기라도 좀 해보려고 그랬겠지, 기분 불쾌했겠네."

"요즘 지나치게 시끄러워졌어요. 얼마 전에 야자키 씨도 당한 것 같아요."

아사코는,

"하지만 모로토 씨, 일종의 성격이네요."

라고 말했다.

모로토는 처자식을 고향에 두고 혼자 도쿄에서 집을 지니고 있었다. 마치 독신 생활 같아서, 집이 깔끔하다는 평판이었다. 현재 그들 사이에서 경영주임 같은 일을 하고 있다. 그리고 장래 그의 사람이 될 어느 여학교의 교장과는 특별한 관계로, 거의 공공연한 비밀이었는데, 모로토는 최근 활동회 쪽의 가와이라는 여자와 복잡한 사정이 있다고. 벌써 그렇게 말한 한 사람이 활동회 안에 있다. 그런 상태였다.

태평스럽게, 그 가와이와 함께 일어서서 돌아가려 할 때는, 가끔 가와시마 의 경우처럼 꼴사나운 경련적 꾀병을 부리는 것이었다.

"마음씨 좋은 면도 있는 사람이니까, 당신, 그저 혼나고 있지 말고, 자기 입장을 분명히 밝혀 두는 것도 좋아요."

아사코는 가와시마에게 말했다.

"이쪽에서 꼿꼿하게 나가면, 바로 수긍하는 사람이니까."

"화내면, 그래도 무섭다니까요."

가와시마는 정말 학생답게 눈을 크게 떴다.

"엄청 큰 소리로 '너!'라고 들으면, 꼼짝 못해요. 할말을 잊어버려요."

"그러니까, 당신이 그보다 더 큰 소리로 '뭡니까!'라고 말하면 되요."

아마, 아이하라의 조언으로, 가와시마를 해고시키는 일은 중지된 것 같다고 말했다. 아이하라는 모로토와 같은 고향 사람으로 굴러 들어와서 신세지고 있는 동안에, 관할 부서의 구빈사업 (settlement work)을 맡아 지금은 그 쪽에서 주된 사람이 되어 있는

남자였다. 이타와 가와시마는 이구동성으로,

"――아이하라 씨가 그래서 낫죠,"

라고 말했다.

"남자다운 점만으로도 낫지 않습니까?"

"이번만 해도 모로토 씨, 복도에서 만났더니, 야아, 하고 먼저 말을 거는 거예요. 아주 날씨가 좋지요. 뭐가 뭔지 모르겠어요."

"아이하라 씨, 모로토 씨에겐 정신적 결함이 있다고 말했습니다."

아사코는 점점 기분이 불쾌해져,

"이제 그만해! 그만! 이런 이야기"

라고 말했다.

"첫째 아이하라 씨가 모로토 씨에 대해서, 그런 식으로 당신들에게 도리 없이 말하는 사람은 아닐 거예요. 마을의 기생과 문제가 있었던 그 빚 뒤처리도 모로토 씨가 다 해줬다고 하고……첫째, 지금의 지위를 만들어 준 것이 모로토 씨 아닙니까?"

"――그렇습니까?"

"며칠 전, 앞으로, 모든 일은 자신이 처리할 것 같은 말투였어요, 하지만……"

"만약, 아이하라 씨가, 반 모로토 운동을 획책하고 있다면 나는 못난 남자라고 생각해요."

아사코는 흥분을 느낀 표정으로 말했다.

"모로토 씨라도 비겁한 점도 인색한 점도 있지만, 일단 자신이 거둔 자는 버리지 않겠다는 면이 있습니다. 그렇게 하면, 키우는 개에게 손을 물리는 것이겠지만요."

모로토는 무기력하지만 어딘가 그릇이 넉넉한 데가 있고, 아이하라는 겉으로는 호탕한 것 같지만, 내심은 쥐 이빨처럼 작고 강한 이기주의자였다. 아이하라를 식객食客으로 둔 무렵부터 십년 가까이, 그런 기질의 차이와 공통의 이해利害가 모로토에게 미묘한 심리적 매력으로 보이고, 적어도 표면적으로 아이하라는 이상한 감화를 모로토에 갖고 있었다.

그들은 트럼프를 하거나 아사코가 최근 산 프랑스 화집을 보거나 하며, 11 시 가까이 되어 돌아갔다. 현관으로 배웅하러 나가면서, 아사코는 농담으로 얼버무리며 말했다.

"글쎄요, 되도록 집안 싸움에는 끼어들지 않는 거죠. 우리 시대의 일이 아니지요."

6

아사코가 쇼핑하러 가려고 현관에 서 있었다. 일요일이었다. 거기에 오히라가 왔다.

"――나갈 거예요?"

그는 스틱을 짚은 채 엷은 초록색을 띤 노란 모직 옷을 입은 아사코의 모습을 올려다 보았다.

"혼자?――또 하나는?"

사치코와 자신을 아사코는 신전에 올리는 한 쌍의 술병이라고 별명을 붙였다.

"책과 말씀 중이십니다. ——하지만 곧 돌아올 테니까, 어서 들어오세요...사치 씨 취미 같으니까 괜찮아요."

아사코는 샌들을 신고 시멘트 바닥에 내려서

"자"

오히라와 교대하는 것 처럼 했다.

"——어디까지 갑니까?"

"바로 저기——문구점에 가요."

"좋은 날씨니까, 그럼 나도 같이 갈까요?"

"그래요?——"

거기에 가정부가 있었다. 머리너머로 아사코는 큰 목소리로,

"잠깐!"

이라고 사치코를 불렀다.

"오히라 씨가 오셨어요. 여기까지 와!"

"뭐 떠들고 있는 거야."

사치코가 나왔다.

"어쩐지 목소리가 그런 것 같다고 생각했어."

"오히라 씨도 바깥을 걸으시겠다고 하네. 당신도 안 올 거야? 좀 멀리까지 가 봐요."

"와요, 와, 책은 밤에 읽을 수 있지."

"날씨가 정말 좋구나."

사치코는 눈을 가늘게 뜨고 꽃이 시들기 시작한 싸리 위의 얼

룩진 햇빛을 쳐다보다가.

"그냥, 둘이서 갔다 오세요."

라고 말했다.

"바깥도 좋겠지만, 장지문 안에서 책 읽는 기분도 꽤 오늘은 나쁘지 않아."

오히라와 함께, 아사코는 잠시 혼잡한 거리 사이를 벗어나 바로 조시가야 묘지 옆으로 나왔다. 가을은 특히 화창한 묘지 저편에, 단풍물이 든 상수리나무 가지 끝이 하늘 높이 뻗어 있는 것이 보였다. 향과 국화의 향이 희미하게 그들이 걷고 있는 길까지 감돌았다. 석공의 끌 소리가 났다.

그들은 전철 길 문방구점에서 쇼핑을 하고, 과자 가게에 들렀다가, 어슬렁어슬렁 집으로 향했다.

"――시월이야말로 가을이네…… 사치 씨도 왔으면 좋았을 텐데"

"살지 않고 생각하면, 좀 너저분한 것 같아서, 고이시카와의 이쪽 편은 꽤 산책할 곳이 있죠."

"고목이 있는 것도 좋아요."

오히라는 마침내,

"이대로 돌아가는 건, 왠지 아쉽네요."

라고 길에서 멈췄다.

"어떻습니까, 저 귀자모신鬼子母神 쪽에라도 가보지 않겠습니까?"

"글쎄요--그리고, 또 그 메밀국수 먹을래요?"

작년 가을 사치코와 세명이 같이 귀자모신 쪽을 걸어서 근처의 거리에서 혀가 굽을 정도로 매운 메밀을 먹었다.

"핫 핫 핫, 상당히 혼났다고 보여서, 잘 기억하고 있어요-- 정말 가지 않겠습니까? 아니면 우리 집에 이대로 가서, 맛있는 음식을 당신이 준비해서 사치코를 부를까요."

그 생각은 아사코를 유혹했다.

"그 쪽이 나은 것 같아요…… 그래도, 사치 씨 걱정이군요."

"아니 괜찮아요! 책 읽게 나둬요. --걱정하는 것도 재미있어요."

"--여기에 있으면 아무것도 아닌데"

"있으면, 잘해 줄게요."

오히라는 몹시 진지하게 말했다.

아사코는 집 쪽으로 다시 걷기 시작했다. 오히라도 자신도 모르게 강하게 한 말투에 얻어맞은 듯 잠시 입을 다물고 걸었다.

복숭아밭 모퉁이를 돌자, 문 앞을 왔다 갔다 하는 사치코의 모습이 보였다. 아사코는 그 모습을 멀리서 본 순간 자신들이 바로 돌아온 것을 마음속으로 기뻐했다.

"많이 기다렸지"

"뭐야! 그 정도라면 함께 오면 좋았을 텐데"

오히라가 떨떠름한 듯이 웃었다.

"네가 걱정한다고, 과감히 나의 유혹을 거절했어."

"흐음"

앞서서 문으로 들어가면서 사치코는 기분 좋게, 조금 쑥스러운 듯이 목을 움츠리고,

"――지금 어디쯤 걷고 있을 것이라고 생각하니 나도 나가고 싶어졌어."

차를 마시며 아사코는 오히라가 길에서 제의한 말을 이야기했다.

"――믿을 수 없는 사촌 오빠, 그대가 있으면, 약해져 버린다고 말씀하니까."

"그래, 모토스케라는 남자는 그런 남자야, 어차피. ――아페르 바흐가 분명 그렇게 썼지."

사치코는 시원시원한 기질과, 그 기질에 적합한 학문의 힘과 균형 잡힌 차분한 눈빛으로 아사코와 모토스케를 비교하면서 말했다.

"사촌 오빠의 슬픔에, 너도 나도, 아무래도 새디스트 타입에 속하는 것 같네요. 아페르 바흐의 새로운 성격 분류법에서 보면. 그래서 마조히스트 타입으로 덕성이 높은 아사코 씨와 조화를 이루는 거야. 나 같은 사람은 새디스트라도 덕성이 높으니 좋지만, 이 모토스케 같은 사람은 ――"

"――너가 어찌 이해할 수 있겠니. ――우선 그 아페르 뭔가 하는 것, 독일 남자지? 독일인의 머리가 나쁜지 좋은지 의문이야. 프랑스인의 경구警句 하나를, 독일인은 3백 페이지의 책으로 만든

다. 그만큼 쓰지 않으면, 본인도 이해할 수 없다는 건 아닐까?"

"머리가 좋고 나쁨이 아니라, 방향의 차이야".

아페르 바흐의 설은 마조히스트, 새디스트 양극 이외에 남성적, 여성적, 도덕성, 지능성 그 밖에 감정성 등의 분류법을 만들어 성능 조사를 위한 근저로 한다는 학설이었다. 아사코는,

"정치가 같은 사람은, 정말로 새디스트의 기질이 아니면 안 될지도 몰라."

라고 말했다.

7

저녁때 가까이, 사치코가 가르친 적이 있는 스에마쓰 라고 하는 여자애가, 친구 한명과 찾아왔다. 뭔가 직업을 찾아 달라고 말했다.

"경제적으로 일이 없으면 곤란하나요?"

"아니요, 그렇지는 않습니다만……"

"집에 그냥 있다는 것은 소용이 없다는 거군요 ――그렇죠? 어떤 일이 좋을까요?……무엇에 자신이 있나요?"

스에마쓰는 나란히 앉은 의자 위에서 친구와 서로 얼굴을 마주보며 멋쩍은 듯이,

"뭐……별로 자신 있는 것은 없지만――, 만약 가능하다면 잡지나 신문에 관한 일을 해보고 싶습니다."

"그런 쪽은 여기에 있는 아사코 씨에게 물어보면 뭔가 없지도 않겠지만……저널리스트가 될 생각인 거예요? 장래에?"

거기까지 생각하지는 못한 듯이 여자애들은 꼼짝거리며 조용해졌다. 사치코는 자신도 고민하듯이 얼굴에 미소를 지으며 한동안 대답을 기다리고 있다가, 잠시 후에 학생다운 어조로,

"――그 정도의 마음가짐이라면 차라리 공부를 계속한다면 어떨까요?"라고 말했다.

"심한 불경기니까, 분명 좋은 자리 같은 건 없을 거예요. 있다고 해도 그런 자리에는 여러분들보다, 더 지금 당장 살아가는데 필요한 남자가 덤벼들고 있어요."

요령부득인 두 사람이 돌아갔다. 창가에 의자를 옮겨서 잡지를 넘기며 그들의 대화를 듣고 있던 오히라가 몸과 함께 의자를 이쪽으로 향해서,

"들떠있는 애들이네."

호의와 의외라는 의미를 담아서 중얼거렸다.

"회사에서 일하고 있는 사람들도 저런 아가씨들의 one of them인가?"

"부기와 주산이 능숙한 만큼 나을지도 모르지."

"그러나, 이상한 애들이야."

오히라가 성실한 회상의 표정을 연한 담배 색의 갸름한 얼굴에 나타내며 말했다.

"어쨌든 상당한 교육을 받은 사람들이 부모님의 신세를 지는

것을 명예로 삼지 않으니까 말이야. 청년 시절의 열정에는 경제관념이 전혀 없었어. 요즘 여자애는 독립＝경제적 자립이라고, 정확히 연결하고 있으니까 방심할 수 없어."

그리고 그는 특유의, 일그러진 인상적인 눈으로 ,

"여기에도 실제로 한 분 계시지만."

이라고 아사코의 얼굴을 보고 웃었다.

"같은 도장을 찍어서 돌리는 장부에도, 안에, 예를 들면 뭐, 아사코 같은 사람은 작은 도장이 있다면 좀 나쁘지 않겠지."

약간 쑥스러워하며 아사코는,

"그러면, 나 여학교 선생님을 돌봐 드릴게요."

라고 말했다.

"그러면 왼쪽도 오른쪽도 Bonne femme(미인) 뿐이야"

오히라는 바로 그것을 비꼬아 빈정거리며,

"bone firm?"이라고 되물었다.

아사코는 별로 웃지도 않고 오히라의 얼굴을 보고 있다가 말을 했다.

"네? 사치 씨, 어때요? 나 요즘 회의론적이야, 일하는 여자에 대해서. 여권신장가처럼 느긋하게 생각하고 있을 수 없어."

"흐음"

"자신의 직업이라면 직업이, 인생의 어떤 부분에, 어떤 상태로 연결되어 있는지, 좀 더 탐구적이지 않으면 거짓말이지 않을까. 단지 월급을 받으면 된다, 싫으면 그 직업을 버릴 뿐이다. 그러면, 즉 여자도 남자같이 되고, 게다가, 그들보다 덜 숙련되어 한 사람 몫의 반 정도라는 결론이잖아."

"여성 문화라는 것은, 그 점이 출발점이군."

오히라가 말을 잘랐다.

"그런데요." 사치코가 오히려 오히라를 향해 말했다.

"여성문화 반드시, 여자는 안쪽을 의미하지 않으니까요. ――당신도 알고 있는, 그 히노, 도호쿠대학의 그 사람 부인, 이제 훌륭한 여자 변호사죠."

"이상야릇한 표현이지만"

살짝 웃으며, 아사코가,

"나는 초여성문화주의예요."

라고 말했다.

"그 부인 쪽, 반드시, 남자 변호사가 이익이 적은 사건에 냉담하거나 자신의 의뢰인을 이기게 하기 위해서는 법망을 예사로 들어가거나 하는 걸 보고 정의파적인 분노로, 공부를 시작하게 됐대요. 또 여자가 죄를 짓는 심리는 여자가 가장 이해할 수 있다고 하는, 거기까지 여성문화 아니겠어요? 이를테면. 그렇다면, 자신이 방패를 쥐거나, 무기로 하는 법률이라는 것은 어떤 것인가? 어떤 사회를 만들 수 있는가? 사회란 어떤 것인가? 쓸데없는 이론 같지만, 요즘, 자신의 직업에서도, 막다른 곳까지 몰리면, 왠지 거기까지 가 버리는 거지요."

"――즉 우리들 어떻게 살아야 하는가, 라고 하는 거네요."

아사코는 열심히, 그리고 불안한 듯한 표정으로 오히라를 납득했다.

"그러니까 말이야, 나 역시, 그저 월급 구십엔 받고, 할당된 잡지의 편집을 할 수 있는 것만으로는, 살고 있지도 않는 것이고, 직업도 가지고 있는 게 아닌 거야——어떤 잡지를 왜 편집하는 건지, 거기까지 뚜렷한 의지가 작용되어, 겨우 인간의 직업이라고 말할 수 있는 것이겠지만……"

오히라가, 약간 일그러진 그 눈에서 일종의 날카로운, 아사코를 조롱하는 건지 자신을 비웃는 건지 알 수 없는 강한 빛을 내뿜으며 중얼거렸다.

"——아사코 씨의 말에 따르면, 그럼 우리 회사원의 업무란 것은, 요컨대 월급을 끌어내는 맷돌 돌리기 같은 걸까요?"

그의 희미한 빈정거림을 솔직하게 받아들이고 아사코는 매우 단순하게,

"그럴지도 모르지요"

이라고 답했다.

이윽고 아사코는 타고난 발랄한 표정을 되찾고 말했다.

"나, 뭐, 일해서 먹고 살고 있다 라고, 사실은 좀 자신 없지도 않았는데, 뭔가 이상하게 됐어요, 요즘. 이제 곧 내가 정말로 자신의 잡지를 만들면, 오히라 씨 독자가 되어 주세요."

이것은 실제 문제로서 아사코의 마음에 성장하고 있는 일이었다.

사치코는 책상 앞에 앉아, 내일 강의 준비를 하고 있었다. 이곳에서 오히라는 아사코와 낮은 목소리로 이야기하고 있었다. 아사코는 뜨개질 거리를 손에 들고 있었다.

"누구 것?"

"조카 것이에요. ——나쁘지 않죠? 이 색깔——"

"언젠가 길에서 만난 도련님입니까"

"아아, 만나신 적이 있네요."

사치코가, 그것을 작은 귀에 끼우고 책상 앞에 앉은 채,

"누구를 만났다고?"

라고 큰 목소리로 말했다.

"켄 군"

잠시 사치코의 펜 소리와, 대나무의 뜨개바늘이 서로 접촉하는 소리만 밤의 실내를 차지했다. 그 윤기 있는 고요가 그의 마음에 스며든 것 같이, 오히라가 고개를 숙이고 있는 아사코의 머리카락 주위를 보면서 중얼거렸다.

"꼭 이럴 때도 있었겠지....."

아사코가 죽은 남편과 살았던 생활 속에, 오늘 밤 같은 가정적인 정경도 있었을 거라고 하는 의미를, 아사코는 느꼈다. 그녀는 엷은 슬픔을 느끼고, 묵묵히 있었다. 동시에 오히라의 마음 속에도, 그것에 대해 자연스럽게 생각나는 어떤 일도 그 아내와의 사이에 없었다는 말을, 어떻게 말할 수 있을까. 그렇게, 아사코는 생각했다. 그녀는 지금까지도, 오히라의 떠난 아내에 대해서는 자신의

취미와 사양으로 자진해서 한마디도 언급하지 않았다. 지금도 아사코는 침묵한 채 작은 스웨터의 한 단을 다 짰다. 한 손으로 다다미에 떨어져 있는 털실 꾸러미에서 다시 실의 여분을 무릎 위에 감아 올려, 방향을 바꾸어 계속 짜려고 하자, 아사코가 의자 위에서, 조금 가슴을 폈다. 그 탄력을 잡은 것처럼,

"당신은 다르군요."

오히라가 말했다.

"당신, 정말 다시 아내가 될 마음은 없는 겁니까?"

"당신은 어떠세요?"

"흐――음"

오히라는 신음하듯, 그러나 분명히 말했다.

"없네요."

상당히 틈을 두고,

"그게, 하지만 자연스러운 거겠지, 한 쪽에서 말하자면,"

오히라는 의자의 가로대 위에 한쪽 팔꿈치를 짚고, 그 위에 턱을 괴고 있던 자세를 고쳐 팔짱을 꼈다. 그는 그대로 조금 오래 생각에 잠겨 있다가, 갑작스럽게 그 얼굴을 아사코의 쪽으로 향해서,

"설마 발보리심發菩提心이라고 하는 것은 아니겠지요."

"그런 적 있지는 않아요. 단지……"

"뭐요?"

"……내 마음 속에서, 이제 결혼 생활, 완전히 완결된 생각이 들어요. 또 같은 짓을 달리 해보고 싶지 않을 뿐"

그들은 사치코에게 방해가 되지 않도록 처음부터 작은 목소리로 이야기하고 있었는데, 이때 아사코는 이상한 섬광이, 오히라와 자신의 낮게 띄엄띄엄 말한 대화 속에 생겨나고 있는 것을 느꼈다. 이상하게 마음을 관통하는 힘든 기분으로, 그녀는 꼼짝 할 수 없었다. 오히라는, 더욱 낮은 목소리로, 정면을 응시한 채 겨우 들릴 정도로 말했다."

——괴짜끼리, 재미있게 꾸려 나갈 수 있다고 생각하는데……자유롭게……"

——아사코의 뜨개바늘은 변함없이 움직이고 있다. 그녀는 아무 말도 하지 않고 있다. 오히라도 입을 다물어 버렸다. 갑자기 사치코가 책상에서,

"너무 조용하네요."

라고 말했다.

"뭐 해요?"

"음……"

"자, 이제 조금만 더하면 끝납니다."

마음을 다시 다잡고 책상에 구부리고 앉는 사치코의 등을 보고, 아사코는 깜짝 놀라서 걱정했다. 그녀는 사치코가 거기에 있는 것을 알면서 잊고 있었던 순간의 길이, 깊이가 사치코가 말을 걸어서 비로소 아사코의 의식에 들어온 것이었다. 아주 사치코와 무관한 어딘가에 마음이 떠나 있는 것 같아서, 그대로로는, 평소의 위치에 두고 사치코를 인식하는 것 조차 어려움을 느꼈다. 그런 기분

이었다.

이 각성은, 실로 스스로도 놀라서 그녀의 기분은 지금 사치코를 돌아다 볼 수 없을 정도로 견딜 수 없었다. 그녀는, 희미하게 타오르는 듯한 얼굴을 하고, 방을 나오고 말았다.

"어머, 없었네요!"

사치코가 의외라는 듯이 하는 목소리가, 이쪽 방에서 거울 앞에 서성거리고 있던 아사코에게까지 들렸다.

8

다음날 아사코는 편집실로 나갔다.

사무를 보고 있는 동안에도, 때때로 어젯밤의, 마음을 빼앗긴 이상한 느낌이 되살아났다. 그때마다 아사코는 일시적으로 괴로운 기분이었다. 기쁨으로 가슴이 설레는, 그런 안타까움이 아니라 똑바로 서 있는 아사코를, 어디선가 무겁고 어둡고 **빽빽하게** 끌어당기는 그러한 견인의 괴로움이었다.

세 시경, 서무실에 있는 남자가,

"――모로토 씨, 가메이도입니까?"

라고 들어왔다.

"글쎄, 모르겠네요."

"시라스기 씨, 오늘 아침에 만나셨습니까?"

"문부성에 간다든가 하는 말씀이었어요."

"――문부성에? 무슨 일이 있는가요?……"

야자키가 냉담한 듯이 꼬치꼬치 묻는 것 같은 어조로 캐물었다.

"어떻게 된 걸까요?"

"신문사에서 왔더랬어요."

"××가 아닌가?"

단체로 드나드는, 모로토의 부하 같은 기자가 있긴 했지만, 그 남자가 말한 이름은 그 회사가 아니었다.

"호오……"

야자키는, 게으르게 수염이 짧게 난 입을 뾰족 내밀고 생각하고 있다가,

"불렀어요?"

라고 말했다.

"장삿속이야,――또, 이곳의 자금을 몰래 학교 쪽으로 유용했다는 사실이 있다든가 뭐라든가 말한 모양이예요."

"누가 만났어요?"

"스기모토 씨――그런 일 절대 없다고 생각한다고 열심히 말했어요."

야자키는 그만 입을 다물고, 일을 계속했지만 그의 모습을 보고, 아사코는 야자키가 그 일에 대해서 전혀 모르는 것이 아니라고 느껴졌다. 그런 일에 무관한 아사코마저 순간 그런 사실은 없을 것이라고 생각되지 않을 정도로 막연히 의심을 품었다. 그 정도로 단

체 내부의 공기는 청결하지 않았다.

조금 지나서, 아사코가 복도를 지나자, 건너편에서 모로토가 아주 빠른 걸음으로 다가왔다. 아사코는 잠깐 가볍게 인사를 했다. 평상시라면, 두세 마디 말을 할 텐데, 그는 거의 아사코를 보지 않았다는 태도로 모퉁이를 돌려고 했다.

사환이 샌들 소리를 내며 그를 쫓았다.

"저, 자동차는 바로 오게 해도 괜찮으시겠습니까?"

모퉁이를 도는 급한 동작으로 모닝의 꼬리를 부채질하듯이 하면서, 왼손을 뒤로 흔들며, 모로토는,

"당장! 당장이다!"

외치듯 명령했다.

그 복도 밖에 한 그루의 석류나무가 자라고 있었다. 이런 공공건축의 공터에 자란 나무답게 항상 열매도 맺지 못하고 꽃만 흩날리고 있었다. 보기 드물게 올해는 낮은 나뭇가지에 딱 하나의 열매를 맺었다. 그 열매는 떨어지지도 않고, 작지만 물들어갔다. 텅 빈 긴 복도와, 지금부터 아이하라를 만나 인수대책이라도 강구할 모로토의 당황한 뒷모습, 바람에 움직이는 풀까지, 모든 가을이 쓸쓸하게 가늘고 긴 가운데에, 단 하나 석류 열매는 둥글고 무거운 듯이, 아사코에게 왠지 호감을 주었다.

아사코는 멈추어 서서, 가을바람이 부는 오후에 빛나는 석류를 바라보았다.

마감 때문에, 매일 편집실에 볼일이 있다.

아사코는 지금까지와 방침을 바꾸어, 같은 침체된 잡지에도 다소 활기를 주기 위해, 경제 방면의 기사, 시사평론 등을 추가하기로 했다. 그래서 일이 늘어났다. 아사코는 일을 시작하면 소홀히 못하는 기질을 보이며 일했다.

아주 일시적인 불꽃으로, 신경이 지친 탓이라고 하는 정도로 생각하고 있었던, 지난 밤의, 오히라와의 감각은, 뜻밖에도 계속해서 아사코의 마음에 영향을 미쳤다. 편집실에서 일이 없는 틈을 타 창문에서 경치를 바라보고 있다. 얕게 흔들리는 수면에, 돌담과 그 위 잔디의 거꾸로 비치는 그림자가 있다. 물에 한층 부드러운 녹색이, 활자만 보던 아사코 눈에 안정을 준다. 아련한 평안함과 함께 그럴 때 아사코의 마음에, 그 당김이 느껴졌다. 당김은 여전히 무겁고 힘들고 어두웠다. 그러나 그 어둠은 정신적인 불행처럼 마음에서 배어 나와서, 눈으로 보는 풍경마저 거무스름하게 하는 종류의 것은 아니었다. 녹색은 어디까지나 밝은 녹색으로 일상의 모든 것에 어제, 오늘, 엊그제마냥 순수하게 느껴진다. 그것들과 마치 대립하여 한쪽으로 어두운 당김과, 그것에 끌려 기울어지는 마음의 경사를 느끼고 있었다. 한쪽씩, 밤과 낮을 나누어서 그려진 한 면의 풍경화 같은 마음이었다. 말로 하면 '괴로워, 하지만, 꽤 나쁘지 않아' 아사코는 그런 마음으로, 안타까운 자신의 마음이 이중으로 따로 염색된 것을 바라보았다.

아사코가 남편을 잃은 것은 스물네 살 때였다. 그녀는 요즘 들어 전에 알지 못했던 많은 것을, 남녀의 생활에 대해서 이해하게 됐다. 그녀 안에 반만 피었던 여성의 꽃이 피었다.

만약 지금까지 결혼 생활이 계속되고 있었다면, 자신은 이렇게 세심하게, 무슨 나무 싹이라도 자라는 것을 지켜보는 것처럼 마음이나 관능의 성장을 자신에게 맛보게 할 수 있었을까. 아사코는 자주 그렇게 생각하고, 남들처럼 생각하면, 또 당시에 있어서는, 아사코에게 큰 불행이었던 불행을, 그저 불운이라고만 생각하지 않았다. 한 여자의 성장. ——자연은 그 여자가 남편을 갖고 있든 없든, 그런 것에 괘념하지는 않았다. 때가 오면 꽃을 피운다. ——자연은 맑음일까?——

그러나 아사코는 오히라를 사랑하고 있는 것은 아니었다. 그에 관한 것은 아사코가 다시 결혼을 원하지 않는 의미와는 전혀 다르다. 다만 귀찮은 정도의 마음에서, 소극적인 자유를 유지하고 있는 것도 알고 있었다. 그로서는, 나쁜 생각은 하지 않고 일 년 남짓 서로 알고 지낸 아사코가, 혼자서, 자유롭게, 좀 재미없지도 않는 것 같은데 갑자기 마음에 와 닿은, 뭔가 연정 같은 것을 느꼈을 것이다.

아사코에게도 희미하게 사치코의 사촌오빠로서 보고 있던 오히라가 한 남자로 분명하게 부각된 점은 마찬가지였다. 하지만 세심하게 마음을 쫓아가 보면, 아사코에게 있어서 매력적인 것은 오히라라는 사람 자체가 아니었다. 오히라가 그날 밤 이후, 아사코의 마음속에 불러일으킨 감각이, 아사코를 끌어당긴 것이었다.

그 의식은, 복숭아밭 앞의 작은 집에서, 조용히 사치코와 이야기하거나 각자가 제각기의 일을 가지고 하나의 등 아래 있는 밤의 분위기가, 특히 명료하게 아사코의 마음에 다가왔다.

아사코는 사치코를 사랑하고 있었다. 그녀는 사치코의 어떤 사소한 버릇도 알고 있었고, 결점도 아름다운 성품도 알고 있었다. 사치코가 짜증을 내고, 또 그것이 가끔 일어나는 일이었지만, 너무 무서운 얼굴을 하고 아사코에게 대든다. 그 때 참으로 볼품없는 사치코의 표정을 떠올리면서 아사코는 웃음과 행복을 느끼고 마음껏 웃을 수가 있었다.

오히라에 대해서, 자신은 그와 같은, 무엇을 품고 있을까!

아사코는 자신의 감정에 놀라면서 생각했다. 사치코와 함께 서로 도우면서 생활해 가는 것으로, 아사코는 진실로 불평이나 부정의 이유를 마음의 어디에도 가지고 있지 않았다.

그런데 그 뜨거운 힘은 이상하게 끌어당긴다. 진공처럼 빨아들인다. 아사코의 온몸이 그곳으로 향해 오직 추락하기를 원했다. 그 발작 같은 순간, 아사코는 자신의 육체 안에서 큰 꽃잎이 소용돌이로 피어나, 소리 없는 외침으로 마음에 몰려드는 것처럼 애타게 느끼는 것이었다.

어느 오후, 사치코가 긴 의자에서 잡지를 읽고 있는 툇마루에 등나무 의자를 꺼내 앉아 아사코가 정원을 바라보고 있었다. 옆집의 생나무 울타리의 끝에 한 그루의 금목서金木犀가 있었다. 약간 한물 간, 아사코 쪽에 정원 흙 위에까지, 금귤색이 고운 꽃을 흩뿌리고 그 상큼한 향을 풍기고 있었다. 그 향은 가을 땅의 냉기가 느껴지는 향기였다.

아사코는, 점심시간이 지나, 막 인쇄소에서 돌아온 참이었다. 거기에서 나이가 든 여공이 옆방에서,

"여보, 미나모토노 씨, 노조라는 게 있지요, 거기에 들어가면 매달 이십 전인지 회비 낸대요."

"그래?"

"그래서 뭐라고 하는 건 아니에요, 어딘가의 공장에서 파업이라도 하면 모두 서로 돈을 내서 도와 준대요."

"호오"

"얼마라도 내지 않으면 안 되겠네. 난처하네요."

미나모토 씨라고 불리는 남자가 마음에 없는 듯이,

"그래"

라고 대답했다. 그런 일을, 신나게 사치코에게 들려주었다.

아사코가 말이 없는 것을, 사치코는 단지 지친 것이라고 생각한 것 같다. 긴 의자 옆에 끝까지 다리를 펴고, 읽고 있는 그녀의 편한 자세를, 아사코는 계속 보고 있다가, 갑자기 얼굴과 머리를 싫어, 싫어, 라고 하듯이 흔들고는,

"이봐요, 좀, 나 둘로 찢어버릴래요."

작고 가냘픈 목소리로 호소했다.

"무슨 말을 하는 거에요?"

무릎 위로 책을 덮고 보고 웃었지만, 아사코의 새파랗게 질린 얼굴을 보자 사치코는,

"――왜 그래요?"

두 다리를 동시에 의자에서 내렸다.

"아아, 둘로 되버릴 것 같아, 찢어버릴 거야."

아사코는 등을 구부리며 강한 힘으로 사치코의 손을 잡아 자기 손과 함께 가슴으로 밀어붙였다.

"왜 그래요, 응? 이거!"

사치코는 놀라서 등을 눌렀다.

"말을 해! 말을 하라고요!"

아사코는 눈물을 흘리면서, 띄엄띄엄,

"어두운 순간! ――어두운 순간!"

이라고 속삭였다.

9

전퇴転退를 바라는 본능, 단숨에 눈을 감고 추락하고 싶은 광적인 욕망, 그런 것만이, 아사코의 마음속에 남았다. 그것들의 욕망이 마구 설칠 때, 항상 중개자로서 오히라라는 존재가, 아사코의 염두에서 떠나지 않는다. 아사코는 자신을 신뢰할 수 없는 생각의 정상에서 그날그날을 보냈다. 생활은 아주 얇은 표피만 아물어가는 것으로 뜨거운 용암 위에 서있기라도 하는 것처럼 위험했다.

사치코의 언니로 야마구치 현으로 시집 간 사람이 있었다.

봄에 포도상귀태의 수술을 받은 이후 계속 좋지 않았다. 최근

병세가 좋지 않다는 이야기가 있던 참에, 어느 날 사치코가 집을 비웠을 때 전보가 왔다. 사치코가 집에 돌아가서, 그 전보를 본 것은 네 시경이었다.

"이건 가야 해."

"물론이야."

"여행안내 책자, 우리 집에 없었나요?"

아사코는 지금 혼자가 되는 게 무서워졌다.

사치코가 돌아올 때까지 자신은 지금 자신이 아니었다.

——그런 예감이 들었다.

아사코는

"나도 갈까?"

라고 말했다.

"함께?"

"응"

"그건 가도 좋지만……"

사치코는 여행안내 책자에서 고개를 들고,

"응석받이네. 아직 잡지도 출판되지 않았잖아요."

라고 쓴웃음 지었다.

"안 돼, 일을 내팽개치면 안 된다."

교정이 아직 끝나지 않았다. 그러나 그것은 어떻게든 되는 것이었다. 잠시 생각한 후, 아사코는,

"나, 갈게"

라고 의자에서 일어섰다.

"지금 혼자 있으면 제대로 일이 안될 건 뻔해. 그건 싫네요."

사치코에게는 좋은 의미로 멍청한 데가 있어서, 아사코가 동요하고 있는 마음을 알고 있어도 실제로는, 모르는 것 같았다. 그녀는,

"있어요, 있어요"

정말 나이답게 단호하게 말했다.

"그렇다고 해서 어쩔 거에요?"

그리고 시간에 맞는 기차는 아홉시 십오분이었다. 사치코는 가방에 분주하게 소지품을 챙겨 넣으면서 다시 말했다.

"첫째, 내 여비조차 빠듯한 걸요."

긴자에서 병문안 물건을 사는 동안에, 아사코는, 이상한 불안에서 점점 자유로운 기분이 됐다.

사치코가 없는 것도 좋다. 자신의 전후좌우에 지나가는 군중을 바라보며 아사코는 생각했다. 자신도 괴로우면 괴로운 그대로 이 군중의 한 사람이 되어 살아가면 된다. 아무리 힘들어도 잘못되더라도 인간 속에 있기 때문이다.

여기저기 밤의 쇼윈도 거울에 언뜻 자신의 걸어가는 모습이 비쳤다. 그 자신을, 마음속에서 찌르는 고통과 한순간 같은 불빛에 반사되어 거울에 비치는 다양한 얼굴, 넥타이 색깔 등에 아사코는 따뜻한 감정을 품었다.

외국으로 떠나는 명사名士로 보이는, 일등 침대칸 앞에서, 요란

하게 마그네슘의 소리가 났다. 사치코가 탄 차량 앞의 플랫폼에는, 아사코 이외에 네다섯 남녀가 있을 뿐이었다. 창문으로 상반신을 밖으로 내밀고 사치코가 물었다.

"괜찮아요?"

아사코는 미소지으며 고개를 끄덕였다.

"정말로?"

"정말로. ── 괜찮지 않아도, 괜찮다고 생각해버렸어."

"무슨 일인데요? 무슨 일?"

"괜찮아요, 안심해요."

"도착하면 전보 치겠지만, 만일 무슨 일 있으면"

무심코 말을 꺼내려다가, 놀라서 멈추는 바람에 사치코는 얼굴을 붉히고, 입에 댄 손바닥 안에서 혀를 내밀었다. 아사코는,

"바보같이"

엷은 웃음을 지었지만 점점 이상하게 자신도 결국 소리를 내어 웃었다. 사치코는 습관적으로, 오히라에게 부탁하라고 말해버렸던 것이었다.

열차가 출발하자, 만세─ 라는 목소리가 플랫폼의 두 곳 정도에서 났다.

커브 길을 따라 열차가 구불구불 달려서, 사치코가 흔드는 손이 안 보이게 되고 나서, 아사코는 발걸음을 옮겼다. 그러자 군중 속에서,

"──오랜만!"

굵은 펠트 샌들을 신고 인사하는 사람이 있었다.

"어머나!——"

아사코와, 동급생 중에서는 친한 후키코이었다.

"왔어? 이 기차?"

후키코는 유난히 키가 큰 어깨 사이로 고개를 움츠리는 것 같은 자세를 취했다.

"어머니의 대리인으로 분부 받았어."

개찰구 앞 주차장에 나가자,

"너, 바로 갈 거야?"

세련된 지갑을 든 크림색 장갑 안으로 시간을 보면서 후키코가 물었다.

"——왠지 이 그대로 헤어지기 싫어……긴자 빠져나갈까?"

"난, 상관없지만 ——괜찮아? 너 아이들?"

"괜찮아."

후키코는 아사코의 손을 잡아끌고 걸음을 옮겼다.

"대리로 해 준 걸. 잠시 동안 좋은 할머니가 되어 줬다는 걸로 좋아. 이런 때가 아니면 나 같은 사람, 처량해. 홀가분하게 나오지도 못하는 걸."

남편이 외유外遊 중이어서, 후키코는 두 아이와 친정에 살고 있다.

조금 전은 사치코와 신바시 쪽에서 왔다. 같은 거리를 반대 방향에서, 이번에는 후키코와 걸었다. 후키코는,

"아, 잠시 기다려 줘."

라고 말하고, 도중에서 아이에게 줄 선물을 샀다. 그런가 싶더니, 포목점의 진열대 사이로 포장도로가 연결된 길을 휙 빠져나오기도 했다. 아사코는 여학교 시절 그대로의 기분으로, 어머니가 된 후키코의 태도에 계속 호감을 느꼈다. 실가게의 쇼윈도에 털실의 상을 입힌 철사 인형이 몇 개나 진열되어 있었다. 아사코는 그 앞에 멈춰 섰다.

"잠깐――필요 없어?"

"아니――설마!"

두 사람은 커피를 마시러 들렀다. 친구의 소문대로,

"결국 가장 좋은 건 너야, 아사코"

단정을 짓듯이 후키코가 말했다.

"나처럼 잠시 맡기고, 완전 두 손 들었어. 기분 나쁘게 에두름의 감시가 붙는 걸."

"그것도, 벌써 시월의 인내겠지!"

턱을 당기고 윗눈을 사용하는 것처럼 해서 수긍했지만 후키코는 갑자기 얼굴에 빛을 내며,

"그건 그렇고, 너 쪽은 어떤데? 그 후?"

라고 말했다.

"뭐가?"

"아이 정말 이 사람! 여전해?"

"여전해"

"――거짓말!"

"왜? 나는 너와 달리 천성이 솔직해."

"그래도……아아, 그럼 그렇군, 역시 넌 대단해."

대략 그 의미를 상상하면서 아사코는 어렴풋이 쓴웃음을 지었다. 그러자 말한 당사자가 이번에는 그것을 착각하고 뜻밖이라는 듯이, 가슴까지 테이블 위에 내밀고 반대로,

"――그래? ――대도무문大道無門?"

이라고 작은 목소리로 다짐했다.

아사코는 그렇게 말하고, 여전히 웃기만 하고 파이를 먹고 있다가,

"모던이라는 것도 여러 가지 있지 않나? ――좀 얘기는 다르지만."

이라고 말했다.

완전하게, 개인적으로 자기 소모만으로 화려하게 또는 매우 불쾌하게 해서 만족하는 부분과, 그것이 한사람에게서 한 사람에게로 전해지면서, 어느 정도까지 일반화 된 현대의 소모가 몸에 사무치고 사무쳐서, 뭔가 확고하게 된, 뭔가 새로운 것을 찾지 않고는 견딜 수 없는 사람들도 분명 있다. 아사코는 자신의 고통으로서 그것을 느끼고 있었다. 후자에 속하는 사람은 강렬한 소모와 동시에 신생新生의 가능성 때문에, 자신을 포괄한다. 또한 넓은 인간은, 무리를 잊을 수가 없다. 설령, 그것에 대해서 자신은 무력하더라도 잊을 수는 없다.

아사코는 생각하고 생각하면서 커피를 마셨지만, 문득 한 잔의 커피도, 자신들은 사실에 있어서 엄청난 발소리와 함께 마시고 있다고 느껴, 등줄기를 달리는 일종의 감각에 두들겨 맞은 기분이었다.

아사코는 바로 무뚝뚝하게 후키코에 물었다.

"언젠가 ㅡㅡ너와 함께였지? 끝도 모르는 깊이, 라는 시 읽었던 일."

"글쎄…… 그랬나?"

그녀들이 있는 공간에, 씩씩하게 들어온 젊은 한 무리에게 정신이 팔려 후키코는 얼떨결에 대답했는데,

"어머, 벌써 이 시간?"

자신의 손목과 꽃무늬의 벽에 걸린 시계를 번갈아 보고, 후키코는,

"큰일났어, 큰일!"

이라고 유화油畫로 장미를 그려진 오비 앞을 두드리며 일어섰다.

아사코도 택시로 열한시가 넘어 집에 도착했다.

10

『밝은 시간』이라고 하는 배르하렌 Verhaeren, Emile의 작은 시집이 있다. 그 안에, 끝도 모르는 깊이, 그 외에 아사코가 사랑하는

짧은 시가 다수 있었다.

집에 돌아와서 그것을 읽기 시작했고, 아사코가 잠이 든 것은 두시 가까이였다. 전등을 끄려고 하다가, 생각이 나서, 여행안내 책자를 가지러 갔다. 사치코가 탄 기차가, 시즈오카와 하마마쓰 사이를 달리고 있는 시간이었다.

다음날은 쾌청한 날이어서, 혼자 식사를 하는 조용한 외로움도, 투명한 가을 햇살 속에서는 좋은 기분이었다.

아사코는 오후에 가메이도 쪽으로 외출했다. 시市의 숙박업소에 볼일이 있었다. 귀가 도중에 그녀는 세틀먼트[14] 에 들러 보았다. 새로 아동도서관이 마련되어 젖먹이를 업은 근처의 아이가, 각 학년별로 나눈 테이블을 에워싸고 그림책을 보거나 잡지를 읽거나 하고 있었다. 탁아소의 구보라는 여자가 아사코를 이전부터 알고 있어서 안내해 주었다. 그녀는 류머티스로 이층의 개인실에서 쉬고 있었다. 머리를 둘둘 감고 겹으로 된 윗옷을 입은 구보는 여윈 어깨 너머로, 아사코를 돌아보고,

"내 쪽도 봐 주세요, 그건 내가, 애쓰고 있는 겁니다."

두 건물을 잇는 복도의 디딤판을 넘으면서 말했다.

"모두 젊은 사람들뿐이라, 그저 얌전하게 네 시까지 놀기만 하면 된다고 생각하고 있으니까. ——그런 사람 쪽이, 또 마음에 드

---

[14] 빈민 지구에 정주하여 주민들과 개인적으로 접촉 하면서 생활 향상을 꾀하는 사회운동 ; 또, 그것을 위한 각종 시설

니까요. 내가 싸우더라도 이렇게 해야 한다고 생각하는 것은 합니다. 싫은 여자라고 생각하겠지만, 막상 아이를 움직이려면, 어떻게 해도, 그건, 내가 아니면 안 되는 일이 생기니까요."

구보는, 자기 혼자서 어려운 일들을 척척 해내는 것처럼 말했다. 그리고 이상한 성격인 아이가 한명 있어서, 그가 누가 말해도 듣지 않고, 머리를 쥐어 뜯고 날뛰는 것을, 자기가 요즘 완전히 길들였다는 고생을 아사코에게 들려줬다.

별채에, 넓은 놀이방이랑, 의무실이랑, 영아실이 있었다. 놀이방의 마루방에 미끄럼틀과, 실내 그네가 있고, 앞치마를 두른 어린 아이들이 놀고 있었다. 선생님이 역시 앞치마를 걸치고, 한쪽 구석에 대여섯 명의 아이를 모아서, 이야기를 해주고 있었다. 방 안에 가득히 밝은 빛이 비치고 있었다. 그 가운데에, 아이의 앞치마와 빨강과 노란색 허리띠가 깨끗한 마루 위에 선명하게 떠올라 보였다. 낯선 아사코가 들어간 탓인지, 아이가 비교적 얌전하게 놀고 있다. 아사코는 그 예의 바른 모습이 좀 자연스럽지 않게 느껴졌다. 그렇게 말하자 구보는,

"지금 얌전한 놀이 시간이에요."

라고 말했다. 그렇게 말하면서 그녀는 창문을 둘러보다가,

"아, 있어요."

창가의 아이들을 향해 이리와요, 이리와요, 라고 하고는,

"이마무라, 이리로 오세요."

라고 불렀다. 젊은 선생님은 얼굴을 들어 아이와 구보를 봤지

만, 바로 반대쪽을 향했다.

"왜 저러지, 괜찮아요, 불러요."

"상관없어요."

비백 무늬의 감색 옷을 입은 머리 큰 남자 아이가 맨발에 샌들을 신고, 구보의 곁에 와서 섰다.

"자, 이쪽 선생님께 인사 드리세요."

아이의 어깨에 손을 얹어, 자신의 몸에 바싹 붙였다. 순순히 시키는 대로 하지만 삼백안인 그 남자 아이가 구보를 사랑하지도, 따르지도 않는 것은, 표정으로 분명했다. 곡예를 강요하는 것 같아서 아사코는,

"그만 두세요."

라고 말렸다.

구보는 가고 싶어 하는 아이의 어깨를 누른 채, 다시,

"이마무라, 선생님이 말하는 것은 무엇이든 잘 알아듣지요."

라고 말했다.

아사코는 그녀의 방으로 되돌아가면서,

"아이들, 더 풀어 줘야 겠네요."

라고 말했다.

"상냥한 아이처럼 만든다고 해도, 소용없어요."

구보는 가정이 없고 건강하지 않는, 위안이 없는 자신의 생활의 고통을 특유한 고집으로 환원하여, 그 힘으로 아이도 동료도 밀고 가는 것같이 여겨졌다. 구보는 여러 가지 수단으로 수집한 도손

藤村의 단책을 보여주었다.

본관 삼층에, 아이하라의 방이 있었다. 아사코는 그곳에서 약한 시간 이야기했다.

아이하라는, 세상에서 보통 중역의 모습을 형용하는 풍채였다. 그냥 웃으면 윗입술의 양끝이 이상하게 올라가서 치열이 가지런한 작은 앞니와 잇몸이 훤하게 다 보였다. 그 작은 입은 성격적으로 보여서, 아사코에게 좋은 느낌을 주지 않았다.

아이하라는, 최근 퇴직한 어느 남자에 대한 이야기를 하고,

"왜 그만 뒀을까요?……언젠가 어떻게 하도록 모로토 씨에게도 말하려고 생각하고 있었는데."

라고 말했다. 아사코가 알고 있는 사실은 그렇지 않았다.

"모로토 씨에게 당신이 충고하신 거 아니었습니까?"

아이하라는 아무렇지도 않게,

"흐ー음, 그렇게 들렸습니까?"

라고 말했다. 아이하라의 태도와 말만으로 보면, 아사코가 알고 있는 사실이 틀렸다고 말하는 것 같았다.

모로토의 조치를 비평하는 듯한 말을 하고

"뭐, 시라스기 씨도, 한 가지 분명히 해주세요. 이제 곧 돈도 내게 될 테니까요."

라고 말했다. 아사코는 말없이 웃었다. 참으로 나약한 작은 야심이 있어서, 한사람 한사람의 얼굴을 보고 있는 동안은, 악감정을 품게 해서는 손해라는 타산을 하는, 아이하라는 그런 종류의 마음

을 가지고 있는 것 같았다.

집으로 가는 도중에, 아사코는 인간 생존의 첨단이라고 하는 것을 깊이 생각했다. 도덕이나 상식, 교양 등 그 사람을 지탱하는 데 아무 쓸모없는 순간이 인생에 있다. 또 그런 비상시가 아니더라도 우리를 둘러싼 상식과 도덕이나, 그것들의 권위가 실추하는 사이에 살아가는 데에, 무엇이 마음의 의지처가 될까. 왜 인간이 인간답게 살아가는 길을 알아낼까? 라고 하면, 그것은, 초목으로 말하자면 초목을 키우는 소중한 싹과 같으며, 인간의 마음속에 있는 생존의 첨단에 의해서이다. 아사코는 어젯밤 시를 읽었을 때에도, 예를 들면,

자체를 정화하기 위해서 결합한다!
같은 사찰의 두개의 황금 장미 창문이
다른 밝기의 불길을 맞대고
서로 관통하도록.

이렇게 고귀하고 부드럽고 아름다운 깊은 느낌을 포착할 수 있는 시인이란 어떤 마음일까, 하고 생각했다. 그는 생각하는 것이 아니라. 느끼는 것이다. ――느끼는 것이다. 그리고 아사코는, 그 민감한 근원적인 영혼의 촉각을, 암호 같은 생존의 첨단이라는 말로 정리해서 생각했다.

자신이 방탕한 욕망을 느끼면서 무엇 때문인지, 빠져들지 못하

고 있다. 그것은,이라고 말하면, 본정신은 잃어도, 그 첨단이 거절하기 때문이다.

사치코가 어젯밤에 일어설 때,

"괜찮아?"

라고 물었을 때, 아사코는 스스로,

"괜찮지 않아도, 괜찮다고 생각해버렸어."

라고 종잡을 수 없는 듯한 대답을 했지만, 그래 괜찮지 않지만, 그 첨단이 느끼고, 선택하고, 무슨 일인지 주장하고 있는 동안은 괜찮다. 그 생존의 첨단도 애써 감출 정도로 커다란 불꽃이 타오르면 어떨까.

그러면 그것으로 만세다. 아사코는 계속 생각했다. 자신은, 그리고 자신의 생존의 첨단은, 그 불꽃의 가운데에 있으니 우리 삶의 노래를 하나 부르자.

아사코는, 처음 와서 만났을 때 구보에 대한 일, 아이하라의 생활, 그 사이에는 새롭게 막 연마한 자석 바늘처럼 활기차게 빛나고, 민첩하게, 자신의 마음속에 존재한다고 느끼는 것에 대해서 생각하고, 음미하면서, 긴 저녁의 지하철에 흔들리며 갔다.

여섯 시 전후라서 전차는 붐볐다, 아사코의 옆도 뒤도 그날 노동을 마치고 돌아가는 직공, 사무원 등의 무리였다. 어느 교차점에서 앞의 차량과 교대라서, 아사코가 탄 전철도 오랫동안 선채로 꼼짝 못했다. 창밖을 바라보았더니 단밤가게가 있고, 마침 그 점두의 등불로, 시영 자동차 정류장 표지판이 보였다. 검은 목단이 옷을 입은 감독 같은 수염이 있는 사십 전후의 남자가 거기에 서 있었다. 뭔가 자꾸 보고 있다. 거울 같다. 잘 보니, 그의 손에 있는 것은 여자용인 하나의 콤팩트였다. 주운 것일까. 그는 우연히 멈춘 만원 전철 안에서 보는 사람이 있을 거라고는 의식할 리 없이, 그 콤팩트를 신기한 듯, 저렇게 보고 또 이렇게 보고 있다가, 드디어 뚜껑을 열어 안에 붙어 있는 거울에서 자신의 얼굴을 잠깐 봤다. 그 행동은 곧 그만두고, 이번에는 콤팩트를 코에 가까이 대고 분 냄새를 맡았다. ――트럭과 자전거가 오고 가는 주위의 혼잡을 잊은 정경이었다.

　그 정도로 오랫동안 그는 냄새를 맡았다.

추 억

이틀이나 계속 내리고 있던 비가 겨우 멈추더니, 제철의 더위가 또 슬금슬금 기어 나온 듯한 날이다.

아직 다 마르지 않은 습기와 무딘 햇살이 모두 몸도 마음도 늘어지게 해서 날씨에 민감한 나의 상태는 매우 조화를 이루지 못한 기분이다.

하루 종일 서재에 앉아, 멍하니 나무 모양이나 고마운 책의 배열 등을 바라보면서, 주위의 가라앉은 정적과, 나른함과 더불어, 어느덧 지금 자신이 앉아 있는 마침 이 곳 한가운데에 그의 육신을 두고 죽어간 삼촌의 일을 떠올리고 있었다.

내가 일곱 살 때에 삼촌은 죽었다.

그리고 그 죽음은 극히 평범한— —많은 사람이 별로 대단한 의문도 품지 않았을 만큼 명백한 병명과 절차가 수반된 것이었다.

그는 모두가 슬퍼하고 애석해하는 가운데 정중하게 묻혔다.

그렇지만 십년이 지난 지금은 죽은 자의 대부분이 그러하듯이 그의 이름도 그의 외모도 대개는 잊혀지고, 아주 드물게 형제나 친족 누군가의 가슴에 "옛날의 추억"만으로 희미한 기억 속에 되살아날 뿐이다.

그러니까 단지 일 년 정도밖에 함께 있지 않았고 게다가 막 초등학교에 들어간 나에게 있어서 그가 나타나고 그리고 떠난 그 동안의 일로 새삼 눈물을 흘릴 만한 기억으로 남아있지는 않았다.

그것은 당연한 일로 작년쯤까지는 스쳐지나가 버리는 일이었다.

하지만 요즈음엔, 걸핏하면 생각나는 서른 두 셋인 그와 나 사이에 얽혀있는 기억의 단편이 다양한 부분에서 나에게 잊기 어려운 추억이 되었다.

그 원인이 무엇인지 나는 모른다.

또 알려고도 하지 않지만, 겨우 자라기 시작한 감정으로 최대한의 애정을 가지고 대한 나와, 종교적으로 단련된, 어느 쪽인가 하면 답답하고 엄숙한 애정을 쏟았던 그와의 사이에 오가던 기분은, 아주 단순하기는 하지만 다른 몇 명의 참견도 허용되지 않는 순수한 것이었다는 사실을 떠올린다.

나는 부모에게 대한 사랑보다 더 이상의 사랑을 그에게 바치고 있었다.

그가 죽기 며칠 전까지 한시도 나는 떨어져 있었던 일이 없었다.

그의 그림자처럼 살았던 나는 이제 와서 한동안 약해진 그에 대한 사랑이 더 다양한 빛을 더하여 타오르는 것을 느끼고 있다.

누구나 대부분의 사람은 그 유년 시절에 겪은 어느 한 가지 사건에 대해서 자신이 가진 단순한 어린 애정을 세월이 흐름에 따라 세상의 많은 사건에 조우할 때마다 회상해 보면, 참으로 한 가지 빛깔이면서 영원한 사랑이라 부르고 싶은 것 같은 그립고 위안이 되는 사랑을 느끼는 일이 반드시 하나는 있을 거라고 믿는다.

그는 그러한 나의 영원한 사랑의 초점이었다고 단언할 수 있다.

그는 나의 친족 중 오직 혼자 종교가였다.

게다가 헌신적인 신앙을 갖고 있던 사람이라서, 주위 사람들의 눈에는 여러 형태로 비쳐서 기억되고 있지만 나에게는 항상 음울하고 깊은 슬픔이 사라지지 않는 듯한 태도를 지닌 사람이었다. 그의 눈은 큰 편은 아니었다.

하지만 그 검고 확실한 눈동자에는 힘이 모여 있어 다소 사람을 위압하는 것 같은, 단단하게 자신의 설 자리를 유지하고 동요되지 않을 것 같은 분위기조차 지니고 있었다.

검푸르고 살결이 얇은 얼굴.

높은 이마 밑에 깊은 그늘을 짓고 있는 굵은 눈썹.

무게를 지닌 동작과 낮게 느릿느릿하게 말하는 목소리. 그것들은 그 사람 특유의 모든 표정을 자아내고 있었던 것 같다.ㅡㅡ사람들의 이야기에 의하면 확실히 한번 보면 잊을 수 없는 인상을 준다고 했지만, 나로서는 기억 속의 삼촌 얼굴과 지금 살고 있는 어느 장님이 되려는 남자 얼굴과 혼동되어, 공중에 얼굴의 세세한 부분 부분까지 떠올리는 것은 매우 어려운 일이다.

그 남자의 얼굴 속에 넘쳐흐르는 깊은 침울함과 색깔이 매우 삼촌과 비슷하기 때문이다.

가장 기억해야 할 얼굴 모습마저 그처럼 자신이 기억하고 있는 것이 불분명하기 때문에, 지금부터 적어 보려고 하는 다양한 시간에 일어난 여러 가지 사항에 대해서, 서로 간에는 아무런 연락도 없고, 이유도 시간도 분명하지 않은 일이 많다.

또 그가 죽을 때까지의 경력 같은 것도 나는 말할 생각이 없다.

나는 단지, 나랑 있었던 일 년도 채 안 되는 사이에 내 어린 기억 안에 삶과 죽음을 거쳐 간 그를――내가 사랑한 삼촌을 만나려는 것이다.

오랫동안 미국에 머물며 종교에 대한 연구를 하고 있던 그는 갑자기 아무런 소식도 없이 귀국했다.

이 생각지도 못한 사건에는, 그 땅에서 가정을 가지고 죽을 때까지 살 생각으로 있을 거라고 예상하고 있던 많은 사람들을 깜짝 놀라게 했다. "그래 잘 돌아왔다." 라고 말한 한마디는 참으로 다양한 의미로 새겨졌다.

그는 그저 돌아오고 싶어서 돌아왔다라고 말했지만 지금 생각하면――그것은 대단한 억측일지도 모르지만――그저 단순히 그 정도의 이유였을 거라고는 생각되지 않는다.

왜냐하면 그는 암시暗示를 받을 수 있는 사람이었다고 하는 것을 아버지가 자주 말한 적이 있기 때문이다.

물론 암시를 받는다고 하는 것은 종교가에게만 주어지는 특혜는 아니다.

하지만 그는 당시 영국에 있던 나의 아버지에게 소식을 전할 때마다, "물에 들어가면 반드시 위험한 일이 생긴다." 라고 하는 암시를 받았다고 했기 때문에 주의하는 것을 잊지 않았다고 한다.

아버지는 유일한 동생의 호의를 거부할 이유도 없었고, 또 "신을 시험한다." 라고 하기에는 너무 나이가 들어서 동생이 하는 말대로 지켰다고 말한 적이 있다. ___

그래서 그가 자신의 죽음이 가까운 것을 느끼고 태어난 조국으로 돌아온 게 아니었을까, 라는 생각이 들었다.

아무튼 그가 모두의 놀라움 속에 귀국한지 얼마 되지 않은 날의 일이었다. 그 때 아버지가 서양 여행으로 오랫동안 부재중이어서, 뜻밖에 이 삼촌이 귀가한 일은 얼마나 나에게 기쁜 일이었는지 모른다.

나는 기쁨에 푹 빠졌다.

그리고 아침부터 밤까지 어깨에 매달리거나 손 그네를 타거나 하면서 바다 저편에 있다고 하는 마치 이야기 같은 나라 이야기에 도취되어 있었기에, 아침부터 점심시간까지 학교의 딱딱한 책상 앞에 앉아 있기 위해 그와 떨어져야 하는 일은 참으로 더할 나위 없이 슬프고 괴로운 일이었다.

나는 학교에 가지 않겠다고 떼를 썼다.

잘 알고 있는 것을 배우러 학교에 가는 것보다, 삼촌의 이야기

쪽이 도움이 된다고 억지를 부리자 드디어 삼촌이 학교에 데리러 와 주겠다고 하는 약속을 받고 등교했었다.

나는 학교 가는 길에서 이미 돌아오는 일을 생각하고 있었다.

그리고 그로부터 세 시간이 얼마나 느리고 답답하게 가는지.

선생님의 인사가 끝나자 좁은 출입구에서 앞에 가는 아이를 떠밀듯이 하고 달려 나가보니, 언제나 가정부가 서 있는 곳에 오늘은 약속대로 삼촌이 웃으면서 기다리고 있어 주었다.

나는 웃고 넘어지며 달려들었다.

그러자 삼촌은 내 머리를 톡톡 두드려 주었다. 나의 만족은 하늘까지 닿아 춤추듯이 걸어가려고 하자, 지금까지의 모습을 곁에 서서 신기한 듯 바라보고 있던 나보다 훨씬 큰 남자아이가 갑자기 허스키한 목소리로 "야ー, 야ー, 창코로[15] 다!

남자인 주제에 머리를 기르고 있다!." 라고 말하며 혀를 내밀고 재빠르게 달아났다.

나는 너무 놀랐다.

그리고 당황하며 삼촌의 얼굴을 보니가 말없이 도망치는 아이들을 지켜보고 있는 그의 얼굴은 슬픈 듯하고 또 엄숙했다.

나는 걱정했다.

그렇지만 지금까지 깨닫지 못하고 있었던 삼촌의 머리카락이

---

15 중국인을 멸시해서 부르는 말

긴 것을 알자 매우 호기심이 발동해서 높은 곳에 있는 그의 머리를 바라보았다.

그 곳에는 참으로 예쁜――아기와 같은 모습이라고 생각했을 만큼 빛나는 머리카락이 어깨 위까지 내려와 있었다.

내가 눈을 크게 떴을 정도로 그것은 멋졌다.

순수하고 머리숱이 많고 무거운 듯해서 장식 같았다.

"너무 좋아.

정말 예쁘게 모여서 빛나고 있어."

그렇게 생각하니 나는, 남자아이가 욕한 이유를 전혀 알 수 없게 여겨졌다.

왜 남자가 머리를 길게 하면 이상한 걸까? 왜 창코로라고 하는 걸까?.

나는 자신의 소중한 사람이 나쁜 말을 들은 분함이 가슴 가득 찼다.

하지만 그는 말없이 내 손을 끌어당겨 걸음을 옮겼다.

나는 어쨌든 울지 않겠다고 입을 삐죽거리며 찡그린 얼굴을 하고 참으려고 했다.

내 주위에는 눈물을 보이고 싶어 하지 않는 많은 친구가 있기 때문이다.

그러나 마침내 참을 수 없게 되고 한 방울 눈물이 흘러내리자 더 이상 사양도 아무것도 없이 나는 하염없이 흐느끼며 울기 시작했다.

손을 잡고 있으면서 삼촌은 마치 다른 일을 생각하고 있는 것
같았다.

그는 더욱 음울한 얼굴이 되어 고개 숙인 채 나를 위로하려고
도 달래려고도 하지 않고 걸었다.

울고 있는 나와, 생각에 빠져있는 그와는 사찰이 많은 거리에
서 많은 아이들의 놀라움의 대상이 되면서 느릿느릿, 느릿느릿 움
직이며 걸어갔다.

울면서 나는 희미하게 매우 날씨가 따뜻한 것을 느꼈다.

밖에는 비가 내리고 있었다.

그리고 낮이었다.

그저 그 정도 알고 있을 뿐, 무슨 일로 그때 삼촌이 누워 있었는
지 전혀 알 수 없지만 나는 그 옆에 뒹굴거리며 누워서 발을 팔딱
팔딱 움직이면서 여러 가지 이야기를 하고 있었다.

――그 방이 너무 어두웠으니까 아마 비가 내리고 있었을 것
이다.

나는 이런 저런 말을 한 끝에 아무 생각 없이 응석부리는 말투
로 친구 한 명이 자신을 괴롭혀서 힘들다고 말하고 어떤 위안과 동
의를 은근히 기대하며, "정말 싫은 애야,

난 얄미워 죽겠어."

그렇게 말하자, 뜻하지 않게 내가 뻗고 있던 팔에 튀어오를 정
도로 통증을 느꼈다.

핫! 하고 놀란 마음이 겨우 가라앉자 나는 그에게 꼬집혔다는 걸 알았다.

내가 한 말이 이 정도의 보수를 받아야 할 정도로 아주 나쁜 말이었다고는 도저히 생각할 수 없었기에 내 마음은 완전히 겁먹은 상태가 되고 말았다.

자신이 소중하게 생각하고 있는 사람으로부터 꾸중 듣는 일은 나로서는 가장 견딜 수 없는 일이었다.

당장이라도 달아나고 싶으면서도, 그렇게 해서는 좋지 않을 거라는 생각이 들어 매우 망연자실한 기분이 든 적이 있었다.

이 한 사건으로 나의 버릇없는 말에 제한을 받게 되었다.

그리고 그 후는, 그에게 뭔가 말할 때 지금까지 느끼지 못했던 조심성과 긴장이 가슴 가득 차 그에게"무엇이나 지껄인다." 라는 태도에서 약간 멀어지게 되었다.

이 일을 생각할 때마다 만약에 내가 십년 지난 지금까지 그와 함께 적어도 가끔 만나든가 이야기도 하는 생활을 해왔다면, 꽤 있는 그대로 자기 자신을 나타내는 지금 나의 생활이 어떻게 변화되었을까,라고 하는 데 대해 매우 흥미롭게 생각한다.

아마 내가 기독교인 되는 일만큼은 어쨌든 틀림없는 일이었을 것이다.

그렇게 되지 않고 끝난 것은 나에게 불행인지 행복인지는 알 수 없다.

그는 아침부터 밤까지 대개 자신의 방에 틀어박혀서 책 속에 살고 있었다.

지금 내 서재가 되어 있지만, 그 때는 그늘이 많고, 차양이 길어 직사광선이 내리쬐는 일이 없어서, 보기에는 정말 상태가 좋은 다다미 다섯 장의 빈방이었기 때문에 바로 "삼촌의 방"으로 정해졌었다.

벽에서 모래가 많이 떨어지는 선반 위나 방의 둘레에는 트렁크에서 꺼내 넣을 곳도 없는 수많은 책이 즐비하게 늘어서 있었고, 얇고 다갈색을 띤 똑 같은 책이 잔뜩 흐트러져 뒹굴고 있기도 했다.

그 다갈색의 책을 지금 보면 그가 매우 고심해서 출판한 『신의 위대한 날』이라고 하는 책의 잔본이었던 셈이지만, 그 당시 나에게는 그냥 "똑 같은 수많은 책"이라고 밖에 보이지 않았던 것이다.

"삼촌의 책"은 모두 반짝반짝한 종이에 재미있는 그림이 많이 그려져 있고 좋은 향기가 나는 것이었다.

빨강이랑 파랑 때로는 정말로 예쁜 금색과 은색의 표지가 붙어 있는 그 책들은, 회색 표지와 검은 색으로 띄엄띄엄 책상이나 시든 가지가 그려져 있는 교과서보다 얼마나 어린 마음에 흥미를 불러 일으켜 읽고 싶다고 생각하게 만든 것이었는지 모른다.

정말 재미있을 것 같았다.

그러나 슬프게도 모두 영어로, 내가 읽을 수 있는 가타카나와 히라가나는 아니어서 단 한 글자도 알 수조차 없었지만, 정말 가지

런한 글자의 밑에 빨간색과 파란색 선이 꽤 많이 그어져 있는 것은 전혀 이해할 수 없는 일이었다.

더구나 어쩌다 희게 되어 있는 곳에 너저분하고 지저분할 정도로 여러 가지가 적혀 있는 것을 보고 나는 정말 깜짝 놀라고 말았다. "삼촌,

아주 안 되겠어요, 이렇게 책을 더럽혀서....

선생님에게 혼나지 않아요?"

그는 그저 웃으며 머리를 톡톡 두드려 줄뿐으로 나의 커다란 의문은 해결되지 않고 끝났다.

그러나 나는 내가 옛날이야기 책에서 읽은 대로 날개 있는 귀여운 아이들의 무리나 하늘로 올라가는 아름다운 사람들의 그림을 보면 지금까지 읽은 많은 이야기가 모두 실현된 것처럼 느껴졌다.

어떤 때는 자신의 어깨에 쑥쑥 날개가 돋아나, 많은 사람들이 노래하고 춤추는 매우 재미있어 보이는 나라까지 날아가는 것을 꿈꾸기도 하고, 아이들의 머리에서 모두 빛이 나고 있어서 나 자신은 어떨까하고 살그머니 거울을 보면 그냥 검고 작은 머리가 있기만 해서 매우 실망한 적도 있었다.

그 책들의 공상적인 종교그림은 적지 않게 "나의 이야기"의 재료에도 도움이 된다. 때로는 입 밖으로 내뱉는 나 혼잣말은 전보다도 말수가 많아져서 더 가공적으로 되어, 지금까지 더할 나위 없이 여기고 당연하게 읽고 있었던 인간과 인간이 "싸움"을 하거나

싸움을 벌이는 것만 있는 내용에는 크게 만족하지 않게 되었다.

마법의 할머니는 더 환영 받고, 잠깐 눈 깜짝할 사이에 커다란 궁전을 만들 수 있는 공주님을 기다리게 된 것이다.

나는 그에게 여러 가지 이야기를 들려주었다.

어떠한 사람도 모두 그를 기쁘게 한 것 같았지만, 뭔가 하나라도 나쁜 말을 한 사람은 반드시 어딘가에서, "하느님 용서하십시오, 이제 하지 않겠습니다."

라고 말하지 않으면 그 이야기는 끝을 고할 수 없었다.

그가 중이염을 앓게 된 것은 귀국하고 반년 지났을까 말까 한 때였다.

대학병원에 입원해서 절개했지만, 나중에 들으니, 자기는 이렇게 해서 죽을 운명을 받고 있으니 병원 같은 데 들어가서, 끝나야 할 목숨을 무리해서 연장하는 것은 원치 않는다고 하며 좀처럼 받아들이지 않았다고 한다. 하지만 나의 어머니와 친척들은 애를 태우고, 엄청 설득해서 아이 달래듯이 하면서 입원시켰다고 한다.

그리고 수술실에 들어가려고 했을 때, 다른 사람 수술을 받은 피라든지 도구 등이 처참한 모습으로 흐트러져 있는 것을 보더니 까무러칠 듯이 갑자기 자신의 목숨이 염려되었다고, 그 후 죽을 때까지 자주 되풀이하며 반복해서 말했다는 것도 들었다.

삼촌이 입원하고 있는 내내 움직일 수 없을 때에는 매일 매일 빠짐없이 한 번씩은 학교에서 돌아오는 대로 바로 병문안하러 가는 것이 일상이었다.

어떤 병실이었는지 전혀 기억하고 있지는 않지만, 병원 어디에
나 입구에서 병실까지 복도가 매우 길고 조용해서, 양쪽의 흰 벽에
기분 나쁘게 반향되는 발소리에 위협받아, 중간쯤까지 오면 달리
지 않고는 견딜 수 없는 기분이었던 것을 떠올릴 수 있었다.

문득 생각나는 그의 방은 매우 좁은 복도의 막다른 곳에서 두
번째 회색 문이 달린 방이었던 것 같다. 만약 잘못 들어가면 안 된
다고 해서, 문 옆에 걸려 있는 명패에서 내가 읽을 수 있는 이름을
확인하고 나서 간호사가 하는 것처럼 똑똑! 하고 주먹으로 노크하
고 어른 같은 마음가짐으로 들어갔다.

그 방으로 가는 도중 수술실 앞을 지나갈 때에, 힐끔힐끔 보이
는 사람의 그림자든가 무슨 일들에 호기심이 발동해서, 들여다보
고 싶어 하면서도 무서워서 그만 둔 적은 몇 번인지 모른다.

지금도 좋아하는 병원 특유의 약냄새가 그 때부터 좋아져서,
출입구에 한 걸음 발을 들여놓으면 벌써 가벼운 흥분을 느끼는 것
같았다.

특히 그의 밝은 천장의 수술실 근처에 감돌고 있던 소독약 냄
새는 지금도 이 코 끝에 맡을 수 있을 정도로 뚜렷한 인상으로 남
아 있다.

매우 심한 비바람이 부는 어느 날에, 학교에서 돌아와서 어머
니가 말리는 것도 듣지 않고 비옷을 입고 작은 우산을 들고 병원으

로 갔다.

아마 혼자였던 것 같다.

아직 그렇게 도로가 정비되지 않았을 때의 중심가 거리는 비가 내리면 엉망이 되어 지금은 상상도 하지 못할 정도로 심한 길이었다.

넘어지지 않게 조심하면서 아무리 비가 와도 밖에서 신은 적이 없는 나의 굽 높은 나막신――그것은 굽이 낮은 나막신에 가죽을 댄 것이다.――으로는 진흙에 빠지거나, 가죽 깃이 바로 올라가거나 해서 매우 고생을 해야 했다.

한 시간 정도 걸려서 겨우 아카몬 옆까지 왔을 때 차를 피하는 바람에 뭔가에 낚아 채인 것처럼 들고 온 사과를 보자기 꾸러미에서 두개 정도, 진흙탕 속으로 굴리고 말았다.

어떤 사정으로 그것을 가지고 갔는지 기억하지 않지만, 어쨌든 그럭저럭 해서 병실에 도착해서 어머니에게 배운 대로 고양이처럼 아무 말도 하지 않고 문을 열고 들어서자 삼촌은 실눈을 하고, "오요니?"라고 희미한 목소리로 말했다.

"오요 씨"라고 하는 사람은 삼촌의 여동생으로 정말 좋은 사람이었지만 젊은 나이에 죽은 사람이다.

오요라는 이모한테도 나는 여러 가지 추억을 간직하고 있다.

하지만, 곧 삼촌은 나라는 것을 알고 몹시 기뻐했다.

비가 오니까 오지 않을 거라고 생각하고 있었는데 매우 강한 아이라서, 그런 마음을 가지고 있으니 어떻다느니 여러 말을 하면

서, 내가 안타까운 듯이 내놓은 진흙경단과 같은 사과를 보더니 갑자기 그것을 움켜잡고, "고마워,

정말 고마워.

무엇보다도 기쁘네."

라고 말하고 언제나처럼 눈을 위로 향해 기도를 하기 시작했다.

잠자코 곁에 서서 그것을 보고 있던 나는, 뭐라고도 말할 수 없는 감정이 가슴 벅차게 북받쳐 올라 큰 소리로 엉엉 울고 싶어서 울고 싶어서, 도저히 참을 수 없는 마음이었다.

그 때 숨이 막힐 듯하고 가슴이 아픈 듯한 괴로운 느낌은 지금도 내 마음에 뚜렷하게 다가오기도 한다.

나는 환영받아서 기뻤다.

그렇지만 진흙 사과가 왜 그처럼 좋았는지는 알 수 없었다.

나는 여러 가지 생각하면서 물어보고 싶은 마음이었지만, 이 일은 오직 자신 만의 기억, 기뻤던 일로 다른 사람에게 말하기에는 아까운 일 같은 마음이 들어서 그만 누구에게도 어머니에게조차도 이야기하지 않았다.

삼촌의 침대 옆에서 들은 종교적인 여러 가지 이야기는 참으로 많았다.

아담, 이브의 이야기.

노아의 방주.

그리스도의 어린 시절 이야기.

바벨의 탑.

그 밖에 여러 가지 이야기를, 그는 우리가 일상 일어나는 일에 대해서 말하는 것처럼 조용하게 사실을 있는 그대로 이야기하는 듯한 어조로 말했다.

아이에게 옛날이야기라고 말하는 느낌을 조금도 갖지 않게 했을 정도로 성실하고 진지한 모습이었으므로 나는 그의 말대로 세상을 만들고 무화과를 먹고 큰 돌을 쌓아 올리는 백성인양 행동했다.

그리고 완전히 마음을 그 일들에 빼앗긴 것처럼 베개를 어깨에 올리고,

"아— 높아졌어요,

이번에는 뭔가 해드릴게요,

돌로 돌아가,

들리지 않아요, 그러면 안 돼."

라고 소리 지르기도 하고, 자신이 뱀이 되어 두 동생인 아담과 이브에게,

"당신 그건 맛있는 거야,

드세요.

하느님이 구두쇠이니까 먹지마, 라고 말씀하신 거야."

등이라고 말해서 엄마에게 걱정시킨 적도 적지 않았다. 내가 너무 공상적인 상상에만 마음이 사로잡혀 있는 것을 어머니는 걱정했다.

그 수많은 이야기 중에서 가장 나를 기쁘게 하고 또 자신이 아무것도 모르는 일을 슬프게 한 것은 , 노아의 홍수 이야기였다.

나는 태어나서 한 번도 홍수를 본 적은 없다.

그런데 어떻게 전 세계가 없어지는 것 같은 홍수를 상상할 수 있겠는가.

그렇지만 큰 방주 안에 소와 말과 비둘기가 함께 세계 속에서 노아가 혈혈단신 결코 죽지 않고, 오늘도 내일도 두둥실, 두둥실 산을 넘기도 하고 바다였던 곳을 건너기도 하며 간다고 하는 것이, 무턱대고 부러웠다.

아무리 훌륭한 임금님도 짐승도 모두 물에 빠지는데 노아만 살아서 넓은 전 세계를 여행한다는 것은 얼마나 행복한 일일까.

만약에 삼촌 말처럼 하느님이 훌륭하다면, 부탁만 하면 반드시 자신도 노아로 해 줄 것이라는 것을 생각하지 않을 수 없었다.

그렇게 되면, 그의 책과 그의 오르간과 어머니, 아버님, 군짱, 밋짱, 누구나 할 것 없이 모두 데리고 가 줄 것 같은 생각마저 들었던 적이 있었다.

이 무렵에 나는 하느님이라는 말을 자주 들었다.

그리고 막연하게 하느님이 있을지도 모른다고 하는 것을 느끼게 되었지만, 나쁜 짓을 하면 좋은 곳으로 데리고 가주지 않는다고 하는 하느님과, 맛있는 과자나 밥을 주시는 하느님, 어느 쪽이 진짜 하느님일까? 하고 갈피를 못 잡은 적이 결코 한 두 번이 아니었다.

그런 식이었으니까, 하느님을 고맙다고 절실히 생각할 수도 없고, 그가 희망하고 있었을 것 같은 종교적 감화를 받는 일은 거의 없었다고 해도 좋을 정도였다.

하지만, 그의 마음속에는, 언제부터인가 나를 자동적으로 종교적인 생활을 원하도록 하고 싶다는 바람도 있었던 것은 매우 확실한 일이다.

오늘날까지 그가 없었다는 것은 내 생애에 의미 있는 일이다.

만약 그가 오늘날까지 있고 나도 역시 지금대로 자랐다고 하면 그와 나 사이에는 서로 힘든 투쟁을 하지 않으면 안 되었을 것이고 또 어렸을 때의 여러 가지 추억에 쓰라린 눈물을 맛보게 되었을 것이다.

나는 솔직하게 털어놓는다.

그 날의 그 때 그가 떠났다고 하는 것은 서로를 위해 정말 좋은 일이었다.

나는 지금 그에게 영원한 애정을 느끼고, 그에 의해 주어진 조용한 사랑을 마음속에 계속 간직하고 있을 수 있다.

두 영혼의 교통은 그 때의 순수한 그대로 사랑으로 가득 차서 그 무엇에도 물드는 일 없이, 무덤에 들어가는 날까지 내 가슴에 반향될 수 있는 것이다.

매우 깊이 자른 상처도 조금씩 낫게 되자, 혼자 조금씩 먹는 병원 밥은 맛이 없다며 점심 무렵 넓은 붕대로 인도인처럼 머리를 감싼 삼촌이 드디어 집에 돌아오게 되었다.

그때는 길었던 머리카락도 머리 속이 투명하게 보일 정도로 짧게 잘라서 뺨의 살이 전보다 한층 야위었기 때문에, 음울했던 얼굴은 배로 심해졌다.

검은 무명 기모노에 흰 오비를 두른 그가, 특별히 자기만 변변찮게 음식 종류가 적은 식탁에 앉아서, 아이들의 이야기나 어머니의 위로를 만족한 듯이 들으며 한입씩 씹어 먹고 있던 모습이 생생하게 눈에 선할 정도다.

어느 날 언제나처럼 정원 나무 문 쪽에서 들어온 그는, 툇마루에 쿵 하고 앉으며 들고 온 지팡이가 굴렀는데도 상관하지 않고, 묘한 얼굴을 하고 말없이 한숨을 내뱉고는 잠시 후, "상당히 약해진 것 같아, 오늘은 오는 길에 현기증이 나서 어쩔 수가 없었어.

고등학교의 모퉁이에서 삼십분이나 쪼그리고 앉아 있었다." 라고 기력을 잃은 것처럼 말했다.

이 때만큼 내 마음에 그에 대한 연민이 솟구친 적은 없었다.

지금까지 삼촌이라고 하면 아무래도 자기보다 훌륭하고 강해서 어떤 경우라도 곤란하고 괴로운 일은 없는 사람이라는 생각이 들었던 것이 근본적으로 뒤집혀지고 말았다.

그가 막대기를 늘어놓은 듯한 울타리에 기대어, 남의 발밑의 먼지를 뒤집어쓰면서 삼촌이 괴로워하고 있는데도 지나가는 많은 사람 중에 한 사람도 어떻게 된 거냐고 말하는 사람마저 없었던 건지.

참으로 지독한 사람의 집합이다.

왜 내가 가서 그런 나쁜 사람들을 노려보며 소중하게 삼촌을 데리고 오지 못했을까.

나는 내 자신의 무능함에 크게 시달리는 동시에 "나쁜 어른들"에 대한 증오로 몸이 떨리는 것 같았다.

그리고 그에 대한 어른 같은 동정이 더욱 애정을 강하게 태워서, 그의 편은 전 세계에 단 한 사람인 내가 있을 뿐이라고 하는 어깨가 부러질 것 같은 책임과 자부심을 느꼈다.

그때부터 내가 알고 있는 다른 어른들은 매우 감소된 가치를 가지고 내 앞에 나타나게 되었다.

그 일이 있고 나서 바로 삼촌은 집으로 돌아왔다. 하지만 머리 붕대는 조금 줄어들었을 뿐 항상 기분이 나쁜 듯이 슬픈 것 같았다.

때로는, 까칠한 수염이 길게 자란 뺨에 멈출 수 없이 뚝뚝 눈물을 흘리면서, 안겨서 이유도 모르고 슬퍼진 나와 함께 오래 서럽게 운 적도 있었다.

그럴 때에는 그가 나에게 대한 애정이 전보다 훨씬 열정적이었던 것 같았다.

그가 말없이 눈물을 머금고 있는 것을 보면 나는 말로는 다 할 수 없어도 그의 마음을 완전히 느낄 수 있게 되어 두개의 감상적인 마음은 대단한 조화와 귀일歸一을 찾을 수 있었다.

이제 곧 죽는다 하고 있던 그의 마음에는 여러 가지 영감, 감격, 암시에 가득 차 있었을 것이다.

그의 가장 깊은 고뇌와 환희는 이 때 제일 많이 솟아나고 있었을 것이다.

만약에 그가 말할 생각을 가지고 있었다면 필시 움직이지 않고는 안 될 일들을 말했을 것이지만 그는 그저 기도하는 것만 인지하고 있었다.

실제로 그는 그 무렵 아침저녁 기도만 하고 있었다.

그 날은 매우 날씨가 좋았다.

아마 시월의 끝자락이었다고 생각하지만, 드높고 드맑은 하늘 아래에 나무들의 잎이 모두 금빛으로 춤추고 있는 듯한 날씨였다.

나는 삼촌을 따라 집을 나왔다.

어디로 간다는 목적도 없이, 두 사람은 집 앞 골목을 돌아 인적이 드문 언덕을 올라 논이 있는 쪽으로 내려갔다.

삼촌은 평소처럼 머리에 붕대를 감고 지팡이를 가지고 있었고 나는 열 살 정도까지 자주 입었던 붉은 바탕에 가느다란 흰색 선으로 체크무늬가 아주 작게 그려져 있는, 멀리서 보면 새빨갛게 밖에 보이지 않을 것 같은 옷을 입고 있었다고 기억하고 있다.

논과 밭 사이를 조금 가자 예기치 않게 우리들은 양쪽이 숲을 이루고 있는 매우 가파른 오솔길로 접어들게 되었다.

폭이 좁은데다가 나뭇가지 끝에서 차단된 햇빛이 비치지 않아

서,군데군데에 이끼가 자란 그 길을 연약한 두 사람이 더듬거리며
끝가지 오르는 것은 꽤 대단한 일이었다.

단지 무슨 일이 있을 때 사용하려고 들고 있던 삼촌의 지팡이
는 아주 도움이 되어, 미끄러지며 발을 헛디딜 때마다, 몸의 무게
로 가느다란 지팡이가 부러질 것 같이 휘는 것을, 얼마나 조마조마
하게 나는 보고 있었는지 모른다.

숨을 헐떡거리면서 나는 삼촌의 소맷자락을 잡고 한발 한발 디
디며, 겨우 마지막 한 걸음을 딛고 다 오르자, 거기에는 활짝 펼쳐
진 고원高原이 쌍수를 들어 우리를 끌어올리고 있었다.

나는 태어나서 그렇게도 풀이 가득 나 있고, 그렇게도 사람이
없는 숲을 본 적이 없다.

지금 서 있는 곳에서 사방으로 뻗어 펼쳐져 있는 초원은, 황록
색으로 끝없이 이어지고 멀리 맞은편에는 바다 같은 하늘 속에 풀
들이 가득 부드럽게 흔들흔들 살랑거리고, 한 번 바람이 불어 지나
가면 숲속의 잎과 들판 가운데 있는 풀이 달콤한 향기를 피우며 바
스락바스락, 바스락바스락하고 울려 퍼진다. 선명한 갈색 줄기를
반짝이며 서 있는 나무들 사이에서는 진홍색의 작은 잎들이 살짝
살짝 보이고, 그 안쪽에서는 찌찌찌찌찌,찌찌찌찌찌 하는 새 소리
가 건너편에 느긋하게 자리 잡고 있는 산 쪽까지 울려 퍼졌다.

나는 기쁨과 놀라움으로 가슴이 찢어질 것 같았다.

태양이 더 가까이 온 게 아닐까 하는 생각이 들 정도로 사방은
밝게 금빛으로 감도는 갈색으로 빛났고 하늘은 내가 발돋움하면

닿을 듯이 느껴졌다.

조용히 풀숲을 헤치고 가면, 검고 둥근 작은 열매를 맺은 풀과 밥알과 같이 오므라진 꽃을 맺고 있는 높은 풀이 내 가슴 쯤에서 좌우로 갈라지면서, 윙윙거리는 바람 소리를 내며 작은 벌레가 날아오르곤 했다.

나는 기쁨에 넋을 잃고 단숨에 건너편까지 달려가 보니, 마치 카스테라의 칼집과 흡사한 절벽이 깎아지른 듯이 우뚝 서 있다.

나로서는 짐작도 못할 정도로 낮고 낮은 아래쪽에서 바로 발밑까지 올라와 있는 그 절벽 면은 날카로운 무기로 잘린 것처럼 매끄러운 것 같았고, 적토赤土의 단단한 면에 노란 가루 같은 진흙이 덮여 있었다.

그곳에는 동생들의 장난감처럼 보이는 기차선로랑 집이랑, 나만의 이야기 나라에 살게 하고 싶은 사람들이 조그마하게 조금씩 조금씩 일하고 있는 게 보였다.

어안이 벙벙해 있는 나의 뒤에서 쫓아온 삼촌은 나와 나란히 그 절벽의 끝에 앉았다.

그렇지만 나는 자신의 발끝이 공중에 떠서 흔들거리고 있다는 사실을 깨닫자, 땅바닥 저 아래 쪽까지 굴러갈 것 같은 불안과, 만약 이 샌들을 떨어뜨리면 누가 저기에서 주워 줄까하고 생각하자 어쩐지 기분이 나빠져서, 서서히 뒤로 물러나 옆 풀밭에 앉아 버렸다.

삼촌은 바로 옆에 보이는 산에 대해서 여러 가지 이야기를 해

주었다.

내가 아직 어린 시절에 밤에 굽 높은 나막신을 신고 오른 적이 있었는데, 덴구[16] 가 있다는 말을 듣고 나의 놀라움은 극에 달했다.

붉은 얼굴에 막대코를 한 백발의 덴구가 붉은 옷을 입고 깃털 부채를 들고 어딘가 나무 위에 앉아 있을 것이라고, 그저 완만하게 보이는 산의 모습을 응시했다.

물론 위대한 덴구님은 보일 리도 없었지만, 삼촌은 덴구이야기와 또 하느님 이야기를 했다. 그는 매우 흥분한 어조로 대부분 질책하는 것처럼 나로서는 알 수 없는 여러 가지 일을 들려주었다.

그리고 마지막에는 교회의 설교대에 서서 몇 백 명이나 되는 청중 앞에 서있는 것과 마찬가지로, 손을 움직이고 눈썹을 들어올리고, 드디어 소리 높여 말하는 것을 보고 있자, 나는 무엇보다 먼저 심한 공포에 사로잡히고 말았다.

태어나서 처음 이런 곳에 온 것조차 색다른 기분이 들어 있었는데, 삼촌의 모습과 목소리는 일곱 살 된 아이에게는 너무 엄격하고 이해할 수 없는 것이었기에 금방이라도 당장 도망가고 싶은 심정이었다.

하지만 도망가려고 해도 가는 길을 몰랐다.

나는 어찌할 바를 모르고, 갑자기 정신이 이상해진 게 틀림없

---

16 일본에서 얼굴이 붉고, 코가 높으며 신통력이 있어 하늘을 자유로 날면서 심산(深山)에 산다는 상상적인 괴물을 말한다.

는 삼촌의 거동을 주뼛주뼛 바라보고 있다가 결국 참을 수 없어서

"돌아갑시다,

어서요 삼촌,

돌아가자니까요."

라고 졸라댔다.

필사적인 힘을 내서 뼈가 붉어져 나온 그의 어깨를 흔들기도 하고 손을 끌어당기기도 해서 겨우 그를 일어서게 한 것은 훨씬 시간이 지난 뒤의 일이었다. 그리고 갈 때보다 훨씬 시간이 오래 걸려서 집에 돌아왔다. 이 잊지 못할 일이 있었던 절벽은 어딘지 모르게 내 속에 오래도록 있어서, 어떤 때는 그 일들은 모두 자신의 공상이 아닐까 하는 기분마저 들 때가 있지만, 언제였던지 메구로에 갔을 때 다바타로 가는 지름길이라고 데리고 간 곳은, 바로 내 기억 속에 있는 삼촌의 들판이었다.

이 때 나는 까닭도 없이 안심했고 왠지 모르게 마음이 가벼워졌다.

그 곳은, 사타케 씨의 소유지로 도관산道灌山의 옆에 있는 곳이었었다.

그리고 그 후 자주 나는 동생들과 놀러 갔다. 숲 속에서는 그때처럼 작은 새가 지저귀는 날은 마찬가지로 황금빛으로 빛났다.

쓰쿠바산의 덴구는 언제까지 살아 있을까.

나와 삼촌이 함께 외출한 것은 이것이 마지막이었다.

매우 상태가 나빠진 것은 11월 25일 밤이었다고 기억하고 있다.

　　중환자가 있던 집안은 모두 발소리를 죽이면서도 달려서 걸을 정도로 혼잡했기 때문에, 방해가 되는 일밖에 능력이 없던 어린 나는 남동생들과 함께 맨 안쪽 방에 초저녁부터 재워졌다.

　　불안하다고 하는 것도 아니고 불쌍하다 라고 하는 것도 아니고 집안의 술렁거림에 따라 그냥 안절부절못하고 있던 나는 이불 속에 깊이 들어가 있으면서, 먼 발소리에도 귀를 기울이거나, 사람이 조금 가까이까지 오면, 기침을 하거나 일부러 하품을 하며 오직 불쌍한 자신이 자지도 못하고 있는 것을 알렸지만, 누구 한 사람 문에 손을 대 보려고 하는 사람조차 없었으며, 자신의 일 따위는 거들떠보지도 않고 재빨리 가야할 곳으로 부지런히 돌아가 버렸다.

　　나의 초조함이 심해짐에 따라 집안의 웅성거림이 점점 심해지고 부엌에서 가정부가 들뜬 목소리로, "도미타 씨, 도미타 씨,라고 외치는데 따라 혼잡하게 따각따각 하는 샌들 소리와 얼음을 가는 울림소리가 예사롭지 않게 점점 깊어 가는 밤공기를 어지럽히며 들려 왔다.

　　건너편은 낮처럼 밝고 평상시에는 켜지 않는 등불까지 켜서 복도 모퉁이와 목욕탕이 환하게 빛나고 있었다.

　　얼마나 신나고 재밌는 일일까.

　　나는 일어나서 보고 싶어졌다.

　　처음에는 어머니에게 혼날 것을 생각해서 근질근질하면서도 참고 있었는데 그 모든 시끄러운 소리는 마치 악대樂隊가 아이의 마음을 끌어당기는 것보다 더 이상의 힘으로 병실로 병실로 하고 내 발을 유혹하는 것이었다.

나의 인내는 지고 말았다.

그리고 결국 옆에 있는 사과를 따는 것 같은 마음으로 일어나서, 복도에 한 걸음 내디디자 너무 캄캄하다는 것과 앞으로 착수하려는 대모험의 긴장으로, 개처럼 부들부들 몸을 떨었다.

발바닥이 찢어져 버릴 듯한 것을 참고 발로 더듬어서 복도 모퉁이까지 가자 오른쪽에 잊어버리고 닫지 않은 창에서 불어오는 밤바람이 나를 때릴 듯이 달려들어서, 멈추려고 해도 멈추어지지 않는 떨리는 몸과 이빨 소리에 나는 우와와와와 하고 짐승 같은 소리를 내고 말았다.

정말 무서운 생각을 하며 겨우 복도를 빠져나와 삼촌 방 옆까지 왔다고 생각하자 갑자기 내 마음을 잡아채 가는 듯한 굉장한 신음소리가 났다.

나는 움츠렸다.

그리고 이렇게 기분이 나쁜데 왜 왔을까, 하는 마음도 들면서 역시 무서우면서도 보고 싶어서, 조금 열려있는 틈새로 문 뒤에 딱 붙어서 안을 들여다보았다.

방안은 평소 삼촌이 쓰고 있던 것과는 달리 크고 빛나는 급유기까지 달린 램프가 켜져 있기 때문에 다른 방처럼 밝아서 커다란 그림자가 맞은편 벽 위에 겹치기도 떨어지기도 하고 있었다.

많은 사람이 있으면서 모두 자신이 병자인 것처럼 잠자코 있다.

할머니도 숙모도 아기도...검정 양복을 입고 있는 사람은 의사 선생님인 것 같다.

아니 이상하다, 뭐가 저렇게 빛나고 있을까?

나는 매우 보기 드물게 마음이 따뜻해져서 자신이 숨어 있다는 사실 따위는 완전히 잊어버리고 이리저리 두리번거리고 있자 할머니의 그늘 때문에 얼굴이 보이지 않는 삼촌의 목소리가 갑자기 매우 크게.

"형수님."

하고 내던지듯이 외쳤다.

너무나도 괴로워서 견딜 수 없는 숨을 뱉음과 동시에 정신없이 나온 듯한 그 목소리는 굵고 짧은 허스키했다.

"네?

네? 무슨 일입니까?"

어머니는 몸을 굽힌 것 같았는데 너무 무서워서 나는 틈새에서 눈을 떼고, 눈을 감아버렸다.

이 다음에는 어떤 소리가 나는 걸까 생각하니 갑자기 심장의 고동이 격해져서 목구멍으로 숨을 쉬면서 움직이지도 않고 꼼짝하지 않고 서 있었는데, 갑자기 밝은 빛이 얇은 눈꺼풀을 투과하는 것이 느껴져서 핫 하고 눈을 뜨니, 눈앞에는 평소보다 매우 크게 보인 어머니가 서 있었다.

너무 뜻밖이라 소리도 내지 못했던 나는 멍하니 서 있자,

"아니, 너는……

자, 저쪽으로 가서 자자."

라고 말하면서 어머니는 원래 방까지 데리고 와서 톡톡 두드리고는,

"지금 볼일이 끝나면 바로 올게요."

하고 곧 또 혼자 두고 가버렸다. 나는 한참동안 잠들지 못하고 무서운 생각을 했다.

하지만 어느새 정신없이 잠에 떨어져 다음날 아침 저절로 잠을 깨고 보니, 어젯밤의 일은 거짓말처럼 조용해진 집안은 물을 끼얹은 것 같았다.

가정부의 이야기로 어젯밤 한밤중에 삼촌과 어머니와 그밖에 다른 사람은 또 병원에 갔다라고 하는 사실을 알았지만 별달리 놀라움도 슬픔도 내 마음에는 일어나지 않았다.

학교가 휴일이었는지 안 갔는지 남동생과 그 당시 자주 놀았던 "공주님과 조랑말"이라고 하는 우리들만의 놀이를 하고 있었는데, 아마 낮이었다고 기억한다. 어머니가 눈이 부어 갈색의 레인코트를 입은 차림으로 혼자 우두커니 돌아왔다.

삼촌은 결국 죽고 말았던 것이었다.

"삼촌이 죽었다고요?"

죽는다는 것을 확실히 알 수 없는 나는 물론 대단한 슬픔도 느끼지 못 했다.

"그저께까지 그렇게 이야기 해주신 삼촌이 죽었다고?

어떤 거야?

응?

무서운 일?"

나는 모든 것이 믿어지지 않았다.

그렇게 강해 보이던 체구인 삼촌이 물론 붕대는 하고 있었다고 해도 갑자기 죽고 곧 장례를 치르고 묻어 버린다는 것은 너무도 절차가 빠른 것 같은 생각이 들었다.

죽는다고 하는 것은 도대체 어떻게 되는 것일까? 이상한 일이라기보다 생각할 수 없었던 일이다.

나는 어머니가 하는 대로 검은 리본을 달고, 너무 웃거나 떠들거나 하지 않도록 들은 대로 조심스럽게 있을 뿐이었다.

이 때의 기분을 지금 내 눈앞에서 자라고 있는 꼭 같은 나이또래인 남동생과 비교하면 어림도 없을 정도로 내 마음은 단순했었다.

그는 첫째 벌써 "아가야"라고 하는 말은 다섯 살 되기 전부터 그만두었고, 사람이 죽는다고 하는 것에 대해서도 물론 공상적이지만 상당히 어떤 정중한 느낌과 슬픔을 느낄 수 있는 마음이 되어 있었다.

그리고 세상에는 죽는다고 하는 것이 당연히 있다고 하는 망설임 없는 단정도 갖고 있어서, 그때의 나처럼 죽는다고 하는 것을 거의 모르는 일은 없는 것 같았다.

게다가 나의 성격상 어머니는 그와 같은 특별한 사건은 되도록 내가 모르고 끝나게끔 해왔기 때문에, 태어나서 처음 나는 죽는다고 하는 사실을 만나게 된 것이었다.

나는 묘하게 안절부절 못하고 진정되지 않았다.

갑자기 사람의 출입이 많아진 부엌에 가서 쫓겨나거나 객실에 가서 혼나거나 하고 있다가, 문 쪽에 와자지껄하게 사람 소리가 들려오자, 안에서 나온 어머니는 그 근처를 서성이고 있던 나에게

"저기에 들어가 있어.

봐서는 안돼요,

반드시요!"

라고 하며 현관 옆의 작은 방을 가리킨 채 분주하게 뛰어갔다.

나는 어머니에게 들은 대로 그 방에 들어가서 문을 닫고 있었다. 얼마 지나지 않아 뭔가가 현관의 토방에 내려놓는 듯한 기합소리가 났다.

그러자 많은 발소리가 뒤섞여 몹시 무거운 것이라도 나르는 듯한 소리가 내가 있는 바로 앞에 장지문 하나 건너서 울리자, 갑자기 나는 부들부들 떨릴 정도로 두려움에 사로잡혔다. "죽은 삼촌이 온 것이다." 뭐라고 말할 수 없이 무시무시한 느낌이 내 눈 앞을 스쳐지나갔다. 양손을 맞잡고 눈을 부릅뜨고 숨을 죽이고 있는 동안에 소리는 가라앉았고, 어머니가 데리러 왔을 때에는 집안은 흐느껴 우는 소리와 슬픈 속삭임으로 가득 차 있었다.

입을 꾹 다물고 어머니 손에 이끌려 나는 병풍이 둥글게 쳐져

있는 앞에 앉았다.

장지문을 굳게 닫아서 침체되어 보이는 방 안에, 은박 가루를 뿌린 푸른빛 병풍의 뒤쪽이 몹시 추워 보이는 앞에 나는 정중하게 두 손을 바닥에 짚었다.

그리고 제일 높은 분이라고 생각한 선생님에게 하는 것보다 더 격식을 차려서 조용히 절을 했다.

손을 무릎에 얹고 그 푸른빛을 바라보고 있자, 무서움은 점점 사라지고,

"정말 삼촌이 죽어 버렸다."

라고 하는 절망적인, 이제 아무리 해도 되돌릴 수 없다는 마음이 확연해져서 나는 어른처럼 조용히 있었지만 가슴이 마구 긁히는 것처럼 괴로운 눈물을 흘렸다.

그 다음날 아침, 물과 소금을 머리맡에 있는 책상에 올려놓는 것이 내 역할이 됐다.

아침이 되자 나는 잠에서 깨는 대로 바로 어두운 삼촌의 머리맡에 새로운 그것들의 공양물을 차려놓았다.

살아 있는 삼촌에게 음식을 차려드리는 것처럼 어딘가에서 고맙다는 인사를 하는 듯한 그의 큰 손바닥이,

"고마워,

착한 아이가 되렴."

이라고 머리를 어루만져 주는 것처럼 느꼈다.

그리고, 항상 삼촌이 말한 것이 틀리지 않는다면, 좋은 일을 한

사람은 좋은 곳에 갈 것이니까, 삼촌도 지금 어딘가 좋은 곳으로
가겠지.

라고 하는 상상이 매우 나를 안심시키고 있었다.

입관하는 아침 무렵이었다고 생각한다.

어찌된 일인지 주위에는 사람이 아무도 없고 나 혼자만 여느
때처럼 난로를 쬐면서 멍하니 앉아 있자, 뒤의 장지문을 열고, 수
염이 아주 많고 긴장한 표정을 한 사람이 들어왔다.

나는 잠깐 돌아보고 싶었지만 모르는 사람이었기 때문에 잠자
코 있자, 병풍 뒤에 들어가서 뭔가 하고 있던 그 사람은 이윽고 몸
을 반쯤 밖으로 내밀고,

"유리야 잠깐 오렴,

좋은 것을 보여 줄게."

라고 손짓을 했다.

나는 아무 생각 없이

"뭐예요?"

라고 일어서서 가니까 병풍 뒤에 들어가게 되었다.

그곳에는 두꺼운 이불에 눕혀져서 매우 키가 커진 삼촌의 몸이
있었지만 특별히 이상한 느낌도 없이 그 사람의 뒤에 있으니까, 얼
굴 부분에 덮혀있는 하얀색 천을 넘기며,

"보렴."

이라고 말해서 몸을 그쪽으로 돌렸다.

뭘까,하고 상체를 앞으로 쑥 내밀었던 나는

"앗,"

하고 소리를 내자마자 발이 걸려 넘어질 뻔 하면서 병풍 밖으로 뛰어나가, 극심한 두려움으로 나는 덜덜 떨면서 정신이 멍해질 정도로 큰 소리 내어 울음을 터뜨렸다.

내 목소리를 알아듣고 달려온 어머니에게 안겨서 울음은 그쳤지만 그 때부터 절대 관 옆에도 가지 않게 돼버렸다.

뭐라고 말할 수 없는 기분 나쁜 안색이었다.

내가 그림에서 본 상상 속의 도깨비와 꼭 닮은, 가느다란 뼈 투성이인 깡마른 얼굴 모습은 조금 열린 입 모양과 함께 언제까지나 내 눈꺼풀에 들러붙어 떨어지지 않았다.

태어나서 시체의 얼굴을 처음 본 나는 완전히 겁에 질려 죽음이라고 하는 것에 대해서 극단적인 공포와 혐오를 느끼기 시작했다.

이 이상한 사람이 저지른 하나의 일로 인해 일곱 살 아이의 죽음에 대한 천진난만은 나의 마음에서 거의 대부분 사라져 버렸다.

그렇게 겁에 질린 듯한 표정을 한 사람들이 좋은 일을 했으니까 라고 해서 한 곳에 모인다고 한들 어떻게 깨끗한 일이 될까.

도대체 왜 사람은 죽지 않으면 안 되는가. 자신도 저런 식으로 추해져야 하는 건가.

죽는다고 하는 것은 정말 싫고 무서운 일이다. 나는 자신의 죽음이라는 것조차 아득히 상상할 정도로 됐다.

그리고 이때 생긴 이 마음의 격변激變——어린 마음이 심하게 흔들린 죽음에 대한 관념은 오랫동안 나의 마음속에 잠재해 4,5년 지난 뒤 이상한 힘으로서, 다시 생각하지도 못한 지금의 나에게는 거의 꿈과 같은 반대 방향으로 나를 움직이고 있었다.

그의 거친 무사와 같은 남자의 모습은 다양한 의미에서 나의 기억에 분명히 남아 있다.

무엇 때문에 그렇게 묘한 일을 할 생각이었는지. 그 사람을 생각하면 일종의 이상한 느낌이 내 가슴을 찌르며 다가온다.

이처럼 그는 죽어 그만 매장된 것이다.

그를 알고 있는 사람은 모두 그의 불운을 한탄했지만 그 최후에 관해서 단 한 사람도 의문을 품는 사람이 없었다.

물론 그동안의 경과에서는 결코 어떤 특별한 형식도 취해지지 않았다.

그는 권유를 받고 병원에 들어가 몸조리를 한 것 같았다.

그러나 최근 그의 마음에 일어난 일들이 조금씩 이해하게 된 듯한 마음에서 여러 가지 생각해 보면, 그의 죽음은 매우 평온한 형식에 의한 일종의 자멸은 아니었을까 하는 생각을 하게 된다.

아무도 나에게 말한 것도 주의 한 것도 아니다.

그렇지만 나는 그렇게 느낀다.

그가 죽었을 때, 한결같이 각종 치료를 해 주었던 어느 의사가,

"아무리 말려도 들으시지 않고 운동을 하셨기 때문에..."

라고 말했던 걸 들었다.

그것은 물론 의사로서 친지로부터 받아야 하는 불쾌한 감정과 책임을 약화시키는 핑계라고 말할 수 없는 것은 아니다.

말한 당사자는 분명 그 마음이었을 것이다.

하지만 그것이 나에게 하나의 의문을 갖게 하는 실마리가 되었다.

누구나 알고 있는 대로 중이염 절개 후는 특히 안정을 유지하고 있어야 할 필요가 있다.

그런데 아직 상처가 완전히 유착 되지도 않았는데 꽤 먼 대학에서 하야시마을까지 도보를 허락한다는 것은 생각할 수 없는 일이며 또한 우리라면 허락을 받았다고 해도 쉽게 결행할 용기는 없었음에 틀림없다.

우리들이 일단 병이 나서 살려고 하는 소망이 치열할 때 실제로 의사의 노예가 된다.

얼마나 신중한 겁쟁이가 되어 어처구니 없을 정도의 염려로 자기 자신을 취급하겠는가.

나는 재작년에 병을 앓은 이후 그 살려고 하는 열망에 대한 강한 인내와 순종을 깊이 느끼고 있다.

그러니까 만약 그가 진실로 쾌유를 희망했다면 아마 그는 누군가와 마찬가지로 어린아이처럼 되면서 지그시 한장 한장 붕대가 얇아지는 것을 고대하고 있었을 것이다.

아이답다고 말할지도 모르겠지만 꼭 그렇게 해야 했다.

그는 괴로운 경험을 하며 말리는 것도 뿌리치고, 무엇 때문에 매일 하야시마을까지 걸어 왔고 상처도 치유되지 않았는데 병원을 나와 버린 건지. 나는 말로 들은 그의 성격과 또 귀국 후 일치되지 않은 모든 주위의 상태를 떠올려 보면, 병원 밥은 맛없다고 하는 것은 극히 표면적인 이유였을 거라는 생각에 미친다.

　　그는 죽을 때까지 그 자신으로 있으려고 했다. 요즈음은 어떤 점에서는 그가 수의적隨意的인 죽음을 택했을 거라고 하는 단정에 가까워졌다.

　　나는 그가 들으면 웃을 것 같은 상상, 어림짐작을 하고 있을지도 모른다.

　　하지만 그에겐 이제 모두 끝나 버린 일이다.

　　기쁨도 슬픔도 없이 그의 위에 있는 흙은 기름지고 풀은 무성해져 간다.

　　그것만은 언제나 틀림없는 일이다.

유 방

1

　무슨 소리가 난다……무슨 소리가 나고 있다……막 잠에서 깬 의식을 그 소리 나는 곳으로 있는 힘을 다해 귀를 기울인다. 그 소리는 히로코의 지친 깊은 잠에서 괴롭게 점점 선명해진다.

　깜깜한 암흑 속에 눈을 떴지만 머리 뒤쪽이 저린 것 같다. 마치 위로 향해 반듯이 누운 베개까지 통째로 몸이 갑자기 빙그르르하고 한 바퀴 돌아버린 것 같은 기분이 들었다. 잠자리가 익숙하고 안락한 자신의 방안인데도, 히로코는 자신의 머리가 어느 쪽을 향하고 있는지, 순간적으로 확실히 할 수 없었다.

　눈을 뜬 채로 귀를 기울여 보니, 소리가 난 것은 꿈이 아니었다. 때때로 고양이가 함석 차양 위를 걸어 커다란 소리를 낼 때가 있다, 그것과는 다른, 낮은 힘이 담긴 소리가 계단아래 부엌 근처에서 나고 있다.

　히로코는 소리를 내지 않고 이불을 밀어 치우고, 옷걸이에 걸려있는 윗옷에 손을 뻗으면서 일어섰다. 빗살무늬로 염색한 이불 끝자락이 포개어지는 곳쯤에, 또 한명의 동료인 보모 다미노가 자고 있다.

발끝을 들어 조용히 방밖으로 나가려고 했는데 히로코는 저도 모르게 비틀거렸다.

"뭐야?……불 켤까?"

다미노는 반쯤 깨어 괴로운 졸음에 혀가 꼬이는 것 같은 목소리다.

"……기다려……"

도둑이라고는 생각하지 않았지만, 히로코의 마음은 긴장이 풀리지 않은 상태였다. 9월에 시영 전철 쟁의가 시작되고부터, 이 탁아소도 지원활동에 참가한 탓에, 고참인 사와자키 킨이 끌려가고 나서는 시도 때도 없이 사복형사가 왔다. 뭐야, 대답이 없어서, 빈집인가 하고 생각했다는 등, 뻔뻔스럽게 들어오는 데는 어쩔 수가 없다. 히로코에게는 또 다른 불안도 있었다. 집세 체납으로 집주인과 말썽이 생겼다. 온타케산의 햐쿠소[17] 이런 간판 옆에 최근에 새롭게 충성회제2지부라는 간판을 내건 후지이는, 이 주변에 작은 셋집을 소유하고 있는데, 체납을 받을 가능성이 없다고 생각되면, 깡패를 고용해 몰려가서 행패를 부리게 하기 때문에 평판이 좋지 않다. 협박이 아니고, 정말로 다다미를 뒤집어 벗기고 세입자를 때려서 내쫓았다.

4,5일 전에도 그런 후지이가 이곳에 찾아왔다. 후지이는 상고

---

17 온타케산(御嶽山)의 햐쿠소(百草)는, 옛날부터 알려진 위장 만능약이다. 200년에 걸쳐 사람들의 생활에서 빠뜨릴 수 없는 약으로 일컬어지고 있다.

머리 모양을 한 헤어스타일에, 가짜 해달 털을 옷깃에 붙인 외투의 한쪽 소매를 어깨까지 걷어 올리고, 새틴으로 만든 버선을 신은 다리를 꼬고는,

"여자뿐이라고 늘 그런 식으로 기어오르면 이쪽도 먹고 살기 힘드니까 말이야. ──방 뺄 수 없다고 하면 뺄 수 있게 해줄게. 양장 따위 입은 여자가, 제대로 된 게 있을 리가 없지."

우락부락하게 말을 하면서, 눈은 호색스럽게 번득였다. 스커트와 부드러운 자켓 위에 요리복장을 하고, 그 앞에서 무릎을 꿇고 있는 히로코의 몸이랑, 건너편에서 무언가를 하고 있는 다미노의 무관심한 뒷모습을 힐끗힐끗 징그럽게 쳐다보면서 갔다. 짓궂은 짓이라도 시작했나. 제기랄! 이라는 기분도 있어서, 히로코는 다다미 6조 방의 작은 창을 갑자기 거칠게 열어 제치고 밖을 내다봤다.

밤안개에 젖은 함석이 달에 비치고 있고 평평하게 가라앉은 그 빛의 퍼짐이, 히로코의 눈길을 앗아갔다. 보이지 않는 곳에서 항상 높이 높이 솟아 있는 달이 미치지 않는 곳이 없는 그 빛은, 밤안개에 묻혀있는 건너편의 들판 끝까지 맑고 미세하게 빛내고, 그 흐린 듯한 가볍게 멀리 보이는 경치를 바로 눈앞에 머무르게 하고, 무너진 대나무 담벼락 끝에 비뚤어지게 서있는 가로등이, 그 밑에 나뒹굴고 있는 두꺼운 토관을 어렴풋이 비추이고 있다. 밤안개와 함께 어우러진 달빛과, 붉고 노랗게 탁해진 전등의 색이 그 곳에 더 음기스러운 그림자를 착잡하게 하고 있다.

을씨년스레 작은 집들이 늘어서 있는 그 일대의 밤은 모두 조

용히 잠들어 있다. 히로코가 그대로 덧문을 닫으려고 하자, 이쪽 차양 아래에서 갑자기 한 남자가 모습을 드러냈다. 다리보다 먼저 얼굴을 내밀고 몸을 비스듬히 옮겨 2층의 창문을 올려다보면서 손을 흔들었다. 갸름한 얼굴 반쪽과 정장스타일인 하카마를 입고 간편한 복장을 한 어깨에 심야의 달빛은 추운 듯하여, 히로코는 창의 안쪽에서 지켜보다가,

"뭐야!"

당신이었어, 라고 하는 소리를 냈다. 그것을 신호로 기다리고 있었던 것처럼 잠자리에서 일어나 있던 다미노가 손을 뻗어서, 전등을 켰다. 갑작스러운 빛에, 다미노는 졸리는 동그란 얼굴을 더욱더 찡그렸다.

"오타니 씨? ——뭐예요? 지금 이 시간에."

잠옷의 앞을 풀어헤치고 오동통하고 윤이 나는 무릎을 내놓은 채로 화가 난 듯이 투덜거렸다.

"볼일 있으면 다시 깨울 거니까 주무세요. 감기 걸려요."

한쪽 구석에 모아둔 낡아빠진 테이블 같은 물건들이 놓여 있는 다다미 3조 방 쪽에서부터 급경사진 계단이 그대로 아래의 다다미 6조 방으로 연결되어 있다. 히로코는 어둠 속을 손으로 더듬어서 그곳의 등불을 켜고, 사이 칸막이의 종이가 벗겨져 있는 다다미 4조반 방을 빠져나와 세면대 앞으로 내려갔다. 절약하느라 부엌의 등불은 켜지 않았다. 부엌 덧문의 문지방이 썩어 있는 곳을 딸그락 딸그락 거리고 있자, 밖에서 조금 조바심 난 듯이,

"——어디?"

하고 문을 당기려고 했다.

"안돼, 안돼. 이쪽을 앞으로 들어 올리지 않으면"

문을 열자 동시에 오타니가 토방으로 들어왔다.

"그렇군요. 이렇게 하면 힘이 들어. 차라리 조심하는 게 좋을 것 같네."

그리고 천성이 착한 모습을 한 그는 눈을 깜박거리며 후, 후, 후, 하고 웃었다.

"무슨 일이야? 지금 이 시간에."

"급하게 부탁이 생겨서 말이야."

"무슨 소리가 났다고 생각해서 봤는데, 바로 얼굴을 내밀지 않았잖아."

"미안, 미안"

오타니는 목을 움츠리는 모습으로 웃으면서,

"소변을 보고 있었어."

작은 목소리로 말하며 혀를 내밀었다.

오타니의 용무는, 여기에서 내일아침 누군가 류지마조합에 나가달라는 것이었다. 강제로 집행한 구조조정에 불복한 부분에 대한 해고 공표 때문에, 각 차고는 재차 동요하기 시작하고 있었다.

"8시에, 야마기시라는, 지부장입니다만, 그 남자를 찾아서 사무소 쪽으로 가면 되는 걸로 되어 있어. 갑자기라서 미안하지만

——부탁해, 제발!"

히로코는 머리카락을 한쪽으로 내리고, 자신이 소화하기엔 너무 화려한 선물로 받은 비단옷을 입고 널빤지 마루바닥에 쪼그리고 앉아 있다가,

"——난처하네"

하고 담배에 불을 붙이고 있는 오타니를 올려다 보았다.

"——가메이도 쪽에서 누군가 없을까. 이쪽은 이이다 씨가 히로오에 나가요."

"그쪽은 우스이군에게 물어봤어. 긴시보리가 있다고 했어."

"——그 사람……물어보러 갔었을까?……"

묘한 표정으로 히죽 웃으면서, 오타니를 응시하는 히로코의 시선을 정면으로 받으며, 오타니는 담배를 깊게 빨아들이면서 무언가 전후의 사정을 맞춰 생각하는 표정으로,

"아니, 갔을 거야. ……갔어."

확신하는 말투로 단호하게 말했다.

우스이군에 관해서는 당사자의 입으로 이전에 규슈 근처에서 운동에 관계한 적이 있다고 전해지고 있을 뿐이라서, 누구도 확실한 신원과 경력을 알고 있지 않았다. 언젠가부터 진료소에 출입하기 시작하다가, 조합의 활동에 일손이 필요 없게 되자, 이번엔 또 어느새 서기국 일을 거들고 있었다. 스물 넷 다섯의, 뒷모습을 보면 어깨가 축 처진 듯한 느낌의 몸집이 작은 남자였다.

히로코는 그다지 사람들을 싫어하지 않는 성격이었지만, 이런

우스이가 뉴스 등을 들고 와서, 말도 하지 않고, 아이들과 놀지도 않고, 주변에서 우물쭈물거리며 자신들의 행동거지를 보고 있으면 등이 근질근질해지는 것 같은 불쾌함을 느꼈다. 시간이 지나가도 본능적으로 익숙해지지 않는 부분이 있어서, 히로코에게 일종의 괴로운 기분을 불러일으켰다. 우스이가 말하는 내용에는 말의 앞뒤가 맞지 않는 일도 있었다.

어떤 자리에서, 히로코가 우스이에 대해 가지고 있는 부정적인 인상을 말했을 때에도, 오타니는 여느 때와 같이 눈을 빈번히 깜빡거리며, 입을 뾰족 내밀고, 가부좌를 한 무릎 앞에 빈 담배갑을 잘게 쪼개면서 주의 깊게 경청했지만, 결정적인 의견은 말하지 않았다. 마지막에 머리를 들고,

"――조사할 필요는 있겠네."

라고 말했다. 시영전철에 대한 일이 발생하고 나서, 오타니는 지원활동 방면의 책임자가 되어, 바쁜 일들에 쫓기는 바람에 조사도 아마 그 상태 그대로 일 것이다. 우스이에 대해 말한 히로코와 오타니의 감정의 골에는, 그 만큼의 쌓이고 쌓여온 것이 있었다.

오타니는 토방에 떨어진 담배꽁초를 닳아빠진 나막신 뒤쪽으로 밟아 끄면서,

"――그럼 부탁했어요. 8시에, 야마기시, 알겠죠?"

"…………."

히로코는, 한쪽 팔을 높게 머리위로 돌리고, 왼손으로 그 손끝을 당기는 몸짓을 하며 곤란한 표정을 지었다.

"어린이 거지에 관한 일도 있고--, 마음 약해지네, 정말로"

"웅--. 오전 중에 끝날 거야. 그때부터라도 괜찮지? 만약 뭐 하면 저녁이라도 괜찮아, 진료소는 어차피 10시까지니까."

히로코는, 그런 방법이 아니라, 좀 더 부모들의 마음에도 감동을 줄 수 있도록, 탁아소의 일손 부족으로 벌어진 거지에 대한 처리를 하고 싶었다. 저녁에 마중하러 나온 엄마의 얼굴을 보자마자,

"엄마! 로쿠보, 오늘 의사 선생님에게 진찰하러 갔어요, 눈 씻었어요! 조금도 아프지 않았어요!"

걱정하고 있던 일을 아이 입에서부터 듣게 되면, 같은 일이라도 엄마들이 느끼는 따뜻함은 정말 다를 것이다.

사와자키가 잡혀 있기 때문만이 아니라, 특히 지금 그러한 마음씀씀이는 엄마들의 탁아소에 대해 좌우되는 생각에 대해서도 중요하다. 히로코로서는 그 필요성이 보였다. 오타니가 바쁜 활동 중에, 거기에까지 신경을 쓰는 것은 무리일거고, 대체로, 이번 지원활동 때문에 탁아소에서 매일 발생하는 여러 가지 곤란함은, 개인적인 이야기로 해결되는 것도 아니었다.

"그럼, 어쨌든 뭐든지 해볼 테니까"

히로코는 이윽고 양손으로 무릎을 떠받치듯이 하고 천천히 일어나면서 말했다.

"--이제 와서 갈팡질팡하다니, 당신, 괜찮겠어?"

"뭐 괜찮겠지, 셋째 일요일이니까. --그럼 실례. 모처럼 자고 있는데 깨워서 죄송했습니다."

기분 좋게 밖으로 나간, 오타니는,"

"호오~"

문지방에 다리를 걸친 채로, 히로코 쪽으로 고개를 돌려서,

"벌써 이렇구나."

후――하고 밤공기 속에 하얀 입김을 불어보였다. 밤안개에 녹아드는 달빛은, 아까보다 한층 더 조용하고 깊게, 추위가 더 묵직한 것처럼 보였다. 그 어둠을 거세게 뚫고 이쪽에서부터 휙――하고 한 줄기 전등 불빛이 뻗쳐 나간다. 히로코는 덧문에 손을 걸친 자세로, 몸을 떨었다.

"――시게요시 씨로부터 편지 오나요?"

"벌써 2주 정도 안 왔어요――어떻게 된 걸까?"

"전쟁 때문에 또 우리 조건이 나빠졌어. ――만나면 안부 전해 줘요."

"네. 고마워요."

히로코는 강하게 응답했다. 그리고 남편인 후카가와 시게요시의 오래된 친구이며, 현재 그녀에게 있어서는 지도적인 입장에 있는 오타니가 딸가닥딸가닥하고 울리는 나막신의 소리를 내며 도랑 위를 덮은 널빤지를 건너는 것을 귀기울여 듣고 나서, 문단속을 하고 2층으로 돌아왔다.

2

골목을 돌면, 판자벽에 붙여서 한 줄로 자전거가 나란히 서있는 것이 눈에 띄었다. 제각각 뒤쪽에 보잘것없는 보따리를 동여맨 채로, 비스듬하게 자전거 앞쪽을 가지런히 놓아두었는데, 그 중 한 자전거에는, 진달래 작은 주발이 오래된 굵은 무명실끈으로 공들여 묶여서 매달려 있다.

푸른 파의 잎들이 떨어져있는 아침의 거리를 자전거 있는 쪽을 향해 가까이가면서, 히로코는 어떤 말을 생각해냈다. 그 나라의 노동자 생활 상태는 그 나라의 노동인구에 비례해서 몇 대의 자전거를 가지고 있나 라는 것으로 알 수 있다. 아마 그런 문구였다. 지금 눈앞에 시영전철 동료들의 자전거는 20대 이상이나 서 있는데, 바퀴살이 반짝반짝 빛나는 것 같은 새 것은 단 한 대도 없었다.

유리문이 네 짝이 서있는 입구 쪽에, 삼삼오오 말도 없이 종업원이 와 있었다. 입구의 바로 앞 쪽에 서서 담배의 마지막 한 모금을 혀에 화상을 입을 듯한 손놀림으로 피우고는, 마구 그 꽁초를 땅바닥에 내동댕이치고 나서 들어가는 사람도 있다. 털썩하고 현관 마루 귀틀에 외투 옷자락을 펼치고 앉아서 높게 한쪽 다리를 들어올리고, 서두르지도 않고 천천히 신발 끈을 풀고 있는 사람이 있다.

히로코는 발밑의 신발을 피해서 발돋움 하듯이 하면서,

"저기, 야마기시 씨 계십니까?"

토방 위 쪽 끝에 있는 다다미 4조방 테이블에 한데 모여 있는 동료들에게 말을 걸었다. 검은 외투를 입고 등을 보이며 반대 방향으로 팔꿈치를 괴고 있던 사람이 방향을 돌려, 토방에 서있는 히로코를 봤다.

"――오―이, 지부장 있어요?"

목소리만 계단 입구를 향해서 외쳤다.

"오――"

"어떤 사람이 찾아왔어"

뒤꿈치에 무게를 싣고, 두, 두,두,하고 울리는 소리를 내면서 누군가가 내려왔다. 때마침 천천히 올라가던 3,4명과 비좁은 듯이 중간에서 몸을 돌려 비키고 , 남은 서 너 개 계단을 또 두,두,두,하고 약간 뚱뚱하고, 머리카락에 머릿기름을 발라 가르마를 가르고 외투를 입지 않고 목단이 학생복차림을 한 사람이 나타났다.

"야아!"

빈틈없이 꽉 차있는 물건들 너머로 말을 걸면서 히로코에게 다가왔다. 히로코는, 오타니에게 듣고 왔다고 말했다.

"야아, 그래요, 정말로 수고하셨습니다. 들어오세요."

히로코가 신발을 벗고 있는 사이에, 야마기시는 그 뒤에 서서 양손을 바지 주머니에 찔러 넣은 채,

"오타니군, 오늘은 안 오십니까?"

라고 말했다.

"저 혼자입니다만……"

"아니, 오히려 부인 쪽이 효과적이고 좋습니다. 핫하하"

계단 입구에 이르자, 야마기시가 아무렇지 않게,

"그럼……"

한손으로 턱을 쓰다듬으며, 통로에서 벗어나자 멈춰 섰다.

"어떤 순서로 할까요?"

히로코는 강연에라도 나가기 전처럼 묘한 기분이 들었다.

"좋으실 대로, 저는 별로 어떻게 하든——"

"그럼——한번 먼저 해주시겠습니까?"

빠르게 말하고 야마기시 자신 먼저 일어서 2층으로 올라갔다.

크고 작은 방 세 칸을 터놓은 상태였다. 정면의 기둥과 기둥 사이에서 새까맣게 전단지가 떨어지고 있다. "130명 해고 절대 반대!" "버스 승차교환권 발행 반대! 지원 차장 요구!" 강제 조정 문구 다음에 나란히 "1,213,270엔, 인건비 삭감 절대 반대!"라는 것도 떨어지고 있다.

왼쪽에 완전히 활짝 열린 허리높이 정도 되는 창문으로부터 아침 해가 비쳐 들어오고 있다. 아직 따뜻함이 적은 이른 아침의 맑은 빛을 등으로 받으며 그 창가에 여러 명 서 있었는데. 그 중 한 명이 양말 속에서 계속 엄지손가락을 움직이면서 무언가 설명하고 있다. 히로코가 앉은 곳에서 그 여러 사람들의 모습은 역광선이어서, 어둡게 보이는 뒤쪽에, 넓게 구름 한 점 없는 하늘이 펼쳐지고, 옆 슬레이트 지붕 위에서 네 개씩 두 열로 나란히 선 통풍구의 끝이 같은 방향으로, 같은 속도로, 빙글빙글, 빙글빙글 돌아가고 있는 것이 보인다.

한 구석에, 어떠한 이유인지 다리가 두 개밖에 없는 의자에 이쪽 방향으로 걸터앉아, 조잡스럽게 만든 둥그런 나무에 기대어 양팔을 들어 한 사람은 턱을 괴고, 한 사람은 한쪽 무릎을 심하게 달달 떠는 짓을 하고 있다. 다다미 위에는 세운 양쪽의 무릎을 껴안고 엎드려 있는 사람. 가부좌를 한 양쪽 허벅지 사이에 손을 엇갈리게 넣고 몸을 흔들고 있는 사람. — —

히로코는 주위의 분위기 속에서 복잡한 것을 느꼈다. 회합에 완전 익숙해졌다, 웬만한 일로는 놀라지도 않는다, 라고 말할 만한 이 실내의 공기 저변에, 실은 방향이 정해져 있지 않은 어떤 동요, 입 밖으로 내뱉어 단언할 때까지에는 예측이라는 것이 감돌고 있는 느낌이 든다. 그것은 의자에 걸터앉아 다리를 달달 떨고 있는 서른 살 가량의 종업원이 차분하지 못하게 사람들의 출입에 집중되는 눈짓 속에서도 인지할 수 있었다.

드디어, 정면의 작은 책상이 있는 곳으로 목에 찜질팩을 감고 있는 키가 큰 종업원이 한 명 왔다. 그 남자는 선 채로 자신의 손목시계를 보고, 태엽을 감고, 아까부터 그 책상에 턱을 괴고 멍하니 가부좌를 하고 앉아있던 중년의 종업원과 뭔지 모르는 이야기를 했다

"자 그럼, 시작 하겠습니다."

의자에 걸터앉아 있던 한 사람은 내려와 다다미에 가부좌를 하고 앉고, 다른 한 사람은 그대로 있었다.

"오, 닫아요, 추워요."

창가 쪽에 있는 사람이 외투의 옷깃을 세웠다.

"그러면 지금부터 제5조 조회를 개최하겠습니다."

꾀죄죄하게 목에 찜질팩을 감은 사람이 조장인 듯이, 사회를 담당했다.

"그저께 26일 오후, 가와노위원장 대 오이시, 사토와의 회견에 있어서는, 127명에 대한 부당한 해고에 대해 우리들 측에서 제기한 강경한 항의에도 불구하고, 딱 잘라 거절당한 전말은, 즉각 게시한 바입니다. 오늘은 그 후의 경과에 관해서 보고하고, 우리들 제5조로서의 태도를 결정하고자 합니다만, 그전에, 지금 이곳에, 노구勞救:日本勞農救援會가 사람을 보내왔기 때문에 그 분이 진행하고자 합니다."

그러자, 히로코가 앉아있는 바로 옆에 가부좌를 하고 앉아 있던 대충 보아 가정을 가진 마흔 살 가량의 종업원이 과장된 큰 목소리로,

"이의 없음!"

하고 아래를 향한 채 머리를 흔들며 외쳤다.

"──……그럼, 하시죠."

히로코는 그 자리에서 앉은 자세를 고치고, 말을 시작하려고 하자,

"이쪽으로 나와 주세요."

의장이 자신의 옆을 가리켰다. 히로코가 살짝 상기된 얼굴로 그쪽으로 일어서서 가자, 또 다시,

"이의 없음!"

이라고 뒤쪽에서 갑자기 소리를 지르는 사람이 있다. 웃음소리
가 났다.

그것에 구애받지 않고 전체 분위기를 다잡으면서, 히로코는 꾸
밈이 없는 분명한 어조로, 이번의 쟁의가 일반 노동자의 부인들에
게까지, 어느 정도 관심을 불러일으키고 있는가, 라는 것을 여행으
로 출타중인 히데코의 어머니 말씀 등을 실례로 들어 말했다. 그리
고 오늘아침, 이미 히로오에서는 가족회를 지원해서 이동탁아소
를 오픈한 것을 설명했다.

"어제, 게이오대학 뒤 쪽에서 투신자살한 오에 씨는 정말로 마
음 아픈 일이라고 생각합니다. 신문은 평소 주정뱅이라고 썼지만,
히로오 쪽의 사람에게 직접 들은 이야기는 다릅니다. 오에 씨의 부
인이 병약한 몸으로 아무래도 결근이 많아 그것이 해고의 구실이
되어서 그러한 일이 되었다고 합니다. 우리들이 좀 더 강해서, 병
원에라도 데리고 갔다면, 오에 씨는 병약한 부인 때문에 해고까지
되지 않고 해결되었을 거라 생각합니다. 자살하지 않아도 되었을
거라고 생각하면, 참 유감입니다."

"이의 없음!"

"그렇다!"

세찬 박수소리가 났다. 히로코는 자신으로서는 전혀 알지 못했
다는 듯이 집중한 표정으로 얼굴을 붉히며,

"부디 여러분, 힘내 주시기 바랍니다."

라고 말했다.

"우리들은 미흡하나마 할 수 있는 만큼 힘을 보탤 준비를 하고 있습니다. 그것이 아무것도 아닌 것이 되지 않도록, 부디 정신 바짝 차리고 해주세요!"

조금 전처럼 야유하는 기색이 없는, 성의 있는 박수가 길게 울렸다.

"――그럼 계속해서 보고를 하겠습니다."

모두가 요구하는 바대로, 지부장인 야마기시가 한쪽 손을 바지 주머니에 넣고 연설조로,

"어리석은 저는, 이번에 지부장의 책무를 여러분과 함께 떠맡은 이상은, 끝까지 투쟁의 제 1선에서 쓰러질 때까지 노력을 계속할 결의를 가진 사람이라는 것을 성명하겠습니다. 따라서 즉각 투쟁의 구체적인 방법에 대해서 기탄없는 대중적 토론으로 들어가고자 합니다."

그렇게 말했을 때부터 실내는 눈에 보이게 긴장되었다.

"지부장의 제안에, 질문 의견이 있으면 발표해주세요."

"…………"

"의장!"

그때, 히로코가 앉아 있는 벽 옆쪽에서 대각선에 해당하는 곳에서, 젊은 종업원 한 사람이 팔꿈치를 내리치는 듯한 상태로 손을 들었다.

"제3반의 결의를 발표하겠습니다."

"발표하세요."

"우리 제3반은, 오늘 아침 다시 반회의를 가진 결과, 요구사항은 당연히 거절당하는 게 아닐까 하고 예측되어, 즉각 파업을 결의하고, 투쟁위원을 선출했습니다."

"…………"

미묘한 웅성거림이 실내에 퍼지기 시작했다. 127명의 해고 반대를 절대 타협하지 않을 것. 요구사항이 받아들여지지 않으면 파업준비에 들어가라, 라는 지령은 본부에서 이미 수일 전에 발표해놓은 것이다. 야마기시는 힘이 센 잔물결처럼 움직이기 시작한 분위기를 억지로 무시하고, 부자연스럽게 고민하듯 미간을 찌푸리고 둥그스름한 손으로 그은 성냥으로 담배에 불을 붙이고 있다.

"잠깐……그, 질문인데요――"

결단을 내리지 못하고 끌고 있을 때, 느릿느릿한 한 목소리가 침묵을 깼다.

"제3반의 결의라는 것은――어떤 것인지요? 저로써는 조금도 모르겠지만――전선에 서지 않아도, 이곳에서만 진행하자는 것인가요?"

"제3반에서는 그런 분위기입니다." 젊은 종업원은 짧게 대답하고 입을 닫았다.

"그렇다면"

느릿느릿 말을 하고 있는 그 남자는 갑자기 태도를 바꾸는 것 같이 도발적인 목소리를 높여,

"나는, 절대로, 그 의견에는 반대다!"

히로코는 그 목소리가, 아까 자신이 일어서 나갈 때 뒤쪽에서 "이의 없음!" 이라고 야유한 목소리라는 것을 알아차렸다.

"이의 없음!"

또 다른 목소리가 이어졌다.

"나도 반대다! 이곳에서만 해 봐라. 바보 같은 짓이다. 모조리 당하고 그것이야말로 쓸데없는 짓이다."

히로코는 온몸으로 주의할 것을 상기시켰다. 이의를 주장하고 있는 사람들의 사이에는 미묘하게 서로 마음이 맞는 기운이 있다.

"의장!"

"의장!"

두 목소리가 동시에 서로 경쟁처럼 일어나, 한 옥타브 높은 쪽이 한쪽을 억지로 누르고,

"그건 다르다고 생각한다."

라고 강하게 항의했다.

"2월에 있었던 히로오의 파업을 생각해보면 알 거라고 생각한다. 부분적 파업은 가능하고, 그것을 계기로 모든 현장에서의 정세는 현실적으로 이미 무르익어 있다. 그런 건 누구라도 실제 현장의 상황을 알고 있는 사람이라면 당연히 이해할 거라고 생각한다. 그렇지 않다면, 본부는 어째서 그러한 지령을 내렸겠어요?"

"의장!"

만년필인지 에바샤프인지를 가슴쪽 주머니에 꽂은 연배의 사

람이, 침착한 목소리로 말했다.

"나는 제1반인데……이건 개인적인 의견이지만, 파업을 하는 것에 나는 절대 찬성이다!"

한 마디 한 마디 무게를 싣고 그렇게 말해놓고,

"다만."

한 번 만에 솜씨 좋게 전원의 주의를 자신에게 집중시켰다.

"다만, 모든 현장이 일제히 일어서지 않는다면, 파업 하는 것은, 나는 절대로 반대이다!"

히로코는 가슴 속에 뜨거운 것이 역류하는 것처럼 느껴져 입술을 깨물었다. 참으로 이 간부 일당들은 교활하게 심리의 강약을 꽉 잡고, 와해하려고 하는 것이겠지. 자신이 이 회합에서 발언권이 없는 손님에 지나지 않는다는 것에 히로코는 고통스럽게 느꼈다. 연기가 나고 불이 날 때도, 어딘가의 한 점에서 시작되어 차차로 전체로 옮겨가는 것이 아닌가. 그런데 — —.

언어구사에 의미가 있는 듯이 무턱대고 이끌려서, 짝, 짝 박수를 치는 사람이 있다.

"힘 관계를 고려하지 않고, 뭐래도 파업을 하자라니, 그거야말로 유치하고 극단적이다! 지금, 이곳에서만 한다는 게 말이 되나!"

"의장!"

재차 한 옥타브 높은 목소리가 주장했다.

"힘 관계라고 말해봤자, 상대적인 것이다, 내팽개쳐두고, 이쪽에서부터 무리하게 하지 않아도 유리해지는 힘 관계라니, 자본주

의사회에 있을 수 있는 일인가! 실제로 강제 조정까지도 조금 더 노력해서 분발하면 할 수 있었다. 그것을 낙하산 인사위원회에 맡겨놓고, 이를테면, 슬쩍 넘기는 게 아닌가?"

"그렇다."

"이의 없음!"

"이번에 말입니다, 본부가 몰래 해고자 후보 명부를 만들어서 올렸다고 하는 이야기조차 있지 않습니까!"

"쳇!"

대회하기 전후에 각 차고에서 「경향적」인 종업원이 60명이상 경찰에 연행되고, 노구日本勞農救援會회원도 그중에 몇 명 섞여있었다. 미리 착실한 구성원을 빼돌린 경영자 측의 의도가, 이러한 일이 터지게 된 경우를 보면 똑똑히 알 수 있다. 히로코는 더욱 억울하게 생각했다.

전면 파업이냐, 그렇지 않으면 완전히 파업에 서지 않느냐, 파업해도 의미가 없다, 라고 하는 패배적인 생각을, 지령과 방침의 해석에 맞추어 쟁의가 시작되었을 때부터, 회사 간부 대부분이 종업원의 마음에 불어넣고 있었다. 정세가 복잡해지면, 저걸까, 이걸까 하는 생각이 어디라도 일어나기 쉽다. 가메이도탁아소가 시영전철 지원을 지나치게 해서 부모들이 겁내기 시작했다. 그때에도 역시 쟁의 지원을 완전히 중단하자고 하는 의견과 탁아소 하나 정도 무너뜨려도 괜찮다, 라는 의견이 대립해서, 오타니가 그 자리에서 그 양쪽 모두 잘못하고 있다고 지적했다.

종종 있는 탄압으로 동경교통노동조합 직원들 중에는, 이 수상
쩍은 흥정의 속내를 파헤쳤기 때문에, 자신들의 에너지를 바른 투
쟁의 길로 이끌어낼 만한 조직원이나, 선두에 설 지도자가 남아 있
지 않았다. 그것은, 옆에서 보고 있는 히로코조차 알았다.

실내는, 자욱하게 낀 담배연기와 함께 점점 혼란해지고, 여러
가지 얼토당토 않은 의견과 질문이 계속 나왔다.

파업은 반드시 해야 한다. 하지만, 이번이야말로 100퍼센트 이
긴다, 라는 보증을 가지고 해나가고 싶다.

그런 게 가능할까 하고 생각하자. 어떠한 의미인지, 굳이,

"나는 지부장에게 묻고 싶은데요."

라고, 국가사회주의란 어떠한 것인가 하고 질문한 사람이 있었
다. 히로코는 그 질문을 듣고, 처음 그 질문자는, 궁극적으로는 자
본가의 이익을 국가가 권력으로 지켜주는 국가사회주의는, 노동
자의 행복과 얼마나 반대되는 것인가라는 것에 관해서, 누군가 이
해할 수 있는 설명을 끌어낼 거라고 생각했는데, 그렇지도 않고 야
마기시가 애매하게 계급이라는 것에 대립하는 관계 설명을 뺀 답
변만으로, 반박조차도 하지 않고 끝냈다. 그리고,

"의장!"

다음에는, 전혀 다른 이야기처럼, 이런 제안이 나왔다. 동경교
통노동조합은 슬로건으로 파시즘 타도를 내걸고 있는데, 나는 그
슬로건에 반대다. 동경교통노동조합의 규약에는 정당, 정치에 관
계없이 전 종업원의 경제적 이익을 지킨다고 되어 있다. 그런데도,

파시즘 타도라고 하는 슬로건을 내걸고 있는 것은 규약을 무시하는 거다. 그러니까,

"그 점을 확실히 하지 않는 동안은, 나는 이제 조합비를 안낼 생각이다."

"너무 약삭빠른 거 아니야!"

"시타다는 뭐얏!"

그는, 동경교통노동조합 내에서 유명한 타락한 간부로 신문에조차 어용적 입장이라고 폭로되었다.

"파시즘 포장마차, 들어가라!"

"의장! 의장 정리!"

"여러분, 조용히 해 주세요. 순서대로 발표해 주세요!"

의장은 형식적으로 그렇게 말했을 뿐이고, 지부장인 야마기시는 그 사이에 쭉 한 쪽 손을 바지주머니에 찔러 넣은 채로, 작은 의자 끝에 손으로 턱을 괴고, 깨어있는 건지 졸고 있는 건지, 눈꺼풀이 무거운 눈을 감고 혼란스러운 실내를 방관하고 있는 상태다. 실컷 옥신각신하면서 해결점을 찾아야 하는 중요한 토론의 중심은 얼렁뚱땅 넘어가버리고, 전체의 분위기가 해이해져서 산만하게 되었을 무렵 의장은 아주 적당한 때라고 생각해서 좋지 않은 얼굴색으로 발돋움하고,

"그럼, 이제 마칠 시간이 됐으니까요." 라고 결의를 구했다. 류지마 차고는, 어디서든 파업을 시작하기만 하면 곧바로 파업에 들어간다, 라는 기묘한 결정을 했다.

3

사무실의 뒷문으로 나와, 코크스黻炭껍질이 깔린 단층연립주택의 골목을 걸어오는 동안에 히로코는 괴롭고 불쾌한 기분이 심해졌다.

그것은 복잡한 심경이었다. 동경교통노동조합이, 완전히 종업원 사기를 높이는 걸 저지하는 역할밖에 하지 않았다. 그런데, 자신은 잘도 간부 취급받으며 실질적인 격려에 도움도 되지 않는 견습 출연자로 지원에 대해 회사가 시키는 대로 말해버렸다. 그 실패가 이제 확실히 느껴졌다. 히로코가 정세를 잘 파악하고 난 뒤 자신의 이야기를 피력할 정도로 기지가 있었다면, 전체의 분위기가 그렇게 해이해졌을 때, 조금은 긴장시키는 자극이라도 되었을지도 모른다. 야마기시는 처음부터 그것을 예측하고 행동했다. 오타니가 오지 않는다고 말했을 때, 야마기시는 웃으며 치켜세우는 듯한 말들을 말했다. 그것도, 히로코의 얼굴을 굴욕으로 붉히게 했다. 야마기시가 히로코를 뒤에서 말하지 못하게 한 것은 완전 교활한 그의 정치적인 기술이었다.

넓은 개정도로에 나오기 바로 앞에 새롭게 놓인 콘크리트 다리가 있다. 일방통행금지로, 아직 공사에 사용한 시멘트 통, 막대기 재료, 빨간 유리를 끼워 넣은 통행금지의 네모등 같은 것들이 한군데 놓여 있다. 사람이 다닐 수 있는 양지쪽 보도위에, 갈색 자켓에 고무장화를 신은 7살 정도의 남자아이와 빗살무늬의 통소매 옷에,

역시 고무장화를 신고 까까머리를 한 같은 연령대의 남자아이가, 팽이를 돌리며 놀고 있다. 두 개의 작은 철팽이가 햇빛에 반짝이면서 한창 돌고 있는 주위를 둘러싸고, 팽이채를 든 두 명의 남자아이는, 칫, 칫, 침을 튀기면서 있는 힘껏 팽이채를 휘두르며, 자신의 팽이에 속도를 가하면서, 옆에 무엇이 지나가는지 곁눈질도 하지 않는다. 그 모습을 보자 히로코는 더욱더 지금 마치고 나온 회합과 자신에게 화가 났다.

보조를 늦추고 손목시계를 보고, 히로코는 더욱 느리게 걸으면서 핸드백을 열고, 핸드백 칸칸이를 뒤졌다. 일주일정도 전에 재판소에 가서 받아둔 면회허가증은 네 번 접은 가장자리가 손거스르미처럼 되어 들어있다. 10전, 5전 돈이 뒤섞인 지갑을 닫고, 히로코는 한 번 더 고개를 갸우뚱하는 모습을 하고는 시계를 다시 보더니, 이번에는 수수한 검정 신을 신은 발걸음으로 엄청 빠르게 정류장으로 향했다.

시게요시가 이치가야의 미결로 남게 된 것은, 반년정도 전의 일이었다. 경찰서에는 10개월 이상 구치되었다. 처음 반년 정도의 기간은, 히로코까지 경찰에 갇혀 있었기 때문에 물론 만나지 못했고, 히로코가 집으로 돌아오고 나서도, 시게요시의 면회는 허락되지 않았다. 시게요시가 미결로 남게 된 것을 그날의 석간을 보고 알게 되어, 재판소에 처음으로 허가를 받으러 갔을 때, 히로코는 예심판사에게 다음과 같이 들었다.

"경찰에서는 자신의 성명조차도 인정하고 있지 않기 때문에,

말하자면 후카가와 시게요시라는 사람인지 아닌지 알 수 없는 것 같은 사람입니다. 하지만 뭐, 여러 가지 증거에 의해서 우리 쪽에서는 알고 있는 바라서 허가합니다."

시게요시의 신분은 백지로 보내져 있었다.

종점에서 다시 돌아오는 전철 안은 아무도 없이 비어 있었다. 해가 비치는 쪽 좌석을 골라 커다란 사각 무명보따리를 옆구리에 끼고 앉아서, 그 보따리에 팔꿈치를 얹고는 길게 기른 새끼손가락의 손톱으로 귀지를 후비고 있는 우스꽝스러운 할아버지 이외에, 승객은 드문드문 있었다. 앞쪽 문 옆에 편안한 자세로 기대어 있는 나이든 차장이, 수첩을 꺼내어, 짧아진 연필심에 때때로 침을 바르면서 무언가 생각하고 있다. 시영전철의 오래된 동료들 중에는 주식을 하고 있는 사람이 적지 않았다. 어깨에 가방을 메고 있어도 그렇게 자기 혼자만의 세계 속에서 갇혀있는 그 늙은 차장의 자기중심적인 딱딱한 표정을 보고 있자, 히로코의 마음에는 시게요시로부터 처음 받은 편지의 한 구절이 무한한 의미와 함께 되살아났다. 시게요시는 수용소 안에서 주의해서 실행하고 있는 건강법을 알려주었다, 그리고, 그 외에도 다른 일들이 있겠지. 역사의 톱니바퀴는 그 미세한 음향을 이곳에는 전하지 않지만, 이점에 관해서는 아무런 근심도 없다. 라고 그렇게 전해왔다. 아무런 근심도 없다. ――하지만, 히로코는 그 부자유스럽게 표현한 말의 내용을 좁게 자기 자신에게만 적용시켜 자부심을 가질 수 있도록 하는 마음이 도저히 이해되지 않았다. 만일 자기 자신에게만 적용시켜 해석해 봐도, 왜 "아무런 근심도 없는" 자신일까. 지원하는 인사 한마디, 정당한 기회를 잡아서 말하지 못하면서. 그러한 미숙함이 여기에도 저기에도 있는데.

우에노를 꽤 지났을 때 쯤 정신이 들어 차 안을 둘러보니, 어느 틈에 승객의 옷차림에서 얼굴의 윤기와 골상까지가 처음 류지마에서 탔던 사람들과는 달라 있어서 히로코는 새삼스럽게 눈이 휘둥그레졌다. 도쿄의 동쪽에서 서쪽으로 가로질러 히로코는 흔들리며 가고는 있지만, 같은 전철이 야마노테에 가까워지는 짐에 따라서, 타고 내리는 남녀의 자태는, 매연의 독에 푸른 나무조차 자라나지 못하는 도시의 동쪽 주민과는 다른 유연함, 깨끗함, 매끈매끈함으로 감싸져 있었다.

히로코는, 신주쿠 일번가에서 내렸다. 그리고 형무소에 넣어줄 물건만 전문으로 팔고 있는 가게들의 세로간판이 늘어선 좁고 답답한 거리로 나왔다. 앞길 정면에, 이상하리만치 창이 넓게 보이는 형무소의 정문이 있었다. 문밖에, 콘크리트담의 높이와 길게 구불구불 이어진 길이를 눈에 띄게 해놓은 곳에 시골의 작은 역에나 있을 법한 벤치가 있다. 그 벤치 위에 있는 달아낸 지붕은 밑에서 돌풍으로 날아오르기라도 한 것 같이, 높게 뒤로 젖혀져 있다. 비도 바람도 막아주는 역할은 되지 못했다.

히로코는 이 거리에 와서, 단조롭고 길고 긴 콘크리트담의 직선과, 시내 안의 어느 곳보다도 그 푸르름이 짙은 것처럼 느껴지는 푸른 하늘을 올려다 볼 때는 가슴을 갑갑하게 죄는 것 같은 그 부자연스런 정적을 느꼈다.

자갈소리를 내며 히로코는 들어갔다. 사람의 발소리가 잘 울리도록 하기 위해서인지 여기 저기 모두 자갈이 깔려져 있었다.

안마당 쪽에 별채를 지어서 만든 대합실은 남녀로 분리되어져 있다. 유리문을 열자 연탄의 악취가 기분 나쁘게 얼굴에 와 닿았다. 비교적 사람들이 없었다. 털실로 짠 윗옷을 입고, 헝크러진 묶은 머리에 플라스틱 귀밑꽂이 빗을 꽂은 작부출신인 듯한 여자가 입을 늘어지게 벌리고 흰자가 드러난 눈을 굴리면서 팔짱을 끼고 가부좌 자세로 앉아있다. 그 외에 너 댓 명이 있다. 12시부터 1시까지는 면회를 쉰다. 앞으로 15분정도면 오후 1시가 된다.

히로코는 매점에서 10전짜리 과자와, 김조림 반찬을 들여보내고, 대합실 밖의 양지바른 곳에 서성거리고 있었다. 안마당에는 소나무 같은 나무가 많이 심어져 있다. 면회실은 왼편 안쪽에 있는데, 처음 왔을 때, 히로코는 사정을 잘 모르고 그곳이 화장실인가 하고 가려 했었다. 그러한 실수도 이상하지 않을 것 같은 외관이었다. 문 밖에서 타이어가 자갈을 튕겨 날리는 소리가 나자, 수위아저씨가 특수 열쇠로 문을 여니까, 그곳에서 자동차 한 대가 안마당으로 들어왔다. 서 너 명의 남자가 그 차에서 내려 경례를 받으면서 별채 건물 안으로 들어갔다. 좀 떨어진 곳에서 그 모습을 바라보고 있던 히로코는 시게요시가 여기에 왔을 때 현관의 돌계단을 오르는데 고문으로 부어오른 다리가 마음대로 되지 않아 손을 짚어서 올라갔다고 다른 사람에게 들은 이야기가 생각났다.

걱정이 되어 시계를 봤지만, 아직 5분도 지나지 않았다. 기다리는 시간은 이렇게 긴데, 막상 얼굴을 보고 말할 시간이 되면, 몇 마디도 아직 이야기 한 것 같지 않은데, 이제 됐다, 라고 창을 내린다. 기대한 긴 시간과 짧은 시간 동안 심하게 마음을 잔뜩 긴장시킨 탓에 면회는 녹초가 될 정도였다. 면회창이 열리는 순간에, 야아, 하고 웃는 얼굴로 커다란 양어깨를 천천히 문지르듯이 몸을 앞으로 내밀고 오는 시게요시의 몸짓이랑, 언제나 막 떨어지려 하는 창문 덮개에 말꼬리가 잘리듯이, 그럼 건강히, 라고 하는 시게요시 목소리의 억양은 잊을 수가 없었다. 다음에 만날 때까지 한 달이라는 시간이 지나도, 마지막에 본 시게요시의 눈동자랑 입술 언저리에 선하게 번져 있던 자상한 표정은 따뜻함 그대로 히로코의 마음에 남아있었다.

히로코는 핸드백을 열고, 금이 간 작은 거울을 들여다봤다. 그리고 손수건으로 거울에 끼인 먼지를 닦고, 손수건의 깨끗한 쪽으로 단단히 잡고 뺨 위를 세게 문질렀다. 피부가 약간 까칠까칠해진 뺨에 조금 붉은 기가 돌았다.

대합실 벽에 설치되어 있는 확성기에 드디어 스위치가 들어오고 말소리가 들리기 시작했다. 유리문을 열고 들여다보자, 잡음이 섞여 알아듣기 힘든 호명하는 소리를 놓치지 않고 들으려고 하면서 여자들은 지금까지 보다 더욱 깊숙이 목도리에 턱을 묻고, 옷깃을 여미고 있다.

"에ㅡ, 오래 기다리셨습니다. ……에ㅡ, 28번, 28번은 6호실에. 6호. 에— 그리고 30번"

그 소리에 따라서 40세 가량의 아내로 여겨지는 여자가, 돗자리를 깐 의자에서 일어서서, 솥에 한쪽 손을 걸치고, 검은 확성기 나팔을 미덥지 못한 모양으로 아래에서부터 올려다봤다.

"에—, 30번—— 당신이 면회하려고 하는 사람은 다른 형무소에 송치됐습니다."

지지거리고 울리는 잡음에 가로막혀, 다른 형무소라고 한 말이 사의 형무소라고 말한 것처럼 히로코의 귀에도 들렸다. 아내로 여겨지는 얌전한 여자는 자기도 모르게 한 걸음 몸을 앞으로 내밀며,

"에?"

하고, 검은 확성기를 향해서 여자답게 목을 갸웃하고 되물었다. 하지만. 스위치는 그것을 마지막으로 풋 하고 소리를 내며 끊어져서, 그 여자는 뭐라고도 말할 수 없는, 곤혹스러운 몸짓으로, 마치 가부키의 여장 배우가 어찌할 바를 모를 때 하는 행동 그대로 한쪽다리를 질질 끌어 옷자락이 흐트러지지 않게 하는 몸짓으로 히로코 쪽을 보았다.

히로코는 동정을 금치 못하는 생각이 들었다.

"어딘가 다른 형무소에 계신다고 라고 하는 것 같았어요. 사무실에 가서 물어보세요. 저쪽으로 들어가 보세요."

페인트가 칠해진 2층 건물의 현관 입구를 가리켰다.

1시간 이상 기다려서, 히로코는 겨우 2,30분 시게요시와 이야기 할 수 있었다.

히로코는, 아플 정도로 울타리로 된 가로대에 자신의 가슴을 밀어붙여서, 시게요시의 건강 상태를 묻고, 중풍으로 누워만 있는 시게요시의 아버지에 대한 상태를 이야기하고 난 뒤, 항상 주문한 책이 들어가지 않아서 정말 미안합니다 라고 말했다. 탁아소가 핍박해져서 자주적인 변통을 해야 하는 생활 속에서 히로코는 책을 빌리러 가는 교통비조차 없던 적이 있었다. 약간의 돈이 있을 때는 시간의 여유가 없고, 양쪽 다 갖추어졌을 때를 놓치지 않고, 시게요시가 최저한 필요로 하는 것을 몇 분의 일이라도 채울 수 있도록 물건들을 넣어주었다. 싫다고 하지 않고 책을 빌려주는 사람은 대체로 히로코가 원하는 종류의 책을 가지고 있지 않았다. 가지고 있을만한 사람들은, 책을 다른 사람에게 빌려주는 것을 일반적으로 싫어했다. 그러한 사정은 시게요시가 이해하고 있는 이상으로 불편했다.

시게요시는, 갑작스럽게 면회에 불려 나와서, 선 채로 허공을 바라보며, 한꺼번에 여러 가지 생각해내지 않으면 안 되기 때문에, 컨디션이 좋지 않은 모양으로 눈썹을 움직이거나, 발을 바꿔 디디거나 하며 책이름을 거론하고,

"그렇지만, 히로코의 형편도 있을 테니까 그렇게 무리하지 않아도 돼. 가령 책을 읽지 못하는 때가 있어도 우리들은 여러 가지 유익한 일을 생각할 수 있으니까."

라고 말했다.

이 말은, 특별히 마음을 담아서 한다며, 히로코는 천천히,

"저, 오늘아침 류지마에 다녀왔기 때문에 이 시간이 되어버렸어요……. 탁아소 일이 커져서, 어른들 일에까지 확장되었거든요 ——오랫동안 격조했던 것도, 내가 게으름을 피우고 있었던 건 아니에요. 전철의 아빠들도 패배하면 어쩔 도리가 없잖아요? 그러니까요."

그렇게 말하고, 눈으로 웃었다.

"흐——음"

시계요시는, 벌써 창문 덮개를 닫을 자세로 끌어당기는 줄에 손을 대고 있는 간수 쪽을 한번 힐끗 보고, 그 시선을 곧바로 히로코 얼굴 위로 옮겨 허리띠를 확 내리는 듯이 힘찬 몸동작으로 말했다.

"만약 히로코가 『병』이라도 걸렸을 때, 갑자기 곤란하지 않도록, 가능하면 조금 돈을 넣어둬 줘."

시계요시의 그런 말을, 히로코는 순간적으로 자신들의 생활에서 이해할 수 있는 한 풍부한 내용으로 이해했다. 시계요시는 사실 돈에 대한 이야기를 하는 것은 아니었다. 히로코가 탁아소도 연루되어져 있는 시영전철의 투쟁에서, 또 다시 자신들이 만날 수 없게 될 때가 올지도 모른다. 그러한 일을 시계요시는 알고, 양해하고 있는 일이라고 히로코를 격려 하고 위로해 준 것이었다.

차가운 공동화장실과 비슷한 면회실에서 나와, 햇빛이 잘 비치는 문을 향해 돌아가면서, 히로코는 자신도 역시 면회를 끝내고 돌아가는 다른 여자들과 똑같은 걸음걸이로 자갈 위를 걷고 있구나, 그렇게 생각했다. 만나서 기쁘다, 그런 한마디로는 다 전할 수 없는 무언가가 히로코의 몸 속에 남아 있다.

　문을 나오자 바로 그곳의 넓은 자갈길에, 솜을 넣어 만든 소매 없는 윗옷을 입힌 새끼원숭이가 한 마리 와 있었다. 그 새끼원숭이를 빙 둘러싸고 신사복을 입은 남자 두 세 명과 권총을 찬 수위도 함께, 서거나 쭈그리고 앉거나 하면서 웃고 있다. 원숭이에게 재주를 부리게 하고 돈을 버는 사람에게 덜미가 잡혀 있는 원숭이와는 다르다. 어딘가에서 온 그 새끼원숭이는, 갈색의 따끈따끈한 털로 덮혀있는 머리 양쪽에 검은 귀를 세우고 있고, 푸르스름해진 꼬리를 햇빛이 비치는 자갈 위에 질질 끌며 쭈그리고 앉아 주름투성이인 얼굴을 위아래로 움직이고, 바쁘게 눈동자를 움직이면서, 좀스럽게 무언가를 먹고 있다.

　"이렇게 하고 있는 모습을 보면 꽤 귀엽네요, 하하하하"

　그것은 배고픈 천한 원숭이였다. 인간을 향해서 권총을 차고 있는 사람이 원숭이에게는 허물없이 붙임성 좋게 말하며 웃고 있었다.

　이곳에는, 인간에 대해서 모든 애교를 금지하는 규칙이 있다. 하지만, 원숭이라면 웃어도 반칙은 아니기 때문에. ――

4

　며칠이 지난 어느 오후의 일이었다. 아기 두 명이 2층에서 낮잠을 자고 있다. 그 사이에 히로코가 오르막 가장자리에서 기저귀를 개고 있자, 스커트에 나막신을 아무렇게나 신은 다미노가 멀리서 부터 다미노 발소리라는 걸 금방 알 수 있는 발소리를 내면서 바깥에서 돌아왔다. 토관가게와 공동 펌프 우물 옆까지 오더니,

"잠깐, 어떻게 된 걸까? 저 간판, 뒤집어져 있는 거 아니야?"

하고 큰소리쳤다. 마당에서 놀고 있던 지로가

"이이다 씨, 뭐야? 응? 뭐냐니까, 무슨 간판이, 뒤집어 진거야?"

다섯 살짜리 소데코와 히데코, 아장아장 걸음마로 다미노의 주위에 모여들었다.

"다리 옆쪽에, 하얀 삼각형 물건이 서 있었지? 그것이 도랑에 떨어져 있어."

아이들 전부 오르막 가장자리의 앞에 섰다. 히로코는 의아스러운 듯이,

"근데――그거 그런 구석에 세워져 있었던 거 아니었잖아?"

라고 말하면서, 자신도 토방으로 내려왔다. 자쿠보무산자탁아소라고 흰 바탕에 검은 페인트로 쓴 표지는 토관이 쌓아올려져 있는 쪽, 도랑에서는 한 칸 이상이나 쑥 들어간 장소에, 통행인의 주위를 끌도록 분명 도로를 향해서 세워져 있었다.

"이봐!――응? 누가 했을까, 이런 못된 장난"

정말로, 마른풀이 자란 진흙 도랑 안으로, 머리를 쑤셔 넣은 것 같은 모양으로 표지가 처박혀 있다.

"오늘아침에는 아무렇지도 않았었는데 말이야."

"응, 외출할 때는 알아차리지 못했었어."

널다리 위에 늘어선 아이들은 놀란 얼굴로 눈을 동그랗게 뜨고 보고 있다가, 다미노 손을 잡고 있던 소데코가 갑자기 단발머리를 치켜 올리며 소리쳤다.

"저기, 저것, 우리아빠가 만든 거야!"

"그래! 나쁜 놈이네."

히로코는 토관 옆에서 천천히 한 쪽다리를 내리고, 마른풀 뿌리에 발을 딛고, 허리를 가능한 한 낮게 해서 손을 뻗쳐보았다. 그렇게 해도, 물구나무서기를 하고 있는 표지까지는 아직 두 자 가량의 거리가 있었다.

"잠깐! 당신까지 화내면, 안돼요."

"괜찮아"

그 때 도로의 건너편에 있는 세탁소의 젊은 사람이 와서 자동차를 세우고, 여자와 아이들만 모여 와글와글한 모습을 신기한 듯이 바라보고 있었다.

"──이건, 그물이라도 없으면 무리겠는데요."

손에 진흙을 털어 내면서, 히로코는 단념했다.

"소데코 아빠가 오면 빼 달라고 하자, 응?"

모두 되돌아가는 길에서, 지로가 끈질기게 물었다.

"저, 누가 한 짓이야? 왜 저렇게 버린 걸까?"

화가 나 있던 다미노는, 붉은 뺨을 네모꼴처럼 하고, 소데코의 손을 끌어당기고는 성큼성큼 걸으면서,

"분명, 후지이의 부랑배들의 소행이다. ──한패거리로 뭉쳐

서 해대니까. 무슨 짓을 할지 알 수 없어."

술주정꾼 같은 자가 홧김에 한 소행이 아닌 것은 명백했다.

"펌프의 일도, 스파이 놈이 부추긴 게 분명할 거야."

그저께 아침, 임시로 탁아소를 도와주러 온 여자 중에서 오데에 사는 오구라 토키코가 우물 끝에서 기저귀 빨래를 하고 있었다. 물을 흘려내리는 소리가 났다고 생각하자 토관가게의 부엌입구에서 유리문이 열렸다. 그러자, 주인인 마사스케가 얼굴을 내밀고,

"너무 한정 없이 사용하면 곤란해요. 우물을 사용하는 건, 그쪽 한 집만이 아니니까요. 마음대로 자기 쪽에서만 사용하면 이쪽은 마음 놓고 밥 지을 물도 없잖아요."

라고 하는 목소리가 들렸다.

"정말 죄송합니다."

다 씻은 기저귀를 들고 빨래건조대 쪽으로 갈 때, 토키코는 다다미 4조 반 방에 있던 히로코와 창 너머로 얼굴을 마주보며, 거친 취급에 익숙하지 못한 듯, 호소하는 표정을 하며 웃었다. 히로코는 토키코의 마음 상태를 잘 알 수 있어서 오히려, 아무 말도 하지 않았다.

히로코는 골똘히 생각하는 표정으로, 먼저 집에 들어왔다.

"자, 그럼 수고했어요, 어땠어요?"

다미노는, 쪼그리고 앉아 스커트의 주머니에서 하도롱지[18] 로 된 작은 주머니를 꺼내, 한장 한장 흔들어 백동 3장과 은화 11,2장을 다다미에 펼쳤다.

"요다의 아주머니, 두 번째 같은 건 없다면서, 못마땅해 했어. 그뿐인가!"

시영전철의 기금을 탁아소에서도 모으기 위해 돈주머니를 돌리고 있었다.

"직접적인 일이 아니니까, 아무리 말해도 안 되겠지. 정말로 이길지 어떨지 알 수도 없는데, 탄압받는 만큼 어리석은 부분도 있는 것 같네."

시영전철 종업원 중에는, 노농구원회労農救援会의 반이 몇 개인가 만들어져 있다. 자쿠보가 아기침대가 필요해서 빨리 사야할 때, 류지마에서는 그 노농구원회반이 중심이 되어서 그 기금을 모았다. 그 기금으로 지금 있는 세 대의 등나무침대가 비치되게 되었다. 후지다공업, 이노우에제유, 쇼키양말, 고죠인쇄 등에 다니고 있는 이 동네 아버지 어머니들은, 그러한 기금 모으기 일로 인해 시영전철의 일원으로 결집되었다. 이웃끼리 의리를 굳게 하자는 점도 있어서, 처음 기금 모집할 때는 3엔 가까이 모았다. 그러나 어머니 집단은, 자신들이 다니고 있는 각각의 직장에서 시영전철 종

---

18 갈색의 질긴 양지의 일종

업원을 위해서 기금 모으는 활동 같은 일은 대체로 진행하지 않고, 밧줄 가게의 오하나 씨가, 소비조합의 즉석판매회에 권유해서 간 같은 단층연립주택에 살고 있는 부인에게 20전이 채 안 되게 모았을 뿐이었다.

히로코는, 자신들의 탁아소에서 겪은 그러한 경험을, 수개월 전부터 기다리고 있었던 노구日本勞農救援會 회합에서 이야기했다. 그날은 가메이도에서 있었던 이야기도 했다. 가메이도에서는 지원활동을 위해서 특별한 부모회가 개최되었다. 그리고 특별히 젊은 사람이 와서, 각각 직장은 달라도, 노동자라는 점에서 공동으로 지켜야 하는 노동자로서의 연대라는 것에 대해서 열심히 설명했다. 부모들은, 처음부터 마지막까지 경청했고, 그 자리에서 상당한 금액의 기금이 모였다. 그런데 곧바로 의외의 결과가 나타났다. 한 명, 두 명 아이가 줄기 시작하더니 끝내 단층연립주택에서 다섯 명의 아이가 그 탁아소에 오지 않게 되었다.

"하나에서 열까지 모두 한꺼번에 지나치게 이야기한 게 나빴던 겁니다."

속눈썹이 긴 탁아소의 보모가 전체적인 비판으로서 말했다.

"이제 막 들은 바에 의하면 이렇습니다. 이야기가 너무 그럴듯해서 만약 쟁의에 말려들게 되면 도저히 거절할 수가 없다. 만약 그렇게 되면 자기들의 해고가 걱정이니까, 당분간 자기네 아이를 집에서 나가지 못하게 하기로 한 것 같습니다."

"그렇군요."

오타니는, 한 번 흐―음 하고 신음소리를 내고는 웃었다.

"이야기가 너무 그럴듯해서 거절할 수 없지 않을까, 인가. 흐 ―음. 그래서 어쨌다는 거지?, 단지 그 이유만으로 정말로 아이는 보내지 않을 건가?"

"네. 지금으로서는 안 옵니다."

자쿠보탁아소에도, 사와자키킨이 경찰에 잡혀가고 나서부터, 두 명, 세 명, 아이를 보내주지 않았던 부모들이 있었다. 그 중 한 명 은 이노우에제유 회사에 다니고 있었다. 그 부인의 주장은 이랬다.

"그건 이런 생활을 하고 있어도, 친분이라는 것은 있는 것이니 까요, 가끔은 잠깐 이라도 가지 않으면 안돼요. 그럴 때, 탁아소에 와 있는 아이를 데려가면, 당신, 체면이라는 것도 있는데 그 아이 도 큰 목소리로『엄마, 여기 부르조아지요, 그러니까 적이지요』라 고, 말하고 오니까요. 나는 정말이지, 낯 뜨거워서."

그런 이야기가 있었던 것도 최근의 일은 아니었다. 이곳이, 여 기저기에 있던 무산자탁아소無産者託児所로서, 통일된 활동에 들어 간 지 얼마 되지 않았을 무렵, 나타난 편향이었다.

아기의 칭얼거리는 소리를 듣고 히로코가 2층에 올라갔다.

오하나 씨의 작은 아이가, 10개월 가까이 지났는데 발육이 좋 지 않은 작은 얼굴을 찡그리고, 잠들기 괴로운 듯이 울음 섞인 목 소리를 쥐어짜면서 머리를 흔들고 있다. 히로코는 기저귀를 갈았 다. 소화불량의 변이 배설되어 있었다. 모유 이외에 산양의 젖을 먹이라고 의사에게 듣고, 오하나 씨는 자신이 일을 계속하는 날에

는 그것을 먹이고, 이 탁아소에 맡기고 「달구질」 하러 나가는 것이
었다.

아기의 기저귀를 갈아주고 있자, 창 아래에서,

"좋아?, 여기, 우리들의 공장 !"

날카롭고 당찬 소데코의 소리가 났다 . 히로코가 아기의 침대
를 2층 난간 가까이까지 끌어내어 일광욕을 시키면서 내려다보고
있자, 입구 앞의 공터 구석에, 망가진 그네가 있다. 그 그네의 끊어
진 밧줄의 끝을 잡고 소데코가 무언가를 양손으로 끌어당기는 것
같은 손놀림으로 그것을 흔들고 있다. 지로가, 갈색털실과 파란털
실을 솜씨 좋게 이어서 길이를 늘린 자켓을 입고, 고무장화를 신고
버티고 서서 옆에서 그것을 바라보고 있다.

잠시 지로는 그렇게 바라보고, 소데코는, 눈을 찌를 듯이 뜨고
는 날렵하고 사납게 보이는 검은 단발머리 아래에서, 때때로 자못
심각한 듯한 시선으로 지로를 보면서 운동을 계속하고 있다가 마
침내 지로가 무뚝뚝하게,

"야――이, 이름 없는 공장 따위, 없어!"

라고 말했다. 소데코는 노려보듯이 지로를 봤다. 그리고 깊이
생각하더니, 드디어는 움직이고 있는 손은 멈추지 않고,

"――그네 공장이야!"

이― 하는 것같이 대답했다.

내려다보고 있던 히로코는, 소리는 내지 않고 크게 입을 벌리
고 웃었다.

"여기, 이상해!"

역시 지나칠 정도로 진지한 얼굴로, 소데코는, 그네의 갈라진 기둥의 나뭇결을 아무것도 들고 있지 않은 왼손 손가락 끝으로 밀어붙이듯이 하면서 지로에게 보였다.

이번은 지로가 말없이 소데코와 나란히 섰다. 그리고 자신도, 이미 끊어진 밧줄의 끝을 하나 잡고, 소데코 보다도 훨씬 거칠게, 신나게 흔들고 있다. 흔들고 있다고 생각하자, 지로는 정말로 남자아이다운 민첩함으로, 흔들리고 있는 그 밧줄 끝에 매달려서, 다리를 옴츠렸다. 멈출 것 같으면 고무장화로 땅바닥을 차고, 또 흔들흔들 다시 흔든다. 무턱대고 땅바닥을 차려고 하는 지로의 발은, 겨우 땅바닥에 닿거나, 닿을 듯 하다가 절반 정도쯤에서 허공을 스치거나 한다. ㅡㅡ

히로코는, 어느 사이에 끌려들어, 마치 지로의 등을 밀기라도 하고 있는 것처럼 장단을 맞춰서 무의식중에 자신마저 턱을 움직였다.

소데코는 밧줄을 다시 들었지만, 그대로 응시한 채 지로가 하는 일을 관찰하고 있다.

그 놀이가 싫증나자, 지로가 잠시 어디엔가 모습을 감추었다가 나온 꼴을 보니, 벽에 붙어있던 널빤지 떨어진 것을, 옷이 진흙투성이가 된 채로 질질 끌고 왔다. 그것을, 그네의 끊어진 밧줄의 밑에까지 잡아끌고 가서, 밧줄에 동여맸다. 요컨대 그네다운 그네로 만들어 보려고 하는 것이었지만, 밧줄은 두껍고, 널빤지는 얇은데

다가 폭이 넓어서, 가벼운 동상에 걸린 작은 지로의 손으로는 처치 곤란이다. 불안한 모습으로 무릎까지 사용해서 어떻게든 하려고, 널빤지를 누르고 또 누르면서 지로는 소리도 내지 않고 힘을 다해 애를 쓰고 있다. 집에서도, 탁아소에서도, 장난감다운 장난감을 가지지 못한 지로의 노력이 그곳에 있었다. 히로코는 그것을 단지 바라보고만 있을 수 없는 기분이었다. 다미노는 어떻게 된 걸까. 그렇게 생각하면서 내려왔다. 히로코는 어머나, 하고 생각했다. 우스이가 어느 사이엔가 와 있었다. 그리고 반대쪽을 향해, 다미노와 마주보며 기둥에 기대고 있었다. 히로코의 발소리에, 다미노가 얼굴을 들자, 우스이는 이쪽은 뒤돌아보지 않은 채로, 서두르지 않고, 그러나 충분히 히로코를 의식한 기색으로 무언가 앞에 있던 것을 접어서 비백무늬 감색 옷 안주머니에 넣었다.

히로코는 둘이 있는 다다미 4조 반 방 쪽으로 가려고 한 것을 그만두었다. 그리고 마침 그 자리에 있는 나막신을 신고 밖으로 나갔다.

5

저녁에 아이를 전부 돌려보내고 조용해지자, 다미노와 히로코는, 궁리한 끝에 될 수 있는 한 사람들의 눈을 끌 수 있도록, 글자의 크기, 테두리 색칠 등에 마음을 쓰면서, 큰 것과 작은 사각형 전단지를 등사판으로 밀었다.

탁아소의 경제는, 시영전철 지원활동 이후 상당히 나빠졌다. 히로코와 종업원들은, 지금까지처럼, 정해진 대로 매일 오는 아이만을 맡을 뿐만 아니라, 급한 일로 외출하는 엄마에게도 편의를 제공할 수 있도록, 임시라도 간식 값만 받고 맡아서 돌봐줄 것과, 그리고 탁아소의 일을 더욱 대중화 할 것을 결정했다. 동시에 지금까지도 노구勞救와는 달리 탁아소를 유지하는 인원을 일반 가정의 진보적인 부인들이 담당하고 있었다. 그 방면도 확대하자. 원지를 긁어도, 주변에 등사판謄寫版이 없었다. 진료소까지 나가서 인쇄하지 않으면 안됐다. 다음날 다미노는, 여느 때와 마찬가지로 스커트에 나막신을 신고 나가려는 참인데, 우스이가 찾아왔다.

"어디?"

다미노의 손에서 둥글게 말아 들고 있는 원지를 받아 보고, 돌려주며,

"저쪽, 아마 지금 사용하고 있을 거예요."

각부서의 활동에 통달한 것처럼 말하기도 했다.

"어머! 어쩌나 또, 들렀다 온 거예요?"

우스이는 그 말에는 대답하지 않고,

"그런 것 정도라면, 내가 알고 있는 곳에서도 할 수 있다고 생각하는데——"

"뭐——야! 그런 곳이 있으면 빨리 그렇다고 말해주면 좋았을 텐데! 거기로 가자, 어서요, 괜찮지요?"

"오늘 저녁쯤이, 대강 좋을 거라고 생각하는데……"

정직하고 단순한 다미노를 향한 우스이의 그러한 말투와, 히로코가 일전에 2층에서 아무런 생각 없이 내려와서 본 우스이의 위협스러운 태도 등에는 뭔가 부자연스러운 것이 감돌고 있었다. 우스이와 둘이 나가서, 다미노는 등사판 인쇄의 일도 틀림없이 해 왔지만, 그 4,5일이 지나서, 문득 어떤 상황에서 말을 했다.

　　"포트 랩이라고 해서, 나는 양주라고만 생각했더니――다른 거였네."

　　어느 날 밤의 일이었다. 다미노가 전등을 낮게 내리고 양말 구멍 수선을 하면서,

　　"나, 이제 곧 여기 나가게 될지도 몰라."

　　혼잣말처럼 말했다. 그날은 바람이 심한 밤이었고, 히로코도 같은 전등 아래에 책상을 꺼내어 회계부를 검토하고 있었다. 얼굴도 들지 않고 숫자를 계속 쓰면서, 히로코는 지극히 자연스런 기분으로,

　　"흐――음"

　　하고 다미노의 말을 들었다.

　　"어딘가, 좋은 곳이 있을 것 같아요?"

　　다미노는 3개월 정도 전에, 야마전기에서 조합관계로 해고되기까지, 계속 공장생활을 하고 있었다. 조합의 서기국으로 오세요, 라고 들었어도, 나는, 직장 쪽을 좋아해요. 다시 들어갈 거예요, 그렇게 말하고, 잠깐 이곳에서 돕고 있었다.

고개를 숙이고, 헝클어진 실을 솜씨 없이, 씩씩하고 거칠게 잡아당기면서 다미노는,

"아직 확실하지 않지만 말이야."

틈을 두고

"우스이 씨, 기다리고 있던 것이 이제야 도착했다고, 매우 기뻐하고 있어……"

히로코는 무심결에 고개를 들어, 고개를 아래로 숙이고 있는 다미노를 보면서, 펜을 들고 있지 않은 쪽의 손가락으로 자신의 아랫입술을 느릿느릿하게 비트는 것 처럼 손을 놀렸다. 다미노는 여전히 얼굴을 수선할 물건 위로 숙인 채로 있다.

"――도착했다니……"

여러 가지 넘쳐흐르는 추측이, 히로코의 마음에 떠올랐다. 어쨌든 우스이와 당의 조직과 연락이 닿았다, 라고 하는 것임에는 틀림없다.

"하지만, 그 일과, 당신이, 여기에서 나간다는 일과는, 다른 거지요?"

다미노는 직접 그 물음에는 대답하지 않고, 자기 자신의 생각에 반쯤 빠져있는 듯한 상태로 있다가, 잠시 지나 중얼거렸다.

"좀처럼 도움이 되는 여자가 적어서, 모두 곤란해 하고 있는 것 같아요"

그 말로 히로코에게는 전부를 말할 수 없는 다미노의 생각 방향이, 또렷하게 비춰진 것처럼 여겨졌다.

"이번 일은――직장이 아니에요?"

"…………"

히로코는, 젊고, 정직한 다미노를 향해서, 복잡하게 얽힌 자신의 애정이 샘솟는 것을 느꼈다. 다미노는, 아마도 우스이에게 무슨 말을 들어서, 그녀에게는 직장에서 활동하는 것보다 더 적극적인 가치를 가지고 있는 것처럼 생각되는 어떤 역할을 받아들일 마음이 되어 있는 것은 아닐까. 히로코로서는, 젊은 여자 활동가가 대부분의 경우 편의적으로 끌려드는 가정부와 비서라는 역할에 대해서는 오래전부터 여러 가지의 의문을 품고 있었다. 히로코는, 여전히 아랫입술을 비트는 것 같은 손놀림을 하면서 생각하고 있다가 천천히 말했다.

"저쪽에서는, 여자 동지를 하우스키퍼라든가 비서라든가 라는 명목으로 동거시키고, 성관계까지 갖게 하기도 하는 것 같은 것은 좋지 않다고 여기고 있는 것 같아요. ――어딘가에서 읽었는데"

히로코와 그 동료들이 "저쪽"이라고 할 때는, 언제나 소비에트동맹이라는 의미였다.

"흐――음"

이번은 다미노가 얼굴을 들었다. 눈썹을 이상하게 들어 올리는 것 같은 눈으로 히로코를 보고, 무언가 말을 꺼내려다가, 그대로 입을 다물고 바늘을 계속 움직였다.

얼마 지나자, 양말 구멍 수선이 끝나고, 다미노는, 탁아소 유지 인원 명부를 넘기면서 갈색 봉투에 수신자 이름을 적기 시작했다.

밤이 깊어지고, 바람에 맞아 차양의 함석이 끼익끼익 울렸다. 그 찬바람이 잔잔해지면, 길이 얼어붙는 것을 알 수 있는 사방의 정적이다. 다미노가 만년필의 끝을 묘하게 돌려 쥐고 글자를 쓰고 있다. 마모된 펜과 매끈매끈한 종이의 면이 서로 다투어 큐, 큐 하고 소리를 내고 있다.

그 큐, 큐 하는 소리를 들으면서 자신도 일을 계속하는 동안에, 히로코의 마음은 하나의 정경에 이끌렸다. 다다미 6조, 4조 반, 이런 집에는 먼 산의 소나무 그림을 그린 싸구려 장지가 세워져 있다. 장지 이쪽에 있는 접이식 낮은 밥상에서, 히로코가, 글을 쓰고 있었다. 벌써 새벽이 다가왔다. 히로코가 피곤해서, 생각도 정리하지 못하고 지쳐 있자, 그 장지의 건너 쪽에서, 지금 막 들리는 것 같은 큐 큐,라고 하는 펜 소리가 났다. 장지의 이쪽에서도, 써내려가는 글자의 기복 없는 속력과, 막힘없이 계속 흐르는 사고의 정력적인 기세를 느끼지 않고는 있을 수 없는 소리였다.

히로코는, 자신의 손을 멈춘 채, 즐거운 마음으로 그 소리에 귀를 기울이고 있었다. 그리고 나서, 장지너머로,

"잠깐"

시게요시에게 말을 걸었다.

"――무슨 일이야?"

"……데모 하지 마세요."

혼자 입가에 웃음을 짓고, 상황을 살피고 있자, 시게요시는, 순간적으로 히로코가 말한 말의 의미를 못 알아들은 것처럼, 장지의

건너편에서, 앉은 자세를 고치는 기세였지만, 바로,

"――난 또 뭐라고!"

웃음을 터뜨렸다.

"그런 분수도 못되는 걸."

곧 다시, 큐 큐 소리가 나기 시작했다. ――

히로코에게는, 다미노가 이제부터 거쳐 갈 하나의 계급적인 입장을 가진 여자로서의 일생이, 자신이 경험하는 기쁨, 괴로움 하나하나와, 정열적으로 연결된 것으로서 느껴졌다.

시게요시가 검거되고 히로코도 다른 경찰서에 잡혀 있었을 때의 일이었다. 히로코는 2층 특별고등경찰실의 창에서 참새 어미가 경찰서의 구내에 나 있는 노송의 나뭇가지 끝에 둥지를 틀고 있는 것을 발견했다.

히로코는 무의식중에,

"어머, 불쌍하게! 이런 곳에 둥지를 틀다니!"

하고 말했다. 그러자 마침 그 자리에 있던 수염이 덥수룩한 남자가,

"뭐가 불쌍한 거야! 안전하게 보호되는 것을 알고 있는 거란 말이야."

그렇게 말하고, 뚫어지게 히로코를 위아래로 보면서,

"당신 같은 사람도 아이를 한 명 낳으면 좋겠네. 틀림없이 귀여워할 텐데, 눈에 선하네."

히로코는, 그 남자의 정면에 시선을 고정시키고

"후카가와를 돌려주세요."

그렇게 말했다. 남자는 입을 다물어 버렸다.

히로코가 특별고등경찰실에서 돌아와, 탁아소에 거주하게 된 지 얼마 안 된 여름의 끝자락에, 오하나 씨의 친구가 현장에서 큰 부상을 입어 병원까지 부축해준 일이 있었다.

아기를 탁아소에서 맡아, 아래의 다다미 4조 반 방에 재워둔 채로, 부채로 모기를 쉬임 없이 쫓으며, 히로코는 그 옆에서 책을 읽고 있었다. 얼마 안 있어 잠을 깬 아기는 울음을 터뜨리고는 아무리해도 그치지 않았다. 콧등에 땀을 흘리면서 끊임없이 심하게 울고 있다. 히로코는 아아! 하고 문득 생각이 났다. 그 생각에 스스로 기뻐하면서,

"자아, 이걸로 어때? 아기도 이거면 울지 않겠지?"

그렇게 말하면서 하얀 블라우스 안의 가슴을 열고, 히로코는 자신의 젖을 울고 있는 아기의 입가로 갖다 댔다. 아기는, 그때 시들어서, 얼굴색이랑 다리 뒤쪽의 혈색이 안 좋은 아기였는데, 가느다랗고 빨간 동그라미처럼 입을 벌리고, 더듬어서 겨우 히로코의 젖꼭지를 입안에 넣었나 했더니 바로 혀로 그 젖꼭지를 입속에서 밀어내고 전보다 한층 더 심하게 울어댔다. 세 번이나 네 번이나 히로코는 그 행동을 반복한 끝에 결국 포기하고 자신도 난처한 나머지 말귀를 알아듣는 아이에게 말하듯이 인사했다.

"아니 그럼 곤란하지 않니. ──그래도 아줌마가 잘 못한 건 아니잖아, 아기야"

그리고 한 시간 정도 지나서 홋카이도 출신인 오하나 씨가, 돌아왔다.

"죄송합니다. 후ㅡ, 힘드네요. 어찌 이리도 더운지."

오하나 씨는 선 채로 오비를 풀고, 커다란 무늬가 그려진 유카타를 벗어 던지고, 속치마 하나 차림으로 어깨에 물수건을 걸치고,

"아이구ㅡ 울보 녀석!"

길게 늘어진 검은 젖꼭지를 갖다 대었다. 콧김을 내고 아기는 그것을 덥석 물었다. 히로코마저 안심하는 안도의 색이 아기의 얼굴에 나타났다.

히로코는 그 모습을 옆에서 들여다보면서, 조금 전의 이야기를 했다. 오하나 씨는 개의치 않고 흐르는 땀을 어깨에 걸친 수건으로 닦으면서,

"그건 빨지 않지요, 왜냐면, 먹고 있는 젖이 아니면, 차갑거든요, 싫어하지요."

히로코는 그 저녁의 일을 잊을 수가 없었다. 자신의 젖꼭지가 아이를 낳은 적이 없는 여자의 차가운 젖꼭지라고 하는 것. 그리고 외관은 아름다운 몸매인 오하나 씨가, 영양부족으로 기저귀 밖으로 나온 작은 두 다리 안쪽이 창백한 아기에게 따뜻함만 있는 젖으로 괴롭게도 계속 빨리고 있는 모습. 이 사회에서의 여자의 슬픔과 분노 두 개의 그림이 그러한 장면에 있는 것처럼, 히로코의 마음에 새겨졌다.

그날 밤, 잠자리에 들어 전등을 끄고 나서, 히로코는, 아무 일도 없는 듯한 평온한 상태로 다미노에게 말했다.

"저기요, 당신의 미래에서 어떤 장점과 적극성을, 개인적인 애매한 사정으로 물러나서 피하지 말고 적극 사용하도록 하세요."

"…………"

"쓸데없는 참견 같아서 미안하지만, 우리들은 일을 해 보고, 실제로 사람을 판별할 수밖에 없는 걸요……네 그래요. 우스이 씨와 당신이 아직 일다운 일을 해보지 않았잖아요. ――속마음을 알 수 없다는 생각이 들어서요……"

다미노가 잠자리 속에서 꼼짝거리는 느낌이 들었다. 다미노는 매우 솔직한 모습으로,

"――그렇게 말하면 그렇군."

천천히 그렇게 말하고, 한숨을 쉬는 것이 히로코에게 들렸다.

6

아침 일찍부터 관할의 특별고등경찰이 탁아소에 왔다. 아무 말 없이 그 주변을 서성거리고,

"도요가 오겠지"

하고, 토방에 있는 신발을 세심하게 봤다. 도요라는 이름을, 히로코와 그 동료들은 몰랐다.

"뭐, 몰라? 거짓말 하네, 틀림없이 연락해서 나온 것을 본 사람

이 있다."

그것은 분명히 트집이어서, 그대로 돌아가려했는데,

"이봐, 저건, 뭐야!"

지팡이의 끝으로 가리키는 것을 보니, 그것은 지난번 도랑에 처박힌 뒤, 다시 바로 세워져 있는 탁아소의 표지였다.

"뭐――다 알고 있는 일 아닙니까?"

다미노가 나와 말했다.

"벌써 1년이나 그 곳에 세워져 있었는걸요."

"세워도 좋다, 라고 누가 말했나?"

매우 성가시다는 듯이, 다미노가,

"하지만, 세워져 있었는걸요. 여기가 이렇게 되어 있었으니까 요――"

라고 말을 하자, 그 남자는 위압적인 태도로,

"그건 몰라."

라고 매우 의미심장하게 말했다.

"이곳에서, 없다, 라고 보면, 존재하지 않는 거 아닌가. 일본 프롤레타리아 문화연맹도 당사자들은 있다 라는 생각 같은데, 우리들 쪽은, 있게 하지는 않아."

다미노는, 그 남자가 떠나자, 땅바닥에 침을 내뱉고 말했다.

"쳇! 불쾌해!"

그 다음 날 오후 2시경, 히로코가 2층에서 뉴스의 초고를 쓰고 있는데, 누군가가 한 계단, 한 계단 무거운 듯이 계단을 올라오고 있는 발소리가 났다. 귀에 익숙하지 않은 발걸음이었다. 펜을 든 채로 뒤돌아보니, 거기에는 쇼키양말 회사인 이나바의 안주인이, 보자기에 싼 물건을 든 채로 올라오고 있다. 보따리에서는 무가 불거져 나와 있다.

"아아, 아주머니예요?……왜요? 무슨 볼일이 있어요?"

"오타니 씨, 여기에 안 왔어요?"

"――안 왔어요.』

오타니와는, 오늘밤 만날 약속이었다. 이나바의 안주인은, 평소와는 다르게 두루 살피며,

"그럼, 역시 할 뻔 했었나?"

히로코는, 자신도 모르는 빠르기로 의자에서 일어났다.

"무슨 일인데요?"

"――나, 봐버렸거든"

그 목소리의 표정에는 히로코를 소름끼치게 하는 것이 있었다.

안주인의 집이 계모임의 당번이어서, 오늘은 쉬고 물건 사러 나왔다. 역 앞 큰길에서 이쪽 방면으로 돌자, 앞 쪽에 오야 같은 남자가, 또 다른 한 사람의 젊은 남자와 같이 걸어가고 있는 것이 보였다. 이나바의 안주인은 조금 더 가까이 가서 오야라면 말을 걸려고 생각하고 뒤에서 따라가자, 라디오가게 모퉁이에서 젊은 쪽의 남자와 헤어졌다. 두 개 정도의 골목을 지나갔을 때, 과자가게의 옆에서 양복을 입은 한 남자가 나왔다고 여기자, 빠르게, 또 두 명이 어디에선가 나와서 바로 앞뒤에서 오야를 사이에 끼웠다.

"이봐!"

뭔가 말하는 것과, 오야가 빠져나가려고 하는 것과, 그런 오야를 재빠르게 세 명이 포위해서 잠시 맞붙어 싸움이 시작된 것이, 이나바의 안주인 눈에는, 모두가 빠르고, 날카롭고, 소리가 없는 전광 같이 보였다. 건너편으로 가지 않고, 역 앞쪽으로 돌아와서, 안주인은 소매로 반쯤 얼굴을 가리고 처마 밑으로 숨어 있었다. 그 눈에 비친 것은 좌우와 뒤에서 포위되어 수갑이 채워진 남자의 모습이었다. 그런데도 침착하게 기모노의 앞을 부자유한 손끝으로 바로잡으면서 온 것은, 분명히 오야였다는 것이다.

히로코는, 이야기를 다 들었을 때 목이 막혀서, 이상하게 목소리를 내기 힘들다는 것을 느꼈다. 얼마동안, 펜을 쥔 채로 오른손으로 입을 가리듯이 하고 있다가 혀가 말리는 목소리로, 물었다.

"오타니 씨, 뭔가 들고 있지 않았어요?"

"글쎄요, 나도 저런! 하고 생각해버린 터라서——조그만 보따리 같은 것을 들고 있었어요, 분명히"

"먼저 해어진 남자는——어떤 차림을 하고 있었나요? 양복?"

"양복 같은 게 있겠어요?, 아! 그 근처에 흔히 있잖아요?, 학생 제복 말이야, 비백무늬였어, 아마도"

히로코의 눈동자가, 꼼짝 않고 찌르듯이 가늘었다. 비백무늬……비백무늬. 우스이는 비백무늬만 입는다. ——그렇지만——

"그 사람의 얼굴은 보지 않았지요?"

"그러니까, 당신, 그들은 앞으로 돌아서 가버렸는걸……"

한 계단씩 건너 뛰어 다미노가 아래에서 올라왔다.

"들었어?"

빨간 뺨 위로, 다미노는 눈을 반짝반짝거렸다.

"여기, 오는 거 아니야?"

이나바의 안주인은, 무언가가 신변에 닥친 것을 직감한 것처럼, 히로코의 얼굴에서 다미노로, 다시 히로코로 불안한 듯한 눈을 내비쳤다. 히로코는 그것을 알아채고,

"괜찮아요!"

다미노를 향해서 눈짓했다.

"여기는 탁아소인 걸요, 이상한 일을 하면, 엄마들도 가만히 있지는 않을 거예요"

땀이 나는 것도 아닌데, 이나바의 안주인은 줄무늬 앞치마를 손가락에 휘감고 계속해서 콧방울 주위를 닦았다.

"프로렐타리아는, 시도가 아니라고도 생각하고 있을지도 몰라!"

이나바의 안주인이 아래로 내려가자, 애타게 기다린 것처럼 다미노가 힘 있는 팔을 움직여서 찬장에서 행장을 꺼냈다. 그리고 필요 없는 종잇조각을 주위 깊게 처리하면서 다미노는,

"여기까지 총괄 점검이라니, 질색이다."

라고 투덜거렸다.

그것은 알 수 없었다. 소비에트의 동지회가 각지구의 직장에

확대되고, 소비에트 견학단 선출을 직장에서 실시하게 된다면, 그 활동은 오히려 부자유스럽게 되었다. 시영전철 지원활동과 오타니의 부서관계 일에서, 탁아소에까지 여파가 올 것을 전혀 예상하지 않은 것은 아니었다. 어떤 곳에 전화를 걸어서, 그곳에서 필요한 장소를 알리기 위해, 다미노를 보냈다.

시게요시가 당했을 때, 히로크는 자신은 충분히 침착하게 있을 작정이었지만, 오야 집에서 익숙하게 내려오던 계단 중간에 드리워져 있는 벽 가로목에, 두 번이나 심하게 자신의 이마를 부딪쳤다. 그 옅은 상처를 잠자코 보고 있던 오야의 눈빛. 그리고,

"자, 밥 먹고 가세요."

하고, 접이식 낮은 밥상에 자연스럽게 히로코를 앉힌 오야의 몸에 배어 있는 배려 깊은 침착함. 업무에서 그를 따라 성장하게 된 여러 가지 장면을 생각하자, 히로코는, 그만 그가 붙잡힌 억울함으로 배가 떨리는 기분이었다.

언제였던가, 히로코는 오야가 자칫하면 위험했던 순간을, 나무에 올라가서 살았다라고 한 이야기를 누군가에게서 들었다. 히로코가 재미있어하고 그 이야기를 시게요시에게 말하니,

"정말로 그런 일이 있었어?"

하고 물었다. 시게요시는, 히로코의 얼굴을 잠깐 보고 있다가, 직접 그 일이 있었다고도 없었다고도 말하지 않고, 단지,

"상당히 번개같이 재빠른 솜씨야."

그렇게 대답하고, 유쾌한 듯이 웃었다. 히로코는, 먼 훗날, 그

때의 시게요시가 대답하는 모습을 다시 생각하며, 마음에 깊이 새겨진 것을 느꼈다. 시게요시와 오야와의 교제의 깊이는, 서로의 소문을 개인적으로 마구 지껄이는 이상의 것이고, 그러한 우정이 역사를 진전시키기 위한 중요한 보이지 않는 계기가 되어 있다. 그 가치를 히로코도 최근 조금씩 알게 된 것이다.

그렇지만, 과연 오야가 당하지 않으면 안 되었을까. 히로코는 그렇게 생각하니까, 오야의 방식에도 아쉬운 부분이 있는 것 같이 생각되었다. 예를 들면 비백무늬 남자라고 듣고 히로코의 머리에 떠오른 것은 우스이라는 인물이다. 만약 그것이, 이나바의 안주인이 본 그 비백무늬였다고 한다면. 히로코가 말은 적게 그러나 의미는 깊게 막연한 의문을 말했을 때 오야는, 비교적 확실하게, 히로코의 불안을 부정했다. 그러나 오야는 절대로 그와 같은 일이 있을 수 없다고 하는 확신을 가진 객관적인 근거가 있었던 걸까.

그 전후의 일의 경과에는, 히로코로서 뭔가 억울한 부분이 있다.

불과 하루걸러, 탁아소에서 다미노가 당했다.

히로코가 아이들의 구충제를 받으러 진료소에 갔다가 돌아왔더니, 다리 있는 곳에서 지로와 소데코가 이쪽을 보고 서 있었다. 멀리서 히로코의 모습을 발견하자, 두 아이는 손을 서로 잡고, 달릴 수 있는 만큼 힘껏 달려왔다. 아이들의 모습을 본 순간, 히로코는, 왜인지, 화재! 라고 착각했다. 이쪽에서도 무의식중에 종종걸음이 되었다. 만나자 마자 히로코의 스커트를 움켜잡고 지로가,

"있잖아요! 있잖아요!"

숨을 그치고,

"이이다 씨가 끌려 가버렸어요!"

라고 알렸다.

"언제!"

"아까!"

"오구라 씨는?"

"있어요"

그날 아침의 신문에, 시영전철 쟁의 중단기사가 실렸다. 다미노는, 선 채로 신문을 펼쳐서 보고 있다가 한 번 내려놓은 것을 다시 집어 들고,

"우리들이, 이런 일을 오늘 아침에 비로소 부르조아 신문이라는 걸 알게 되다니. ——너무 분하다.」라고 말했다. 그 솔직한 표현은, 히로코의 마음이라고 할 수 있다. 오하나 씨가, 그 이야기를 듣고,

"그러면, 내가 곤란해요, 이웃을 도우려고 말이죠. 파업한다고 해서 비록 일전이라도, 주머니 모금으로 받은걸요……그렇죠"

모금을 낸 부모들에게, 쟁의는 종업원이 실력을 내세워서 패배한 게 아니라는 것을 설명한 전단지를 인쇄하고, 그 준비를 다미노는 조금 전까지 분명 하고 있었던 것이다.

오구라는, 들어오는 히로코를 보자,

"아아, 다행이다!"

마치 끌어 당겨지듯이 일어나서 왔다.

두 명의 특별고등경찰이, 전혀 아무것도 아닌 것처럼 와서, 제대로 말도 하지 않고 갑자기 2층에 올라섰다. 바로 뒤따라서 다미노가 올라가고, 내려오는 것을 보니, 한 명의 특별고등경찰이 손에 빨간 잉크로,「적기赤旗」라고 제목을 인쇄한 것을 들고 있었다. 그걸로 다미노 얼굴을 때렸다.

"시치미 떼지 마라! 당신 당원이잖아. 오타니가 전부 말했다, 라면서, 정말 지독하게 맞았어요."

그렇게 말하면서 오구라는 눈물을 글썽였다.

히로코는 무의식중에 엄한 어조로,

"그건, 거짓말이야."

라고 말했다. 이 탁아소에 한 장이라도 있을 까닭이 없는 그러한 문서를 구실로 해서, 어딘가에서 준비해 와서 사용한 거야. 그것은, 프롤레타리아 문화연맹을 탄압할 경우에도 사용했다고 하는 이야기를 히로코는 들었다.

히로코는 오구라를 위로하면서, 크고 하얀 종이에, 아무 이유도 없이 벌써 3개월 가까이 경찰유치장에 잡혀있는 사와자키 킨에 대한 일과 또 조금 전 연행된 다미노의 일에 대해 쓰고, 들어오는 사람의 눈에 바로 띄도록, 오르막 가장자리의 상인방上引枋에 매달았다.

자신이 이러한 지금 잠시 벗어나 있는 그 영속성이, 밤까지 계속될지, 내일까지 이어질 것인지, 히로코는 짐작이 되지 않았다.

히로코는 혼자서 2층에 올라가 보았다. 다다미 3조 방의 테이블 주위가 마구 흐트러져 있다. 테이블 밑의 다다미에 펜대가 위에서부터 아무렇게나 떨어진 채로 콕 박혀 있다. 조용히 그것을 빼내어, 히로코는 그것을 만지작거리면서, 해질녘에 아이들 마중하러 온 부모들과 그대로 회합을 가질 방침을 세웠다. 그리고 아래에 내려가서, 오구라에게 하나의 보따리를 맡겼다. 내용물은, 옥중의 시게요시를 위한 한 벌의 자켓이었다.

아침바람

그 근처에는 메이지 시대부터 붉은 벽돌로 된 높은 담이 둘러쳐져 있어서 독특한 도쿄의 거리 한 구석 공기를 형성하고 있었다.

혼고라고 하면 오시치[19] 가 방화를 한 사찰 같은 곳도 있지만 전체의 느낌은 밝다. 그것이 스가모라면, 바로 이웃인데도, 활짝 트인 느낌은 왠지 모르게 마을 한 구석에 어두컴컴하게 침체되어 있는 기분으로 바뀌고, 실제로 즐비한 집들의 등불 그림자가 땅바닥에 한층 가까워지게 된다. 병영과도 다른 붉은 벽돌로 된 그런 높은 담은 이따금 보이는 감색 무명 통소매 옷을 입은 남자들의 양말과 함께 복잡한 줄무늬 옷을 입고 살고 있는 남자와 여자 그리고 노인과 젊은이들의 생활에 일종의 느낌이 있는 존재로서 길들여지면서도 결코 완전히 길들여지지 않는 그 공간의 공기가 독특한 분위기를 자아내면서 그 거리에 감돌고 있었다.

대지진 후에는 도시 안의 모습이 많이 바뀌었다. 이 마을 언저

---

19 八百屋お七(야오야 오시치,1668년?-1683년 4월 24일)는 江戸時代전기 江戸本郷의 야채 가게의 딸로 애인을 만나고 싶다는 일념으로 방화사건을 일으켜 화형에 처해진 소녀이다.

리도, 새 도시 안에 편입됨과 동시에 시와 구의 보수가 시작되고, 이케부쿠로에서 아스카산을 둘러싸고 닛뽀리 쪽으로 개통하는 아스팔트 도로와 그것과 교차해서 오쓰카와 이타바시 사이를 종단하는 넓은 차선 도로가 들어서는 등 면목을 일신했다.

며칠 전까지는 그쪽의 한쪽이 몹시 혼잡하여 통행 금지였는데, 이곳을 통과할 수 없게 된 상태로 십 몇 개월이 계속되던 어느 해, 드디어 통행을 하게 되었고 새로운 콘크리트 보도가 봄날의 한 줄기 햇살이 하얗게 빛났을 때, 사람들은 가슴 속에서 한숨을 쉬는 듯한 경이적인 눈으로 그 보도에서 눈앞에 활짝 펼쳐진 넓고 커다란 들판을 바라보았다. 옛날부터 있던 붉은 벽돌로 된 높은 담은 흔적도 없어졌다. 가시가 달린 철조망울타리 때문에 보도 사이가 막혀서, 그 울타리에서 보도까지 잡초 이파리가 변두리에서 볼 수 있는 경치처럼 삐져나와 있고 초원은 넓디 넓게 멀리까지 펼쳐져 있다. 조금 떨어진 맞은편 아래 쪽 지세에서 멀리 풀숲 사이로 녹차 밭의 잔류 같은 것이 보였다. 약간의 밭 같은 것도 보인다. 부근의 아이들은 그 공터를 내버려 둘 리가 없다. 아이들이 놀고 있는 목소리들은 들리지만 모습은 잘 보이지 않는다. 들판은 그렇게 광활하다. 막힘없이 탁 트인 푸른 하늘도 봄볕을 머금고 그 위에 빛나고 있다.

이 들판 전망의 정취는 그렇지만 단조롭지는 않아 잠시 서서 보고 있는 동안, 이 들판의 풍경 중에 재미있는 것으로, 초원의 오른쪽 저편에 솟아 있는 하나의 작고 고풍스러운, 붉은 벽돌 탑에 녹청색으로 된 둥근 지붕이 중요한 악센트를 이루고 있다는 것을 알게 될 것이다. 그 탑을 둘러싸고 회색 콘크리트 담장이 뻗어 있는 그 일곽의 근대적인 하얀 반사와는 반대로, 그곳에 이어진 들판의 왼쪽에는, 넓은 거리를 사이에 둔 이쪽 편에서도 그 낡은 모습이랑, 엉성한 상태를 감추지 못한 인가가 검고 위태롭게 이어져 있다. 비바람을 맞은 탓일까. 맑은 날에도 멀리 보이는 그 집들의 거무튀튀한 색은 변함이 없다. 들판의 끝에 있는 그러한 한 이층집이 무슨 일로 앞에서 뒤까지 개방되기라도 하면, 검고 네모난 생활의 구멍 같은 그곳에서 나무 한 그루 없는 뒤쪽의 하늘까지 그냥 있는 그대로 보여서, 그곳에 있는 공허한 느낌마저 바라보는 사람의 마음에 스며들었다.

들판 일대에 나무가 없는 대신 왼쪽 끝에 늙은 벚꽃 나무가 몇 그루 가로수처럼 있어서 크게 펼쳐진 가지 끝에 꽃이 피면 그쪽은 동쪽이니까 아침 햇살을 받고 활짝 핀 모습이 뭐라고 말할 수 없이 신선했다. 그리고 그 벚꽃의 색깔이 아름답고 싱싱하면 싱싱할수록 그 안쪽의 위태로운 연립공동주택의 검정색이 날카로운 대조를 이루어 돋보이고, 거기에는 유화 도구가 아니면 표현할 수 없는 진한 사람의 마음을 나타내는 황폐荒廢의 미美가 있었다. 수천 평 될까, 들판에 대체로 이러한 모습으로 균형이 깨져 있기 때문에 오히려 이상하리만치 인상적인 경치로 보였다.

흔히 있는 일로, 이 들판을 보도에서부터 가로막고 있는 철조망 울타리에도 이미 몇 군데 뚫어져 있었다. 그곳에서 어느새 풀

사이를 누비고 짓밟힌 오솔길이 나있다. 처음에는 모두 같아 보이는 그 좁은 발자국을 더듬어 차츰차츰 걸어가면, 그 한 갈래 길은 조금씩 왼쪽으로 왼쪽으로 들판 끝을 삼각형으로 달려서 마을에서 마을로 가는 지름길이 되어 있었고, 중도에서 갈라진 한 갈래 길은 간신히 그것을 발견할 정도로 좁아지면서 앞에서 말한 녹청색 둥근 지붕이 달린 붉은 벽돌의 탑 밑으로 바로 나오게 된다. 아래까지 와서 올려다보면 그 탑 속에 감시인이 있는 것도 알 수 있다. 그 근처에 비슷하게 지어진 집 담장은 다 같이 붉은 벽돌로 지어졌고, 그것이 이것 저것 모두 맞춤새를 벗긴 흔적이 그대로 보이는 낡은 벽돌로 만들어져 있어서, 왜 이런 벽돌만 결집한 걸까라고 하는 의심이 저절로 생길 때, 비로소 사람들은 크게 고개를 끄덕였다. 이들 낡은 벽돌이야말로 그 메이지 시대부터 있었던 높은 담에서 가져 온 것으로, 이 일곽은 원래 차지했던 부지의 4분의 1 정도가 되는 곳까지 물러나 있지만 완전히 이 땅에서 사라진 것이 아니라 점점 신식으로 정비되어, 무수한 사람을 먹여살려가면서, 그곳에 서 있다는 것을 알게 되었다.

들판의 끝 근처에서 멀리 보면 콘크리트의 높이는 모른다. 무슨 큰 공장처럼 보이는 그 건물을 준공했을 때 신문 기사에 실렸다. 모든 설비가 개선되어, 사람이 자유롭게 살 수 있는 아파트 같다고 게재되었다. 그리고 곧 내부를 공개하고 일반에게 보여준다는 기사였다.

어떤 낮은 벼랑 위의 작은 집 툇마루에서 사요가 그 신문 기사에 주목했다.

"어머!"

무릎을 앞으로 쑥 내미는 것처럼 하고 한 번 더 그 기사 위에 시선을 모았다.

"잠깐요, 이거……우리들 볼 수 있을까요?――보고 싶어요."

약간 상기된 것 같은 뺨을 들어 그 신문을 건넨 상대는, 이 집에 있어야 할 시게요시가 아니고 뜨개질감을 가지고 혼자 사는 사요 집에 놀러 온 도모코였다.

"정말 어떨까요?…… 그래도 가 봅시다. 아무튼."

"가 볼거죠?"

사요는 친구의 배려를 기뻐하는 표정으로

"나 같은 사람에게는 꼭 보여줘도 좋을 걸요."

왜냐면 가족인 걸요, 하며 마음을 나타내며 웃었다.

정말로 사요는 그 안을 한번 보고 싶은 생각이 들었다. 아아 이런 곳에 살며, 이런 복도도 걷는 건가. 그러면 정말 시게요시의 하루도 현실적으로 느껴지고 내 마음도 편해지겠지.

직장 사무실에서 명단 정리를 하면서도, 사요는 어린이 같은 열정으로 때때로 그것을 공상했다. 그 만큼 조심스럽고 기쁜 일이기에 아내인 자신의 입장에서도 좋을 듯이 생각되었다.

당일이 되자, 사요는 도모코와 이케부쿠로 역에서 만나서 그곳에서 버스를 탔다. 그 버스도 처음이었고, 어느 학교 앞에서 내려서 포목점의 모퉁이를 돌아온 그 길도, 하물며 들판은 처음 보니까, 사요는 신기한 마음을 억누를 수 없는 표정으로 걸었다. 같은 방향으로 줄이어 사람이 가고 있었고, 가문의 모양을 넣은 하오리 차림의 사모님 같은 모습을 한 여성도 몇몇 거기에 섞여 있었다. 길가에 차가 두세대 기다리고 있었다. 홍백의 천을 감은 아치가 화려하게 서있다. 사요는,

"어디에서 들어가는 걸까요?"

라고 두근거리는 숨을 누르는 듯한 얼굴을 하고, 그 아치의 안쪽과, 줄곧 담을 따라 멀리 있는 다른 문을 들여다보았다. 비가 갠 날이라서 그 주위는 사요의 구두를 삼킬 듯이 붉은 흙이 진창으로 있었다.

"뭐가 뭔지 모르겠네요."

구두를 더럽히고, 낙담한 모습으로 돌아온 사요를 도모코가 손을 들어 오세요, 오세요, 라고 했다.

"잠깐, 일반에게 보여준다고 하는 곳은 여기랍니다."

"여기?"

"네"

두 사람은 석연치 않은 표정으로 뒤쪽에 텐트가 쳐져 있는 장소를 보았다. 마무리 처리를 잘 하기 위해서 코크스를 태운 재를 간 공터에 천막이 쳐져있고 그곳에는 공진회共進會처럼 새 밥통이랑 도마, 대야, 큰 소쿠리, 작은 소쿠리, 휴지, 책꽂이, 경대와 같은 살림 도구가 수북하게 진열되어 있었다. 새로운 나무책장 냄새는 천막 밖으로 넘쳐흐른다. 완장을 찬 남자가 있고, 현장판매를 하고

있었다. 사요 일행과 함께 버스를 내린 가문이 새겨진 하오리 차림의 여자 일행은 그 물건들이 싸다는 것에 흥분한 듯한 손놀림으로 뭐라고 떠들면서 참으로 거리낌없이 쇼핑을 잔뜩 하고 있다.

조금 옆으로 비키듯 하며 사요와 도모코는 잠시 그런 광경을 구경했다. 문득 정신을 차려보니, 그 거리의 건너편에 나막신 굽갈이 가게라든지 헌가마니가게 등이 나란히 있는 앞에서 우리 쪽을 구경하고 있는 남녀가 있었다. 그렇게 넓은 노폭도 아닌데 동네 사람들은 자신들의 처마 밑을 떠나지 않고, 홍백의 아치 사이에 움직이지 못하는 거리를 인정하고 있는 듯한 표정으로 건너편에서 보고 있었다.

이윽고 사요가 도모코의 손을 살며시 잡았다.

"갈까요?"

도모코는 걸으면서 반쯤 감복한 것처럼

"잘 팔리고 있네요."

라고 말했다.

"팔리는 일보다 더 좋은 건 없겠죠만,....밥통 같은 건 좀."

밥통은 단란한 가정의 심볼 같은 거니까, 왠지 마을의 통장수 가게에 있는 밥통 쪽이 훨씬 먹기 쉽다는 도모코의 생각은 자연스럽게 실감이 났다.

버스를 타고 사요는,

"미안합니다."

라고 말했다.

"헛걸음시켜서"

"괜찮아요, 그런 건"

두 사람은 발을 맞추어 마치 무슨 볼일을 다 마치고 돌아가는
것처럼 사요의 집까지 단숨에 돌아왔는데, 잠긴 격자문을 열고 있
는 사이에, 사요는 우스워서 견딜 수 없다는 듯이 까르르 웃었다.

"야아, 완전히 나 바보 같았죠."

시게요시에게 이 이야기를 한다면, 시게요시는 뭐라 할까? 비
웃지는 않을까. 바보구나, 라고 잠시 콧등을 찌푸리는 듯한 웃음을
짓고 사요를 보겠지. 사요는 얌전하고 상냥한 마음으로 웃음을 멈
추고 문을 열었다.

여름이 되어, 들판의 풀은 그곳을 빠져나가 지름길을 가는 사
람의 허리 아래를 숨길 정도의 높이로 무성했다. 메뚜기 잡는 어린
이들이 하루 종일 그 풀 속을 헤치며 달렸다. 들판의 오른쪽 멀리
에 일장기가 바람에 나부끼고 있는 그곳이 자동차 연습장이 되어,
낡은 자동차가 전진하거나 후진하거나 하고 있는 것이 아득하게
보였다. 소문으로는 들판은 이대로 두고, 머지않아 비행장으로 할
거라고 했다. 나무도 아무것도 없는 풀밭에 갑자기 비행기가 착륙
할 수 있게 한다고 한다. 그런 소문도 전쟁이 시작된 시절인 만큼,
근거 없는 말이라고는 생각되지 않았다.

철조망을 자른 틈으로 들어와서 들판을 곧장 가로질러 가는 사
요의 옅은 푸른색 파라솔은 쨍쨍하게 내리쬐는 여름풀 위에서 위

아래로 흔들리면서 점점 작아졌다.

사람이 지나치려는데, 메뚜기가 갑자기 발밑에서 날아와서, 눈여겨 보니 개여뀌의 빨간 꽃도 피어 있다. 그 여름, 들판 언저리에 거무튀튀한 집들 중에 어느 한 집에서는, 자연의 변화 따위에 정신을 빼앗기고 있을 시간은 없다는 듯한 살기어린 패기로, 머리에 수건을 쓰고 노동용 옷차림을 한 여자를 포함한 여러 명의 남자가 트럭 주위에 모여들어 누더기를 올렸다 내렸다 하고 있었다.

풀이 시들어지고, 곧 서리가 내리고 겨울이 오면 들판은 서릿발이 녹아 땅이 물러져서 걷기 힘들어진다. 지름길을 큰 삼각형으로 빠져나가는 통행인의 수도 줄었다.

사요는 그 계절이 되면 더 이상 들판은 지나가지 않고 새로 보수한 거리 쪽으로 돌아왔다. 그리고 예상치 않게 그 거리에 있는 나막신 굽갈이 가게의 할아버지와 친해졌다. 라고 하는 것은, 그곳은 도로 공사 전후에 너무 심하게 진흙탕길이 깊어져서 개조차도 가기 힘든 상황이었다. 그 겨울 사요는 나막신의 끈이 끊어진 것이 인연이 되어 그 굽갈이 가게에 들렀었다. 가게 앞에서 안까지 석자나 넉자 정도의 가게 한 구석을 굽갈이 일터로 하여, 안쪽은 바로 골목과 비스듬하게 연결된 다다미 4조 반이나 될까하는 구조였다. 할아버지의 얼굴도 손발도 바삭 바삭 건조한 것처럼 그 주거의 내부도 건조해서 불과 몇 자루의 낡은 양산만이 있는 상태이다.

도쿄에서는 극히 생활이 궁핍한 구역에 왜 축하하는 것 같고 화려한 것 같은 이름을 붙일까. 예를 들면 도미가야富ヶ谷라든가

도미가와富川라든가 아사히旭라든가, 히노데 마치라든가.

부근의 이 지도에서 보면, 나막신의 굽갈이 가게는 그곳에서 비스듬히 뒤에 펼쳐져 있는 수백 채나 되는 어려운 세대의 맨 앞줄에 있어, 정면에 축조된 콘크리트 담의 안쪽으로 들어가 있는 곳만은 겨우 몇 센티 거리로 버티고 있는 것 같은 생활이었다. 부챗살같이 안쪽으로 펼쳐진 골목으로 들어가면 우산을 쓴 사람 혼자 겨우 지나갈 정도인 간격으로 상자 같은 집들이 밀집해 있었다. 집집마다 맞닿은 옆집과 추녀 사이의 좁은 공간에는 모든 종류의 세탁물과 국내인과 한반도인인 부인들과 아이들과 환자가 움직이고 있었다.

강바람이 심하게 그 도시를 휘몰아쳤다. 맞바람을 거슬러서 걷는 여성들은 서로 말을 맞춘 것처럼 몸을 앞으로 숙여 숄로 입언저리를 막았다. 보수한 도로까지 되돌아왔을 때, 갑자기 날카로운 기적 소리에 얼굴을 들었더니 막다른 길이 선로의 울타리 아래로 철컥철컥하고 화차가 느리게 움직이며 갔다. 화차 지붕에 눈이 쌓인 곳이 있었다. 언뜻 보이는 약간의 눈은 매연에 더럽혀진 쥐색으로 메마른 도시에 정말 겨울을 가져 온 것처럼 보기 드물게 그리움을 더했다. 사요는 그 순간 격렬한 생활의 기쁨에 대한 향수로 가슴이 메어졌다.

그런데 그 해의 연말이 가까이 되면서, 굽갈이 가게의 모습이 어딘지 모르게 변했다. 일반적으로 가죽 샌들이라든가, 비로드 끈이라든가 하는 것이 대용품이 될 무렵으로, 굽갈이 할아버지 가게 앞은 점점 텅 비고 아무것도 없는 유리 선반 안쪽에 붙인 녹색 무늬지가 퇴색되어 노골적으로 그대로 드러났다. 그럼에도 불구하고 손님의 몸이 겨우 들어갈 만큼 가게 앞에 왠지 모르게 생기가 있었다. 안쪽에서 붉은 비단 천이 움직이는 것이 길에서 보였다. 그것을 만지작거리는 것은 할아버지와는 달리 체구가 컸고 이목구비가 반듯한 굽갈이 가게의 안주인이었다. 윗도리를 걸친 인근 부인이 그 앞에 앉아 계속 무슨 천을 만지작거리며 상의하고 있다. 안쪽 가득히 펼쳐진 재단판의 앞에서 굽갈이 가게의 안주인은 큰 체구인 몸에 어떤 권위를 나타내면서 상대를 하고 있다. 할아버지가 처마 밑에 서서 겨울 햇볕에 허리를 쬐고 있을 때의 얼굴에도 희미하게 기름기가 보였다. 매일 매일 안주인은 마름질판을 향해 앉아서, 지금까지 무엇을 먹고 있었는지 몰랐던 가게의 안쪽에서 사람들이 음식을 먹는 북적거리는 기색도 보였다.

이 동네에 그렇게 붉은 비단의 색이 보이기 시작했다는 것은 다시 말하면, 그것에 이어 더 큰 변화가 일어나는 밀물 때의 징후였다.

봄이 되자, 보수한 도로 뒤편에 있는 썩고 있는 네 채의 연립 주택 한 구획이 허물어지고, 그곳에 기계 공장이 새로 건축되었다. 타임 레코더를 누르고 직공이나 여공이 사무실 입구로 들어갔다.

소형자동차 다트선[20] 이 멈추고 안에서 관리 자 같은 남자가 나오자, 운전하고 있던 국방색 옷을 입은 사람이 허겁지겁 사무실 문으로 안내했다. 그 모습을 보고 있던 사무원들이 길을 비켜서며 일제히 고개를 숙였다. 그런 광경도 이 부근에서는 새롭다.

그 근처에서 고철상, 주물공장, 기계공장과 여러 하청공장이 잔뜩 있고 그 철망이 붙은 새까맣게 더러워진 창문 밑에서 하루 종일 근무하는 젊은 남자들의 청춘을 쓰다듬으며 잡아 뜯는 촉수처럼 카페거리가 자극적인 색깔을 숨김없이 털어놓으며 나란히 줄지어 있다.

정오 사이렌이 울리자 동시에 공장의 뒷문에서 뛰어나오는 여공들의 에이프런 차림에도 활기가 있었다. 서로 이야기를 주고받으면서 여공들은 각각 꼬불꼬불 구부러진 골목길 사이로 재빨리 사라졌다. 점심시간에는 돌아오는 남편이 있다. 급히 서두르는 그런 여자도 있다.

아침저녁으로 비치는 거리의 변화를 모두 모아서 한줄기 강한 선을 그은 듯이 마을 뒤에 전철이 개통되었다.

전철이 개통되고 얼마 되지 않은 어느 날이었다.
사요는 대구포와 콩나물 통을 늘어놓은 어둡고 축축한 가게라

---

20 다트선(DATSUN) : 일본의 자동차 메이커인 닛산(日産)에서 생산·판매하는 소형 승용차.

든지 헌솜을 수선해주는 가게가 늘어선 골목을 빠져나가, 당시 막 개통한 전철 거리로 나가보았다. 어수선한 좁은 거리에서 그곳으로 나온 곳은 놀랄 정도로 주위가 조용하고, 오른쪽에 훨씬 멀리 있는 종점에는 상점의 붉은 깃발 같은 것도 보이지만, 왼쪽은 아득한 언덕으로 지금은 전철이 한대도 다니지 않는 한낮의 더 넓은 거리가 매우 조용하게 흰구름이 떠 있는 하늘로 사라지고 있었다. 잡목 숲이 바로 그곳에 있었다. 잡목 숲에서는 느티나무라든지, 단풍나무 같은 여러 가지 수목이 점차 빛과 열을 더해가는 봄 햇살 아래에서 한참 싹트고 있는 중이다. 뾰족한 초록색 구슬 같은 점들이 아주 작은 그물코가 되어 모여서 쏟아지는 햇빛을 여념 없이 흡입하고 있다.

사요는 들어 올린 희고 부드러운 턱에 미세한 윤기를 띄면서 한동안 보도에서 그 잡목 숲을 멍하니 바라보고 있었다. 그리고 하얀 치마를 부풀리며 성큼성큼 걸어가는 한반도 사람인 할머니와 차도를 가로질러, 맞은 편 골목으로 들어갔다. 다시 혼잡하고 불결한 거리가 시작되었다. 그리고 쓰레기 바구니가 높게 몇 개나 쌓여 있는 공터 옆에서 길은 세 갈래로 갈라졌다. 그 모퉁이 부분에서, 사요는 어느 길을 택할까 망설였다. 한길 한길의 길이 어느 쪽으로 가는 건지 조금도 알 수 없을 뿐만 아니라, 만약 이때 갑자기 친절한 마음을 가진 사람이 나타나서, 어디 가십니까? 라고 묻는다면, 사요는 자신도 모르게 얼굴을 붉히고 조금 당황했을지도 모른다. 가는 곳을 사요 자신도 알지 못했다. 라고 하기 보다, 사요는 집을 찾을 생각에서 이쪽으로 걸어 왔지만 그런 셋집이 어디로 향해 어떤 길을 가면 있는지, 짐작도 하고 있지 않았기 때문이다.

똑같은 세 갈래의 길이지만, 앞길에 높이 보이는 느티나무 가지 끝에 마음이 끌려서 가장 왼쪽 골목길을 택해서 갔다.

도쿄 전체에 집이 바닥이 났다. 사요가 살고 있는 벼랑 위의 작은 집은 시게요시와 함께 살던 집이 아니고, 사요가 독신생활을 하게 되면서부터 도모코와 찾아 다녀서 이사한 집이었다. 그 집을 발견했을 때,

"어머, 좋아. 이 집. 외롭지 않겠고, 바람도 잘 통해서 좋고."

라고 사요는 매우 기뻐했다. 그리고 여자가 주인인데도 불평도 듣지 않고 빌릴 수 있다고 정해졌을 때,

"그렇죠, 여기라면 좋겠죠? 정말 다행이에요."

라고 좁은 골짜기의 마을 하나정도 떨어져 있을 뿐이라서 도모코의 주거지와 가까운 것도 장점 중 하나로 지목했다.

신명이 나서 쾌활하게 이사를 하게 되어 원래의 집을 떠나게 된 자신들의 생활 사정에 적극적인 기분도 담아, 사요는 씩씩하게 이사를 했다.

이런 형태의 생활에, 담백한 감정을 안고 살아가는 것도, 여자로서 그렇게까지 추진하게 된 애정 어린 모습이다. 그렇게 생각하고 사요는 살았다.

이사한 해 겨울, 어느 추운 날 밤, 잠자리에 들어 잠시 지났을 때, 갑자기 쾅! 하고 폭발음 같은 소리와 동시에 온 집안이 흔들려

서 사요는 엉겁결에 자리에서 일어났다. 그리고 스탠드를 켰다. 그 등불을 혼자 지켜보면서 몸을 단단히 하고 있자, 간격을 두고 계속해서 쾅!, 쾅! 하고 두 번 울리고, 그때마다 유리문이 덜커덩 덜커덩 떨렸다. 짐작컨데 오지王子 방향이다. 폭발한 것은 분명했다. 어디일까. 다음의 굉음을 기다렸지만 그건 그치고, 이번에는 멀리서 화재를 알리는 소리가 겨울밤답게 울리기 시작했다. 그 소리가 울리는 하늘에서 개 짖는 소리가 났다.

갑자기 잠옷 한 장으로 가린 어깨에 스며드는 한기를 느끼자 그와 함께, 사요에게는 자신을 들여다본 근처 모든 지붕들 아래에서, 이 순간 부부가 벌떡 자리에서 일어나서 불을 켜고, 무슨 일이죠! 겁먹은 듯이 모여서 서로 얼굴을 마주보고 있는 광경이 뚜렷하게 느껴졌다. 무슨 일이죠! 속삭이는 소리는 사요의 귀 옆에서 들리는 것 같았다. 그것은 자신의 목소리이기도 하다.

이때, 사요가 주위로부터 선명하게 외톨이가 된 느낌은 다다미의 결을 비추던 스탠드 밝기가 주는 고독함과 함께, 참으로 또렷하고 이상한 감명이었다.

높은 창문을 열고, 희미하게 불빛을 반사하고 있는 구름이 많은 하늘을 보며, 잠자리에 들어 누워 있어도, 사요는 눈을 뜨고, 한밤중에 선명하게 비쳐진 듯한 그 감명에 젖은 기분으로 있었다. 뭐라고 말할 수 없는 쓸쓸함이다. 가슴 가득히, 혼란스럽지도 않고, 그 혼란스럽지 않은 순수함에서 이상한 아름다움의 감정까지 관통하는 것 같은, 뭐라고 꼬집어 말할 수 없는 쓸쓸함이다.

도쿄는 그때 어느 정도의 사람들이 잠에서 깨 있었는지는 모르겠지만, 같은 밤에 같이 놀란 한 여자로서 느낀 그런 경험과 함께 잠깨어 있었다는 사실에 대해, 사요는 현대에 대한 그리움 같은 애착을 가졌다.

평소는, 그런 기분으로 살고 있다. 사요가 그 봄의 낮에, 대구포를 파는 가게가 있는 골목에서 나타나, 당시 막 개통한 전철 거리를 바라보며 왕성하게 싹트는 잡목 숲에 눈길이 끌리면서 다시 지저분한 골목으로 찾아 들어갔을 때의 기분은 일종의 형용할 수 없는 혼란이 있었다.

시게요시와 살고 싶은 격렬한 마음이 사요를 움직여서, 진정되지는 않지만, 그 방법이 없는 나머지, 발작처럼 어떤 삶의 형태로 극단적으로 변화시킨다면 마음이 편해질 것 같은 생각이 들어, 사요는 그러한 순간에 아파트 생활을 그려보았다.

느티나무 가지 끝이 보이는 골목으로 가면 파릇파릇한 붓순나무 잎이 몇 그릇이나 수통에 들어있고, 붉은 종이 띠로 묶여있는 향은 가게 앞에서 묘하게 활기를 띠고 있는 꽃집의 모퉁이로 흘러나갔다. 그 막다른 곳은 조시가야雜司ヶ谷의 묘지이다. 묘지라고 해도 이곳은 조금도 음침하지 않다. 밝은 햇살이 길가의 일각대문에 비치고 있다. 꽃집 쪽 뒤쪽에 가지런히 판자를 붙인 벽을 향한 곳에 아파트가 있었다. 우연히 그곳에 온 사요는 반쯤은 진심처럼 반쯤은 자신의 그런 기분에 저항하고 있는 복잡한 기분처럼, 바깥의 밝음에 익숙한 눈에는 움막의 입구처럼 생각되는, 시멘트 바닥으로 된 현관을 들어가 봤다.

더 어둡게 보이는 복도 안쪽에 문이 몇 개인가 나란히 있고 양동이를 든 셔츠 차림의 남자가 그쪽에서 달리 서두르지도 않고 나왔다. 사요는 빈방이 있는지 어떤지 물었다.

"글쎄요, 요 얼마 동안 이사할 사람은 없을 겁니다."

원래는 장인이기도 했던 관리인은 시원시원한 어조로 답했다.

"여기는 싸니까요. 신학기라서 완전 속수무책이라서요. 싼 대신 부엌이 공동이랍니다."

살짝 웃는 모습으로, 그 불편도 인정했다. 인사를 하고 그곳을 나와, 동요했던 안타까운 마음 그대로 사요는 전에 왔던 세 갈래 길을 향해 걸었다. 이 부근에 집착해서 어슬렁어슬렁 걸으며 돌아다니고 있었지만, 가까워지면 가까워질수록 가까움이 강조되어 느껴지는 시게요시와의 부자연스러운 거리감이 생생하게 사요를 괴롭혔다. 고통과 싸워, 자신의 몸과 마음을 그 괴로움으로부터 끌어내려는 것 같은 기력을 모아서, 사요는 전철을 탔다.

대밭 옆에 있는 걷기 힘든 돌멩이 비탈길을 끝까지 올라가면 다시 돌계단이 있고 낡은 문을 덮고 있는 것처럼 큰 아카시아나무 가지가 뻗어 있다. 그 문 안에 도모코 부부의 주거가 있다. 팔손이나무가 심어져 있는 격자문을 열려고 했지만 문설주가 휘어져 있어서 쉽게 움직이지 않는다. 몇 번이나 열어보다가 결국 사요는,

"도모코 씨!"

라고 큰소리로 불렀다. 조심스럽게 급히 이층에서 내려오는 도

모코의 기척이 있었다. 이 오래된 집은 사닥다리 계단 사이가 보통보다 멀어서, 이미 수년 간 살고 있는 도모코라도 방심할 수 없었다.

"정말, 이 집도 참!"

자기 집에 살고 있는 생명체에게라도 꾸짖는 듯한 어조로 도모코가 안에서 격자문을 덜거럭덜거럭 거렸다.

"요 며칠 전에는, 내가 나오고, 문을 닫았더니, 그만 들어갈 수 없었다니까."

글쎄 이집 주인인 내가 말입니다, 라고 말하는 그 어조에는 이 부부의 삶에 있는 독특한 해학이 저절로 넘쳐나서, 사요는 기분 전환되는 것을 느꼈다.

이런 때에 나타난 사요가 어디 갔다 돌아왔는지를 두 사람 사이에는 설명할 필요도 없었다.

"차 끓일게요."

물이 끓는 동안, 도모코는 부업인 뜨개질을 다시 무릎위에 놓고 있다. 이 부부도 벌써 오랫동안 집을 찾고 있었다. 집이 너무 낡아서 바람이 심하게 부는 날 밤은 안심하고 잘 수가 없다. 하지만, 이곳에서 찾고 있는 것은 그냥 집일 뿐이었다. 집이 찾아질 때까지는, 발을 헛디뎌서 준스케가 이층에서 파이프를 문 채 굴러 떨어져, 심하게 화를 내기도 하면서도 둘이서 계속 찾고 있다. 자신이 이렇게 가끔 눈동자 속에 작은 불을 태우는 것 같은 표정으로 찾아다니는 것은 왜일까. 집뿐만의 일이 아니다. 그것은 사요도 알고 있다.

아침바람 331

도모코의 뜨개바늘에서는 한단 한단 예쁜 분홍색 털실로 아기 케이프가 만들어지고 있었다. 그것을 바라보며 사요는 문득 어느 여류 작가의 소설 속에 묘사된 하나의 정경을 떠올렸다. 그것은 몇 년이나 함께 살아온 남편과 사랑의 파경으로 헤어져야 하는 젊은 여자가 여자 친구와 함께 가을의 석양이 비치는 언덕 위의 마을로 집을 찾으러 돌아다니는 장면이었다. 한 모퉁이를 돌아 새로운 길로 나왔다고 생각하면 역시 거기에는 석양이 비치는 앞에 본 거리가 이어지는 거리가 있다. 아무리 걸어도 한 젊은 여자가 아이를 데리고 새로운 생활을 해야 할 셋집은 발견되지 않는다. 석양이 물든 물푸레나무 꽃 아래를 지쳐서 걷고 있을 때, 그 젊은 여자가 무의식중에 내쉬는 깊은 탄식은, 아아, 이런 경험까지 해야 하는 건지, 라고 하는 겸손한 한마디였다. 그러나 그 한마디에는 여자가 생활 속에서 지고 가야 하는 모든 의미를 담고 있는 것 같아 그 정경은 사요의 마음에 깊이 새겨졌다. 여자가 스스로 자신의 생활에 대한 태도로서 한 칸의 집을 지니게 되는 그 과정에서 여자는 실로 얼마나 많은 것을 배워야 하는 걸까.

도모코가

"아, 참 그래요, 오토메 씨, 당신한테 들렀어요?"

라고 물었다.

"언제요?"

"어젯밤"

"안 왔어요."

"――그 사람, 시골에 다녀왔다던데, 정말일까……"

사요는 불안한 듯한 표정을 지었다.

"뭐라고 말했어요?"

"많이 말하지 않아요, 갔다 왔다고 해도. 쓰토무 씨의 삼주기 였는데. 어쩌면 깜빡 잊어버린 게 아닐까요?"

모두의 친구인 쓰토무가 성실하게 괴롭고 힘든 젊은 생을 마 쳤을 때, 뒤에 남겨진 오토메와 어린 딸의 생활에 대해서는 친했던 몇몇 친구가 누구도 요구하지 않았지만 희미한 책임 같은 것을 느 끼고 있었다.

쓰토무의 늙은 부모님은 죽은 아들 대신에 며느리인 오토메를 가족 부양자로서 손을 놓지 않으려고 했다. 오토메는 그 짐이 무거 워서 딸을 데리고 마작 클럽에 더부살이로 일하기도 했다. 마음씨 착한 요리사인 남자가 오토메를 산책하자고 불러내어서는 함께 살고 싶다고 말한 것이 오토메의 입을 통해 친구들에게 이야기되 기도 했다. 죽은 쓰토무는 시인이 되려고 했다. 마음씨 착한 남자 라고 해도 오토메에게 요리사라는 직업은 그토록 곤란한 직업이 었을까.

그런데 그 이야기는 그 나름대로, 사요가 이 집을 가졌을 때 오 토메도 와서 살면 어떨까,라고 하는 제안이 도모코로부터 나왔다. 그때 오토메는 여전히 작은 몸집에 화려한 차림을 하고, 긴 양쪽 눈썹을 올리듯이 해서 아랫입술을 훑는 옛날 버릇을 내며, 그렇게 함께 살 수 있으면 나도 좋다고 생각한다, 라고 말했다. 그리고 다시 한 번 윗입술과 아랫입술을 얌전하게 핥으면서, 그래도 말이에요, 라고 힘주어 응시하듯이, 만약 나 혼자라서 곤란하지 않을까요. 사요코 씨들은 그런 때라도 제대로 성장해 나갈 수 있지만, 나는 역시 보통 여자여서 그렇게 해도 언제까지나 보통의 여자로서 남을 뿐인걸요.

산토끼가 놀랐을 때처럼 소박하고 아름다운 느낌의 얼굴을 한 오토메가, 언제 친구인 여자들과 자기 사이에 그런 구별을 하고 물러날 것을 생각했을까. 그렇게 생각하며 사요는 매우 슬퍼했다.

그 당시에, 쓰토무가 생전에 서로 알고 지내던 화가와 사이가 이러쿵저러쿵 하다는 이야기가 있었다.

"쓰토무 씨가 워낙 금욕주의였기 때문에 오토메 씨의 기분도 알 만한 데도 있지만……그래도 말이에요."

그 화가를 쓰토무 씨가 진심으로 좋아했다는 것은 여러 가지 사정에서 생각할 수 없었다. 쓰토무가 선의善意에 살고 죽은 열정이, 아내인 오토메에게 있어서 아무래도 상관없는 일이라고 한다면 그건 죽은 사람에게도 살아 있는 자신들에게도 하나의 끔찍한 일이라고 사요로서는 생각되었다.

초여름이 오자, 신록의 잡목림은 밤이나 낮이나 오므리고 있는 잎을 펼치려고 하는 새싹의 기세에서 줄기도 검고 부드럽게 늘려져 흔들리고 있는 것 같은 광경이 되었다.

그해 여름은, 들판에서 잠자리 채집을 하는 아이들이 차츰차츰

활약의 범위를 좁혔다. 비행장이 된다든가 하는 말이 있었던 들판에 장마가 끝나자, 함석지붕의 큰 작업장이 만들어지고, 토공의 노무자 합숙소가 생겼다. 하루 종일 파헤치기도 하고, 목재를 가득 실은 트럭이 심한 소리로 엔진을 걸기도 했다.

사요는 이제 들판을 빠져나가는 것은 그만뒀다. 그곳뿐만 아니라, 들판에 들어가는 철조망이 망가진 곁에도 토지 분할을 한 곳에 지진제를 지낸 신장대가 흰 종이를 바람에 휘날리고 있었다. 못이 없다. 목재가 없다. 그런 세상을 아랑곳 하지 않고 들판에서는 동시에 몇 가지의 건축이 착수되었다. 멀리 자동차 연습장의 일장기 깃발은 보이지 않았다. 기름이 바닥났다.

가을이 깊어감에 따라서, 들판 공사장의 북적거리는 퇴적된 인간의 움직임 속에서, 서서히 세워지고 있는 것의 윤곽이 드러나서, 오늘 작업장의 가건물이 철거되었나하고 생각했는데 어느새 노무자 합숙소도 보이지 않았다. 나중에 긴 콘크리트 벽에 둘러싸인 몇 동의 건물이 완성되었다. 그곳에는 조폐국이 생겼다.

그렇게 되자 새로 정비된 도로에서 보는 들판의 조망도 처음과는 완전히 달라졌다. 왼쪽 벚꽃나무 가로수 옆에 네모나게 세워진 것은 초등학교이다. 그리고 그 조금 뒤에 새로운 조폐국이 생겼다. 그것은 이전에 그곳까지 뒤로 물러나서 지은 더 긴 콘크리트 높은 담과 검은 길 하나를 사이에 두고 있을 뿐이다. 초원은 이제 넓고 넓은 일대의 인상을 잃었고, 조각조각의 공터에 지나지 않는 것이 되었다. 그래도 그 초원에서 가을이 이슥해지도록 자주 벌레가 울었다.

한번 더 여름이 찾아 왔을 때, 근처의 모습은 또 복잡하게 바뀌어서, 그곳의 어린 여자 아이가 업고 노는 붉은 인형이, 비지통 위에 나뒹굴고 있는 두부가게 유리문에, 원료부족 때문에 한 달에 두번 휴업한다는 인쇄종이가 게시되었다.

대구포 가게 앞의 쌀가게에 쌀 주문은 현금으로 부탁드립니다, 라고 인쇄한 전단지와 나란히 있는 칠판에 국내 쌀 2할, 외국 쌀 8할이라고 씌어 있었다. 성냥 배급해드립니다. 그렇게 붙인 종이가 만물상에 있었다. 그리고 짧은 거리에 공동수도를 낀 이쪽과 저쪽으로 동회가 세운 두개의 팻말이 있고, 그 팻말에는 그 전에 팻말을 세운 집에서 쓴 전사자의 이름이 기록되어 있었다.

팩커드라든가 허드슨이라든가 하는 고급차가 가끔 그 길고 높은 담벼락에 열려 있는 문 옆에 정차하는 경우가 있었다.

그 해 봄 무렵부터, 세상이 점점 날카로운 각도로 변해가고 있는 사실이 그런 광경에서도 이야기되고 있는 듯 했다.

몇 번인가 괴로운 기분을 느끼면서, 그래도 사요는 한 집에 사는 내내 시간 여유가 있는 작업을 함과 동시에 조금씩 서양화 수업을 다시 하기 시작했다.

시게요시에 대한 사요의 아내로서의 감정은 말하자면 순수할 수 밖에 없을 것 같은 조건으로, 사요는 그 감정의 순수한 단일성이라고도 말할 것 같은 그 무엇에 집착하는 것을, 시게요시의 마음의 성장을 위해서도 자신의 풍요로움을 위해서도 경계했다. 자신도 모르고 있던 여러 가지 감정을 자신을 향해 표현할 방법이 있다면, 사요로서는 좋아하는 그림 그리기에 의지할 수밖에 없었다. 사요가 스스로 자신의 여러 가지 울적함과 이루지 못한 감정의 기복을 그림 속에서는 비교적 발견해 나갈 수 있도록, 시게요시도 사요의 그런 실상을, 사요의 서투른 스케치 그림엽서에서 파악할 것이고, 그 것으로부터, 시게요시 자신이 자신의 마음의 명암을 자세하고 생생하게 표현할 수가 있다고 하면, 기쁜 일임에 틀림없었다.

그림으로 표현되는 어떤 것에 대해서는, 어쨌든 주위의 친구가 기탄없이 감상을 말해 준다. 그것도 사요에게는 기쁨이었다. 그림을 그리기 시작하면서 어느 봄에 조시가야의 묘지 주위를 애달픈 마음 가득 안고 어정거리며 걸었다. 그런 충동도, 사요는 정열의 잠재력 같은 것에 대신해서 살게 되었다.

8월 초 어느 날 저녁, 사요는 여동생 부부의 집으로 갔다. 유키코가 초산으로 예정일이 다가오고 있었다. 어머니가 빨리 돌아가신 자매지간이어서, 그러할 때 유키코는 언니를 마음으로부터 의지했다.

묵직하고 충실한 몸에 조금 귀여운 살룽 앞치마를 하고 눈꺼풀에 옅은 주근깨가 있는 얼굴을 갸우뚱거리며, 유키코는 분명한 말투로,

"오늘 밤 쯤 아무래도 위태로울 거야."

라고 말을 했다. 신이치는 툇마루에 아무렇게나 누워서 식후의 담배를 피우고 있다.

"또 협박이지?"

"교활해, 나는 무서운 걸요."

사요가 당황한 듯이 둘을 번갈아 보며,

"저기요 잠깐. 자동차 괜찮아요? 나 싫어요."

라고 말했다.

병원에는 사요가 따라갈 약속이 되어 있었다.

정말로 밤중에 두시 지났을 무렵, 사요는 심한 새된 목소리로 뭔가 말하고 있는 유키코의 목소리와 격자문이 열리는 소리에 번쩍 눈을 떴다. 거실에 내려가 보니 유키코는 번쩍번쩍 빛나는 등불 아래에서, 시원한 유카타로 갈아입고 일어서면서 손목에 찬 시계를 기둥 시계와 맞추고 있다.

"아아, 깨워줘서 다행이다!"

약간 평소와는 다른 목소리로 말하고 손목시계를 지켜보면서 태엽을 감고 있다.

사요는 서둘러 옷을 갈아입고, 신이치가 운전해서 타고 온 자동차에 유키코를 태웠다. 유키코는 사요의 손을 잡고 있었고 통증이 밀려 올 때마다 잡고 있는 손에 힘을 주고 한숨을 내쉬었다.

"괜찮아? 참을 수 있겠어?"

그렇게 말하면서 사요 자신도 모르게 사람들이 없는 거리를 질주하고 있는 자동차 안에서 샌들을 신은 발가락 끝에 힘을 모았다. 통증의 간격이 점점 짧아지고, 사요의 걱정이 절정에 달했을 때 차는 겨우 병원에 도착하고, 유키코는 바로 산실로 안내되었다.

2층 방에서 닫혀 있던 창문을 활짝 열고 사요는 그곳에 있던 등나무 의자 두개를 나란히 놓고 그 위에 다리를 뻗었다. 태어나는 것은 빨라도 아침이 될 거라고 했다. 바람 없는 무더운 밤이어서 복도의 맞은 편 문을 열어 놓은 방에 희미한 등불 그림자와 산모들의 숨소리가 가득 차 있다. 그 사람들이 깨지 않도록 의자 삐걱거리는 소리에도 신경을 써서 안정되지 않는 답답한 마음으로 사요는 부채를 부치고 있었다.

역시 등나무로 만든 둥근 테이블이 그 방의 구석에 있고, 아래에 있는 선반에 무슨 잡지 같은 것이 놓여 있다. 사요는 다리를 하나씩 의자에서 내리고는, 일어서 가서 그것을 가져왔다. 한 권은 영화 잡지였다. 또 한 권은 오사카 쪽에서 출판된 반사교오락 잡지로, 삽화 등에 힘을 쏟은 편집이었다. 아는 여성화가가 그린 것도 있어서, 심심풀이로 페이지를 넘기는 동안에, 사요는 자신의 눈을 믿기 어려운 표정으로 하나의 컷을 다시 보았다. 거기에 그려진 여자는 오토메였다. 오토메가 아니면 다른 누가 이렇게 특징 있는 활모양의 눈썹이라든가, 검은 점이 있는 조금 뾰족한 듯한 윗입술의 표정이라든가를 지니고 있을까. 화가이름으로 적혀 있는 두 글자 중 머리 글자는 옛날 오토메의 남편이 아는 사람이었던 그 화가의 성과 이름이었다. 그림 속의 오토메는 그 몸에 아무것도 걸치지 않은 알몸이었다. 거친 먹의 선에서 마르고 작게 솟아있는 어깨가 그려져 있다. 그 어깨모습은 틀림없는 오토메의 어깨였다. 알몸인 오토메는 진지하게 정면을 향한 채 뼈가 앙상한 한쪽 무릎을 세운 자세로 앉아 두 팔은 그대로 축 늘어뜨리고, 두 눈썹을 치켜 올려서 당장이라도 입술을 핥고 싶은 것을 간신히 참는다는 듯한 표정이었다. 화가는 그 진지하고 작은 여자를 거친 붓놀림으로 팔 부분이랑 배의 어두운 그림자를 과장해서 표현하고 있었다.

오토메, 오토메. 사요는 예기치 않게 재회한 애처로운 옛 친구의 이름을 마음으로 애타게 불렀다. 알몸이 된 부분을 이 화가가 그렸다. 참으로 오토메답게 교태부리는 모습도 없이 그려져 있지만, 거기에 회자되는 의미가 무엇을 나타내고 있는지 오토메는 생각해 봤을까. 화가가 무엇을 나타내려고 했든 오토메가 거기에 그렇게 있다는 자체에, 애달픈 그 무엇이 있다. 그것을 알고 있을까?

잡지를 덮고 사요는 의자 등에 머리를 기대고 있었다.

무더운 채 날이 훤히 밝아졌다. 창문 바로 바깥의 플라타너스 나무 가로수가 점점 초록색 잎을 선명하게 보이고 아침 햇살이 그 위에 찬란하게 비쳤다.

갑자기 어딘가 아래쪽에서 외마디처럼 크게 아기의 울음소리가 들렸다. 사요는 반사적으로 의자에서 일어섰지만 비교적 또록또록한 남자아이 목소리 같이 생각되어 주저하고 있자, 간호사가 복도를 달려서 2층 계단으로 올라와 이쪽에 온 것을 알았다. 갑자기 심장이 심하게 뛰기 시작한 것을 느끼면서, 사요는 마침 간호사가 계단을 다 올라왔을 때 마주쳤다.

"태어났습니까?"

"축하합니다. 예쁜 따님입니다."

사요는 무릎에서 힘이 빠져나가는 듯한 기쁨의 느낌을 처음으로 이 때 경험했다. 아래층으로 내려 올 때까지 이번은 계속 아기의 울음소리가 나고, 그것은 아직 보지 못한 자신들의 아기가 최선을 다한 삶에 대한 부름이어서, 사요는 귀여움이 목까지 솟구쳐 올라왔다.

옆의 전화실로 들어와서 신이치를 불러냈다. 사요는 흥분한 목소리로.

"지금 태어났어요, 순산이에요."

라고 고했다.

"딸이에요. 엄청 울고 있어요. 들립니까?"

신이치는 애매한 답변을 했다. 사요는

"잠깐 기다리세요, 들려드릴 테니까요."

그렇게 말하고 전화실 유리문을 열고 수화기를 줄 길이 끝까지 복도로 향해 끌어당겼다.

"이봐요! 울고 있어요. 예쁜 소리죠?"

하지만 전화로 지금 막 태어난 아기의 목소리를 들려주는 것은 무리한 일이었다. 바로 신이치가 오기로 하고 전화를 끊었다.

그곳은 산실에 연이어져 있는 복도 끝이어서, 두 개의 문이 도시답게 좁은 안뜰을 향해 열려 있다. 아침 이슬에 젖은 평평한 돌 위에 석창포를 심은 큰 화분이 놓여 있고, 가늘고 무성한 잎도 아직 이슬을 머금고 있다. 깨끗이 습기를 띤 푸르고 가느다란 잎 색깔이 밤새도록 자지 않았던 사요의 눈동자에 스며들어왔다.

아주 깊고 편안한 기쁨이 사요의 마음을 채우고 있었다. 그런 기쁨과 안심의 감정은 예상하지 않았다. 그만큼 컸다. 그 기쁨과 안심과는 또 달리 조금 전 잡지의 페이지 속에서 본 오토메의 모습이 사요의 마음 안에 있다.

참새의 지저귐이 생생하게 울타리 쪽에서 들렸다고 여기자 곧바로, 라디오 체조 레코드가 어디선가 울리기 시작했다. 피아노의 단순한 멜로디에 따라서"준비, 시작!"이라고 하는 그 흔히 있는 레코드이지만, 위를 향한 얼굴에 아침 햇살을 받으며 계속 그 피아노의 멜로디를 듣고 있는 동안에, 사요의 몸은 가늘게 떨리고 은근한 오열이 치밀어 올랐다.

이 멜로디는 시게요시와 사요가 결혼 한지 얼마 안 되었을 때, 풋풋한 아침잠에서 깨어났을 때 어딘가 멀리서 울려 온 단순한 멜로디였다.

멜로디와 함께 그 방을 빠져나와 두 사람의 몸 위를 스쳐간 여름 날 아침바람의 추억으로 사요는 울었다.

지금의 기쁨과 통하는 순수한 기쁨의 추억 때문에 사요는 눈물을 흘렸다.

삼나무 울타리

1

전자시계가 30분 가까이 늦다는 것을 몰랐기 때문에 두 사람이 전철역에서 내린 시각은 이미 버스가 없을 때였다.

역 앞의 확 트인 아스팔트 길 위 높은 하늘에서 달빛이 비치고 있고, 큰 문을 반쯤 닫은 역에서 드문드문 나온 사람의 그림자는 서로 맞추기라도 한 듯이 빠른 걸음으로 왼쪽의 넓은 길을 향해 검게 흩어져 간다.

"어떻게 할까, 걸을까?"

"그렇게 해요. 네. 데루코 안아 주시겠어요?"

"그럼, 미네코 이것들을 들어줘"

형수가 빌려준 털실로 짠 얇은 숄로 감싼 데루코를 신이치가 안아 들고, 미네코는 신이치의 팔꿈치에 가볍게 자신이 입고 있는 흰 옷에 몸을 닿게 하며 보조를 맞추면서, 함께 등산이라도 하는 젊은 부부 같은 활달한 걸음으로 걷기 시작했다. 두 사람은 역 앞에서 버스로, 열정거장을 지난 정류장 뒤쪽에 살고 있었다.

"감기 걸리지 않을까. 좀 걱정이네, 이렇게 늦어져서"

"괜찮을 거야."

발걸음을 약간 늦추고 신이치는 자고 있는 데루코를 안아 올리듯이 하여, 얼굴을 가져가 작은 딸의 코에 자신의 코를 비벼댔다.

"엄청 코끝이 따뜻하네."

한동안 걷다 보니, 걸음 속도를 맞춘 그들의 발걸음이, 앞서 가는 서너 명의 학생 무리를 따라 잡았다. 결혼피로연에서 돌아가는 길인 듯, 약간 취한 제복을 입은 청년들은 길을 가득 메운 행렬에 팔짱을 서로 끼고 죄 없는 고성을,

타카사고야 타카사고야아

이 해안 배에 돛대를 올려라

타카사고야 타카사고야아

하며 결혼행진곡의 가사를 개사한 합창으로, 노래 부르고 있었다.

자연스럽게, 차도 쪽으로 넘어선 그 일행을 지나치면서, 미네코는 갑자기 웃음이 나올 것 같았다. 쾌활한 합창은 젊음과 천진함이 넘쳐나면서도, 그러나 아무도 그 다음의 문구는 생각하지 않은 것 같이 보여서, 언제까지나 타카사고야를 반복하는, 그 목소리는, 점점 뒤로 멀어지고, 이윽고 달빛과 마을의 둔탁한 처마 등 불빛이 서로 얽혀있는 듯한 길모퉁이 근처에서 사라져 버렸다.

거리의 3분의 2쯤 오자, 어느 쪽이랄 것도 없이 걸음걸이가 늦어졌다.

"담배 피우고 싶지 않아요? 교대할까요?"

이번에는 미네코가 아이를 받아 안아서 발걸음이 점점 더 늦어

진다. 신이치는 약간 얼굴을 들고 하늘을 보며 기분 좋게 담배 연기를 뿜으면서 걷고 있다가, 갑자기 뜬금없이,

"어때? 미네코, 내 신용은 꽤 괜찮지?"

라고 말했다. 그 목소리에 웃음이 섞여 있다.

"신용?……아아. 그건, 당연하잖아요."

"먼저, 당신 오빠 권유에 따라서, 그 총무계장인지 뭔지 라는 걸 해볼까……"

그 말에는 대답하지 않고, 잠시 동안 입을 다문 채 걷고 있던 미네코는, 어딘지 모르게 탄식 섞인 목소리로,

"오빠는 당신편인 것 같아요."

라고 말했다.

"우리 집이 여자뿐이라서 무리도 아닌 것 같지만……. 그래도, 난 오빠의 편애는, 정말 항상 걱정이에요."

"ㅡㅡ그러한 점이 없다고도 할 수 없네."

"오빠에게, 우리가 알고 있다고 말할 수 없잖아요. 우리에게 호기심이 있어요. 아닌가요. 오빠 나름대로, 뭔가 반짝하고 눈에 띄는 일을 해 보고 싶은, 그러한 점이 있죠?"

"미네코를 위해서도 생활의 안정이라고 할까, 장래에 대한 안심이라고 할까, 요즘은 그런 것도 생각하고 있겠지."

"그러면 만주의 그 무슨 제강이라면, 안심할 수 있다는 걸까요?"

"후원자의 성질이나 거래 관계에서, 형님으로서는 당연히 그

렇게 볼 수 있겠지."

자 이제, 라며 다시 데루코를 자신이 받아 안고, 신이치는 숄을 아이의 몸에 다시 감으면서,

"미네코가 돈이나 지위에 집착하지 않는 담담함은 말이야, 세상의 다른 아내들에게 비하면 어쩌면 예외일지도 몰라."

라고 말했다.

"동양경제의 조사부원 같은 건, 지금 시대에는, 처음부터 사회적인 지위라고 말할 수 있는 종류의 것이 아니니까 말이야."

온화하게 스스로 냉정한 듯이 말하고 있는, 그 상태에 오히려 신이치가 오빠의 취직 권유를 신중하게 생각하고 있는 경향이 느껴지는 것 같아, 미네코는 약간 불안에 휩싸였다.

스무 살 가깝게 나이 차이가 있는 친정 큰오빠인 고조가, 매부인 신이치를 위해서 직장을 소개하는 것은, 이것이 두 번째였다. 첫 번째는, 아직 데루코가 태어나지 않았을 때인데, 그때 이야기한 일은 신이치가 능숙한 어학 실력을 외국에서 사용할 수 있는 방면의 일이었다.

"미네코의 어학도, 그 정도라면, 어찌됐던 포기하는 건 아니지. 어때. 한 번 부부가 같이 웅비雄飛해 보면. 젊을 때, 그러한 경험을 하는 것도 나쁘지 않아."

고조는, 그것이 그의 사회적인 중후함을 나타내 보이는 것이 되는, 과장된 말투임을 스스로는 느끼지 못하고, 그런 표현을 했다. 그 때 신이치는,

"그런 건 나에게 맞지 않는 것 같아."

웃으면서, 분명히 말했다.

"그런 거친 일에는 도저히 맞지 않는 사람이에요."

몸집이 크기는 하지만, 편하게 의자에 걸터앉아 그렇게 말하고
있는 신이치의 눈빛 속에는, 깊은 생각과 마음의 평온함을 말하는
자신감이 배어있었다.

고조는 잠시 입을 다물고 수염 끝 부분을 아래에서 쓸어 올리
듯이 만지면서, 신이치의 눈을 보고 있던 끝에,

"아니, 의외로 그것이 맞을지도 모르겠는데 말이야.」라고, 시
원스럽게 납득했다.

"함흥차사가 되면 곤란하지. 그래, 머지않아, 또 괜찮은 직장이
있을 거야."

현재 신이치가 하고 있는 일, 그걸로 생활하고 있는 직장 같은
건, 고조에게 있어서 일이라고 손꼽을 만한 것이라고는 생각되지
도 않는 것이었다. 나중에서야, 그 이야기가 고조 혼자 생각으로
십중팔구 가능하다고 생각해서, 군관계의 어떤 사람에게서 부탁
받았다고 하는 이야기를 동서를 통해 듣고, 미네코는 기분이 좋지
않았다. 젊은 자기들의 생활이라는 게, 오빠들이 걷고 있는 인생의
길에서 거리가 있는 다른 부류라는 걸 다시금 느꼈다.

"음, 그랬었구나."

신이치도 그 경위를 듣자, 청년다운 소박한 놀라움을 나타내
며, 동시에 감복했다.

"그런 생활을 오랫동안 하고 있으면, 우리들 같은 사람은 장기의 말같이 보이겠네. 아마도 성격이란 것도, 사용가치에서만 보이는 것이겠네."

두 번째의 오늘 밤의 이야기는, 고조라면, 거친 일에는 맞지 않다고 말한 신이치의 말에 따른 제안이라는 것이겠지. 그 신흥회사는 만주에 본사를 두고, 호쿠리쿠의 어떤 도시에도 지사를 만들 계획이 있었다. 그곳과 도쿄와의 사업상 연락과 정보에 관한 일이 있다. 중역 직속으로, 그걸 신이치에게 어떨까 하는 이야기였다. 신이치가 그 회사에 들어가면, 고조 한 개인으로서 뿐만 아니라 군관계에 있어서도 유리하게 된다는 이야기였다. 데루코를 재운 미네코가 동서와 안방에 들어가 있는 동안에 그 이야기가 나왔다.

"그런데, 자네, 몇 살인가? 벌써 그렇게 되나? 서른 둘 셋이라면 이제 진지하게 장래를 위한 기반을 만들지 않으면 안 되는 시기이군."

그 때, 조금 쉬고 난 뒤 머리도 묶고 또렷한 표정을 한 미네코가 과일 그릇을 들고,

"무슨 이야기?"

하며 나왔다. 신이치는 달리 대답하지 않았다. 그런 모습과 오빠의 기색을 살펴보고는, 미네코는 그야말로 그 집의 막내딸답게,

"오빠는 참!"

하며 아버지 같은 고조를 째려보았다.

"또 어딘가의 들러리로 팔려고 궁리하고 계시죠? 싫어!"

"흠, 그것도 뭐 괜찮은데."

미네코는 걱정하듯이 한 번 더, 잠자코 있는 신이치 쪽으로 눈을 돌렸다.

전후의 사정이 그런 상태였기 때문에, 미네코는 이야기의 내용은 잘 알지 못했다. 자신이 나타나자 그 이야기도 도중에 끊어진 상태가 되었지만, 지금의 신이치의 말투로는, 저절로 미네코의 주의를 상기시키는 무엇인가가 포함되어 있는 것 같았다.

큰 길에서 오른쪽으로 돌아서 자갈길로 들어서자, 군데군데에 잡초가 우거진 빈터 같은 곳이 있어서, 미네코는 데루코를 안고 있는 신이치의 팔꿈치 아래에서 손을 잡고 걸어갔다. 지상에 바람이 부는 것도 아닌데, 언제 솟았는지 구름이 때때로 달의 표면을 스치면, 구름의 흐름이 빨라서 달이 움직이고 있는 것처럼 보인다. 그들이 가는 길도 밝아졌다가 어두워졌다가 하여, 그 명암을 얼굴로 받으면서, 신이치는 낮은 소리로 부드럽게 휘파람을 불었다. 한 사람이 걷고 있는 듯한 두 사람의 자갈을 밟는 발자국 소리와 조용한 휘파람 소리는 고요하게 잠든 깊은 밤에 울려 퍼졌다.

집을 둘러싼 삼나무 울타리를 돌기 전에, 몹시 짖어 대는 개가 있었다. 깊은 밤에 돌아갈 때 신이치는 언제나 그 개가 듣고 기억하고 있을 독특한 멜로디의 휘파람을, 미네코도 늘 들어서 귀에 익어 있는 줄 알면서 불며 왔다.

2

도쿄의 인구는 어느 정도일까. 대개 650만명 정도라고 하니, 그 중에서 샐러리맨으로 구분되는 부류는 아마도 수십만 명을 차지하고 있음에 틀림없다. 그 중에서 요즈음의 정세에 따라 특별하게 입신양명의 줄을 잡았다고 말할 수도 없는 부류. 출세할 수 있는 각자의 기회를 놓치지 않고 붙잡고, 여러 가지 활동을 했다라고 말할 수도 없는 부류. 그러한 사람들도 헤아리자면 엄청 많이 있겠지만, 그렇게 안주해서 정착해 있는 샐러리맨은 어떤 기분으로 요즘의 매일을 보내고 있을까.

12시부터 1시 조금 지날 때까지, 신이치도 콘크리트 건물의 3층 방에서 밖으로 나와, 어떤 때는 혼자서, 어떤 때는 몇 명이서 같이 식사를 하거나, 그렇지 않으면 빈둥빈둥 걷거나, 어떤 흥미를 가지고 주위를 보고 있거나 했다. 오사카는 샐러리맨의 생활이 도쿄보다 편하다고 하는 신문기사도 있었다. 그런데, 나이라든가 전공이나 각각 복잡다양하게 달라서, 그 출세가도에서 벗어난 부류로 생각되는 부류가, 흥분해서 이야기하는 화제에 귀를 기울여 보면, 반드시 그 내용에는 사회의 추세를 이용해서 활동한 인물, 그러한 사항을 화제에 올려 떠들고 있다.

잡담이라는 것은 항상 그런 것이라고도 말할 수 있겠지만, 뭔가 거기에 요즘 신경 쓰이는 것에 대한 공통된 방법 같은 것이 더해져 있다.

졸업 이후, 계속 홋카이도에 가 있던 이이지마라는 동창생 남자가, 갑자기 상경했다고 4, 5일전에 나에게 전화를 했다. 천천히 놀 여유가 없다며, 우선 친하게 지내고 있는 두 세 명을 긴자 쪽으로 그날 낮에 불러냈다. 같은 학교 출신들이다. 이이지마의 전공은 어학인데 하코다테에 있는 어느 외국상관에 근무하고 있다. 그 회사가 이번에 남태평양으로 진출하는 일에 대해서, 관계 방면에 대해 의견을 절충하러 온 것이었다.

귀에 익숙하지 않는 남태평양 섬들의 이름을 몇 개인가 들먹이고, 복잡한 배후 사정을 넌지시 말하고 있던 이이지마는,

"용무라고 하는 것은 음 그런 거지만 말이야."

바지 주머니에 양손을 찔러 넣고, 튜브 의자 위에서 가슴을 펴는 자세를 취하고,

"그것과는 별개로, 이번은 나도 크게 할 거야."

신이치는 무심코 웃었다.

"너무 열심히 하는 거 아냐?"

하코다테에서만 생활한 5~6년 동안에, 학생시절부터 대범했던 면이 있던 이이지마의 표정은, 이마, 눈썹, 뺨 주위에 살이 오르고 혈색이 더 진해져 있었다. 그러한 인상이 그의 가슴 앞에 내려져 있는 거친 줄무늬 넥타이의 코발트색과 대조되어, 처음에 힐끗 봤을 때부터 신이치의 마음에 이이지마다운 친밀감과 함께 막연히 비애감 같은 것을 불러일으켰다.

외국계 신문사에 근무하고 있는 도야마가, 타고난 다소 빈정거

리는 듯한 웃음을 날카롭고 총명한 듯한 검은 눈동자 속에 반짝거
리면서,

"대륙에도 진출하나?"

라고 말했다.

"그런 건 아냐."

양손으로 조끼의 주위를 감싸듯이 하면서 상체를 앞으로 내밀
었다.

"자네들은 어떻게 생각하는지 모르지만, 앞으로 홋카이도 특
산물은, 대단한 의미를 가지게 될 거야."

대륙의 치안이 회복됨에 따라서, 홋카이도에서 나오는 곡류,
해초류가 얼마든지 그쪽으로 수출할 수 있게 된다는 이야기였다.

"실제로 상당히 움직이고 있다. 앞으로 어느 정도의 판로가 열
릴 수 있을지 모를 정도이다. 돌아오는 기차 안에서 두세 명에게
그 이야기를 들려주었더니, 그런 좋은 정보를 가르쳐줬다고 기뻐
했었어."

"특종을 공개해도 괜찮은 거야?"

"그런데 내가 정말 하려는 것은 해초가 아니야."

이이지마는 조금 어깨를 움츠리듯이 웃으며,

"내가 하는 것은 조개관자 쪽이다."

유럽대전이라도 시작되면 그야말로 대단한 것이지만, 그렇지
않고 중국에 수출하는 것만으로도 홋카이도의 조개관자는 부족할
정도다.

"중국인은 모두 그것을 요리에 사용하니까 말이야. ——어때? 투자하지 않을래?"

"정말로, 그렇게 모두가 먹는다는 거야?"

도야마가, 히쭉거리면서 이이지마의 얼굴을 보았다.

"나는 『대지大地』라는 영화를 봤는데, 그런 건 먹지는 않았는데."

"너는 안 돼, 독설로 조롱만 하고 행운이 없는 남자야, 일전에 일부러 편지로 그렇게 금을 사두라고 말했는데도, 아무것도 하지 않았잖아."

정색을 하고 도야마를 그렇게 쏘아붙이자, 이이지마는, 조용히 듣고 있는 신이치를 향해,

"조개관자라고 해도, 희고 이쁜 과자 같이 말린 것인데, 이 정도 크기의."

하고 손으로 상자의 크기를 나타내 보였다.

"상자에 담아서, 아무 냄새도 나지 않아. 2~3년은 아무 탈 없이 보관할 수 있는 거야."

조개관자가 희고 이쁜 과자 같다는 것을, 이이지마는 아주 진지하게 말했다.

그렇게 희고 작고 이쁜 조개관자의 종류로, 거액의 재산을 모은다는 상상이, 산림이나 광산 같은 대상과는 다른 매력을 자극하는 것 같았다. 실제로 지역의 많은 사업가 중 한 명이 그것으로 자산을 불렸다.

"운수 회사의 중역인데, 그런 곳에서 중역 정도 하고 있다고 해도 그런 자산이 생기지는 않아. 훨씬 전 일이지만 어떤 기회에 바로 물어봤더니, 실은 조개관자로 부업을 했다는 거였어. 그래서 생각한 거야."

"독점하겠다는 거야?"

"그럼!"

테이블 위에서, 이이지마는 톡톡 담배를 두드리면서,

"마침 일을 시작하려고 했을 때, 갑자기 이쪽으로 오게 되었지만……이번에는 하고 말거야."

"그런 자본이 언제 생긴 거지?"

입이 무거운 시호타가, 이상하리만큼 멋쩍은 듯한 얼굴로 진지하게 질문하자,

"은행에서 빌려야지!"

그 베짱이 없어서, 라고 하는 듯한 대답으로, 은행이자와 그 조개관자가 최근 반년동안 급등한 비율을 비교하기도 하면서, 이이지마는 맥주를 탓하기보다 자신의 화제로 붉게 달아오른 얼굴로, 친구 한 사람 한 사람을 향해서 이야기했다.

"얼마 정도 빌릴 건데?"

"은행이 빌려 주는 만큼 빌릴 생각이다."

그 말을 듣는 동시에, 시호타는 의자 위에서 앉은 자세를 고치듯 몸을 움직여, 눈을 내리깔고 숙인 채 담배 연기를 뿜으면서, 그곳에 있는 재떨이의 바닥에 강하게 꽁초 끝을 짓이겼다. 마음에 받

은 충동이나 부정적인 불안 등이, 그야말로 표정으로 그 무언無言을의 동작 속에서 말하고 있었다. 신이치의 마음에는 절실하게 그것이 와 닿았다. 시호타의 아버지는 다이쇼大正 9년(1920년)의 경기폭락 때 쌀 도매상을 하던 집을 폭삭 망하게 해버린 자였다

얼마 전의 유럽대전 시대와 현재와는 세계의 사정이 완전히 달라졌다는 사실에 대해, 어느 정도 전문가 입장에서 말하는 신이치의 말을, 이이지마는 팔짱을 끼고 회의적인 표정을 노골적으로 나타내며 듣고 있다가,

"그건, 고야나기는 옛날부터 학구파잖아."

불쾌한 말투로 반박했다.

"그러나, 예를 들면 통계라고 해도, 언제나 현실을 몇 발짝 뒤늦게 따라오고 있는 거야. 게다가 요즈음, 통계라는 것에 만족할 만한 것이 과연 있을까? 장사꾼은 어떤 일을 하든지 돈을 벌려고 하고 있으니까 말이야. 또 돈 버는 방법은 말이지, 책에 쓰여 있지 않은 것 밖에 없어. 이것은 진리야."

도다는 어디까지나 방관적인 태도로,

"먼저 하코다테 전체를 잘 조사해서, 습기가 없는 창고를 손에 넣는 거야. 3년 지나서 팔려고 하는 단계가 되면, 모처럼 그 희고 이뻤던 조개관자가, 푸른 곰팡이 투성이라고 하면, 모두 끝장이니까."

희고 예쁘다고 하는 것을, 아무렇지도 않게 이야기 하고 있는 것이 마치 그 상대가 여자라도 되는 듯한 어조로 말하는 도다의 목

소리의 울림에도, 이미 그 자리의 공기에 널리 퍼져 있는 이이지마의 흥분에 전달되어, 희미하게 신경질적인 날카로운 소리가 더해졌다.

신이치는, 왠지 얼굴 전체가 쓰레기처럼 되는 느낌이 들었다.

"나도 행운은 별로 없는 것 같아서, 삼가 너의 대망성취大望成就를 빌 뿐이지만 말이야, 그러나——이상하네."

아무래도 의심스러운 듯이,

"그게 샐러리맨 근성이라고 말할지도 모르겠지만, 뭐지? 너 같은 사람이, 예를 들면 조개관자에 관해서 그런 기업가인 대선배가 같은 지역에 있는데, 네가 이런 생각을 해 낼 때까지 내버려 두었다고 확신할 수 있나?"

이번에는 신이치가 그렇게 말하는데도 말없이, 단지 건장한 몸으로 그 말에 대항하는 듯한 태도를 보이던 이이지마는, 잠시 침묵하고 있더니, 이윽고 체념하고 기지개를 켜듯이 상체를 뒤로 젖히고 테이블 아래로 양다리를 쭉 뻗었다.

"그러나, 어쩐지 말이야, 아이들을 생각하면 너무 터무니없는 일도 할 수 없잖아."

듣는 사람의 기분으로는 느닷없이, 말을 했다.

"어쨌든 연년생으로 세 명이야. 이 중에선 내가 요코즈나이겠지. 아버지가 유별나서 설마 아이를 길거리에서 헤매게 할 수는 없고 말이지."

그러자 도다가,

"이봐, 이봐"

아주 야유만도 아닌 것 같은 굵은 목소리로 비난했다.

"어느 쪽이야 도대체! 마구 부추기고 싶은 건지, 위로받고 싶은 건지, 확실히 해라, 소란피우지 말고."

모두가 와— 하고 웃었다. 이이지마도 히쭉거리면서, 그럼에도 그 이야기는 결코 단념할 수 없는 상태로, 빨강과 흰색의 줄무늬 차양이 반쯤 펼쳐져 있는 큰 유리창 쪽에 시선을 주면서, 그 눈을 깜박거리고 있을 뿐이었다. 테이블에서 일어섰을 때, 도다는 모자이크 마루 위에서 구두를 툭툭 치면서,

"장담은 맥주의 거품과 함께, 라는 건가. 엉뚱한 이이지마의 알토하이델빌히이다."

도시인다운 신경질적인 목소리로 말했다.

해안가의 보도를 혼자 돌아오면서, 지금까지 그 자리에 있었던 분위기를 되짚어 보니, 신이치는, 역시 그 장면에서, 그야말로 요즘음 같은 신경의 움직임을 본 것이다. 모두 방관적 태도를 유지하면서, 그 일면에는 이이지마의 흥분에 강한 의문 형태로 둘러싸여 있었다.

그리고 마지막에 이이지마가 소침한 듯한 말을 해서, 동요한, 그 동요를 제대로 느끼는 그 자체가 각자들 마음에도 남아 있었다.

신이치의 신변에는, 이이지마의 이야기와 같은, 어느 쪽인가 하면 지극히 단순하고 죄 없는 꿈보다, 더 복잡한 예도 있다. 최근 1~2년 그러한 특별한 활동을 한 사람의 현재 말쑥한 모습에는, 세

상의 꾸불꾸불 구부러진 큰길과 골목길이 그대로 비치고 있다. 실제 그러한 변화를 꾀한 예도 적지 않다. 그 남자도 요즘은 이러쿵저러쿵하며, 제삼자의 기분을 신중하게 말하는 것이 통례이지만, 신이치 자신, 그러한 변화의 모습에 사회적인 감정으로서 선망羨望을 느끼지 않는다. 선망이라는 말로 표현하면 출세가도에서 벗어난 몇 만, 몇 십만이란 사람들의 대부분도 아마 선망은 느끼고 있지 않을 것임에 틀림없다. 그러한 부류의 인간과 자신들의 생활 사이에 있는 거리는 우연한 것이 아니라, 인간으로서 기질이 다른 것으로, 지금까지 지내온 삶의 방식에 대한 차이를 전부 담은 것으로서, 의식, 무의식 속에서 이해되고 있다.

그러나, 그러한 비교 따위는 모두 빼고, 자신이라는 것을 자신뿐인 것으로 느낄 때, 거기에는 무언가 다른 느낌이 있을 때가 있다. 순간 눈이 돌 정도의 격렬함으로, 자신이라는 것이 다리 기둥에서, 아래에 급격한 흐름을 내려다보고 있는 듯한, 끊임없이 씻겨나가는 감각이 엄습하는 일이 있다. 모두, 라고 말해도 저도 모르게 신이치는 자신과 비슷한 연령인 서른에서 서른 대여섯인 사람들의 생활을 염두에 두고 있지만, 모두 이러한 사람들은, 어떤 고독한 마음을 가슴에 간직하면서, 이 아침저녁을 보내고 있을까.

왕복 전철 안에서, 적절하게 접은 신문 등을 펼치고 있는 사람의 얼굴에서 그때그때마다 강한 흥미를 느낀다. 그곳은 미묘하게 이심전심으로, 그 사람들이 생활하고 있는 마음이, 반드시 신문 지면의 가로세로 치수만큼 꼭 맞춰서 잘려 있는 것이 아니라는 점을 공감하는 것이었다.

동양경제라고 하는 곳은, 경제적인 의미로는 그다지 좋지 않은 곳이었다. 그러나 신이치가 그 회사에 취직한 이유는 업무 성질상 흥미가 있었기 때문이다. 같은 어학이라고 해도 그것이 세계의 시 시각각의 동향과 결합되어서 도움이 될 수 있다는 것이 신이치의 마음에 들었다. 월급으로 부족한 부분은, 글 쓰는 문필 부업으로 수입을 보충하고, 한 사람의 지식인으로서 이른바 이치에 맞는 가 난으로, 자신들의 경우를 유지해 왔다. 그런데, 최근은, 어느 순간 발밑에 급류가 흐르고 있는 것 같은 감각의 엄습과 동시에, 뚜렷한 이유는 없지만, 아무렇지 않게 지금처럼 안심하고, 이치에 맞는 가 난을 유지해 나가기 어려울 것 같은 시기가 다가오고 있다는 생각 이 든다. 그렇지만, 그런 생각이 든다고 해도 현실로는 복잡하고, 이상한 순간의 느낌 속에, 역시 자신의 발바닥은 확실히 물밑을 딛 고 움직이고 있다는 느낌은 변하지 않고, 씻겨나가는 느낌이라고 해도, 그것은 반대편 정강이 부근, 이라는 자각이 동반된다.

그러한 생활감정이 불안이라고 말한다면, 신이치는 자신의 그 불안 모두, 그러한 것을 발생시키고 있는 지금의 시대를, 역사가 변해가는 흥미로운 세태로 보는 마음도 강하게 있다. 심하기는 하 지만 재미있기도 하다. 그런 생각으로 살고 있는 자신의 심리도 오 늘날이라는 것을 만들고 있는 일본에 있어서 하나의 요소로서 보 는 것이었다.

3

성실하고 정직한 목수 노부부가 주인인 그 집은, 작은 집인데도 사다리로 된 계단의 상태도 좋아서, 생활하는데 나쁘지는 않았다. 특히 미네코의 마음에 든 것은, 2층의 6조 다다미방에 붙어 있는 작은 방 창문이다. 사람의 왕래가 별로 없는 삼나무 울타리가 늘어선 도로와 문 안쪽의 작은 뜰에 접한 남향으로, 흔히 있는 작은 방의 퇴창이 있고, 별도로 또 하나 작은 방 서쪽이 비어 있었다. 거기는 상인방에서 문턱까지 쭉 비어 있어서, 흰 장지에 느티나무 그림자가 비치거나 할 때, 방의 분위기가 더 좋아진다. 밖에는 넉넉한 넓이의 난간이 있어서 적당하게 괜찮은 발코니였다.

"같이, 하면 어때? 라고 하는 건 싫어."

이사하고 얼마동안, 주위에서 살펴본 결과, 여름에는 두 사람 모두 거기에 나와서 밤바람을 쐬면서, 3년 동안 꽤 다양한 밤을 보냈다.

"어머, 저 높은 등불. 소방이지요? 보이지 않나요?"

"이쪽 등불이 꺼져 있어."

그리고 또 두 사람은 아이를 낳고 나서도 미네코가 일을 계속 할지 어떨지 하는 의논을 계속 하기도 했다. 전문학교를 졸업하고 결혼한 뒤에도 미네코는, 어느 잡지사에 근무하고 있었다.

2층에서 내려가면 바로 있는 다다미 4조 반 크기의 방에서, 미네코가 하얀 셔츠의 다림질을 하고 있었다. 툇마루 쪽에, 동급생이었던 고토코가 데루코를 이쪽을 보게끔 안고, 그 손끝을 바라보고 있었다.

"요즘 유행하는 출산 장려, 아이를 늘려라 라고 하는 것도 좋지만, 우리 집은 여러 가지 그 영향이 미묘해요……그렇죠?"

1년 반 정도 (중국의) 중부지방에 가 있던 야마자키는 귀국 후, 부부 사이에 아이가 없는 것을 줄곧 걱정하기 시작했다. 그리고 고토코를 의사에게 진찰받게 하기도 주사를 맞게 하기도 한다고 했다.

"야마자키가 그러한 심정이라는 것도 무리가 아니라고 생각해요. 하지만, 내가 잘못한 것만도 아닌데……곤란해요."

"어때요, 요즘도 역시, 잘 돼요?"

"돌아온 당시만큼은 아닌 것 같아요."

고토코는 씁쓸한 듯한 웃음으로,

"하지만 말이에요, 야마자키는 그런 인성이 좋은 면이 있잖아요? 그러니까 저는, 어떤 일이 있어도, 우리 사이에 생긴 아이가 아니면 기르기 싫다고, 그것만큼은, 이미, 분명히 말해 두었어요"

아무리 말해 두었다고 해도, 그래서 안심이라고 할 수 없는 것은, 듣고 있는 미네코가 이해하는 것보다, 좀 더 강하게 고토코의 가슴을 도려내듯이 와 닿았을 것이다. 이 친구에 대한 아내로서의 괴로움과 불안이, 여러 가지 형태로 생각되었다. 그리고 이런 일반적인 부부 사이의 일마저도, 역시 시대의 색깔이 스며들어 있다. 그것을 미네코는 동정했다.

고토코는, 열정적인 어조로,

"데루코야, 데루코야!"

라고 이름을 부르면서, 부드럽고 좋은 냄새가 나는 어린 아이의 머리카락 너머로, 데루코의 둥근 뺨에 자신의 붉고 진한 얼굴을 갖다 대었다.

"데루코야, 넌 어째서 이 아주머니한테 태어나지 않았던 거야."

"그것만큼은 어쩔 수 없어, 그렇지? 데루코야, 그렇지?"

그와 동시에 자신도 모르게 양손을 펼쳐, 이쪽을 향해서 손가락을 뻗으면서 손을 흔들며 웃는 데루코를 자신의 무릎에 무의식중에 자연스럽게 받아 앉혔다. 미네코는 그렇게 받아 안고나서, 은밀하게 움직인 자신의 모성애적인 감정에 놀랐지만, 고토코는 그런 미네코의 행동에는 신경 쓰지 않는 듯이, 약간 비뚤어진 기모노의 겉섶을 고치고 조금 전부터 놓아져 있던 식어버린 차를 그대로 마셨다.

"어머, 미안해요."

"괜찮아요, 괜찮아요, 집에서도 종종 차갑게 해서 마시거든요."

신이치와는 달리, 야마자키는 부친의 연고로 잘나가는 생명보험회사에 근무하고 있으면서, 점심시간은 2시경까지 마작 클럽에서 시간을 보내고 오는 편이었다.

"무사히 돌아오셨네요, 라고 축하해 주셨지만, 역시 그런 살벌

한 경험을 하고 왔다고 하는 것은 다르더라고요. 그렇죠?, 미네코
씨, 요전에 우리 둘이 방문했을 때 눈치 채지 않았나요? 야마자키
는 어딘가 달라졌어요, 뭐라고 해야 할까, 이건……한마디로 말할
수 없네요."

고토코는 안타까운 듯이 앉은 자세를 고쳤다. 그 일에 대해서
는, 미네코도 나중에 신이치와 이야기하기도 했다. 필시 야마자키
씨, 스스로는 대단한 어른이 되었다는 생각인 것 같아, 그렇게 말
했었다. 아내가 뭐라고 말한 데 대해서, 정말 살아 온 세계가 다르
다고 하는 식으로 무시하거나 혹은 입을 다물고 웃었다. 그 웃음
속에 점잖지 않은 뭔가가 스며 나오는 느낌이 들었다.

"어머, 벌써 시간이 이렇게 되었네요! 이런 푸념이나 늘어놓기
나 하고, 야마자키가 알면 또 꾸중 듣겠네요."

옆에서 말로 해서는 해결할 수 없는 일이라서 그대로 중단한
채 고토코를 버스 정류장까지 배웅하고, 미네코는 시장으로 갔다.
이 시장에서는 시간을 정해서 계란을 한 사람 당 백 돈(375g)까지
팔고 있다. 사료의 가격을 정하지 않고, 계란만 값을 정했기 때문
에 계란이 안 나와요, 그런 이야기를 남자 판매원이 했다.

신이치는, 오늘 밤은 회사에서 회의가 있어 늦게 온다.

"자, 데루야, 오늘 밤은 마주보고 앉자, 굉장하지."

그런 말을 하면서, 외로운 듯한 떠들썩한 듯한 저녁 식사를 빨
리 끝내고, 데루코를 재우고 나서, 미네코는 진행하고 있는 소년소
설의 번역 자료를 꺼냈다. 지금 하고 있는 것은 두 번째 일로, 처음

번역한 작품은 책으로 출판되었다. 재작년 여름 보충이 계속해서 나와서, 신이치도 준비를 시작했다. 마침 그때, 회사에서 1년 차이로 출정하는 사람이 있었다. 송별회에서 드물게 붉은 얼굴을 하고 돌아온 신이치는, 물에 젖은 수건으로 등을 쓱쓱 닦으면서 흥분된 말투로,

"스즈키 녀석, 상당히 걱정하는 편이야, 몇 번이나 마누라를 부탁하고 갔어. 월급도 반드시 마누라에게 보내 달라고. 마누라라는 사람이 고아라고 하더군."

스즈키의 부모는 그들의 결혼을 인정하지 않기 때문에, 친척이 없는 젊은 아내를 홀로 도쿄에 둘 수 없다는 생각이 들어서이겠지. 갈 때 오카야마의 친척에게 맡기고 간다고 하며, 같은 기차로 출발했다.

작은 어린애 같이 주근깨가 있는 얼굴을 하고, 그 사람은, 누구에게나 인사만 하고 있었다.

기분 좋게 풀이 잘 먹힌 유카타로 갈아입고, 크게 다리를 차듯이 벌려 허리띠를 묶고 나서, 신이치는,

"어때? 미네코."

같이 서서 옷 갈아입는 것을 도와주고 있던 미네코의 어깨에 손을 대고, 자신에게 그 얼굴을 향하게 했다. 그리고 반은 농담, 반은 진심이란 표정으로, 젊고 정직한 아내의 눈을 지그시 보면서,

"나도 죽을지도 몰라, 소중히 여겨줘."

라고 말했다. 그러자, 이 말을 들은 미네코의 얼굴이 확 달아올

랐다.

"아아, 그런 말을."

신이치의 한쪽 손을 잡고, 자신도 모르게 자기의 가슴에 꾹 누르면서,

"이미 알고 있는 일이지 않나요? 왜……"

거의 화난 것 같은 두 눈으로 신이치를 응시했지만, 그 눈에는 그만 참지 못해 눈물이 흐른다,

"그래요, 당신은 전혀 모르시는군요, 그렇죠? 그렇군요."

라며 미소 지으면서 말했다. 그런 사려 깊은 상냥함에 솟구치는 그 무언가가 신이치를 깊이 움직였다. 그 때의 일을 나중에 생각해 낼 때마다, 신이치는, 적어도 그 때 자신의 기분에는, 아내보다도 경박한 어떤 것이 있었다. 실제 신이치는 그 때까지 그렇게 종종, 그리고 오랫동안, 아내가 눈을 뜬 채 잠 못 이루고 있는 밤들이 있었다는 사실은 생각도 하지 않았었다.

흰 모기장을 방 가득하게 매달면, 2층 방은 그대로 하나의 반투명한 바구니와 같은 느낌이 들었다. 어디에도 발 딛을 곳이 없는 방의 서쪽 문은 열어놓은 채, 그 쪽 모기장의 끝자락에 희미하게 나무 그림자를 떨어뜨릴 때쯤이면 그들은 잠에 들었다. 함께 빠져들듯이 깊은 잠에 들고 나서 얼마쯤 지나자, 갑자기 미네코는 눈을 떴다. 분명 갑자기 깊은 잠에서 깨어나 눈을 떴다. 근처의 밤공기는 차가워져 흰 모기장도 이슬이 내려앉은 듯 무거워져 있었다. 그 모기장 끝자락 쪽에 서쪽으로 돌아간 달의 그림자가 비치고 있다.

거의 이불을 덮지 않고 잠들어 버린 신이치가 춥지는 않을까 하고, 손을 뻗어, 우연히 건강한 숨소리를 내고 있는 남편의 가슴 근처에 그 손이 닿았을 때, 미네코는 멀리서 들려오긴 하지만 귀에 쟁쟁하게 들리는 소리에 마음이 쏠렸다. 그 소리는, 먼 요요기 연병장 쪽에서 들려 왔다. 슝, 슝. 강한 근대 무기인 강철 스프링에 맞으면 실수 없이 목숨을 앗아가는 날카롭고 정확하게 탄환을 뿜어내는 것 같은 소리이다. 신이치의 가슴에 가볍게 손을 댄 채로 듣고 있던 미네코는, 그 날카로운 소리와 신이치의 몸에서 느낄 수 있는 따스함과 심장박동이 차츰차츰 하나의 선 위에 연결되어서 느껴졌다. 듣고 있으면 있을수록 슝, 슝,하고 울리는 그 무서운 심야의 소리는, 자신들의 생명에 연관이 있는 것으로 밖에 생각할 수 없게 느껴졌다. 미네코는 어느 사이에 상반신을 내밀어, 잠에 빠져 있는 신이치의 가슴을 자신의 가슴으로 감싸는 자세를 취했다. 그리고 귀를 기울였다. 소리는 거의 1시간이나 계속된 것처럼 여겨졌다. 그리고 그쳤다.

그 무렵 도쿄라는 대도시의 주변에서는, 한밤중에 여러 가지 소리가 났다. 잠들지 못하는 사람이 있었다. 그리고 야간에 나는 소리는, 낮에는 전혀 들을 수 없는 소리였다. 한밤중에 자지 않고 무언가 하고 있는 군인들도 낮에는, 누가 그 자지 않는 사람이었는지, 분별할 수는 없었다.

아침이 되어 퇴창에 걸터앉아 신문을 펼치고 있는 신이치의 모습을 바라보며, 미네코는 지난 밤중에, 공기를 가르고 귀에 전해져 온 소리를 듣고, 그만큼 안타까운 생각이 들었다는 것이 이상하게 여겨졌다. 게다가 뭐라고 말해야 좋을지 알 수 없는 듯한 마음의 경험이기도 하다.

달리 구애받을 생각도 아니었는데 다음날 밤도 미네코는 똑같이 눈이 뜨여, 잠에서 깨보면 그것은 한밤중이었고 그리고 그 소리가 나고 있는 것이었다. 지난밤처럼 미네코는 견딜 수 없는 심정이었다. 그러나 그 감정이 너무 애틋한 만큼, 그럴 때일수록 더 신이치를 깨울 생각은 들지 않고, 그녀는 오직 한 마음으로 잠들기 위해 향기롭고 무거운 남편의 몸을 안았다.

며칠 밤이나 계속되었을까. 어느 날 밤, 자신도 모르게 잠에서 깨어나, 습관적으로 미네코는 민감하게 베개로부터 머리를 떼어놓듯이 귀를 쫑긋 세웠다. 어두운 밤이 끝없이 가득 차 있을 뿐, 그 어둠을 찢는 그 소리는 없었다. 기다리는 마음으로 듣고 있었지만, 그 소리는 확실히 더 이상 나지 않았다. 그러자, 눈물이 나고, 그 눈물은 멈추지 않고 흘러, 미네코는 방바닥에 앉아, 스스로 자신을 의심하듯이 머리를 약간 숙이고 눈물에 젖어 있다가, 이윽고 동백꽃 무늬가 그려진 잠옷의 소매자락으로 눈물을 닦고는 그 입술을 남편에게 가까이 가져갔다. 신이치는, 소년같이 중얼중얼하면서 꿈속의 표정으로 대응했다. 그것도 미네코에게는 이상하게 기뻤다. 미네코는 혼자서 웃었다.

하지만, 그 며칠 밤의 경험은 미네코에게 여러 가지 일을 깊게 생각하게 하는 동기가 되었다. 애틋한 마음은 잊혀지지 않았고, 그

때부터 미네코는 부부로서 자신들의 생활을 모든 면에서 유감없는 하루하루를 살아가려고 하는 마음이 한층 진지하게 되었다. 감각적으로도 정신적으로도 미네코는 이 기간에 현저하게 성장되어 용모에도 깊은 매력이 더해진 것처럼 보였다.

번역 일을 시작한 것도 이즈음부터였다. 아무렇게나 보내고 있는 것은 아니었지만 자신들의 생활이 그냥 하루하루 사라져만 가는 것에, 왠지 모르게 미네코는 만족할 수 없었고 서로의 생활에서도 나태해짐을 느꼈다. 그런 생활 속에서 분명하게 나타낼 수 있는 그 무엇을 구하는 마음에서, 번역을 선택하게 된 것이다. 데루코를 임신했을 때, 태어나는 아이와 함께 자신들이 살아야 할 시대의 현실을 채워 가면, 아이라는 존재 속에 하늘도 땅도 모두 접어 넣고, 그것만을 들여다보고 있는 것 같은 여자의 생활은 불안해서 견딜 수 없었던 것이다. 신이치가 집에 있을 수 없게 되었을 경우를 생각하면 더욱 더 그 마음은 심해졌다. 미네코는, 남편이나 자신이나 아이도, 모두 겪어야만 하는 현대라는 운명의 모든 것을 짊어지고 헤쳐 나갈 수 있는 폭넓은 힘을 자신이 구하고, 그것을 확실하게 해 두고 싶은 마음이 강했던 것이다.

어느 정도까지 일을 하고, 아래층에 내려와서, 철주전자에 손대어 보고 나서 미네코는 식사준비를 했다. 회사에서 회의하고 돌아오면 신이치는 반드시, 오차즈케 먹을 수 있나, 하고 묻기 때문이다.

4

일요일의 한나절 즈음에, 근처의 중학생이 삼나무 울타리 밖에서 캐치볼을 하고 있는 소리가 들린다. 신이치는 데루코를 안는다고 하기 보다 배와 무릎위에 올리고 있는 모습으로, 작은 정원에 놓아둔 캔버스 의자에 앉아 있었다. 운치도 없는 뜰이지만, 초여름 무렵 그들이 산책하러 나왔을 때 파와서 심은 개오동나무가 뿌리를 내려서, 대나무로 사각 모양으로 엮어서 만든 울타리에 보라색의 작은 꽃을 피우고 있다.

"미네코, 개오동나무 옆에, 무슨 싹이 나오고 있는 것이 있어! 알고 있었어?"

미네코는, 뜰에서도 잘 보이는 작은 부엌 개수대에서,

"개오동나무보다 훌륭한 것 같네! 뭘까요?"

삽으로 뿌리를 팠을 때, 함께 뿌리를 달고 나온 것 같은 들꽃이, 참억새를 닮은 가느다란 잎을 뻗어 은자귀나무 차 같은 알맹이인 이삭을 보이기 시작했다.

"거기에 있던 편지 보셨어요?"

"몰라."

"『전화기』아래에 있을 텐데."

데루코에게 뭔가 말하는 소리가 작아지고, 그 편지를 읽고 있는 듯 하더니 얼마 지나지 않아,

"이봐, 잠깐 와 볼래?"

얼굴은 아직 편지를 향하고 있는 신이치가 부르는 소리가 났
다.

"얼른"

"――와서 봐봐."

"뭐예요?"

내민 편지를 대충 훑어보고 미네코는 납득할 수 없는 표정으
로,

"흐-음"

하고 신이치의 얼굴을 보았다.

"어쩐지 이상한 생각이 들어요. 요즘 같은 때, 집을 정말로 지
을 수 있어요?"

"사와다 형님의 땅을 사용하고, 건축가인 사와다가 짓는다고
말하니까, 짓겠지."

"아무리 그래도――집합주택이잖아요? 작은 것도 아닌데. 50
엔씩 10년 할부로 해도……"

지금부터 앞으로 10년이라는 세월동안, 현재와 같은 생활 조건
으로 유지한다고 해도 그런 계획을 세운 발기인들의 생활에 대한
마음가짐도, 미네코가 요즘 느끼는 감각에는 딱 들어맞지 않았다.
미네코는 내일이라도 변화시키지 않으면 안 되는 자신들의 생활
을 생각해서, 오히려 그러한 생활을 위해 준비하는 마음가짐으로
살고 있는데. 그리고 그러한 것은 지금 현재 일본의 몇 만 쌍의 젊
은 부부의 생활감정이기도 하다는 생각이 들었다.

"사와다도 아들을 가지거나 하면, 반드시 이런 생각이 들었을 거야."

스커트에 맨발로 샌들을 신은 미네코는, 캔버스 의자의 등에 손을 짚고, 잠시 침묵하고 있더니,

"여보, 나, 성격이 삐딱한가 봐요."

천천히 돌아 와서, 신이치의 앞쪽에 등을 구부리고, 팔걸이에 자신의 부드러운 턱을 걸치듯이 하고 남편의 무릎에 있는 데루코에게 자신의 새끼손가락을 잡게 했다.

"이런 분들의 기분과는 달라요. 데루코를 생각하면, 역시 다른 점이 있어요. 사랑스러워도요."

"어차피 서로 집세를 내고 있을 정도라면, 바보 같으니까 자신의 집을 짓자고 말한 사고방식일 뿐이야. ……그러나, 여기는 어쨌든 24엔이니까."

하고 신이치는 웃었다. 경제적인 점뿐만이 아니라, 그곳에 살고 있는 한 집단의 가정에서 소위 문화적으로 품위가 있다고 하는 분위기에 어울리지 않는 부부가, 그 할부 주택 건축에 참가할 생각이 없는 것은, 새삼스럽게 말하지 않아도 부부만의 독특한 이심전심으로 미네코도 알고 있는 일이지만, 이 이야기가 만약 2, 3년 전에 나왔더라면, 하고 미네코는, 짧은 시간 동안에 급격하게 변하고 있는 자신들의 감정을 돌아볼 수 있었다.

이렇게 캔버스 의자의 팔걸이에 둥실한 턱을 걸치고 데루코의 손안에 잡힌 새끼손가락을 흔들며 딸을 어르면서 자연스럽게 웃

음 짓는 아내의 감정을 신이치는 잘 이해하는 듯이 생각되었다. 오기인지 뭔지 하는 것과는 전혀 다른 기분에서, 미네코는 언제 깨져서 흘러내릴지 모르는 살얼음 같은 현실에 징검다리를 구한다든가 하는 일은 싫어한다. 오히려 첨벙첨벙 물을 건너가도 걷기 시작한 방향만은 잃지 않고 가고 싶은 심정이다. 그리고 그곳에, 자신들의 시대에서 젊음의 한 형태가 나타나, 성실한 한 모습이 있는 것은 아닐까? 신이치의 마음은, 그의 이른바 훌륭하면서 재미있다는 오늘을 살아가는 기분이 그러한 생각에 일치하는 것이었다.

그 때, 서로 생각이 일치하다고 느낀 듯이 미네코가 얼굴을 들어서 온화하게 똑바른 시선으로 신이치를 보았다. 그 미네코의 눈동자는 햇볕에서 금색 같은 갈색으로 빛나고 있다. 신이치는 아름답다고 생각했다. 미네코는 그대로 곱슬머리가 흘러내려 있는 목을 약간 기울이는 듯한 동작을 하고,

"――대체로 같은 것을 생각하고 있었어요?」라고 물었다.

"데루에게 물어 봐봐."

미네코는 웃었다. 그리고 지극히 자연스러운 기분으로 이어져서,

"얼마전의 오빠에 대한 이야기인데요."

하고 말을 꺼냈다.

"대답이 급한 거야?"

"그렇지도 않겠지."

"혼자서 결정하지 않았으면 해요."

"알았어."

"오빠, 요즘 방침을 잘 세우기는 하지만, 그렇다고 해도, 여러 가지 방법이 있다고 생각해요. 그렇죠? 염치도 없이 잘난 척 하는 거, 나, 왠지 싫어요, 우리들의 모습으로 봐도. ――부탁해요."

미네코의 말투는 소박하지만, 염치도 없이 잘난 척 한다는 꾸미지 않은 표현 속에, 주위의 현실을 직관하고 있는 어떤 것을 이야기하고 있었다.

3월의 제4 일요일

1

콩. 콩. 들릴듯 말듯한 소리임에도, 그것이 이상하리만큼 내 귀에도 거슬리듯 들리는 새벽녘의 전등아래에서 겉옷 끈을 묶자, 사이는 거울을 끌어당겨, 엉거주춤한 자세로 오늘 아침에 먹을 생각으로 어젯밤 사와서 놓아둔 잼이 든 빵 봉투를 펼쳤다.

잠이 부족해서인지 왠지 모르게 마음이 조급해서인지 말라버린 빵은 입속의 물기를 빨아들이기만 할 뿐 좀처럼 목으로 삼키기 어렵다. 하나를 겨우 먹고 나서 봉투를 집어서 한쪽 구석에 밀어놓고 핸드백과 숄을 들고 부엌으로 나왔다.

우물과 통하는 부엌 출입구가 벌써 열려 있다. 펌프와 같이 연결된 곳에서 불이 붙은 지 얼마 안 된 아궁이가 마른 장작 타는 소리를 내고 있다. 그 연기에 섞여서 뿜어져 나오는 불꽃 색깔이, 주위에 아직 남아 있는 잠결의 깊이를 느끼게 한다. 사이가 신문지로 싼 외출용 나막신을 꺼내자, 멀리 어둠을 찢는 듯한 기세로 출발한 지 얼마 되지 않은 전철이 통과하는 소리가 바람을 타고 왔다.

밖에 나와 보니 바람은 생각했던 것보다 강해서, 담배 가게의 붉은 현수막이 펄럭거리기도 하고, 밀가루 봉투를 이어 붙여서 만든 천막과 아직 닫혀 있는 과자 가게의 창문을 흔들기도 하고 있다.

우에노역에 도착한 것은 5시 20분 전쯤이었다. 썰렁하게 텅 비어 있는 넓은 출구 쪽에 여인숙 옥호를 새긴 윗옷을 입은 남자 두 명이 심각한 표정으로 담배를 피우면서 다리를 처신없이 떨고 있을 뿐, 사람 그림자도 찾아보기 힘들다. 중앙에 걸려있는 대형시계에 맞추어 붉은 에나멜 가죽으로 된 손목에 찬 시계 태엽을 감고 나서, 사이는 아무래도 불안한 마음이 들어 핸드백을 열었다. 접은 자국에 너덜너덜해진 엽서에는, 5시경 우에노역에 도착한다고 합니다, 라고 연필로 적혀 있다. 5시경 도착하는 기차라고 해서 어젯밤 일부러 오지王子역까지 가서 조사했을 때, 4시 58분이라고 하는 것 밖에 없다는 것을 알았다.

역 안으로 불어오는 바람을 플랫폼 기둥 옆에 기대어 피하려고 웅크리고 있자, 얼마 지나지 않아 화물 운반 열차가 들어와서 사이가 서 있는 조금 앞에서 멈췄다. 역무원도 나왔다. 얼굴 어디를 봐도, 밤도 아니고 그렇다고 완전히 아침이 된 것도 아닌 무뚝뚝한 표정이다. 사방의 그런 분위기에서부터도 사이의 불안한 마음은 커져만 가는 것 같았다.

땅바닥을 울리며 아오모리 출발의 기다란 열차가 승강장 안에 들어 왔다. 사이는 몸에 힘을 주듯이 하여 기관차의 흔들리는 충격을 이겨내고, 삼등칸 창문 하나하나에 주의하면서 뒤쪽으로 향해 종종걸음으로 걷기 시작했다. 갑자기 열차에서 넘쳐 나오는 인파에 시야가 가려졌다. 사과바구니랑 트렁크에 부딪치면서 제일 마지막 열차 칸 근처까지 힘겹게 밀고 가 보았지만, 그럴듯한 모습은 군중 속에는 없었다. 사이는 플랫폼의 출구 가까운 곳까지 다시 달려왔다. 그리고 주의 깊게 살폈지만, 처음에 검은 덩어리 처럼 흘러나온 여행객 무리는 점차 적어지고, 스카프를 코트의 옷깃에 두르고 머리를 올린 여자일행 두 사람이 커다란 자루꾸러미를 서로 마주 들고 걷기 힘든 듯이 지나갔다. 그러자 그것을 끝으로 플랫폼에 남아 있는 사람은 화물열차 주위의 화물 관리자만 남아 버렸다.

밤새도록 달려와서 멈춘 기관차 아래에서 하얀 증기가 슈- 슈-뿜어져 나와서는, 불어오는 바람에 흩어지고 있다. 그것을 곁눈질로 보면서 입술을 가볍게 깨물고 있는 사이는 눈물을 머금었다. 이 다음이라고 하면 5시 34분일까? 그걸 타고 오는 걸까? 어쩌면 자신이 날짜를 잘 못 알고 있나하고 깜짝 놀라, 다시 한 번 엽서를 봤다. 아무리 봐도 엽서에는 틀림없이 3월 25일로 되어 있었다.

사이는 그대로 기다릴 생각으로 잠시 기둥에 기대었다가, 아무래도 불안해서 작업용 앞치마를 하고 있는 화물 관리자 쪽으로 다가갔다.

"저기요, 5시 34분에 도착하는 상행선도 여기서 기다리고 있으면 될까요?"

"네?"

"그건 죠반선常磐線입니다."

다른 남자가 면장갑을 낀 손으로,

"저쪽 플랫폼이요, 저쪽."

"여기를 일단 나가서 오른편으로 올라가야 해요."

"어머! 감사합니다."

당황해서 얼굴이 빨개진 사이는, 개찰구에 양해를 구하고 가르쳐 준대로 계단을 달음질로 올라갔다. 어쩌면 찾기 어렵지 않을까 하는 생각이 들었지만, 계단을 올라가니 바로 그곳이 죠반선의 천정이 낮은 대합실이었다. 안쪽의 벤치에는 장교 망토를 입은 군인과, 검정 레이스의 숄을 한 여자, 그리고 꽤 많은 사람이 모여 있다. 같은 플랫폼의 반대편에서 치바행 전철이 출발하기 때문에 매우 혼잡하다.

이쪽 플랫폼은 높아서 바람이 한층 세게 불지만, 어느새 대부분 하얘져서, 참으로 바람이 있는 아침답게 오렌지색 동쪽 하늘에 회색 구름이 모여 있는 하늘의 청명함과, 야마노테센山手線이 끊임없이 들어오고 그 전철 안에서 쏟아져 나오는 무수한 남녀가, 아직 빛이 부족한 새벽녘 공기 속에서 윤기 없는 안색으로 바쁜 듯이 구두나 나막신을 신고 걸어가는 모습을 여기서 보고 있는 것도 신기했다. 평소 때라면 나도 지금 저쪽 플랫폼을 걷는 여자애처럼 작은 보따리를 가슴에 안고 오지의 거리를 걷고 있을 시각이다. 오늘 아침의 특별한 이 광경을 보며 사이가 무심코 숄을 다시 펼쳤을 때, 머리 위에서 커다란 스피커가 갑자기 울리기 시작했다.

"삼등열차는 플랫폼 중앙 사무실에서 뒤편입니다."

사이뿐만이 아니라, 검은 레이스 숄의 여자도 큰 손가방을 든 군복 색 옷을 입은 남자, 각반을 한 남자 일행이 앞서거니 뒤서거니 하며 스피커에서 같은 말을 반복하고 있는 동안 천천히 그쪽으로 갔다.

속력을 줄이면서 플랫폼에 미끄러지듯 들어온 열차의 훨씬 뒤쪽의 어느 한 창문에서, 작은 일장기 깃발이 나와 있는 것이 보였다. 어머나, 하며 사이가 눈이 휘둥그레지자,

"저기입니다, 저기입니다, 일장기를 꺼내겠다고 말해줬기 때문에"

라며 성급하게 말하는 남자 목소리가 났다. 그렇게 말한 사람은 각반을 한 남자로, 어디선가 자신도 작은 일장기를 꺼내어, 머리 위로 높게 흔들면서 몸의 넓이만큼 인파를 헤치고 헤치며 나아간다. 사이는 가슴이 벅차오르고 뺨 주위에 소름끼치며, 뒤지지 않으려고 그 남자의 뒤를 따랐다.

각반을 한 남자가, 신호용 일장기와 모자를 같이 잡고 말수가 적은 젊은 교직원에게 인사하는 틈을 타서, 사이는 그곳에 두 줄로 정렬하고 있는 30명 정도의 소년들 얼굴 하나하나를 들여다보며 갔다.

"유짱!"

모두 똑같은 제복에 나막신을 신고 발밑에 작고 낡은 중국 가방을 두고 서 있는 유키치는, 사이의 소리가 들리지 않는 것인지 멍하니 시선을 주위의 혼잡한 곳을 향한 채로 있다. 사이는 무심코 완전 고향 사투리 억양으로,

"이봐! 유짱!"

하며 남동생의 어깨를 흔들었다.

"뭘 그렇게 넋을 빼놓고 있는 거야!"

눈에 눈물을 글썽거리고 웃으며, 자신을 흔들고 있는 분홍색 레이스의 화려한 숄을 한 젊은 여자가 누나인 사이라는 것을 알아채자 유키치는,

"어? 누군가 했어."

웃지도 않고 그렇게 말하고는, 약간 얼굴을 붉혔다. 3년이나 만나지 못하고 도쿄생활을 하는 동안에 사이는 20살이 되고, 이렇게 유키치는 초등학교를 졸업하고 왔다. 복잡한 기분을 말로 다 표현하지도 못한 채 사이는,

"짐은 이것뿐이야?"

라고 물었다.

"응"

"다오카 할머니는 건강하셔?"

"응"

"마을에서는 또 누구와 누가 왔어?」

유키치는 자신 옆에 줄 서있는 소년 쪽을 턱으로 가리켰다.

"아직, 고등학교에서도 두 명만 왔어"

그곳으로 인솔 교직원이, 학생들이 서 있는 줄의 중간쯤까지 나와서,

"그럼, 지금부터 니주바시二重橋에 갈 테니까. 모두 전철의 승하차, 교통질서에 주의해 주세요!"

라고 큰 소리로 주의를 주었다.

각반을 한 남자가 교사와 함께 선두로 걷기 시작했다. 바구니. 보따리뭉치. 트렁크. 유키치 것과 같은 낡은 가방. 아이들의 짐은 제각각의 형태와 색으로 시골의 생활 모습을 이야기하고 있는 것 같아서, 사이에게는 그리운 향수를 불러 일으켰다. 사내아이들은 아무 말 없이 각자의 짐을 가지고 움직이기 시작했다. 뒤따라 걸어 가는 사람들 속에 사이도 섞여 있었다.

도쿄역 앞에서, 니주바시 앞 광장으로 접어들었을 무렵에는, 아침 해가 밝아 아직 활동을 시작하지 않은 빌딩의 벽면을 비추기 시작했지만 바람의 기세는 조금도 약해지지 않고, 사이의 긴 소매 자락으로 바람은 겉옷에서부터 긴 속옷長襦袢까지 따로따로 스며 들었다. 일행은 바람을 거슬러 몸을 숙이면서 자갈을 밟고 갔다.

광장에 들어서자 일행은 멈췄다.

"그럼 여러분, 지금부터 경의를 표해 참배하고, 후방을 지킬 산 업역군의 맹세를 바치고 해산하고자 합니다. 하지만, 그 전에 오늘 부터 여러분의 선생님이자 부모가 되어 앞으로 지도해 주실 분들 을 소개하겠습니다."

몇몇 마을의 초등학교에서 모여 상경한 아이들을 인솔해 온 그 교직원은, 그렇게 말하면서 호주머니에서 수첩을 꺼냈다.

"이름이 불린 사람은 삼보 앞으로 나와 주세요."

야마카게山陰의 사토 키요시, 이치하라 타다시. 자기 마을의 이 름과 자신의 이름이 불린 소년들은 말한 대로 대열에서 벗어나 앞으로 나왔다. 그러자 교직원은 조금 비켜서듯이, 죠도쿠 사카이마치 쇼와 신도회사城東区境町昭和伸銅会社의 아사이 사다지 씨 라고 옆에서 기다리고 있는 어른들의 무리를 향해 불렀다. 그 중에서, 회색 옷을 입은 50세 가량의 남자가 모자를 벗고 한 두 걸음 앞으로 나왔다. 경례! 두 소년의 경례에,

"그래!"

라고 하는 듯한 인사를 하면서 순간 상냥한 얼굴로 그 자신도 인사를 하고, 뒤로 물러나며 사람들 속으로 돌아갔다. 이름을 불린 소년들은 모두 입을 꾹 다물고, 눈도 깜박이지 않고서는 시선을 집중시켜, 맞은편에서 나오는 사람을 주목하고 있었다. 제복을 입은 어깨에 아침햇살을 받으며 태어나서 처음으로 넓은 도쿄의 바람을 맞으면서, 긴장된 얼굴을 하고 있는 남동생들을 보고 있는 동안에, 사이는 입술이 떨리도록 추워서, 사람들의 눈에 띄지 않게 솔을 가지러 갔다. 지금부터 자신의 주인이 될 분은 어떤 사람일까? 상냥한 사람일까? 무서운 사람은 아닐까? 먼 친척에 해당하는 오지의 작은 아버지를 따라 처음으로 바느질가게에 가던 도중의 기분과도 같았다.

실제로, 이름이 불려 나오는 남자들 중에는 벌써 점잖은 모습의 아이도 있고, 그다지 착하게 보이지 않는 아이도 있다. 소개가 끝난 조는 대열에서 떨어진 곳에서 지금까지와는 다른 관심들에 대해 서로서로 얘기하면서도 소년은 그 얼굴을 하나라도 놓치지 않으려고 긴장하고 있는 것 같고, 어른들은 더 복잡하게 소년을 평

가하고 있는 것처럼 보인다. 유키치가 갈 야마다합자회사라고 하는 직물 도매상은 어떤 곳일까? 사이는 허리띠 매듭이라도 느슨하게 풀고 싶을 정도로 괴로운 마음이었다.

시로야마城山의 벳부 유키치군! 유키치가 체조할 때처럼 다리를 넓혀 한 걸음 두 걸음 세 걸음에 앞으로 나왔다. 니혼바시구 요시쵸 니쵸메 야마다합자회사 후지이 킨노스케 씨. 자잘한 무늬의 세련된 겉옷에, 검정 레이스의 숄을 가볍게 손에 걸친 여자가 그 소리에 맞춰 걸어 나온 것을 보고, 사이는 아무 말 없이 눈을 감았다. 우에노역에서 이 서른 네다섯 살로 보이는 깡마른 여자의 신경질적인 옆 얼굴이 사이에게 좋은 인상을 주지 않았던 것이다.

그 여자는, 교직원 옆에 다가와서 허리를 약간 굽히면서 무슨 말이지 두 세 마디를 했다.

"네? 수고 많았습니다."

재차 유키치를 향해서,

"오늘 아침은 회사의 지배인이 나오실 예정이었지만 병환중이라서, 사모님이 대신 나오셨다고 합니다."

유키치는 단정히 인사를 하고 대열로 돌아갔다. 고용주에 해당하는 사람들과 환송하러 온 소년의 가족들도 형식적으로 서로 인사를 했지만, 사이를 포함해서 그건 겨우 대 여섯 명뿐이었다.

그리고나서 교직원은 짧은 훈시를 했다. 도쿄의 나쁜 유혹에 빠지지 말고 훌륭한 산업역군이 되도록.

"곤란한 경우가 있어도, 제군이 오늘 아침 도쿄의 흙을 밟은 이

첫 발걸음의 마음을 잊지 않고 부디 용기를 가져 주세요! 만세 삼
창을 하겠습니다."

고용주 측 사람들이 앞 대열에, 뒤에 소년들이 나란히 서서, 만
세, 만세, 만세하고 세 번 외쳤다. 아침 햇살이 한층 더 자갈 깔린
광장을 널찍이 비추기 시작하고, 일행의 모습도 작게 보이며 외치
는 소리도 바람 속으로 날아가 버렸다.

근처는 건물이 쭉 늘어선 도매상으로, 사이와 유키치가 몸을
기대고 있는 유리창 너머로, 옆집 뒤뜰의 빨래걸이가 눈앞에 보였
다. 거기서 여자가 빨래를 널고 있다. 한편, 목재선반이 달린 열 두
장의 다다미 방에 가게의 젊은 사람 모두가 숙식하고 있는 것 같아
대로로 향한 창가에도 이 쪽 창 아래에도 작은 책상이 서 너 개 놓
여 있다. 그 외에는 텅 비어서 유리창 너머의 햇살이 류큐琉球: 오키
나와 생산품인 돗자리 위에 비스듬히 쏟아져 비치고 구석구석에는
남자 냄새가 감돌고 있다. 후유하고 한숨 쉬며 안심할 수 없는 눈
길로 사이는 책상 주위랑 선반 주위를 바라보았다. 군대에 들어갈
때까지는 장사하게 해준다는 말에 유키치는 온 것이다.

아침 식사가 준비되면 부를 테니까, 라고 말하면서 시중하는
여자가 내려가 버리자, 바쁜 듯 조용한 듯 주위에서 이따금 전화벨
이 들려온다. 잠시 후에 사이가, 텅 빈 그 방의 넓이에 압도당한 듯
이 작은 목소리로 이야기하기 시작했다.

"누나, 오늘 아침 엄청 당황했어. 어째서 시간을 정확히 알려

주지 않았어?"

"나도 정확히 몰랐는걸."

"－－집에는 별일 없어?"

"응. 엄마가, 누나에게 오기를 부리며 고집스레 무리하지 말고, 돌아오고 싶으면 언제든 돌아오라고"

사이는,

"엄마가, 그렇게 말 하시던?"

하며 아무렇지 않게 웃었지만, 그 한마디는 가슴에 와 닿았다. 바느질가게에 온지 10개월째에 늑막염에 걸렸을 때도 사이는 돌아가지 않았고, 올 2월에는 계속 잔업해서 20엔이나 고향집에 보냈다. 유키치는 가족다운 애정과 호기심이 가득한 소년스러운 시선으로 비로소 차근차근 누나를 보면서,

"엄마가, 누나를 만나면 잘 전하라고 했어"

"괜찮아. 요즘은, 사이 씨 잘 하고 있다, 라고 하사님이 칭찬할 정도인 걸."

시골로 돌아가고 싶지 않은 사이의 기분은, 이렇게 사이좋은 남동생에게도 적절하게 이야기하지 못했다. 그 마을. 그 마을안의 집. 그곳에서 닭이 우는 시간까지 대충 정해져 있는 매일의 생활. 생각해 보면 뭐라고도 말할 수 없는 그리운 일도 있지만 그 안에 틀어 박혀서 또 살아갈 것을 생각하면, 몸도 마음도 망설여져서 그냥 여기에 있고 싶다는 생각이 든다. 오지에서 두 달 가까이 드러누워 있었을 동안에 사이는 몇 번인가 울었지만, 모두 잊어 버렸

다. 미래의 생활이라는 희미한 고리도, 지금은 이 생활과 연속선상에서만 생각할 수 있을 것 같은 상태이다.

벽 한 켠에서 짐을 풀기 시작한 유키치의 햇볕에 그을린 붉은 뺨과, 가부좌를 하고 있는 모습은, 아직 그 무릎 언저리에 지푸라기라도 묻어 있을 것 같은 시골 분위기를 풍기고 있지만, 이런 유키치라고 해도, 언젠가는 그 느낌도 알게 될 이곳 생활의 연상선 안에, 자신도 그런 줄도 모르게 발을 들여 놓았다. 일곱 살이라고 하는 나이 차이가 있는 누나가 자신의 모습을 계속 보고 있을 거라고는 눈치 채지 못한 유키치는, 중국 가방 속에서 신문지로 싼 꾸러미를 하나하나 꺼내어 다다미 위에 놓으면서,

"야마키타 집안의 타다시가 준비를 끝내고 나서 갑자기 돌아왔어."

라고 말했다.

"음. 그럼 다들 매우 기뻐했겠네."

"또 간다던데. 겨울동안만 고향집 밥 먹으로 돌아왔다고 모두들 그래."

"음"

유키치가 누나의 무릎 앞에 늘어놓은 신문지 꾸러미는 고향의 된장장아찌, 쑥떡, 미숫가루, 감떡 등이었다.

"오지에 계시는 할머니와 나누라고 했어."

"그쪽은 그저 성의표시만 하면 돼. 누나가 신경 써서 늘 여러가지 주고 있는 걸. ——이 쑥떡, 팥소는 들어있니?"

"상한다고 안 넣었어."

시골에서도 설탕은 부족할 것이다. 사이가, 나중에 나누면 돼, 라고 버스럭거리며 신문지 꾸러미를 한쪽 구석으로 치우고 있을 때, 사다리 계단 아래에서,

"식사하세요!"

라는 목소리가 들렸다. 자기들에게 말한 건지 어떤지 몰라서, 오누이가 잠시 얼굴을 마주보며 한숨을 쉬고 있자, 마중 나왔던 여자 목소리로,

"자, 두 사람 같이 내려오세요!"

사이가 서둘러 "네"라고 도시적인 목소리로 대답했다.

"자, 가자"

사이가 앞장서서 사다리를 내려가자, 여기예요, 라고 안에서 들리는 쪽의 문을 무릎을 끓고 열자, 그곳은 햇빛이 들지 않는 다다미 여섯장 방으로, 커다란 식탁이 한가운데에 놓여 있었다. 가정부가 민망할 정도로 빤히 바라보며 레이온 옷을 입은 사이를 얕보면서, 부엌에서 국그릇을 가져 왔다.

여기서 아침을 먹을 거라고 사이는 예상도 하지 못했다.

"서로 불편하면 곤란하니까, 오겐 씨, 밥통은 누나에게 부탁합시다."

배가 고플 텐데, 유키치는 세 그릇 밖에 먹지 않았다. 더 먹어, 라고 말하고 싶은 것을 참고, 사이는 설겆이 그릇을 스스로 부엌으로 가져갔다.

이윽고 감색의 윤기가 흐르는 비단을 목에 감은 뚱뚱한 남자가 팔짱을 낀 채로 그 방에 들어 왔다.

"어이, 왔군."

주인일 거라고 여겨, 사이와 유키치는 정중하게 인사를 했다.

"도쿄는 어때?, 아무튼 참을성이 중요해. 차츰 익숙해지면 아무것도 걱정할 필요 없을 테니까."

담배를 두어 모금 빨고 나서,

"이름이 뭐였지? 유우—키치인가, 튼튼해 보이는군 그래."

사이는 자신의 무릎 위를 보고 있다. 성실한 태도로 상대를 보고 있는 유키치는 대답하려고 해도 목소리가 잘 나오지 않는 것 같아 난처한 표정을 지었다.

"하하하하하, 괜찮아. 나중에 사장님이 오실 테니깐, 인사드리게."

그럼, 이 사람은 지배인인가? 하며 고개를 숙인 채로 사이는 왠지 어색하고 바보같은 생각이 치밀어 올랐다. 왜 사장님 같이 행세를 하는 걸까.

"누나가 있는 곳은 어디지?"

누나라고 말하는 것보다 누님이라고 말하는 것처럼 들리는 물음을 받고,

"오지 쪽 어디라고 했어요."

옆에서 안주인이 장작에 불을 붙이면서 대답했다.

"공장이라고 했어요."

"여기서—꽤 멀군요. 너무 가까운 것보다는 좋지. 집에도 잘 말해 주세요. 분명히 도착했다고 말이에요."

"아무쪼록 잘 부탁드립니다."

사이는 고개를 숙였다.

"그러면, 옷매무새 좀 봐줘요."

"그건, 신동에게 말해야지요."

"아, 그런가"

한쪽 손은 옷 속에 넣은 채 일어나면서,

"지금 입을 옷을 내 줄 테니까, 입거든 가게로 오게."

"자, 나도 이러고 있을 때가 아니지."

그래서 사이도 유키치도 앉아 있을 수 없어서 복도로 나왔다.

2층으로 돌아오자, 사이는 쓸쓸한 눈빛을 하면서 잠자코 신문지 꾸러미의 선물을 나누기 시작했다.

말을 하면 눈물이 나올 것 같아, 남동생의 얼굴을 보지 않고 방문을 닫고 그리고는 도매상 거리로 나왔다. 사이의 마음은 정말로 의지할 데가 없어졌다. 이제 겨우 9시가 조금 지났을 뿐이다. 해질 녘까지는 아직 시간이 많이 있다. 어제, 꼭 오늘 쉬게 해 달라고 부탁했을 때, 하사님은, 사이 씨가 그렇게까지 말한다면 중요한 일이 겠지, 좋아. 하고 허락해 주었다. 그 때는 유키치를 마중나간다고 하는 것만으로 마음이 들떠서, 이렇게 어이없게 헤어진 후, 남은 하루를 어떻게 보내야 할지에 대해서 난감해 하리라고는 생각치도 못했다.

아무리 생각해도 오지의 집으로 이대로 돌아갈 기분은 아니다. 어딘가 갈 곳이 없을까. 바람에 흔들리고 있는 듯한 봄 햇살을 정면으로 맞으면서, 어쨌든 정류장을 향해 걷고 있는 사이의 머리에 떠오른 것은, 지극히 고집스런 곱사등의 바느질가게와, 3개월 정도 가정부로 일했던 집, 그도 아니면, 같은 마을에서 와 있는 후사이가 있는 곳 정도였다. 후사이가 있는 곳은 도쿄의 메구로이기도 하고, 가정부로 있기 때문에 갑자기 찾아간다고 해도, 선채로 이야기하는 게 고작일 것이다. 자기 혼자만 휴가 받아 나왔으니 지금 같이 근무하고 있는 친구 집에 가도 부재중이라는 것은 뻔히 알고 있다. 어딘가 갈 곳이 없을까. 사이에게는, 오지 집에 있는 할머니가 아닌 누군가의 앞에서 안고 있는 신문지 꾸러미를 풀어서 딱딱해진 쑥떡이라도 구워 먹으며, 3년이나 만나지 못했던 남동생 유키치가 역에서 자신을 알아보지 못하고, 놀란 듯이 누군가인가 했다고 말한 이야기도 하고 싶었던 거다. 고향이라는 것이 몹시 가깝게도 또 멀게도 생각되는 마음도 오늘의 기분도 왠지 누군가에게 얘기 하고 싶다. 그런 일을 얘기할 수 있는 곳은 어디일까.

정류장의 붉은 기둥아래에서 벚꽃 무늬의 겉옷 소매와 옷자락을 바람에 나부끼면서, 사이는 멍하니 전철을 한대 지나쳐 보냈다.

2

몇몇 종류의 작업실이 건물별로 나누어져 있어, 석탄재를 깔아
둔 길이 포플러 가로수가 있는 정문에서 각 건물의 작업실 방향으
로 통해 있다.

정문에 서 있는 경비 아저씨가, 아침에 들어오는 여자애의 인
사 태도가 나쁘다, 건방지다, 라고 하며 한 번이고 두 번이고 인사
를 다시 하게 한다. 거기는 그러한 기풍을 오히려 자랑스럽게 여기
고 있었다. 그리고 4월에 들어서자 여자들이 겉옷을 입고 오는 것
을 허락하지 않았다. 허리띠가 달린, 정해져 있는 작업복을 입고
정문을 통과하지 않으면 안 되게 되어 있다.

넓은 부지 주변은 원래 무엇이었는지 1m정도 나지막이 흙이
쌓인 곳이 있고, 파릇파릇한 잡초 사이에 민들레가 피어 있기도 하
다. 그곳에 걸터앉아 아무런 말도 없이 가지런하게 내민 버선발 끝
이 봄날에 하얗게 빛나는 것을 바라보고 있는 여자애. 작업실 벽에
등을 대고 나란히 앉아 햇빛에 등을 비추면서 조잘 조잘 이야기 하
고 있는 하는 여자애들. 이곳은 책을 가지고 들어오는 것이 까다로
울 정도로 금지되어 있었다. 그래서 점심시간 휴식도 매일 이런 식
으로 보낸다.

가슴에 번호가 붙은 작업복을 입은 사이와 유미코는, 석탄재
길을 따라 매장 쪽으로 걷고 있었다. 사무실의 뒤쪽으로 이어져서
어느 작업장에서도 바로 올 수 있는 수레바퀴의 굴대 같은 곳에,

작은 시장 정도로 물건들을 팔고 있는 매장이 있다. 볼트로 고정시킨 높은 천정의 대들보라든가 채광창의 먼지가 이맘때는 밝아서 눈에 띈다. 엄청 붐비는 시멘트 바닥 통로를 지나 두 명은 과자코너로 갔다. 이곳 소보로빵은 오지의 할머니가 좋아하는 것이라서, 사이는 때때로 사 드리고 있다.

비단 포목 코너에서, 케이스 위에 펼쳐 놓은 비단이랑 여름용 비단 옷감을 살짝 만져 보기도 하면서,

"이것, 정말로 비단일까?"

유미코가 의심스러운 듯이 중얼거렸다.

"우리, 모처럼 일해서 한 벌 마련하려해도, 요즘 물건들은 어떤게 진짜인지 알 수가 없으니 재미없다, 그치?"

할부가 가능하다는 점과 시간이 없다는 등의 이유로, 여자애들은 어쩔 수 없이 직장 안에 있는 매장에서 여러 가지 마련하게 된다.

"사이, 벌써 끝났어?"

"아니, 아직 한 달 남았어."

어슬렁거리면서 걷자, 유미코가 사이의 늘어진 작업복 통소매 소매 자락을 힘껏 잡아당겼다.

"왜그래?"

눈짓으로 유미코가 가리키는 것을 보자 양품코너에서 한 무리의 여자애가, 요즘 유행하는 머리에 꽂는 작은 매듭 리본을 고르고 있다. 그 한가운데에서, 아야코가 짙은 파란색 리본 하나를 집어

들고,

"어디? 좋긴 한데, 좀 수수하네."

그 리본을 옆에 서 있는 여자애의 머리 위에 얹어 놓고 바라보고 있었다. 키는 중간쯤이고 뺨 위에 검은 점이 하나 있는 아야코의 평범하지 않은 얼굴 생김새는 사람들 눈에 띄었고, 그렇게 리본을 고르고 있는 동작 하나에도 언제나 타인의 시선을 의식하고 있는 자신만의 포즈가 있었다.

"요전번 미쓰코시백화점에서도 정말 멋진 것을 봤어. 새틴(satin)인데, 한 쪽은 회색 같은 은색이고, 안쪽은 엷은 분홍색으로, 모던했어. 한 자에 68전이었어."

스쳐 지나고 나서 바로 유미코가 화가 난 듯이,

"칫!"

하며 말했다.

"봐봐. 피크닉 이야기가 조금이라도 나오면 벌써 저러는 거야."

아야코 씨, 카쇼[21] 가 그린 여자 같아, 라고 모여드는 여자애도 있어서, 사이는 그런가 하고 마음에 거리를 두고 있었지만, 유미코가 아야코를 싫어하는 것은 용서치 않았다. 머리채를 잡고 싸운다기보다는, 제도판을 늘어놓고 서로 절대로 말을 하지 않는다는 상

---

21 카쇼(高畠華宵 たかばたけ かしょう,1888年 4月 6日 - 1966年 7月 31日)다이쇼(大正)시대부터 쇼와(昭和) 초기에 활약한 일본 화가.

태로 계속되고 있었다.

"오늘 아침도 말이야, 체조할 때, 일부러 다시하게 하거나 해, 정말 너무 싫어."

"그랬었나?"

"눈을 어디에 두고 있는 거야."

갑자기 웃음이 나기 시작하며 멈추지 않자, 사이는 어머 미안, 미안하며 손등으로 눈물을 훔치며 살결이 고운 얼굴을 붉히며 자지러지게 웃었다.

"뭐야! 뭐가 그렇게 우스워?"

"그러니까."

"기분 나빠, 말해!"

"미안해, 왠지 갑자기 우스워서"

언젠가, 아야코가 연필을 바닥에 떨어뜨렸던 적이 있었다. 그것이 굴러서 옆에 있던 유미코의 발밑으로 갔다. 유미코는 물론 주워 주지 않았다. 그때 반장인 도비타가 빙 돌아 와서,

"연필이 떨어져 있어."

라고 말했다. 유미코나 아야코도 잠자코 제도판 위에 엎드려 있자, 도비타가, 포마드를 발라 깔끔하게 넘긴 머리를 숙이고 그 연필을 주웠다.

"지급품을 허술하게 취급하면 안 되지. 물자를 애호하자, 물자를 애호하자."

그렇게 말하면서 연필을 들고, 주위를 둘러보았을 때, 그때까

지 모르는 체했던 아야코가,

"어머!"

루비반지를 낀 왼손을 뒤집듯이 내밀며,

"미안합니다."

그 연필을 받아 들었다.

유미코가 사람을 바보취급 하고 있다며 나중에 뾰루퉁하게 화를 냈다. 사이가 곤란한 듯이 말을 받아 주자, 옆에서 손톱을 문지르고 있던 도요코가,

"후후후, 사이만 달갑지 않겠네. 왜 그렇게 말하는지 알아?"

사이 쪽으로는 쳐다보지도 않고 작업복 소매로 손톱을 문지르면서 관심을 끌게 하려는 듯이 물었다.

"글쎄..."

"유미코씨, 본인도 하사를 좋아하니까. 그러니까 그런 거야, 그치? 알겠죠?"

그게 생각나 웃었던 것이지만, 웃음을 멈추고 보니, 사이로서는 그런 식으로 자신을 보지 않고 말하던 도요코의 말투에도 뭔가 특별한 뉘앙스가 숨어 있었던 것 같아 묘한 생각이 들었다.

사이와 여자애들의 작업실은 여자애들만 20명 남짓으로, 남자가 일하고 있는 큰 작업실에서 달아낸 것처럼 신축된 한 구역이었다. 모두 2개월 동안의 견습도 여기서 실시한 새로운 임시직 사람들뿐이다.

3시경, 큰 작업실에서 뭔가 화를 내는 도비타의 목소리가 들렸

다. 변명하는 듯한 다른 사람의 낮은 목소리가 들리는가 했더니 갑자기 뺨을 때리는 소리가 들렸다.

"도비타가 때린 거 같은데"

종아리의 근육이 뭉쳐서, 양쪽 팔꿈치를 괴고 제도판에 몸을 의지하여 잠깐 쉬고 있던 사이는, 놀란 표정으로, 제도용 펜을 다시 잡았다. 잠시 후 도비타가 완장을 찬 작업복에, 약간 턱이 벌어진 찡그린 얼굴로 이쪽으로 돌아 왔을 때는, 여자애들은 모두 긴장되어, 여러 가지 머리 모양을 보이면서, 조용히 도판에 붙어 있었다.

정시의 사이렌이 공기를 넓게 가르면서 울려 퍼졌다. 처음에는 작다가 차츰차츰 큰소리로 높아지더니 한동안 넓은 하늘에 소리 기둥이 우뚝 솟은 것처럼 그대로 울리고 나서야, 점차 낮게 사라지는 사이렌의 울려 퍼지는 소리는, 언제 들어도 사이에게 막연한 두려움을 느끼게 한다. 여기저기서 사이렌이 울리고 있지만, 이곳에선 그 몇 가닥의 음색을 쓰윽 헤집고, 숨도 길게, 하늘을 향해 몸집이 우람한 도깨비가 서 있는 것 같았다. 이 사이렌이 울리기 시작하면 그 소리의 굵기, 높이 때문에 주변 일대의 집들이 작다는 것을 새삼스럽게 느끼게 된다.

잔업 하는 날, 한바탕 사이렌이 울려 퍼졌던 공기도 잠잠해지고, 저녁녘에 투명하게 비치는 석양과 함께 창문으로부터 보이는 잡초 색깔이 눈에 들어오자, 사이는 겨울 동안에는 알지 못했던 기분이 가슴에서 다리로 흐르는 것을 느꼈다. 몸에 힘이 빠지는 듯한, 그리고 또 애수와 같은 그 기분은 공기가 부드러운 이즈음 저녁 한 때, 사이의 통통한 눈꺼풀을 한층 더 무겁게 하였다.

창가에 작은 원형의자를 꺼내어 무릎 위에 도시락 꾸러미를 올린 채, 그런 기분에 젖어 있는 사이의 옆에, 데루코가,

"함께 먹어요."

하며 다가왔다. 나이가 어린 데루코는 쾌활해서 도시락 통 뚜껑에 붙은 밥알을 젓가락으로 끝으로 집으면서,

"아이, 싫어, 엄마가 또 이걸 넣었네. 난 장아찌 싫어하는데……치바에 있는 친척이 이런 것을 주는 걸요.」

그렇게 말하면서 사이의 도시락을 들여다 보았다.

"반찬 조금만 바꾸지 않을래?"

무 조림을 사이는 점심에도 먹었다. 어제 도시락에 들어 있던 것과 같은 반찬이다. 오지의 할머니는 원래부터 그런 짓을 아무렇지 않게 하숙인 누구에게나 하곤 했다. 요즘은 물가가 올랐다고 하며 더 심하다. 남자들은 그래서 당장 도시락을 안 가져갔다.

"있잖아, 넌 어떻게 생각해? 하사님이 정말로 피크닉에 데려가 줄 거라고 생각해?"

"음……글쎄다."

라고 말하면서, 사이의 눈은 데루코가 도시락 아래에 펼친 헌신문 사진에 끌렸다.

"잠깐만"

"뭐?"

"그 사진"

사이가 젓가락을 손에 잡은 채로 자기 쪽으로 신문을 돌려 보자, 역시 그랬다. 유키치를 마중 나간 그날 아침, 역시 우에노에 도착한 야마가타현에서 온 초등학교 졸업생 일행이 찍혀 있고, 도호쿠의 눈이 많이 내리는 시골에서 온 소년들은 무명천으로 만든 외투를 입고 큰 행장을 들고 있다. 우연히 이쪽으로 얼굴을 향하고 있는 소년의 빛나듯이 찍혀 있는 둥근 코와, 놀란 듯한 새까만 두 개의 눈은, 그 발밑에 놓인 새로운 행장과 더불어 사이의 마음을 찡하게 하는 것이 있었다. 가련한 산업역군, 당당한 도쿄 입성이라는 제목이 붙어 있다. 그 3월의 제4 일요일에는 그 전날에 막 졸업식을 끝냈을 소년들이, 만 명이 넘는 숫자가 지방에서 이곳 도쿄로 교직원에게 인솔 되어 온 것이다.

종종 뉴스 영화에 생각치도 못하고 출정하는 아들이나 형과 오빠의 얼굴이 비치면, 매우 기뻐했던 이야기를, 사이는 떠올렸다. 이 아이의 부모가 만약 이 신문을 시골에서 본다면 어떤 생각이 들었을까.

"아아, 진짜로 사진찍자."

사이는 무심코 한숨을 내쉬듯이 말했다.

"남동생이 이번에 니혼바시 쪽으로 왔어요."

여기서 자라고 여기서 근무하고 있는 데루코에게 그 기분은 통하지 않고, 악의가 없는 한결같은 표정으로,

"좋네요, 외롭지 않아서"

그리고는 콧노래로 「아이젠카쓰라」의 주제가를 흥얼거리면서, 원형의자를 정리하기 시작했다.

3주나 가까워지는데 유키치는 아직 편지를 보내지 않는다. 여기에서는, 내부의 일을 다른 사람에게 이야기하는 것을 엄하게 금하고 있어서, 부모형제라도 예외는 없다고 한다. 자신과 남동생과 간격을 두지 않으면 안 되는 거리가 있는 것 같아, 사이는 뭐 때문에 그런지도 전혀 모른 채, 단지 얇고 하얀 종이위에 아침부터 밤까지 긋고 있는 먹물선에, 호소가 가득 찬 여자다운 시선을 떨어뜨렸다.

3

야근에서 돌아온 것은 아침 7시반경이었지만, 저녁 4시에는 또 나갈 준비를 해야 한다. 5시부터 밤 12시까지이고, 다음 날은 정시로 1일이라고 하는 순서로 되어 있다.

피크닉 갔다 오고 나서부터 갑자기 야근이 시작되는 바람에 또 바빠졌다. 아라카와 둑에 간 것은 좋았는데, 낮부터 비가 내려 모두들 옷자락을 걷어 올리고, 수건을 허리에 걸치고 서둘러서 돌아왔다.

콸콸콸콸 소리를 내며 펌프로 세탁물 통에서 물을 퍼내면서, 사이는 그 날의 정경을 단편적으로 떠올렸다. 그 마을 거리에는 주물 공장이 엄청 많고, 동굴과 같이 어두운 작업장 안쪽에서 신음소리를 내는 듯한 불길이 타오르고 있었다. 오래된 작업용 앞치마에 달린 주머니 부분만 자른 것을 앞에 걸치고, 길가의 석탄재 속을 젓가락으로 헤집고 있던 아낙네들의 모습. 시커멓게 진동하고 있는 듯한 그 마을 안을 벗어나면 둑은 저 멀리서도 보일만큼 아득히 펼쳐져 있었다. 강은 정말로 기분이 좋았다.

"카와구치에 와서 결혼을 해, 살기 좋아."

아직 독신으로, 이곳에서 다니고 있는 도비타가 그런 말을 했다. 누군가가 길 양쪽을 두리번거리면서,

"하지만. 어느 쪽을 바라봐도 새까만 사람뿐인 거 같은데?"

"그게 좋은 거야. 쇳내가 배어들어 있어서 벌레가 안 붙어."

아야코가 결이 촘촘한 보라색과 흰색 빗살무늬 겹옷을 입고, 파라솔을 무릎 앞에 놓으며 강가에서 몸을 숙여 흘러가는 물을 보고 있던 모습이 비누거품 속에 되살아났다.

대충 빨래가 끝났을 때, 할머니가 갑자기 뒤에서 얼굴을 내밀었다.

"이런! 빨래하는구나. 사이는 부지런해서, 보고 있으면 기분이 좋아. ――젊다는 건 좋구나."

발그스름하고 통통한 손이 물방울을 떨어뜨리면서 속옷을 쥐어짜는 것을 보고 있다가 들어갔나 했더니,

"좀, 미안하지만, 이것도 하는 김에 대충대충 씻어 줘."

검은 삼나무 슬리퍼를 아무렇게 신고, 자신의 푸른색 체크무늬 앞치마를 가지고 왔다.

"여기에 둘 테니까, 미안해"

사이가 뭐라고 말하기도 전에, 재빠르게, 비눗물이 흐르고 있
는 시멘트 바닥에 바로 두고 툇마루로 가 버렸다.

진심으로 한마디 하고 싶은 것을 겨우 참으며 사이는 입술을
깨물었다. 이 얼마나 못마땅한 행동을 하는 할머니인지. 제대로 부
탁하는 법도 모르고. 언니라고 부르는 이집 안주인인 도미요가 사
이의 외가 친척이어서 상경한 것도, 그 남편이 다카시마야 백화점
의 재봉을 혼자서 하고 있다는 바느질 가게 일을 도와주었기 때문
이다. 그런데 집안일이나, 사이 외에 네 명이나 두고 있는 하숙집
일은 남편의 어머니인 이 할머니가 모두 관리하고 있었다. 도미요
는 아이를 돌보느라, 틈틈이 삯일을 하는 것이 최선인 듯, 아무 말
도 하지 않았다.

사이에게 지금의 직장을 알선해 주고, 가정부로 일하고 있는
집에서 휴가를 받게 한 것은, 중개사 같은 일을 직업으로 하고 있
는 도미요 남편의 재량이었다.

"그건 잘됐네. 요즈음 같은 세상에, 괜찮은 아가씨가 남의 집
부엌을 기어 다닌다는 건 말도 안 돼."

할머니는 일단 돌아오면서도 불안한 듯이 있는 사이에게 그렇
게 말했다.

"그럴 때도 있지만, 사이 양도 훌륭한 직장인인걸, 여기저기에
손발을 뻗을 수 있는 곳도 있다는 말이네."

귀 뒤쪽에서 반쯤 들이마신 담배를 내뿜고, 뭔가 생각하면서

조개탄에 불을 붙이고 있는 히데타로에게,

"저 다다미 두 장 방을 비우면 될 거야"

라고 말했다.

"그곳이라면, 집안 사람들 눈길도 미쳐서 사이 양도 안심이고, 15엔으로 하루 세 끼 먹고 방 한 칸이면, 저렴한 거야, 안 그래?"

"음. ――그렇다고 해도, 어떻게든 서 너 명 더 도쿄에서 일하고 싶어 하는 여자애는 없을까? 어때? 사이 양, 시골 친구 중에 그런 친구 없을까?"

그렇게 한 달에 15엔 지불하는 얘기도 결정지어졌다.

사이는, 할머니가 시킨 빨래까지 빨래 줄에 다 널고 나자, 철야하고 돌아온 눈동자가 따끔 따끔해서 아픈 듯한 피로를 느꼈다.

거실에서 쓸어 낸 먼지가 엽란에 붙어 있다. 그 엽란이 있는 세수대야 옆으로 올라와서, 사이는 자신의 방문을 열었다. 화장실과 세면대 사이에 끼어 있는 이 다다미 두 장 방은 이상한 방으로 애당초 벽도 천정판자도 없는 곳이었다. 낮은 천정의 위에서, 세 방향으로 빵 돌려 흰 바탕에 무늬가 있는 벽지를 붙여서 만든 방이었다. 아마 신출내기 세공업자가 바른 벽지라서인지, 말랑하게 부풀어 올라 있는데다가 천정에도 벽 쪽에도 오물이 배어 나와서, 처음 그 방에 앉았을 때, 사이는 쥐 오줌이 묻은 종이상자에 들어간 것 같은 느낌이 들었다. 그리고, 요즘같이 햇빛이 들게 되면, 그 방은 정말 종이상자 같은 풀 냄새가 나곤 했다.

한쪽 구석에 쌓아 둔 이불을 경사진 곳에 깔고, 사이는 누웠다.

살짝 잠이 든 것 같았는데, 방 바로 옆의 비좁고 답답한 공터에서, 와아, 하는 함성 소리를 지르며, 우리 집 아이가 근처의 친구와 뛰어 들어 왔다. 쿵쾅! 쿵쾅! 뭐야! 중국군인 같은 짓을 하고. 져주지 않으면 놀아주지 않을 테니깐. 와아. 대나무 봉으로 서로 싸우는 소리가 난다. 멀어지기도 가까워지기도 하는 꿈과 현실의 경계에서 그 소리를 듣고 있는데, 어느 아이인지, 지겹도록 뛰어 돌아 다니는 바람에 사이의 방 창문에 부딪쳐서, 격자가 없는 문 유리가 부서지는 것 같은 소리가 났다.

사이는, 무심결에 그 소란에서 몸을 감싸듯이 이불을 머리까지 뒤집어썼다.

"누구 집 아이야! 난폭하게 놀려면, 앞마당에서 놀아라!"

할머니가, 화장실 안에서 고함을 쳤다. 깜짝 놀라 가슴이 두근거려 사이는 이불 속에서 괴로운 듯이 상기된 얼굴을 내밀었다. 완전히 잠에서 깨 버렸다. 잠에서 깨면서 아직 몸이 저린 것처럼 잠이 와서, 등을 이부자리에서 일으킬 수 없을 정도로 무겁고 피곤하다. 이런 때가 사이에게 가장 괴롭고 슬펐다. 일하는 것은 상관없지만, 적어도 야근한 뒤 정도는 충분히 먹고, 마음껏 자 보고 싶다. 그 기분은 스스로도 말로 표현할 수 없는 기분으로 어린 몸에 느껴지면서 눈물이 흘러 내렸다.

겨울 무렵, 이 일이 있고나서 사이는 지금의 일을 그만 둘까하고 생각한 적이 있었다. 먼저 가정부로 일하던 집에서는 식사와 수면시간은 충분히 있었다. 급료가 15엔이라면, 그 쪽이 좋을 정도였다. 마침 바빠지려는 때에, 사이가 이래 저래 기분이 좋지 않은 얼굴을 하고 있자, 도비타가 약삭빠르게, 눈치 채고,

"사이 씨, 무슨 일 있어? 요즘 기운이 없는 것 같은데"

만약 싫으면, 이 안에서 다른 일을 하도록 바꿔도 된다고 말했다. 사이는 얼굴을 붉혔다.

"저는 이 일이 싫은 게 아닙니다."

여기를 그만둬도, 당장 다른 곳에서 일하는 것은 허용되지 않는다는 조건도 있었다.

눈물을 흘렸더니 조금은 기분이 후련해졌다. 편지 내용으로 봐서 유키치도 점점 익숙해지고 있는 것 같다. 하지만, 단 한 달도 채 안 되는 동안에 고무를 덧댄 신발 세 켤레와 비누를 두 개나 빼앗겼다는 것은 무슨 말일까? 시골사람이라고 놀림 받고 있는 걸까. 당혹스러우면서도 아무 말 못하고 있는 유키치의 둥근 얼굴이 사이의 눈에 보이는 것 같다.

이불을 쌓은 위에 편지지를 두고 편지를 쓰고 있을 때,

"사이에게 꼭 보이고 싶은 것이 있는데"

할머니가 무거운 듯한 보자기 꾸러미를 들고 들어 왔다.

"――봐봐, 어때? 줄무늬가 얼마나 좋은지!"

펼쳐 보인 것은 나가노현의 이나지방에서 생산되는 명주인데 가짜가 아닌 진짜로 이번에 한해서 한필(약10.9m)에 20엔이라고 한다.

"아저씨 친구에게서 물건이 방금 도착했어. 사이에게는 특별

히 5개월 할부로 해 줄게. 월 4엔으로 이런 물건을 살 수 있으니 좋
잖아. 여자가 스무 살이나 되면 오비 하나도 중요한 재산이지."

주저한 끝에 사이는 결국 반쯤 떠밀리다시피 해서 남색과 노
란색을 한필씩 사게 되었다.

"돈을 다 지불하기 전에 입지 마라, 라고 하지 않을 테니깐 안
심해"

점심시간에 할머니가 남은 음식이 있다고 집요하게 말해서,
야근하고 와서 자고 있다가 2층에서 내려와 식탁에서 하나 먹고
있던 선반공인 시미즈가,

"와—, 너무 맛있어"

하며 갑자기 차에 말아서, 급히 먹으며,

"할머니는 지혜로운 분이야. 목이 메여 금새 배가 부르네."

가짜 비단 겉옷 옷자락을 다리에 감싸듯이 하고 황새걸음처럼
성큼성큼 가 버렸다.

"흥, 조금만 돈이 있으면 저런다니까"

할머니는 비지찌개를 그릇에 담으면서,

"조금은 한눈 파는 것도 좋아"

라고 말했다.

"술집 옆의 이노우에 씨 같은 사람은, 다다미 여섯 장 방을 네
명에게 빌려주고 17엔씩 받고 있잖아. 그걸 가지고, 이제 와서 이
근처에서 뭐라고 하는 사람은 없어."

그럴 때, 할머니는 사이를 마치 가족인양 자신의 옆으로 끌어 당

거서 말하기도 했다. 사이는 잡힌 그 소매를 뿌리치는 듯한 심정으로, 통통하고 쌍꺼풀이 없는 눈꺼풀을 찌푸리고 잠자코만 있었다.

4

잠시 보이지 않았던 센닌바리(千人針, 출정 병사의 무운을 빌어 천 명의 여자가 한 땀씩, 붉은 실로 천에 매듭을 놓아서 보낸 배두렁이 따위)가, 역 부근에 하나 둘씩 나타나기 시작했다. 사이는 이른바 센닌바리의 도쿄에 와서 생활하게 되었지만, 붉은 실을 꿰매는 노란 천도, 어저께인가 부탁받아 손으로 만져보니 목면이 아니고, 이상한 레이온 직물과 같은 것이었다. 두 겹의 붉은 실을 바늘에 꿰면서 이런 천으로는 금방 실매듭만 남아버리는 게 아닐까하는 생각이 들었다. 그렇게 되었을 때의 센닌바리를 생각하면 우스꽝스럽고 불쌍하기도 하다. 그런데도 부탁하는 사람의 진심어린 얼굴은, 역시 순면일 때와 다르지 않았다.

직장에서 일할 때 사용하는 종이도 요즘 까다로워져서, 이전처럼 비교적 간단하게 버리는 것을 용서치 않았다. 구석에 번호를 넣은 종이를 본래의 도안 위에 핀으로 고정해 두고 있자, 화장실에서 돌아온 데루코가 휘둥그레진 눈으로 다가왔다.

"잠깐! 소집 영장이야."

숨을 죽인 속삭임인데도, 울린 것처럼 주위의 몇몇 얼굴이 이쪽으로 향했다.

"옆 작업실에도 영장 나온 사람이 있는 것 같아요."

갑자기 실내에 그런 기운이 퍼졌지만, 그 동요를 반발하는 듯한 또 하나의 기운도 있어서, 모두는 별달리 그 이상 아무 말도 하지 않고 일을 계속했다.

하늘을 뒤흔들며 울리는 사이렌 소리 아래에 있는 마을은 모두 이곳에 다니는 사람들의 일가로 형성되어 있다고 여겨질 정도였기 때문에, 사이가 오고 나서도, 임시로 온 젊은 남자나 가정을 가진 남자 등, 상당히 많이 왔다. 그때마다 이곳에도 여자가 늘어났다.

이 땅에 살고는 있지만, 고향은 멀리 도호쿠東北나 산인山陰지방인 그런 여자애가 늘어났다. 고향에서는 한 집에서 두 명이나 와 있다고 하는 여자애도 있다. 요즘은 여자 열다섯 명에 남자 한 명의 비율이라고 한다. 도쿄가 그런 곳인지, 일본이 순응시켜서 그렇게 된 건지. 그것도, 아기부터 할머니까지 여자를 전부 포함해서 그런 건지 어떤지는 모르겠지만, 일하고 있는 여자애들의 귀 속에 그런 말은 고이고 스며들어, 어떠한 분위기가 되어 있었다.

소집 영장이 모두의 관심에서 멀어지고 나서 한참 후에, 하사 도비타가 들어 왔다. 하나하나 도판을 천천히 둘러보고 나서, 창을 등지고 서서,

"잠깐, 그 상태로 그대로 손만 멈춰!"

평소와 같은 어조로 명령했다. 한 명도 빠짐없이 자기를 쳐다보는 것을 기다리더니, 도비타는 가벼운 기침 같은 소리를 내고,

"한 가지 보고를 해야 할 것이 생겼습니다. 실은 지금 막——"

어머, 라는 소리가 난 것 같은 느낌이 들고 도판의 주위를 잔잔한 물결이 이는 듯한 동요가 일어났다. 그것을, 자신의 목소리로 눌러 진정시키려는 듯이 도비타가 말을 이었다.

"실은 방금, 영광스러운 소집령을 받았습니다. 전부터 기다리던 좋은 기회이기 때문에, 전력을 다해서 본분을 다하고 싶습니다만, 여러분과는 업무양성 시절부터 친하게 지내 왔습니다. 오늘날까지 즐겁게 모두 열심히 해 왔습니다만, 지금부터는, 도비타는 전선에, 여러분은 후방에, 각자의 본분을 다하게 된 따름입니다. 알고 계시겠지만, 아직 며칠 여유가 주어진 상태라서, 확실히 출발하기 전날까지는 지금처럼, 미흡하나마 함께 일하고 싶습니다."

도비타는, 그렇게 말하고 가볍게 고개를 숙이는 자세를 취하고는 바로,

"작업을 계속해요."

라고 한 번 더, 자신도 도판의 사이를 걷기 시작했다.

모두 고개 숙이고, 사이는 아무 말 없이 흐트러지지도 않은 귀밑머리를 쓸어 올리는 것 같은 행동을 했다. 제도용 펜이라든가 막대자라든가가, 따로따로 하나씩 의리처럼 집어 올려졌다. 그러자, 작업실 안쪽의 도판 근처에서, 훗, 훗,하며 웃음을 참고 있는 건지, 울음소리를 참고 있는 건지 확실히 알 수 없는 듯한 여자 목소리가 새어나왔다. 그러더니 도요코가 누가 봐도 분명한 흐느끼는 소리로 작업복의 어깨를 들썩거리면서, 얼굴을 가리고 종종걸음으로

작업실에서 나갔다.

뭐라고 말할 수 없는 작업실 분위기였다. 도비타는 마지막 도판까지 같은 걸음걸이로 한바퀴 돌고, 한마디도 하지 않고 옆 작업실로 갔다.

한참 후에, 도요코가 겸연쩍은 듯이, 세수한 얼굴을 숙이고 살그머니 자신의 도판으로 돌아왔다. 그리고 아직 완전히 안정되지 못한 것 같이 어딘가 낙심한 듯한 모습으로 제도용 펜를 만지기 시작했다.

유미코는 '쳇'이라고 하는 것처럼 눈썹을 치켜세우고 있다. 아야코가 의외로 냉정하게, 뺨 위의 화려한 까만 점을 이쪽으로 보이며, 입술 근처에 묘하고 엷은 웃음 같은 표정을 지으면서 일하고 있는 것을 보자, 사이는 기분이 나빠졌다. 하나하나 도판 주위에서 보이지 않는 소용돌이가 흘러나와 작업실 안을 둘러싸고 있는 것 같아, 사이는 일에 집중할 수가 없었다.

도비타 후임에는 어떤 하사가 올까. 사이 역시 제도용 펜에 먹물을 묻히는 법부터 가르쳐준 도비타와 헤어지는 것은, 어쩐지 그냥 넘길 만한 기분은 아니었다.

데루코가 순진하게,

"아아 난, 왠지 이상한 기분이 들어."

막대자를 도판의 한쪽에 밀치듯이 하면서, 가슴을 뒤로 젖히고 그 주위를 둘러봤다.

"있잖아요, 뭔가 송별 선물을 하지 않으면 안 되겠죠? 모두들

뭘 줄 거야?"

대답을 하는 사람이 없었다.

"다 같이 순백색비단의 센닌바리를 해 드릴까요?"

"시끄러워욧!"

유미코가 신경질적인 목소리로 말했다.

"나중에, 다 같이 상의하면 되지 않겠습니까?"

데루코가 아아 난, 이라고 한 목소리도, 그것을 꾸짖은 유미코의 목소리도, 동료들에게만 들릴 정도의 소곤소곤한 목소리였다. 작업시간 중에 이야기하면 심하게 꾸중 듣기 때문이다.

사선死線을 넘는다고 하는 어조의 유래로 5전짜리 동전을 센닌바리에 붙이는 사람이 있다. 그 5전짜리 동전이 달린 센닌바리를 사이의 작업실 여자애들 일동이 도비타에게 주기로 했다. 그 외에 50전씩 모금하기로 의견이 결정되었다.

"어머니가 혼자 계시게 되시는군요, 안됐어요."

"——과자가게가 번창하고 있어서 괜찮은 걸요. 그렇게 걱정되면 데루코 씨, 앞으로 가끔 가끔 문안인사 부탁드릴게요."

"무슨, 그렇게 말하지 않아도 되잖아요."

데루코가 정색을 하며 눈물을 글썽거렸다.

"유미코 씨는……못됐어."

유미코도 데루코도, 서로 으르렁거리면서 마음이 편하지는 않았다.

뭔가 초조하고 편하지 않은 기분이 여자애들의 작업실에 퍼졌다. 지금까지 전체가 평평하게 되어 있었던 물 표면과 같았던 공기가, 이루 말할 수 없이 얽히게 되었다. 도비타가 들어오자 그를 맞이하며 그가 움직이는 쪽으로, 좌우 사방으로, 서로 부딪히며 붙어 움직이는 것 같은 신경이 모여 있었다. 젊은 도비타는, 그런 분위기에서 자신도 모르게 갑갑하게 느껴졌는지 모두의 얼굴을 보지 않으려고 하며 도판 사이를 걸어간다. 그것이 또 작업실의 공기에 반사된다. 어깨가 결리는 것 같은 하루가 지나자 사이는, 평소보다 훨씬 녹초가 되어, 언짢은 기분으로 집에 돌아왔다.

집 문턱을 넘어 들어가니, 문턱 앞 토방에서 부엌놀이하고 있던 여섯 살 된 다에코가 혼자 우두커니,

"오빠가 왔어."

라고 말했다.

"오빠?"

"응"

"유키치 씨가, 방금 막 들렀는데, 너가 아직 안 돌아와서, 또 다시 오겠다고——"

언제라도 올 수 있는 사람같이 말하는 도미요의 재치 없는 말투가 사이의 귀에 거슬렸다.

"볼일이 있었던 건 아닌가요?"

도둑맞은 세 켤레의 고무를 덧댄 신발이랑 비누에 대한 일이 떠올라서 걱정 되었다.

"무슨 말 하지 않던가요?"

"아무 말도 하지 않았어. 자전거 거기에 세워두고, 잠깐 얘기했을 뿐이야……"

"……그래도 여기를 용케 알아냈네."

"나도 그렇게 생각했어. 그랬더니, 도쿄 전체의 번지가 들어있는 지도를 팔고 있다고 했어, 그것을 보며 어디든지 가게의 심부름도 한다고 하더라."

이쪽으로 올 기회가 있었을까? 니혼바시에서 여기까지라면, 왕복으로 몇 리가 되는 걸까?

이맘때부터 더 어두워질 때까지, 대로의 열두 차선 길 한쪽 편은 도쿄 방면에서 이쪽으로 돌아오는 자전거 행렬이 짧은 시간 동안에 마치 한 무리의 잠자리 떼가 밀려오는 것처럼 된다. 꼬리에 꼬리를 물고 걷잡을 수 없는 속력으로 끊임없이 지나가는 자전거의 흐름을 보고 있으면, 몸속에서 피가 그쪽으로 빨려 나가는 듯한, 이상하고 슬픈 기분이 들었다. 이따금 같은 차도의 건너편을 반대로 향해 가는 자전거가 있으면, 그 페달을 밟고 있는 다리의 움직임까지 눈에 보여 무거움마저 느낀다.

먼 길의 어딘가를, 유키치도 지금쯤 그렇게 돌아가고 있겠지. 그 모습을 상상하려고 하자, 사이의 마음에는, 아직 시골에 있던 시절, 안장을 떼어 중심축 사이에서 한쪽 발을 반대편 페달에 걸치고 허리를 비틀며 타고 돌아다니던 동생의 모습이 떠올랐다.

5

"안녕하세요."

사이는 아무런 생각 없이 대 여섯 명 모여 있는 쪽으로 다가갔다.

"안녕하세요."

그 중의 한 명이 뒤돌아보며 말했을 뿐, 모두 시무룩해 있다. 눈을 깜박거리며, 사이는 작은 소리로,

"무슨 일 있어?"

하고 물었다.

"흠"

"그건 누구라도 기분이 나빠, 안 그래? 화요일에 뭐라고 모두 결정했니? 누군지 모르겠지만, 빠져 나가서 자기만 착한 사람처럼 부동명왕不動明王의 부적을 가지고 있거나 방탄거울을 가지고 있다니――정말 싫다."

작업실 여자애들의 대표인 도모코와 미노루가, 어젯밤 가와구치에 있는 도비타의 집에 센난바리와 전별금을 주러 갔다. 도비타가 부재중이어서, 모친이 앞치마 자락으로 눈물을 닦으면서 인사를 하고, 여러분들 동료가 나리타산의 부적을 가져 와 주시기도 하고, 뭔가 철로 만든 거울을 일부러 보내 주셨다, 라면서 고마워했다.

"누군지, 이름을 물어봤으면 좋았을 텐데."

"할머니가 아시기는 하겠습니까?――어처구니가 없어서, 그

런 건 물어 보고 싶지도 않아."

모두가 모여서 체조를 시작하기 전, 도모코는 화가 가라앉지 않는 모습으로,

"센닌바리와 전별금은 어젯밤에 확실히 전달했습니다만, 우리들이 모르는 부적이랑 거울이랑 답례 인사까지 어머니가 말씀하셔서, 어떻게 말해야 할지 곤란했어."

라고 보고했다.

"어머! 그렇다면 나도 검은 고양이 마스코트 가지고 갔을 텐데"

데루코가 유감스러운 듯이 말했다.

"그렇잖아. 모두가 결정한 대로 따르지 않은 사람이 있다는 거야."

도비타가 일동에게 선물에 대해 감사를 표했을 때도, 작업실의 분위기는 응어리가 져서 칙칙했다.

"아아, 드디어 내일인가"

도판 사이를 어슬렁어슬렁 걸으면서, 수면부족과 숙취가 베어나온 듯한 윤기 없는 얼굴을 손바닥으로 비비며 도비타가, 오히려 빨리 그때가 되는 게 좋다는 듯이 말했다.

"모두들, 후임 하사가 오고 나서, 조롱당하지 않게 확실히 해. 그것만큼은 잘 부탁해 둘게. 무슨 교육을 이따위로 했어, 라고 듣는다면 마음 놓고 편히 죽을 수 없으니까."

창가에 멈춰서 기지개를 켜는 듯 하더니,

"만주 사건 때에도 출정했지만, 아무래도……"

라며 말하고는, 그 뒤는 입을 다물었다. 그리고 잠시 멍한 얼굴로 밖을 보고 있다가, 다시 마음먹은 듯이 뱅그르르 돌아서며,

"자, 모두들, 명랑하게, 힘내, 힘내. 밝은 얼굴을 보여야지."

그렇게 말해도, 여자애들의 눈빛은 반짝거리지 않았다.

점심시간에 도요코가 조금 창백해진 얼굴로,

"도모코 씨, 잠깐만"

이라며 다가갔다.

"그 부적이랑, 거울 이야기, 내가 지난번 울고 해서, 모두가 이상하게 생각하고 있을지도 모르지만, 전혀 모르는 일이니까——"

딱딱하고 격식 차린 투로 말하고, 한층 새파란 얼굴을 한 채 저쪽으로 가 버렸다.

이사람 저사람 모두가 다 정말 복잡하고 이상하다, 사이는 양쪽 관자놀이를 집게손가락으로 문질렀다.

이곳의 관례로, 출정 당일은 이 마을 광장에서 모두 함께 환송하고, 밖에 기다리고 있는 재향군인이나 국방 부인회가, 도로에 행렬을 지어서 가게 되어 있다.

무슨 생각을 했는지 도비타가,

"내일은 절대 아무도 결근하지 않도록"

이라며 다짐을 했다. 새로운 하사가 온다는 것이 이유였겠지만, 그 뿐만이 아니라는 것이 느껴지는 듯한 최근 2~3일의 분위기였다.

보기 드물게 정시 퇴근이 계속 되었다. 그날은 오후가 되어 내리기 시작한 소나기가 운 좋게 퇴근 전에 그쳤다. 비에 젖은 낮은

지붕들이 석양에 빛나고, 어디선가 참새가 생기 있게 지저귀는 소리를 내고 있기도 하다. 깨끗해진 큰 길은 평소보다 먼 곳까지 잘 보이고, 은행나무 가로수 색이 파란 양초의 대열처럼 보인다. 사이는 습기 찬 공기를 기분 좋게 들이마시면서 천천히 걸었다, 포장도로 한쪽은 로터리를 끼고 오른쪽에 굽어지는 다운타운 거리, 또 한쪽은 똑바로 다리를 건너서 앞으로 가는 모퉁이 쪽으로 연결되어 있다.

마침 두 갈래가 된 다리에서 보도 쪽에 갈색으로 칠해진 대형 트럭이 화물에 덮개를 덮어 반대 방향으로 주차하고 있다. 보도 쪽에 경찰 오토바이가 와 있다. 사이가 걸어가는 쪽의 보도에 사람들이 모여 있다. 조금씩 조금씩 옆으로 간 사이는 엉겁결에 옷소매자락으로 입을 막았다. 트럭 뒤 차바퀴 사이에 거적으로 덮여진 것이 있다. 자전거 1대가 트럭에서 조금 떨어진 곳에 뒤집혀진 채로 놓여 있다. 즉사한 것 같았다. 비가 그친 넓고 깨끗한 차도를 자동차와 트럭이 이곳까지 다다르자, 하나같이 감정을 나타내며 속력을 떨어뜨렸으나 모퉁이라서 정차할 수 없는 곳이기 때문에, 뒤돌아보듯이 서행하며 지나간다. 아무데도 부서진 데가 없는 것처럼 뒤집혀 있는 한 대의 자전거와 거적으로 덥혀있는 불쌍한 사람의 모습 등은 사이에게 콧잔등이 찡해져 오는 느낌을 주었다. 슬립Slip이다. 양쪽 모두 피하지 못했다. 이쪽 편에 있는 사람들 사이에서 나지막한 목소리가 들린다.

소매로 입을 막은 채 사이는 또 걷기 시작했지만, 눈물이 나오

지 않는 애처로움으로 괴롭게 목이 멨다. 거적이 부풀어 올라와 있
던 상태로 보아 성인 남자라고는 생각되지 않았다. 그렇게 생각하
자 허벅지 부근이 심하게 떨렸다. 도쿄에 온지 얼마 안 된 그 소년
들, 아직 아스팔트의 미끄러움을 알지 못하는 소년들. 유키치가 자
전거 타는 모습도 그 속에서 떠올라, 사이는 소매 끝으로 안타까운
듯이 콧잔등 옆쪽을 훔쳤다.

요즘 공중전화에는 전화번호부가 없다. 그 생각이 나서, 사이
는 훨씬 멀리 돌아오는 길을 택해서 우체국에 들렀다.

유키치를 불러 달라고 부탁하자, 전화기 소리에서, 어~~이, 하
며 뭐라고 소리치는 소리가 들린다. 수화기를 아플 정도로 귀에 바
짝 대고 사이는 기다리고 있었다. 이윽고, 사람이 나온 낌새가 느
껴지더니 희미한 목소리가 자신 없는 듯이,

"――하아"

라고 하는 말이 전해져 왔다. 사이는 발돋움을 해서 송화구에
가까이 다가갔다.

"아, 여보세요, 유키치?"

간격을 두고 "―― 하아"

"유키치! 좀 더 큰소리로 말해. 여보세요. 들려? 나야……"

사이는, 그러는 동안에도 통화시간이 끝날 것 같아서 제정신이
아닌 상태로, 넓은 도쿄의 저쪽 끝에서 불안하게 들려오는 남동생
의 목소리를 온 마음을 다해 끌어당겼다.

■ 미야모토 유리코

미 야모토 유리코宮本百合子 1899년(출생) : 2월 13일 도쿄 고이
시카와구小石川区, 현 분쿄구:文京区에서 아버지 주조 세이치
로中条精一郎와 어머니 요시에葭江의 장녀로 태어났다. 아버지는 건
축가, 어머니는 화족여학교華族女学校 출신의 재원이었음.

1916년(17세) : 3월 오차노미즈 고등학교お茶の水高校를 졸업하
고, 4월 일본여자대학日本女子大学 영문과 예과에 입학. 처녀작 『가
난한 사람들의 무리貧しき人々の群』를 주조 유리코中条本百合子라는
필명으로 아버지의 친구였던 쓰보우치 쇼요坪内逍遥의 추천으로
『중앙공론中央公論』 9월호에 발표. 이후 학교를 자퇴하고 작가 생
활로 들어감.

1918년(19세) : 9월 아버지와 함께 미국으로 건너감. 가을 콜롬
비아 대학에서 고대동양어학을 연구하고 있던 아라키 시게루荒木

茂를 알게 됨.

1919년(20세) : 10월 아라키 시게루荒木茂와 결혼(호적상으로는 8월). 12월 어머니의 출산으로 혼자 귀국.

1920년(21세) : 봄, 남편 시게루가 귀국하여 유리코의 부모님 집에서 동거를 시작. 8월 독립함.

1922년(23세) : 야마카와 기구에山川菊榮의 러시아 기아구제유지부인회에 동참.

1924년(25세) : 봄, 유아사 요시코湯浅芳子를 만남. 여름, 아라키 시게루와 이혼. 이후 요시코와 공동생활.

1927년(28세) : 12월 『한송이 꽃一本の花』 발표. 유아사 요시코와 함께 소비에트로 출발.

1928년(29세) : 8월 남동생 히데오英男의 자살. 「모스크바 인상기」를 『개조改造』에 발표.

1930년(31세) : 11월 귀국. 12월 일본 프롤레타리아 작가 동맹에 가입.

1931년(32세) : 소비에트 기행을 다수 집필. 작가 동맹 상임 중앙위원, 일본 프롤레타리아 문화 연맹 중앙협의회 의원 등을 역임. 11월 일본 공산당에 입당.

1932년(33세) : 2월 미야모토 겐지宮本顕治와 결혼(혼인신고는 1934년 2월). 4월 문화 단체에 대한 대탄압으로 검거되어 7월 석방. 겐지는 지하활동 시작.

1933년(34세) : 2월 검거되었지만, 바로 석방. 6월『각각刻刻』을 집필하지만, 발표는 사후 1951년 3월『중앙공론中央公論』에 게재. 12월 겐지 검거.

1933년(34세) : 1월 검거. 2월 프롤레타리아 작가 동맹 해산. 6월 모친이 위독하여 석방. 1월『문예文芸』에『소축의 일가小祝の一家』를 발표하고, 12월 동지에『겨울을 이겨낸 꽃봉오리冬を越す蕾』발표.

1935년(36세) : 4월『중앙공론』에『유방乳房』발표. 5월 재검거. 10월 수감.

1936년(37세) : 1월 부친 사망. 3월 건강 악화로 인해 석방. 6월 공판.『우리 아버지わが父』『맥심·고리키의 생애マクシム·ゴーリキイの生涯』『「어떤 여자」에 관한 노트「或る女」についてのノート』발표.

1937년(38세) : 필명을 미야모토宮本로 바꿈. 1월『잡담雑杏』을 『중앙공론』에 발표하고, 8월『문예춘추文芸春秋』에『해류海流』를 발표.『오늘날의 문학의 조감도今日の文学の鳥瞰圖』『깨어진 거울こわれた鏡』『길동무道づれ』등 소설 7편, 평론·감상 등 약 80편을 왕성하게 발표.

1938년(39세) : 1월부터 이듬해 봄까지 집필 금지를 당하여 경제적, 정신적으로 타격을 받음.

1939년(40세) : 1월「그해その年」를『문예춘추』에 발표하려고 했지만, 내무성에 의해 금지당해 41년에 다시『종이로 만든 작은 깃발紙の小旗』로 발표.

1940년(41세) : 1월『광장広場』을『문예』에 기고하고, 4월에는
『3월의 넷째 일요일三月の第四日曜日』을『일본평론日本評論』에 발표.
8월『쇼와 14년간昭和の十四年間』을『일본문학입문日本文学入門』에
발표. 같은 해 소설 4편, 평론·감상 약 90편을 발표.

1941년(42세) : 2월 재 집필 금지에도 불구하고 소설 2편, 평론·
감상 50여 편을 발표. 12월 8일 태평양 전쟁에 돌입하자 다음날 검
거.

1942년(43세) : 7월 열사병으로 넘어져서 인사불성인 채 집행이
정지되어 석방. 의식은 점차 회복되었지만 시력과 언어장애가 일
어남.

1945년(46세) : 남편이 교도소로 이감되었다. 일본공산당원으로
활동을 시작하여 신일본문학회, 부인민주클럽의 창립을 위해 열
심히 노력함.

1946년(47세) : 1월 평론『가성이여! 일어나라歌声よ'おこれ』를
『일본문학日本文学』에 발표.『반슈평야播州平野』(3월~47년1월)를『신
일본문학』에 발표. 9월 시코쿠 지방의 당회의에 출석. 같은 달에
『암크령風知草』을『문예춘추』에 발표.

1947년(48세) : 1월『두 개의 정원二つの庭』을『중앙공론』에 연재
하기 시작하여 8월에 완결.『도표道標』(10월~1950년 12월)를『전망展
望』에 연재.

1948년(49세) : 건강악화로 의사로부터 활동 제한을 받지만 반전평화의 의견을 개진. 평론『두 바퀴両輪』를『신일본문학』에 발표.『여성의 역사女性の歷史』를 부인민주신문출판부에서 간행. 그리고『평화로의 하역平和への荷役』등을 발표.

1950년(51세) : 6월 맥아더의 공직추방령에 의한 일본공산당 중앙위원회에 대한 탄압으로 남편이 추방됨.『현대문학의 광장現代文学の広場』『마음에 강한 욕구가 있다心に疼く欲求がある』를 발표.

1951년(52세) : 1월「인간성·정치·문학人間性·政治·文学」을『문학文学』에 발표. 1월 21일 급성 뇌수막염균 패혈증으로 사망.

『마음의 강心の河』

1924년 「개조改造」6월호에 발표한 작품. 어느 날 오트밀을 사야겠다고 생각한 사요는 그날 저녁 퇴근길에 부탁도 하지 않은 오트밀을 그녀의 남편 야스오가 사 들고 들어왔다. 같은 공간에서 숨쉬며 살아가기 때문이라기보다 '그녀는 그렇게 금방 흥분하지는 않았다. 이런 우연의 일치가 자신들에게만 주어진 하늘의 혜택이라고도 생각하지 않았다. 가정의 사소한 일 중 하나이다. 몇 만이나 되는 지붕 아래에서 자주 일어나는 흔히 일상에서 있는 일이다. 게다가 그녀는 이 흔히 있는 사건에서 뭐라고 말할 수 없는 한 가닥의 상냥함, 따뜻함을 느끼지 않을 수 없었다. 인간과 인간이 높은 하늘 위에서 굽어본다면 필시 더 작게, 그러면서도 열심히 살아가는 동안에 길들여진 지혜로운 본능이 화목하게 서로서로 호응한다.'라고 이야기를 전개하고 있다. 사요는 그런 남편과 부부로서의 심적 흐름이 서로 통하고 있음을 느끼며 사랑의 미묘함에 대한 감탄과 더불어 마냥 통하지만은 않은 감정적 다툼에서는 '그녀는 자신에게 당연히 이 싸움이 일어날 것을 알면서도, 그 사람에 의해 막

깨어난 신선하고 기분 좋은 본능을 먼저 이끌어내려는 야스오의
무자비함에 증오마저 느꼈다'고 표현하고 있다 이처럼 일상생활에
서 일어나는 부부 서로에게 느끼는 사소한 감정과 그에 따른 마음
의 고통을 작품의 후반부까지 세심하게 묘사하면서 부부의 마음의
강 저변에 흐르고 있는 심적 갈등을 잘 나타내고 있다.

『해류海流』

1937년 「문예춘추文芸春秋」8월호에 발표한 작품. 히로코는 아
버지 다이조가 밤늦게 들어오기까지 어머니 에이코와 도미오카
의 이야기에 귀를 기울이며 호기심을 품는다. 아버지와 이야기할
때의 엄마와는 다른 분위기, 아버지와 엄마와 도미오카 셋이서 수
다 떨고 있을 때에도 없는 뭔가가 다른, 아버지가 없는 토요일 밤
의 도미오카와 어머니와의 대화 사이에 감돌고 있는 감각과 그 분
위기에 자극된다. 거실 안에 분위기가 서서히 조성되고 '밤이 깊
어 갈수록 점점 짙어져서 따뜻한 듯, 빛이 나는 듯한 뭔가가 숨겨
져 있기라도 한 듯한 분위기'에 히로코는 조숙하고 민감하게 온몸
으로 끌려들어 간 것처럼 도미오카와 히로코의 관계 또한 묘하게
전개된다. 남편보다 다른 남자와 이야기하는 것을 더 즐기고 있는
에이코를 바라보는 히로코의 시점에서 또 한 명의 남성인 다자와
와 어머니의 관계에도 관심을 둔다. 아버지와 이야기할 때와는 달
리 다른 남자를 대하는 어머니 에이코의 모습을 지켜보고 있는 딸

히로코를 통해 같은 여성으로서 느끼는 미묘하게 흐르고 있는 감정의 가닥들을 잔잔히 묘사하면서 완곡한 곡선을 그리듯이 이어지고 있는 이야기는 두 여성에 대한 작가의 시점이 섬세하게 전개되고 있다.

『동행道づれ』

1937년「문예文芸」11월호에 발표한 작품.『해류』의 등장인물로 이야기 전개가 계속 이어지는 점에 흥미를 더한다.『해류』후반부에서 나타난 히로코의 남동생 쥰지로가 다자와의 연구실 쪽에서 만난 시게요시와 문학연구회 모임에 참석하게 되는 미쓰이가 등장한다. 발행된 지 얼마 안 된 잡지『신시대』와 문과의 전통을 잇고 있는『신사조』에 대해 열정을 갖고 문학을 전공과목으로 하지는 않았지만 각자의 인생적 시대적인 요구에서 새로운 예술의 가치를 넘치도록 뿜어내는 문학운동 방향에 따르고 있는 문학도들의 문학에 대한 이야기로 시작된다. 이에 뒤따른 히로코와 시게요시의 만남. 그리고 넥타이 가게에 등장한 다자와와 에이코의 동행에서 '아아, 이 그대로 어디론가 가버리고 싶다'는 표현으로 두 사람의 감정의 흐름을 나타내고 있다. 그러한 두 남녀의 모습을 멍하니 보고 있는 가게 점원인 미호코 등을 통해 당시의 여성의 위치와 사회생활상, 결혼문제, 정신세계 등을 그려내고 있다.

『한 송이 꽃―本の花』

1927년 개조사改造社의 「개조改造」 12월호에 게재. 기관지 잡지 편집 일을 하고 있는 아사코, 그녀 주위에 있는 남자 오히라와 오히라의 사촌동생 사치코들의 일상 이야기로, 남자와 여자의 묘한 감정의 흐름에 초점을 둔 이야기를 담고 있다. 오히라와 대화하며 '죽은 남편과 살았던 생활 속에, 오늘 밤 같은 가정적인 정경도 있었을 거라고 하는 의미를, 아사코는 느꼈다. 그녀는 엷은 슬픔을 느끼고, 묵묵히 있었다. 동시에 오히라의 마음 속에도, 그것에 대해 자연스럽게 생각나는 어떤 일도 그 아내와의 사이에 없었다는 말을 어떻게 말할 수 있을까' 라고 생각하고 있는 아사코에게 오히라는 '당신, 정말 다시 아내가 될 마음은 없는 겁니까?' 라고 묻는다. 아사코는 '내 마음 속에서, 이제 결혼 생활, 완전히 완결한 생각이 들어요. 또 같은 짓을 달리 해보고 싶지 않을 뿐'이라고 답한다. 결혼 경력을 가지고 있는 두 사람을 두고 괴짜라고 표현하는 사치코를 통해 은근히 두 사람의 결합을 묘사하고 있다. 이미 결혼 경력이 있는 남성과 여성의 결혼관과 재혼에 대한 당시의 관념과 시대적 관념을 작품 전반에서 느낄 수 있다.

『추억追憶』

작품을 쓴 연대가 명확하지 않음. 1981년 12월 「宮本百合子全集」 신일본출판사의 초판 제29권에 초출初出로 되어 있는 작품으로 주인공 나이 일곱 살 때 죽은 삼촌과 지냈던 과거를 돌이켜보며 삼촌을 지독히도 좋아하고 따랐던 자신의 어린 시절의 추억을 회상하는 작품이다. 어린 나이에 경험한 삼촌의 종교세계에서 이해할 수 없었던 여러 가지 일들과 기억들을 소재로 하여 현재의 주인공의 심경을 조명하면서 기술하고 있다. '십년이 지난 지금은 죽은 자의 대부분이 그러하듯이 그의 이름도 그의 외모도 대개는 잊혀지고, 아주 드물게 형제나 친족 누군가의 가슴에 옛날의 추억만으로 희미한 기억 속에 되살아 날 뿐'인 일 그 모두를 기억하고 있기에는 비록 어린나이임에도 불구하고 눈으로 보고 있듯이 생생한 상황 묘사가 되고 있다. 서른 두 셋인 삼촌과 얽혀있는 기억의 단편이 다양한 부분에서 잊기 어려운 추억이 되어 순수한 것은 틀림없지만 주인공에게 결코 아름답게 남아 있지 않은 부분도 있기도 한 기억들과 함께 사랑으로 가득 차 있었던 점은 분명하게 그리고 있다. 삼촌이 이 세상에 없다는 것이 주인공의 생애에 의미 있는 일이라고 하는 것처럼 죽지 않고 같은 세월을 살아왔다면 서로 힘든 투쟁을 했을 것이고 어렸을 때의 여러 가지 추억에 쓰라린 눈물을 맛보게 되었을 것이라고 되새기며 삼촌이 그 때 죽었기 때문에 영원한 애정을 마음속에 계속 간직하고 있을 수 있다는 결론을 맺고 있다. 힘든 투쟁을 했을 것이라는 주인공의 생각은 현재와 회상을 통해 알 수 있듯이 서로 다른 사상과 종교적인 문제가 크게 부각되는 점이라고 볼 수 있을 것이다.

『유방乳房』

1935년 「中央公論」4월호에 발표한 작품. 시영 전철 쟁의를 둘러싸고 전개되는 일본 프롤레타리아를 배경으로 한 작품이다. 히로코는 오타니로부터 강제로 집행한 구조조정에 불복한 부분에 대한 해고 공표 문제 논의를 위한 조합 회의에 참석해 달라는 부탁을 받고 회의에 참석하지만 '히로코의 얼굴을 굴욕으로 붉히게 했다. 야마기시가 히로코를 뒤에서 말하지 못하게 한 것은 완전 교활한 그의 정치적인 기술이었다.' 라고 기술하고 있는 바와 같이 쟁의의 상황을 파악하고 여성으로서의 입지와 권력의 힘을 감지하게 된다. 구치소에 수감되어 있는 시게요시 면회를 가서 본 상황에서 '인간을 향해서 권총을 차고 있는 사람이 원숭이에게는 허물없이 붙임성 좋게 말하며 웃고 있었다.'라는 표현한 것처럼 원숭이보다 인간을 더 엄한 규칙으로 취급하는 데 대한 국가의 권력에 비애감을 느낀다. 전면 파업이냐, 그렇지 않으면 완전히 파업에 서지 않느냐에 대해 파업해도 의미가 없다고 하는 패배적인 생각을 회사 간부 대부분이 종업원에게 주지시키고 있는 장면과 가메이도탁아소가 시영전철 지원을 지나치게 했다는 점에서 부모들에게 두려움을 주고 있는 탁아소 문제는 여성으로서의 역할을 더욱 약화시킨다. '영양부족으로 기저귀 밖으로 나온 작은 두 다리 안쪽이 창백한 아기에게 따뜻함만 있는 젖으로 괴롭게도 계속 빨리고 있는 모습. 이 사회에서의 여자의 슬픔과 분노 두 개의 그림이 그러한 장면에 있는 것처럼, 히로코의 마음에 새겨졌다.'는 묘사는 아이를 낳고 젖을 주고 키워야 하는 여성의 의무와 권리를 제대로 이행할 수 없는 참담함과 더불어 힘들어 하는 히로코의 모습을 둘러싸고 여성의 지위와 인권에 대한 여러 문제가 시사되어 있다.

『아침바람朝の風』

1940년「일본평론日本評論」11월호에 발표한 작품. 일본의 대지진에 대한 도시를 배경으로 하고 있다. 대지진 후에 도로 정비와 건물들의 건설로 바뀌는 도시의 속에서 아파트 건설의 신문기사를 보고 사요가 도모코와 함께 아파트를 보러 가게 도는 장면에서 '정말로 사요는 그 안을 한번 보고 싶은 생각이 들었다. 아아 이런 곳에 살며, 이런 복도도 걷는 건가. 그러면 정말 시게요시의 하루도 현실적으로 느껴지고 내 마음도 편해지겠지' 라고 새로운 집에 대한 환상과 시게요시가 좋아할 모습 등을 상상하면서 새 도시로 변화해가는 도시의 모습과 더불어 새로 짓는 아파트에 관심을 가지는 사요와 도모코의 이야기로 시작되면서 당시의 도쿄의 풍경이 그려지고 있다. 도쿄의 집이 바닥이 날 정도로 집구하기가 어려운 당시의 현실을 부각하고 있다. '봄이 되자, 보수한 도로 뒤편에 있는 썩고 있는 네 채의 연립 주택 한 구획이 허물어지고, 그곳에 기계 공장이 새로 건축되었다. 타임 레코더를 누르고 직공이나 여공이 사무실 입구로 들어갔다.'라고 묘사된 것처럼 바쁘게 돌아가는 도시의 활기참을 기술하고 있다. 아침저녁으로 변화하는 거리에 한줄기 강한 선을 그은 듯이 전철이 개통되고 연이어 세워지는 건물 속에서 비록 벼랑위의 작은 집에서 살고 있지만 어디선가 울리기 시작한 라디오 체조 레코드에서 계속 피아노의 멜로디를 듣고 있는 동안에, 시게요시와 사요가 결혼 한지 얼마 안 되었을 때, 아침잠에서 깨어났을 무렵 어딘가 멀리서 울려 온 단순한 멜로디였음을 상기한다. '멜로디와 함께 그 방을 빠져나와 두 사람의 몸 위를 스쳐간 여름 날 아침바람의 추억으로 사요는 울었다.'고 매듭을 짓고 있는 점은 가난한 도시생활이지만 순수한 기쁨의 추억과 함께하는 남편과 순수한 사랑을 확인하는 잔잔한 감동을 안겨주고 있다.

『삼나무 울타리杉垣』

1939년「중앙공론中央公論」11월호에 게재된 작품으로 격변하는 일본 사회의 한 단면으로 미네코와 신이치 부부의 이야기로 시작된다. 신이치의 취직을 위해 애써 주는 미네코의 오빠, 쉽게 취직을 결정하지 못하는 신이치, 이들을 둘러싸고 동양경제의 입지, 중국과의 관계와 무역거래문제, 은행 대출문제, 셀러리맨들의 생활과 더불어 근대화 물결 속에서 급변하고 있는 일본 속에서 청년들의 출세와 돈벌이를 위한 사업 이야기 등은 당시의 시대상을 구체화하고 있다. 가정적으로는 주택마련의 어려움, 풍족하지 않은 생활에 요구되는 출산장려에 대한 부담, 그리고 육아만을 하기 위한 존재로서의 여성의 위치에 대한 불안함, 가정의 윤택을 위한 활동의 한 일원으로서 번역 일을 하고 있는 미네코를 그리고 있다. 올바른 직장을 정하지 못하고 있는 신이치를 통해 '그러한 생활감정이 불안이라고 말한다면, 신이치는 자신의 그 불안 모두, 그러한 것을 발생시키고 있는 지금의 시대를, 역사가 변해가는 흥미로운 세태로 보는 마음도 강하게 있다.'고 작가는 표현하고 있다. 이 어려운 사회 속에 생활한다고 하는 것이 재미있기도 한 한 부분으로 그리면서 그러한 생각으로 살고 있는 당시의 청년들의 심리가 일본의 현재를 만들고 있는 하나의 요소로서 보는 것에 공감대 형성을 반영하게 하는 데 의미가 부여되는 작품으로 생각된다.

『3월의 제4일요일三月の第四日曜』

1940년 「일본평론日本評論」4월호에 게재된 작품. 3월의 제4 일요일에 '가련한 산업역군, 당당한 도쿄 입성'이라는 명목으로, 그 전날에 막 졸업식을 끝낸 만 명이 넘는 어린 소년들이 시골에서 도쿄로 교직원에게 인솔되어 온다. 이 소년들의 무리 속에 같이 오게 된 초등학교를 막 졸업한 남동생 유키치는 어린 나이임에도 불구하고 산업역군으로서 도쿄에 입성하여 머무를 집이 정해지지만 '도쿄는 어때? 아무튼 참을성이 중요해. 차츰 익숙해지면 아무것도 걱정할 필요 없을 테니까' 라고 말하는 지배인의 말을 통해 도쿄생활에 있어서 참을성이 요구되는 것을 시사하고 있다. 어린 동생보다 먼저 시골에서 도쿄로 상경한 누나 사이의 힘든 도쿄 생활로 가정부 일, 공장 작업실 일 등의 풍경이 그려지면서 시골에 있는 어머니와 어린 남동생에 대한 애틋함과 염려가 함께 어우러져 있는 장면 장면들에서 그렇게 살아야하는 고된 인생의 한 단면들이 애잔하게 가슴에 남는다. 각박한 도시의 생활 전선에서 야근까지 불사하고 최선을 다 하고 있는 여성들의 생활력 그러한 삶 속에서도 작업실 담당 하사의 출정문제, 그로 인해 형성되는 동료애와 남녀의 감정 등도 미세하게 그려내고 있는 작가의 작의가 느껴지는 작품으로 여성의 지위가 확립되지 않은 그 당시의 사회 속의 한 일원으로서 여성들의 사회에서의 역할과 생활을 엿볼 수 있는 작품이다.

1899년-1951년, 소설가, 본명 유리. 결혼 전 성은 나카조中條. 도쿄출생. 도쿄제국대학 공과대학 건축과를 졸업한 일류 건축가인 아버지 나카조 세이이치로中條精一郎와 메이지시대의 중상류층으로 사상가인 니시무라 시게키西村茂樹가문의 장녀인 어머니 사이에서 태어났다. 1911년에 도쿄여자사범학교 부속고등여학교에 입학했고, 재학 중부터 소설을 기필했다. 일본여자대학 영문과에 재학 중인 1916년 18세일 때 쓰보우치 쇼요坪內逍遙의 소개로 『가난한 사람들의 무리貧しき人々の群』가 [중앙공론]에 게재되어 주목을 받기 시작했다. 대학 중퇴 후, 집필활동을 개시. 1918년 부친과 함께 도미. 컬럼비아 대학 청강생이 되었으나 그곳에서 15세 연상의 고대동양어 연구자 아라키 시게루荒木茂를 알게 되어 결혼. 귀국 후, 가정을 이루었으나 1924년 이혼한다. 이혼 직후에 그 전말을 그린 『노부코伸子』의 연재를 시작했다.

1925년부터 공동생활을 시작한 러시아 문학자 유아사 요시코湯淺芳子(1896-1994)와 함께 1927년 소련에 유학체재 중에 공산당으로서의 자신을 확인하고 서구 여행 등을 거쳐서 1930년 11월 귀국 후, 나르프(NALP, 일본프롤레타리아작가동맹)에 가입, 1931년 일본 공산당에 입당, 9살 연하의 미야모토 켄지宮本顯治와 결혼한다. 이후 켄지는 검거를 피해 비합법 활동을 하게 되나 1932년에 검거된 후 패전까지 별거생활을 한다. 켄지는 1944년 무기 징역의 판결을 받아 아바시리형무소網走刑務所에서 복역하게 됐지만 일본의 패전 후 연합군최고사령관총사령부GHQ가 국내 전체 정치범의 즉각 석방을 지령하여 1945년 10월에 켄지도 12년 만에 출옥한다. 이 기간의 주고받은 약 900통의 서한은 후에 두 사람의 선택을 거쳐서, 유리코의 사후에 『12년의 편지』(1950-1952)로 간행되었다.

유리코도 옥중 켄지를 옥외에서 도왔지만 자신도 자주 검거됐으며 1936년에는 징역 2년에 집행 유예 4년을 선고 받았다. 이후에도 검거와 집필금지 등을 반복해 몸 상태를 상하게 하기도 했지만 꾸준히 문학 활동을 계속했다. 프롤레타리아문학 패배기에 방황하는 작가들을 엄하게 지탄한 「일련의 비 프롤레타리아적 작품」(1933). 「겨울을 난 꽃봉오리」(1934) 등의 평론을 쓰고, 소설은 『유방乳房』(1935) 『삼나무 울타리杉垣』(1939) 등으로 전시 하에도 파시즘에 대한 강한 자세를 견지해갔다. 패전 후, 자전적 소설『풍지초風知草』(1946) 『도표道標』(1947-1950) 등을 발표하는 등 정력적으로 활동하였으나, 1951년 수막염균패혈증으로 갑자기 죽음을 맞이하게 된다. 전집 25권이나 되는 방대한 저작을 남기고 있다.

〈저서〉

『貧しき人々の群』(1916) 玄文社 (1917)岩波文庫, 角川文庫, 新日本文庫

『一つの芽生』(1918) 新潮社

『伸子』(1924年) 改造社, (1928)新潮文庫, 角川文庫, 岩波文庫, 講談社文庫, 新日本文庫,『新しきシベリアを横切る』(1931) 内外社

『1932年の春』(1932) 新日本文庫

『冬を越す蕾』(1935) 現代文化社

『乳房』(1935) 竹村書房 (1937) 青木文庫

『昼夜随筆』(1937) 白揚社

『杉垣』(1939年)「中央公論」

『三月の第四日曜』(1940) 金星堂, 新日本文庫

『明日への精神』(1940) 実業之日本社

『朝の風』(1940) 河出書房

『文学の進路』(1941) 高山書院

『私たちの生活』(1941) 協力出版社

『播州平野』(1946) 河出書房, (1947) 新潮文庫, 角川文庫, 新日本文庫

『風知草』(1946) 文藝春秋新社, (1947) 新潮文庫, 角川文庫, 新日本文庫

『二つの庭』(1947) 中央公論社, (1948)新潮文庫, 岩波文庫, 角川文庫, 新日本文庫

『私たちの建設』(1947) 実業之日本社

『幸福について』(1947) 雄鶏新書, 角川文庫

『真実に生きた女性達』(1947) 創生社

『白い蚊帳』(1948) 新興芸術社

『歌声よおこれ』(1948) 解放社, 新日本文庫

『女靴の跡』随筆集(1948) 高島屋出版部

『道標』第1-3部(1948-1951) 筑摩書房, 新潮文庫, 岩波文庫, 角川文庫,
新日本文庫

『宮本百合子選集』全15巻(1948-1949) 安芸書房

『作家と作品』評論集(1948) 山根書店

『婦人と文学 近代日本の婦人作家』(1948) 実業之日本社, 新日本文庫

『平和のまもり』(1949) 新日本文学会

『文芸評論集』(1949) 近代思想社

『モスクワ印象記』(1949) 東京民報出版社

『宮本百合子文庫』全6(1949-1951) 岩崎書店

『女性の歴史 文学にそって』(1949) 婦人民主クラブ出版部

『十二年の手紙』その1-3 宮本顕治共著(1950-1952) 筑摩書房, 青木文
庫, 文春文庫

『日本の青春』(1951) 春潮社

『若い女性のために』(1951) 河出書房

| 옮긴이의 글 |

미야모토 유리코宮本 百合子(1899-1951)는 쇼와昭和기의 소설가, 평론가로 18세 때 문단에 등장하여 천재소녀로서 주목을 받은 작가로 플로렐타리아 문학, 민주주의 문학, 좌익운동가로서 활동을 하면서 많은 작품을 남기고 있다. 한국어 번역을 하는 과정에서 수많은 작품 중에서 작품 선정을 하는데 기준점이나 제한적인 사항이 없음에도 불구하고 다소의 어려움이 있었다. 그 여러 작품 중에서 본서에는 『마음의 강心の河』을 비롯하여 아홉 작품을 선택하여 옮겨 보았다.

부부로서의 마음의 흐름이 서로 통하는 것을 느끼며 사랑의 미묘함이라고 감탄하는 것으로 시작해서 부부의 갈등을 잘 나타내고 있는 『마음의 강心の河』, 남편보다 다른 남자와 이야기하는 것을 즐거워하는 에이코를 지켜보고 있는 딸을 중심으로 묘사한 『해류海流』, 시게요시와 미쓰이를 비롯해서 문학연구회의 모임에 모여든 문학도의 문학이야기와 『해류』의 등장인물인 에이코와 다자와의 이야기가 『동행道づれ』에 이어진다. 기관지 잡지 편집 일을 하고 있는 아사코와, 사치코의 사촌 오빠 오히라와의 남녀 사이의 감정을 『한 송이 꽃―本の花』에 담고 있으며 『추억追憶』에서는 일곱 살 때의 기억을 더듬어 사랑했던 삼촌과 지낸 어린 시절의 추억을 회상하고 있다. 또한 『유방乳房』에서는 파업의 문제를 둘러싼 권력 관계와 탁아소를 중심으로 한 히로코의 모습과 더불어 여성의 인권과 입지를 언급하고 있으며, 일본의 대지진을 배경으로 한 『아침바람朝の風』에서는 대지진 후에 변화 발전하는 도시의 모습, 이에 반하는 주택문제 때문에 전전긍긍하는 사요와 도모코의 이야기로 당시의 도쿄의 풍경이 그려지고 있다. 그리고 『삼나무 울타리杉垣』에는 신이치의 취직문제 및 청년들의 출세와 사업 이야기 등으로 당시의 시대상이 반영되고 있으며, 3월의 제4 일요일에 산업역군이라는 명목으로 낯선 도쿄 생활을 하게 된 어린 소년 유키치와 그의 누나의 힘든 도쿄 생활을 이야기하고 있는 『3월의 제4일요일三月の第四日曜』은 대지진 후의 각박한 도시 생활과 그 가운데에서 활동하고 있는 여성의 사회상을 잘 그리고 있다.

이 외에도 이 지면을 통해 소개하지 못한 수많은 미야모토 유리코의 작품이 있음에 역자로서의 안타까운 마음이지만 몇 작품이라도 소개할 수 있다는 점에 위로를 하며 양해를 구하는 심정이다.

이상의 여러 작품을 통하여 작가 미야모토 유리코의 작품세계를 좀 더 가까이 할 수 있다는 점과 이 책을 접하는 독자들에게 일본의 근대문학에서 여성작가의 한 사람으로서 그 작품의 성향과 당시 일본 사회의 한 단면을 이해할 수 있는 기회가 되기를 바라는 마음으로 역자의 변을 대신하고자 한다.

진 명 순 陳明順

日本東京大正大學 大學院에서 日本近代文學과 佛教, 禅 연구를 하여 碩士學位와 博士學位를 取得, 현재 와이즈유(영산대학교) 외국어학부 교수로 재직하고 있다. 와이즈유(영산대학교) 국제학부 학부장, 한국일본근대학회 회장, 대한일어일문학회 편집위원장 동아시아 불교문화학회 등등 각 학회의 이사 역임하고 있다. 수상으로는 日韓佛教文化學術賞을 비롯하여 国內學会學術賞, 書道 작품 수상 및 書道教範資格證(日本)을 취득, 釜山大學校大學院 美術碩士學位 取得, 한국화전공으로 다수 수상한 바 있으며 불교TV의 「산중대담 뜰 앞의 잣나무」, 불교라디오의 「이 한권의 책」 등의 방송 경력이 있다.

주요저서로는 『漱石漢詩と禅の思想』(일한불교문화학술상), 『나쓰메 소세키 문학과 선경禅境』『나쓰메 소세키夏目漱石의 선禅과 그림画』(대한민국 학술원 우수학술도서선정)『문학文學과 불교佛教』『夏目漱石の作品研究』『夏目漱石の小説世界』『일본근현대문학과 애니메이션』『일본 애니메이션 작품세계』 연작 4권 및 번역서 3권 등의 저서가 있으며, 논문으로는 「夏目漱石と禅」을 비롯하여 「夏目漱石의 晚年의 佛道」까지 40여 편에 이른다.

일본 근현대 여성문학 선집 10

미야모토 유리코 宮本百合子 2

초판 1쇄 발행일 2019년 3월 31일

지은이 미야모토 유리코
옮긴이 진명순
펴낸이 박영희
편집 박은지
디자인 박희경
표지디자인 원채현
마케팅 김유미
인쇄·제본 태광인쇄
펴낸곳 도서출판 어문학사
　　　　서울특별시 도봉구 해등로 357 나너울카운티 1층
　　　　대표전화: 02-998-0094 / 편집부1: 02-998-2267, 편집부2: 02-998-2269
　　　　홈페이지: www.amhbook.com
　　　　트위터: @with_amhbook
　　　　페이스북: https://www.facebook.com/amhbook
　　　　블로그: 네이버 http://blog.naver.com/amhbook
　　　　　　　　다음 http://blog.daum.net/amhbook
　　　　e-mail: am@amhbook.com
　　　　등록: 2004년 7월 26일 제2009-2호

ISBN 978-89-6184-913-5 04830
ISBN 978-89-6184-903-6(세트)
정가 18,000원

이 도서의 국립중앙도서관 출판예정도서목록(CIP)은 서지정보유통지원시스템 홈페이지(http://seoji.nl.go.kr)
와 국가자료공동목록시스템(http://www.nl.go.kr/kolisnet)에서 이용하실 수 있습니다.
(CIP제어번호: CIP2019014658)